尾崎桂治

秀吉の栄華と臣従する家康

戦国時代の終焉と天下人への道程・第二部

三樹書房

作者のことば

　羽柴秀吉は、主殺しをした明智光秀を大義にもとづき成敗したことにより天下人になった。ただし、それで一気に権力を握ったわけではない。ライバルと戦い、さまざまな策を弄して関白まで昇りつめた。そこに至るまでには秀吉ならではの強引さが見られるが、それで押しとおすことができる環境を整える努力を怠らなかったからでもある。秀吉と家康の関係も、何度も破綻の危機がありながら、結果として家康がくだるまでにはさまざまな葛藤があり、心の揺れがあった。そうした心境の微妙な変化は資料をもとに推察するしかないが、それに触れなければ本当のところには迫れないのではないか。

　全国の統一を成し遂げた秀吉の次の目標は、明国の制覇と後継者の選定である。

　秀吉には実子がいなかったから後継者を誰にするかは大きな問題である。側室の茶々が二度にわたり男子を産んでいることが、この問題を複雑にしているのだが、秀吉自身も肉体的欠陥を自覚していた。秀吉は実子の誕生を諦め、何人も養子をとって後継者にすることを考えた。だが、秀吉が五十歳を過ぎてから、側室の茶々が男子を産んだことで事情が変わった。秀吉が実子であると主張したからだ。当時は、誰の子であるか確かめようがなかった。『戦国武将のカルテ』を著した医師で歴史小説家の篠田達明氏は、鶴松も秀頼も秀吉の実子ではないと明確に否定している。何十人もの側室がいたのに茶々以外は懐妊していないからだ。

医学的に見れば秀吉の実子は存在しないのは確実だろうが、多くの歴史家や研究者は「鶴松も秀頼も秀吉の実子である」と信じているか、この問題を避けているようだ。筆者が寡聞にして知らないのかもしれないが、実子ではないと主張しているのはこれ以外に『河原ノ者・非人・秀吉』の著者の服部英雄氏しか見当たらない。氏はこの論のまとめで、新しい資料ではなく、既存の資料を検討して結論を出したと述べている。資料の解釈は一様ではないから、推論が入り込んで正反対の結論が出ることがあるし、それまでの通説を否定する主張もある。ところが、秀吉の実子問題に関して学者のあいだでは論争さえ見られない。秀吉が実子と言い張ったことが大きいのだろう。彼の権力が大きいため、疑いをもつ人の多くは口をつぐまざるを得なかったし、建前を尊重する朝廷は鶴松や秀頼を実子として扱っている。こうした状況があって、実子でないという状況証拠は集めづらくなっている。

服部氏は、鶴松の場合は、秀吉が茶々に言い含めて宗教的な儀式の最中に誰かの種を宿すようにし、妊娠すれば実子として育てる約束をしたのではと推測している。卓見である。秀吉は親戚の子供を養子にしたが、茶々の子であれば、彼らより後継者にふさわしいと秀吉も思い、結果的に実子であるかのように扱った。父親になりたいという秀吉の願望がある程度は叶えられるところがあるから、納得できる見解である。

鶴松は幼くして亡くなったが、秀頼は成人している。その秀頼を秀吉が溺愛したというが、秀頼を後継者にするつもりになったのは、秀吉の生涯の目標である明国の制覇の挫折と無関係ではないだろう。秀吉は失敗を認めていないが、海外遠征の目標や犠牲の大きさに比較すると、朝鮮と戦った文禄の役で得たものはあまりにも小さい。しかも、当初の目標である明国制覇は不可能になった。生涯をかけた目標の挫折による衝撃は決して小さくなかったはずである。秀頼が誕生したのは、そのときと重なる。秀吉はこの失敗を忘れたい（あるいはなかったことにしたい）という意識が働き、心理的に追い詰められた。権威の失墜を恐れるあまり、秀頼が後継者として世間から認知されることと、自身の権威を維持したい欲求が結びつき、結果として秀頼にこだわらざるを得なかったと思う。

明国の制覇に臨むまでの秀吉と、挫折した後の秀吉とは、とうてい同じ人物とは思えないほど、まつりごとに取り組む姿勢は変化している。ところが、秀吉に関する記述の多くは、文禄の役後も、天下を取ったときの勢いのままの秀吉であるかのような扱いをしているものが多い。家臣だけでなく徳川家康をはじめとする武将たちも秀吉を支えたから、その権威は脅かされなかった。だが、実際には裸の王様になっていたといえよう。

文禄の役から三年以上にわたり休戦状態が続き、秀吉がまつりごとに熱心に取り組まなくとも問題が起きなかった。そのあいだに秀次の切腹事件があり、老年期を迎えた秀吉は病に臥せりがちになり、自身の後継者問題以外に関心を示さなくなる。

慶長の役が始まってから、秀吉は率先して指揮を取るどころか戦いに関心を示していない。文禄の役との違いは秀吉だけでなく、すべてを巻き込んだ違いであることは強調しなくてはなるまい。そして、秀吉の死後、家康は秀吉の残像ともいえる勢力との戦いに挑まなくてはならなかったのである。

第二部　秀吉の栄華と臣従する家康・目次

『戦国時代の終焉と天下人への道程』は、全三巻から成る三部作です。

第七章　賤ヶ岳の戦いおよび小牧・長久手の戦い

1

　本能寺の変の勃発で陥った混乱も、羽柴秀吉が直轄地にした京の治安維持の任務を負い、数か月のあいだにとりあえず落ち着きを取り戻した。秀吉は光秀と戦った天王山近くの山崎に新しく城を築き、京に滞在することが多くなっている。だからといって、朝廷が秀吉を信長の後継者として認めたわけではない。信長亡き後の後継者は誰になるのか、依然として波乱含みである。

　信長配下の武将のなかでは羽柴秀吉と柴田勝家が抜きん出た存在になっている。筆頭家老の地位にいる勝家は、秀吉を新参者として見下す姿勢を崩しておらず、いっぽうの秀吉は自分のほうが武将としての能力や才覚で優れているという自負があり、二人の関係は良くないままである。織田氏のなかから後継者を出すのが筋であるものの、信長の次男の信雄と三男の信孝も相容れない関係にあり、勝家は信孝と結びつき、秀吉は信雄との関係を強め、対立の構図が明瞭になってきた。果たして、話し合いで決着がつくのか、戦いに至るのか。

先に動いたのは柴田勝家のほうである。清洲会議の二か月後の一五八二年（天正十年）八月に、勝家は信長の妹、お市と再婚した。信長が生きているときから、お市を自分の正室に迎えたいと勝家は、それとなく信長に申し出ていた。信長もそれを否定しなかったので、勝家は信孝をとおして婚姻を進めたいと話し、信孝も乗り気になった。お市との婚姻は、勝家と織田家との関係を深める。浅井長政の敗死以来、織田家に戻っていたお市の存在感は大きかったし、この婚姻を仕切った信孝が勝家を後ろ盾にして主導権を握ろうとした。

　この話を聞いた秀吉は「それはめでたい、ぜひ進めるように」と賛成したものの、勝家が信長の義理の弟になるのは内心は心穏やかというわけにはいかなかった。信雄も同様に信孝の態度が気に入らない。勝家と秀吉との関係はそれまでより緊張感を増した。

　そんな秀吉にチャンスがめぐってきた。朝廷に貢献した信長に「太政大臣」の位を贈る意向を天皇が示したのがきっかけである。そのために武家に相談する必要があり、朝廷が秀吉に働きかけたのである。朝廷と接する際の作法が分からない秀吉は、自分から接近するわけにはいかないから、渡りに船だった。

　朝廷の使いが秀吉を訪ねたのは、無位無官のまま故人になってしまった信長に正親町天皇が「贈官贈位」の儀式を挙行しようと考えたからである。生前に朝廷の高い官職に就くよう信長に要請したのに、それに答えないままだった。すべての人たちの頂点に立つのが天皇であるから、信長には臣下として朝廷の序列のなかに収まってもらわなくては天皇の気が休まらない。そこで、信長を追善して信長の霊を慰め、生前の行為に感謝して官位を贈ることにした。朝廷の官位を信長に与えれば、臣下として朝廷の秩序に取り込める。信長を天皇の臣下にしておかないと、朝廷とは関係ない天下人と思われてしまう。それは避けたい。

だが、本能寺は炎上して遺骨も残されていないうえに、正式な葬儀もおこなわれておらず、信長の位牌(いはい)さえつくられていない。「贈官贈位」の儀式は、信長の霊が宿る位牌が存在していなければ実施できない。相談された秀吉は、主君信長の葬儀が実施されないままで良いはずはないと、ひと肌脱ぐつもりになった。お市が北ノ庄にある勝家の城に入った直後である。

位牌をつくれば済むという問題ではない。信長の供養をして霊が位牌に宿るためには葬儀をしなくてはならないが、信雄か信孝かどちらを施主にするかで揉めて、どちらかに決められない。葬儀にまで対立を持ち込んだのでは織田氏の権威が落ちてしまう。

秀吉が思いついたのは百日忌法要の実施である。信長を供養する儀式をすれば、そのためにつくった位牌に信長の霊が宿る。本葬ではなく法要だから、自分の養子になっている秀勝(ひでかつ)を喪主にしても問題は起きないはずだ。自分の子供がいない秀吉は、生前の信長に頼み、信長の息子であり信雄や信孝の弟である秀勝を養子にもらい受けていた。だから、秀勝を喪主として法要を営んでもおかしくない。というのも、信雄は北畠(きたばたけ)氏、信孝は神戸(かんべ)氏の養子になっていて公式的には織田家の人間ではない。だから織田家を継ぐのは信長の直系の孫である三法師(さんぼうし)とするのに誰も反対しなかった。信雄の義父の北畠氏も、信孝の義父の神戸氏も、信長配下の武将として活躍したわけではない。だが、秀吉は信長の武将であり宿老なのだから、養子となっている秀勝を喪主とし、秀吉がその後見役をつとめて良い立場になる。朝廷の意向を汲んで信長の供養を実施するのだから、信雄や信孝も反対するわけにはいかないだろう。

この考えを文書にして、秀勝が法要の際の喪主となる許可を与えて欲しいと秀吉は朝廷に申し出た。なるべく早く儀式をしたいと思っている朝廷は、すぐに承認した。それを受けて、どの寺院で供養をおこなうか朝廷に決めてもらうのが良いと、秀吉は再度お伺いを立てた。

朝廷は「大徳寺」を推薦した。臨済宗の大徳寺派の総本山であり、広い敷地を持つ京の名刹である。室町時代には一休宗純をはじめ名僧を輩出し、侘び茶を広めた村田珠光、それを受け継いだ武野紹鴎と関係がある寺院である。いまは弟子の千利休も出入りしている。特別に信長個人を祀る廟所を寺内に造営する許可を申し出て承認された。信長を祀る廟は総見院と命名されて造営が始まった。

秀吉は大徳寺のなかにつくる総見院の普請を買って出て、かかる費用を受け持った。信長の百日忌法要は九月十二日と決まっているから、仮設の施設で間に合わせた。法要には大勢の僧侶が動員されたものの、盛大な法要というほどではなかった。それでも、総見院に位牌を安置して無事に済ませ、信長の霊が位牌に宿ったと見なされた。

これで朝廷は、信長への贈官贈位の儀式を挙行する目処がついた。

秀吉が主導して突貫工事を実施して信長の廟所となる総見院が完成した。大勢の大工や左官や瓦職人が動員され、秀吉が工事の進捗を見届けた。朝廷のために粉骨砕身する秀吉は、朝廷にとって心強い味方として印象づけられた。

信長への贈官贈位の儀式は十月十三日に挙行された。それに先立つ九日に、主要な公家を集めて信長を叙任するための「陣儀」を開いた。信長に贈られる官位は「従一位太政大臣」と決められた。臣下にとってはこれ以上望めない地位である。故人となっている信長に敬意を示し、儀式の次第も誰が何を担当するかは前例に則って決められる。

陣儀の決定を受け、大徳寺内に建てられた信長の位牌のある総見院で朝廷の決定を伝える贈官贈位の儀式が挙行された。信長の霊に決定を伝えるのは宣命使（せんみょうし）である。追善の贈官贈位は、朝廷に功績があった故人の親族から申し出があれば朝廷が承認して挙行する、しかし、このときは朝廷の都合で開催されたから、とくに織田氏の親族は呼ばれていない。

宣命使が信長の霊（位牌）に向かい、勅命として「平朝臣（たいらのあそん）信長」と読み上げた。織田氏の先祖は平氏である。生前の信長も、武士の頭領は源氏と平氏が交代で就任するという意識を持っていて、源氏の足利氏の次は平氏の自分であると思っていたようだ。

勅使が宣命のなかで「天皇を助けた朝廷の重臣であり、図らずも天運が極まったが、もう一歩で天下をとるところまで行った忠臣である」と述べている。

この儀式を挙行するのに貢献した秀吉に、朝廷は官位を贈ろうとした。先に信長の意向で筑前守という称号が贈られていたものの、秀吉は官位にはついていない。そこで、贈官贈位の儀式の前に秀吉を少将の位と従五位に任官するという綸旨（りんじ）を出している。信長には、いきなり高位高官を与えたが、秀吉に対しては前例に則って臣下に与えるのにふさわしい官位だった。このときには「光秀という逆臣を討ち果たし古今希有（けう）の武将である」と称え、その功績を鑑みての叙任である。

正親町天皇は、秀吉なら安易に取り込めると思ったから尋常の扱いをしたが、秀吉のほうもしたたかだった。これを受け入れてしまえば、他の有力な大名と同列で抜きん出た地位とはいえない。織田家の家老のなかでは、勝家と並ぶほどの力量を持っているのだから、もっと尊重されてもいいのではないかという思いがある。秀吉は、信長がなかなか任官しなかったことを知っていたから断わることにした。そのかわり朝廷に協力する姿勢はしっかり見せようと、信長への贈官贈位の儀式に際して一万貫の寄進をした。

朝廷との一連のやりとりを経て、秀吉はそれまでは遠い存在と思っていた朝廷も、民間の組織と同じように天皇や公家たちがさまざまな思惑で動いていることを知った。財政的な支援に対しても、予想していた以上にありがたがるのを見て、卑下する必要がないどころか、彼らの権威を利用することが可能であることに気づいた。

秀吉の協力的な態度に気を良くした天皇は、信長に依頼した丹波の御料所の回復を秀吉に引き継いで解決するよう要請した。信長が生きていれば解決してくれるはずだったが、本能寺の変が起き棚ざらしになったままだった。土豪（どごう）が横領した土地を朝廷に戻るようにしたいと相談された秀吉は、すぐに光秀から引き継いだ丹波の領主となっている丹羽長秀（にわながひで）に連絡して解決を図った。この要請のために秀吉に天皇の綸旨が出ていた。期待どおりに解決を見たので、秀吉は天皇に恩を売ることができた。

2

足軽大将だったときの秀吉にとって柴田勝家や丹羽長秀といった武将たちは遠い存在で、眩しく見えていた。だが、信長に武将として取り立てられてからは、次第に彼らとの距離が縮まるのを感じ、やがて自分のほうが武将として優れていると思うようになった。そして、いまは朝廷と自分との距離が縮まったので、信長の葬儀は自分が取り仕切って良いと考えた。信長の追善供養を通じて親しくなった大徳寺の住職、古渓（こけい）和尚の強力な後押しもあった。古渓和尚が秀吉と強い関係を望んだのは、多くの寺院が並立している京で、寺院としての権威を保つのに秀吉と結びつくのが役立つと考えたからだ。やり手の古渓和尚にとっても良い機会だった。

古渓和尚は信長の木像の製作に取り組んだ。信長の本葬を大徳寺であげてもらうためである。信長の葬儀を大徳寺でおこなえば寺の権威は高まり、有力者たちの寄進を期待できる。大徳寺に出入りしている腕の良い仏師に木造製作を依頼した古渓は、秀吉に信長の葬儀を主催するよう働きかけた。

秀吉が断わるわけはない。周りで応援してくれなくともそうしたいと思っていた秀吉は、百日忌の法要と同じように養子の秀勝を喪主にして信長の葬儀を挙行する決意をした。信長の本葬をいつまでも実施しないのは好ましくないという大義がある。だが、秀吉が信長の葬儀を取り仕切るのに抵抗を感じる人たちがいる。それを承知していても、柴田勝家との対立で自分が有利な立場に立つには、強引に押しとおすほうが良い。朝廷による追善供養に協力し、大徳寺は信長の遺体の代わりとなる木像を製作しており、朝廷と大徳寺が後ろ盾になっている。決心をかためた秀吉は、信長の葬儀を挙行すると各方面に連絡を始めた。

信長が逝去したあとのことは、清洲城での話し合いにより柴田勝家、丹羽長秀、池田恒興（いけだつねおき）、それに秀吉の四人で協議することになっている。信長の葬儀に関しても、その決定を守る必要がある。秀吉は、まず丹羽長秀と池田恒興の了解を得て、残る柴田勝家の了解を得るために上洛を促す使者を派遣した。

それに応じて、のこのこと京へ行けば、秀吉に殺されかねないと、越前の北ノ庄にいる勝家は返事を出さない。それはそれで秀吉にとっては好都合だ。上洛できなければ、こちらで相談して信長の葬儀を実施すると勝家に連絡した。

信雄と信孝にも連絡した。朝廷との関係から葬儀に至るまでの経過を説明して、秀勝が喪主になる葬儀に出席してほしいと通知した。事前の相談もなく、弟が喪主となる葬儀に出て欲しいといわれても、二人とも「分かりました」というわけにはいかない。二人から連絡がないのも、秀吉には計算済みである。かまわず有力武将たちに葬儀に出席するよう、秀吉と養子の秀勝との連名で通達した。秀吉に反発する人たちは顔を出さないだろうが、信長の本葬を仕切る実績をつくれば、秀吉の立場は一段と強化される。

　連絡を受けた武将からは出席の通知が多く寄せられ、秀吉を安心させた。秀吉は、これで自信がついた。そうなると、柴田勝家を敵にまわすことに躊躇する気持ちがなくなり、織田家に対する遠慮も薄れてきた。柴田勝家と信孝と対決する覚悟ができてきた。勝家は何の手も打てないままのようで、秀吉は自分が一歩リードできると内心で北叟笑（ほくそえ）んだ。

　葬儀は十月十五日から十七日にわたり、儀式は古渓和尚が主導した。名の知れた僧侶たちが導師となり、信長をかたどった木像が総漆の豪華な棺に納められた。参列する武将たちは数千人に及ぶ兵士を従えていた。それだけでものものしい雰囲気となる。総見院にある位牌の前に安置された信長の柩に向かう僧侶たちの読経が響いた。そのあと焼香が始まる。古渓は秀吉を最初に指名した。養子の秀勝が続いた。儀式における序列には重要な意味がある。

　儀式が終わり、信長の木像が安置された柩は、秀勝と池田恒興の息子、元信（もとのぶ）が担ぎ、その後方には太刀を持った秀吉が続いた。参列者たちは長い行列をつくり、柩は蓮大寺野（れんだいじの）に運ばれて荼毘（だび）にふされた。

　葬儀の最終日に柴田勝家の使いとして前田利家（まえだとしいえ）、不破勝光（ふわかつみつ）、金森長近（かなもりながちか）らが秀吉のところにやってきた。

　上洛要請を無視したものの、関係が悪化するのを避けたいと勝家が考え、自分の代わりに葬儀に列席させたのだろうと秀吉は思った。悩んだ末の決定だろうが、思っていた以上に勝家は無策な男であると思えた。しかし侮る気持ちを心の奥にしまって秀吉は彼らを歓迎した。

これで勝家との対決では主導権が取れると思い、秀吉の戦う決意は強まった。となれば、勝家の使者として来た前田利家を味方につけるべきである。利家は信長の指令で勝家の与力として北陸で戦い、能登地方の領主になっているが、若いころは信長の馬廻衆としてともに働き、お互いに心を許しあう仲だった。自分が声をかければ利家がそれに応えないはずはない。他の人たちとは別に会う機会を設け、秀吉は勝家と戦う決意であるという本心を打ち明け、勝家と決戦になっても勝家に味方しないよう口説き落とした。

利家の手をとり熱心に秀吉が頼むと、利家は躊躇なく申し出を受け入れた。ただし、勝家の使者として来ているから、しばらくは密約にしてほしいと頼んだ。そして、勝家の動きなどの情報を秀吉に伝えると約束した。

勝家と信孝の二人と決別すると秀吉が宣言したのは、葬儀の七日後、十月二十四日である。両者は結託して清洲会議で合意した約束を破り、織田家を思うように操ろうと画策していると非難した。丹羽長秀と池田恒興も秀吉の意図を了承しており、こちらに正当性があると訴える手紙を各地の大名や有力者に送り届けた。

事前に秀吉からこの決意を聞いて信雄は、これを受けて北畠姓から織田姓にもどし、織田氏の当主であると宣言した。勝家と信孝、そして秀吉と信雄という対立は戦いで決着をつける状況になった。

もうひとり、秀吉の味方になったのが千利休（当時は宗易と称していた）である。大徳寺の住職の古渓和尚と親しい利休は、その縁もあって秀吉との関係を深めた。大徳寺には茶の湯に特別な思いを抱く人たちが集まる。秀吉が茶の湯に並々ならぬ興味を持っていると聞いた住職の古渓和尚が茶の湯に招待した。その席に堺の商人たちとともに千利休が姿を見せた。もともと利休の茶の湯は多くの人たちに評価されていたから、秀吉も利休と親しくなりたいと思っていた。

信長が生きているときから、茶の湯に対する秀吉の入れ込みようは尋常でなかった。信長から茶の湯を開催する許可を得て以来、茶の湯に使用する名品の蒐集(しゅうしゅう)に一段と意欲を見せた。まともな教育を受けていない秀吉は、卑しい出自であると思われないよう研鑽を惜しまなかった。そのせいで、様になる水準に達したと自負するようになり、ますます茶の湯にのめり込んだ。秀吉が主宰する茶の湯では、招いた客を自分のペースに巻き込み良い気分を味わった。武将として信長に認められ茶の湯の名品を下賜され、茶の湯を通じて自分が貴人になったような実感を持てた。

大徳寺に着いた秀吉は、いくつもの建物と木々のあいだの小道を抜け、少し高いところにある草庵のような小さな建物に案内された。最初は貧しい百姓が住む小屋と見えたが、使用している材料や佇まいから、小さくても凛とした風情のある一軒屋だった。周囲には草が生え、葉を落としかけた木々があるだけである。大徳寺の境内であると知らなければ、山のなかにあると思ってしまうような茶室だった。

小さな潜り戸から入ると、古渓和尚と千利休、それに堺の町衆二人が待っていた。なかに入り腰を伸ばすと、秀吉が知っている茶室の雰囲気とはまるで違う空間があった。床の間に掛け軸を飾り、可憐な花を生け、茶道具が並んだ見慣れた茶室のようではあるが、漂っている空気が違う。なかの客の表情も、秀吉が馴染んでいる顔とは違って見える。考えてみると、秀吉は町衆のいとなむ茶会に出たことがない。武将たちの茶会は、どこか気取っていて品よく整理され、威厳が重んじられている。そうした茶会とは異なり、簡素でありながら全体の調和があり、客たちがそれに馴染んでいる。

秀吉は落ち着きなく周囲を見まわし、すぐに何食わぬ表情を繕った。居並ぶ人たちは丁寧に挨拶した。

余裕を取り戻した秀吉はゆったり腰をおろし、大きくうなずきながら茶の湯の道具を眺めた。窓が小さいから薄暗い。目を凝らそうとしたとたんに、窓が開き室内が明るくなった。そのタイミングの良さに秀吉は驚いた。さらに、点てたお茶を入れた茶碗に目を見張った。名品を多く見ている秀吉は、茶碗の良し悪しに目が利くつもりになっていたが、秀吉の価値観にはないかたちをした茶碗だった。色は黒っぽく縁の部分が少しゆがんでいる。調和がとれたかたちの良い茶碗ではない。この茶室で見るのでなければ、つくるのに失敗した茶碗と思うだろう。やや大振りで、灰色の線が斜めに幾重にも入っている。縁は丸くなく独特のかたちをしているのも面白いと秀吉は感じた。

目の前に出された茶碗を両手で持つと、実に心地よく手に馴染む。少し重みがあり心地よい感触だった。秀吉は、自身がそれまで経験した茶の湯とは異なる価値に接して戸惑ったが、その奥行きの深さに改めて感動した。居並ぶ茶人たちも大きく見えた。

茶碗がまわされて順番に味わう。それぞれの振舞いを見ていると、みんな名のある武将たちに劣らぬ落ち着きがあった。自然で自信を持って楽しんでいるのが分かる。場を乱すような雰囲気は微塵もない。

その後、膳が運ばれ場が寛いだ。問われるまま秀吉は、光秀を討伐したときの様子や他の武将たちとのやりとりを語った。この手の話になると秀吉の独壇場である。秀吉は緊張をとき、自慢めいた話であるが、爽やかな弁舌で面白おかしく話し彼らを魅了した。自分でもちょっと良い気になりすぎたと思わなくもなかったが、みんな秀吉の話を興味深そうに聞いていた。

茶頭をつとめた利休から帰り際に「もう一度、こちらにおいでいただけるでしょうか。二人だけの茶会をしたいと思っております」と誘われた。秀吉は茶の湯への興味がいっそう深まった。歪んだ茶碗は、かたちを崩しているところが素晴らしいのだろう。美しさや使いよさとは限りないものなのだ。

利休と二人だけの茶会は、十日もしないうちに実現した。利休は、秀吉の顔を見るなり「先日は実にみごとなお振舞いでした。信長さまよりはるかに茶道のご理解が深いと分かりました。とても喜ばしい」と言って頭を下げた。前回の茶会では、利休は秀吉が卑しさを出さないよう気を遣っていることを知った。驚いても、すぐに取り繕い、その様子を悟られないようにするのを見て、秀吉と付き合うには、秀吉を尊敬している意思をさりげなく示すことが大切であると肝に銘じていた。

いっぽう秀吉にとっても、茶の湯の権威である利休に認められるのは大きな喜びである。自分ではかなりの腕前と自負していたが、他人はどのように見ているのか知ることに興味がある。すでに六十歳になっている利休は、堺の町衆のなかでも特別な存在と見られていた。秀吉は、山里風の茶室、茶室の空間の素晴らしさ、歪んだ茶碗の感想などを率直に語った。利休は熱心に耳を傾け、秀吉の話に一つひとつ大きくうなずき、短い感想を述べた。その後、やや沈黙があり、利休は改めて口を開いた。

「失礼を承知で気づいたことを申し上げます。羽柴さまは、お話をなさるときに、表情が豊かでお話も面白くなさいます。とても素晴らしいと存じます。ただ話が佳境に入ると、やや首を左に傾けて少し前屈みになっておられますが、背筋を伸ばして首をまっすぐになさったほうがよろしいと思います。そのほうが頼りがいがあるように見えます。それに、茶を召し上がる際に、両肩がやや上がるので堅苦しい感じを受けます。息を吐き出したときのように肩をいからせないほうが相手に安心感を与えます。わずかな違いですが、たくさんの武将や家臣を従わせるお立場なので貫禄があり、しかも自然に見えるほうが良いと存じます。失礼なもの言いで申しわけございません。われらは、これからも秀吉さまを信長さま以上に頼りにしていく所存なので、老婆心ながら気づいたことを申し上げました。どうかお許しください」

秀吉はそんな言い方をされた経験がない。失礼というより、よくぞ言ってくれたという思いを秀吉は抱いた。言われなければ気がつかない。なるほど、自分では知らないうちに見苦しい振舞いをすることがあるのだろう。二人だけの席で言うのは利休が気を遣っているからであることが分かった。

利休は、信長と同じように堺の町衆たちのために、秀吉にも堺を支援してもらわなくてはと思っていた。信長のお陰で堺は賑わいを増して繁栄を続けた。信長に代わるのは、どうやら秀吉になりそうだ。信長の家臣のなかで突出した勢力を持つのは、もはや柴田勝家と羽柴秀吉に絞られている。この二人をくらべると、先を見通す能力は秀吉のほうが優れているのは明らかだ。信長に代わる権力を持つのは遠からず秀吉になると堺の町衆は見当をつけていた。堺の町衆の輿望（よぼう）をになって利休は秀吉との会見に臨んだのだ。

秀吉は利休を心のなかでは師と仰ぎ、何かと意見を聞き自分の態度を決めようと考えた。信長は名品を集めるのにこだわったわりには、茶の湯を開く回数は多くなかった。むしろ配下の武将たちのほうが熱心といえる。秀吉は、信長以上に茶道具の蒐集に意欲を燃やしていたから、目利きである千利休が側にいてアドバイスしてくれるとなれば心強い。利休が秀吉と結びつくことで、茶の湯は単なる趣味の領域を越えて、それまで以上に政治性を持つ領域になっていく。

3

秀吉が織田信孝や柴田勝家を差しおいて信長の葬儀を挙行し、勝家との対決を決意していたころ、徳川氏と北条氏との和議が正式に成立した。これにより家康は、甲斐の支配を確実にすると同時に信濃における反乱を抑え込むことに専念した。京を中心にして秀吉と勝家が対立していて、家康が甲斐や信濃を支配下においても誰からも文句が出ない状況である。

信長から任命され甲斐の領主を務めた河尻秀隆（かわじりひでたか）や、信濃の領主のひとりである森長可（もりながよし）がその地位を失った。武力だけの支配では信長がいなくなれば破綻せざるを得ないからだ。武力を発揮する能力と、支配地を統治する能力とは別ではないのか。自分と信長の能力を比較すると、軍事的な才能ではとてもかなわないが、統治能力なら自分のほうが優れていると家康は自認していた。信長の死で生じた権力の空白の混乱をおさめて、統治を確実なものにしていかなくてはならない。

年貢の徴収や兵士の調達、労役の動員などは、その土地に根付いている国衆や土豪の協力がなければうまくいかない。いままで武田氏のもとで各地域を統率していた有力者を、徳川氏が統治体制のなかに抵抗なく組み入れられるかどうかが重要になる。武田氏が安定して統治していたときに近い体制を維持し、彼らが生きられるようにして徳川氏に従わせなくてはならない。

十二月に甲斐に足を延ばした家康は、この地の支配を万全にするための人事を実施した。

甲斐は甲府盆地を中心とする国中（くになか）、その東側に広がる郡内（ぐんない）（都留（つる）郡を中心にした地域）、そして甲斐南西部にある河内とに大きく分かれている。国中は武田氏の直轄地であり、郡内は小山田氏が支配し、河内は穴山氏が支配していた。それを踏襲して、郡内には家康が信頼を寄せる鳥居元忠を小山田氏に代わる支配者として送り込んだ。本能寺の変の後は、一時的にこの地域を北条氏が支配していたが、北条氏と同盟を結んだ後は徳川氏の支配地域になった。武将としてだけでなく元忠は、統治する能力では群を抜いて優れている。

かつて家康が今川氏の人質になったとき、岡崎城を守る役目をしていた鳥居忠吉の息子である。今川氏から派遣される城代と三河の住民とのあいだに立って苦労した父の背中を見て育ち、家康より三歳上の元忠は、家康の側近となっていた。元忠なら郡内を任せても地元の有力者たちをうまく制御できるはずだ。家康は自分の思うように統治して良いと言って元忠を送り込んだ。この人選はみごとに嵌まった。若い時代から家康とともに苦労を重ねてきた元忠は家康の期待に充分に応えた。

河内地方の支配は、家康とともに信長の接待に応じ、帰国する途中に命を落とした穴山梅雪の嫡男の勝千代が、滅亡した武田氏を名乗り武田信治として当主になる。穴山氏に仕えていた国衆や家臣も家康に従い協力した。ただし、武田信治は一五八七年（天正十五年）に若くして亡くなり、その後には家康の五男が養子として入って武田信吉を名乗り、穴山氏の血脈は断絶している。

信玄の時代から武田氏の直轄地だった国中は、家康の直轄地として家臣のなかから奉行を任命して支配させた。甲府に新しくつくった城には家老をつとめる平岩親吉を入れ、国衆を従わせるために複数の奉行を任命した。武将の井伊直政と芝田康忠、それと吏僚衆である本多正信と高木博正で、それぞれの担当地域を決めた。武田信玄の時代に地域ごとに支配していた武将の多くは姿を消していたから、奉行衆の統治に抵抗する動きは見られず、地元の有力者である武田氏に仕えていた人たちを代官にして統治体制に組み入れ、徳川氏の家臣にして知行を与えた。

奉行となった井伊直政と本多正信の二人について記しておこう。

井伊直政は遠江の国衆である井伊氏の一族で当主の家柄だったが、家督争いに巻き込まれて子供のころに遠江の名刹である蓬莱寺に預けられて成人した。一族と離れて孤独な子供時代を送り、禅僧から教育を受けて学問に興味を示した。十五歳のときに鷹狩りをしていた家康に会い、それが縁となり小姓として仕えた。二十二歳という若さで奉行に抜擢されたのは家康に能力を買われたからである。

その後、直政は家康配下の武将として、甲斐の有力者たちを旗本にして従えた。旧武田氏の精鋭部隊を構成していた人たちで、赤色が目立つ旗や幟、鎧兜に身を包んで活躍したことから「赤揃え」と呼ばれた。直政がこれを引き継ぎ「井伊の赤揃え」として家康の部隊のなかで目立つ存在として活躍するようになる。

直政は彼らから兵法や戦術を伝授され、武田氏のもとで蓄積された戦いのノウハウを身につけた。信長の戦い方を手本にしていた徳川氏は、それとは異なる戦法を獲得したことになる。野戦で陣地を構築する場合、敵より有利な地形を見つけ、いち早く陣取る必要があるという実戦経験を生かした手法が伝えられた。武田氏に仕えた面々も、徳川氏に取り立てられ活躍の場を与えられた。

井伊直政とは相性が良く、家康は直政と話をするのを好んだ。甲斐生え抜きの武将から得た戦い方について語る直政の話に、いまさらながら武田信玄という武将の偉大さを家康は感じた。側近として家康に重用されていた榊原康政は、家康が自分より若い直政と長時間にわたって話し合うのに嫉妬したほどである。

奉行となった本多正信も変わり種である。岡崎城に入った若き家康に仕えていたが、三河の一向一揆の際に家康に敵対したため、その後は各地を放浪し、本能寺の変が起こる前に有力家臣のとりなしにより十数年振りに家康に仕えるようになった。若いころの正信は、こまめに走りまわり必死に仕える印象を与えていたが、いまはすっかり落ち着き分別ある中年になっていた。交渉ごとが得意で相手の話をよく聞き、判断力も優れていた。放浪しているあいだに苦労した経験が正信という人間を大きくした。五か国を領有するようになった家康は、一人でも多く有能な家臣が欲しかったときであり、正信のような能力のある家臣は貴重だった。大切な任務を与えられた正信は、その期待によく応えた。

家康は領有する各地域の移動を円滑にするための作業にも力を注いだ。三河から遠江、駿河という太平洋に面した地域の道路整備を急いだ。素早い移動を可能にする伝馬制を採用し、港や市場の活性化を促した。農業以外の仕事についている職人や技術者を組織的に働かせ、城や館の普請、物資や兵器の調達が円滑に行くようにした。甲斐だけではなく信濃や他の地域も奉行と代官の制度を実施し、それぞれの地域に武力に優れた人物と、統治能力に優れた人物の配置のバランスを考えた人事を採用した。

京から離れていても、家康は中央のまつりごとに注意を払った。柴田勝家と信長の三男の信孝が結託し、秀吉は信雄の後ろ盾になっているので対立が深まっているのは承知していた。織田信雄からは戦いになったら支援して欲しいと言われ、同じように信孝からも味方して欲しいという伝言があった。さらに、鞆（とも）の浦にいる足利義昭からも、上洛したいので後ろ盾になるよう連絡があった。向こうからアプローチしてくるのは徳川氏の存在が大きくなっているからだが、家康にしてみれば甲斐の支配と信濃の安定に専念したいので、それぞれに理解を示す態度をとりながらも、どちらとも取れるような内容の手紙を送って済ませていた。

京の茶屋四郎次郎が噂やさまざまな出来ごとを家康にいち早く知らせてくれた。

本能寺の変後で明智光秀のところへ勅使として派遣された公家の吉田兼見を、信孝が弾劾しようとしたことが、秀吉と信孝の対立を深めたという。勅使として光秀に接触した兼見は、光秀から安土城にあった金銀を与えられた。これを信孝が非難したのだ。逆賊である光秀と関係が濃密であったように見られた兼見は、自分の立場が悪くならないように秀吉にとりなしを頼んだ。秀吉は、兼見が前の関白である近衛前久に仕える身であり、朝廷の実力者である前久と関係を深める良い機会でもあったから、兼見をかばう姿勢を見せた。信孝も、それ以上追求するわけにはいかず、信孝の弾劾は空振りに終わったという。

大徳寺で挙行された信長の葬儀についても四郎次郎は触れた。京にいるすべての僧侶が集まったのではないかと思われるほど盛大に営まれたが、信雄も信孝も出席しなかったため、喪主が秀吉であるという印象を受けたという。これでは織田家が黙っているはずがないと噂されたが、信雄や信孝は何の動きも見せていない。それがかえって不気味な感じがして、ひと騒動起こるかもしれないと人々は不安を強めていた。信孝と対立している信雄は、秀吉と結びつかなくては存在感を示すことができない。いまのところは双方に目立った動きはないが、このままで済まないと茶屋四郎次郎は言う。

勝家と秀吉との対立は戦いで決着を見る可能性が大きい。その場合、朝廷がどのように反応するのか家康が問うと、勝者につくのは確かであると四郎次郎は応えた。

茶屋四郎次郎は、毛利氏の動向にも触れた。毛利氏は信長の死に乗じる姿勢は見せていないが、織田氏と正式な和議を成立させたいと思っているという。秀吉が本能寺の変を受けて急遽引き返したときに一時的な和議が成立したものの、正式な和議には至っていない。正式の和議の交渉相手が勝家か秀吉なのか見極めようとしているようだ。

秀吉の取次役である石川数正（いしかわかずまさ）に秀吉から手紙がきたのは、この直後である。家康に宛てたもので、勝家と信孝を非難し、勝家と決別すると記されていた。秀吉が、いかに主君の信長に忠誠を誓って仕えたかを連綿と訴え、織田家のために粉骨砕身の努力をしているにもかかわらず、信孝はまったく理解していないと嘆いてみせ、信孝を排除して信雄を立てていくつもりであると記されていた。

家康は、秀吉が信雄を主君として引き立てると言っているところを強調して、それは誠に喜ばしいという返事を出すように石川数正に指示した。しかし、実際には、秀吉に疑問を感じていた。自分を正当化するばかりで、信孝を論難しているのは主筋の人物に対する態度としては望ましくないと思ったからだ。確かに信孝の言動は織田家の後継者としてふさわしくないところがあるにしても、主筋にあたる人物を非難するのは行き過ぎである。とりもなおさず、秀吉が自身の力量に自信を深めているからで、家康は落ち着かない気分になった。

4

この年の十二月に織田信雄と信孝との対立が戦いに発展した。雪が降れば柴田勝家が越前から動けなくなるのを見越し、信孝のいる岐阜城を先制攻撃した。不意打ちだったから、信孝は籠城し護りに入った。

すぐには城は落ちそうもないので信雄は、勝家の支配地となった近江の長浜城を攻めた。城主は勝家の養子である柴田勝豊だが、勝家の支援が得られずに降伏した。

信雄はふたたび信孝のいる岐阜城を包囲した。降雪で移動できないから、柴田勝家の支援は春まで受けられない。信孝は城を捨て遁走した。信雄は岐阜城にいた三法師を連れて安土城に入り、正月を迎えた。信雄は三法師の名代となり、羽柴秀吉、丹羽長秀、池田恒興を宿老とするという通知を、家康はじめ各地の大名や有力者に出した。これを受けて、家康は信雄が当主に就任するのを承認するという意思を伝えた。だが、柴田勝家は雪で動けないだけで、本当の戦いはこれからである。

信雄をけしかけたのは秀吉であるのは明らかだった。柴田勝家は、秀吉と信雄の振舞いは許しがたいと、全国の武将に味方するよう呼びかけた。勝家は毛利氏と長宗我部氏に期待をかけた。毛利氏は秀吉と戦った経験があり、長宗我部氏も秀吉には含むところがあると思えたからだ。家康のところにも勝家から味方するように要請する書状がきた。秀吉の動きを必ずしも快く思っていなかったものの、家康は柴田氏に協力して秀吉と戦うつもりはなかった。

前田利家を味方にした秀吉には余裕があった。秀吉と密約を交わしていることを隠して、利家は勝家の動きを逐一、秀吉に知らせた。皮肉なことに同じ勝家の与力でも、勝家とは馬が合わないはずの佐々成政は、勝家とともに秀吉軍と戦う構えを見せた。

秀吉も各地の大名に味方になるよう、あるいは秀吉の行動を支持するよう促す手紙を書き送った。

二月になると雪解けで進軍が可能になり、柴田勝家は兵を率いて越前から南下した。出発する前に、勝家は改めて多くの大名に味方につくよう要請したが、積極的に勝家に味方する大名はいなかった。

雪が溶ければ勝家が動くとみていた秀吉は、近江平野の北に柴田軍を迎え撃つために賤(しづ)ヶ岳砦を築いた。進軍してきた柴田軍は砦の手前に留まり、自軍の砦をいくつも築いて布陣し、両軍はにらみ合った。勝家の甥である佐久間盛政(さくまもりまさ)が、秀吉軍の砦のひとつに夜陰に乗じて奇襲をかけ戦闘が始まった。秀吉軍の砦は比較的簡単に落ちてしまった。秀吉軍の本隊が、再起した信孝のいる岐阜に向かっていたせいだ。攻撃を受けたという知らせに接して、秀吉は進軍を中止し、賤ヶ岳に兵を集結させた。

柴田軍を上まわる兵力を擁する秀吉軍は、秀吉が到着するのを待って落とされた砦にいる佐久間盛政を攻撃した。たまらずに逃げ出した盛政軍を追撃した秀吉軍は、その勢いで柴田軍の砦を攻撃し、次々に落としていった。秀吉軍が攻撃を始めると、柴田軍は動揺して統制のとれた戦いができなかった。そのうえ、戦力となるはずの前田軍が進軍の途中で中立を宣言したため作戦に支障を来した。柴田軍は、混乱したまま態勢を立て直せず、戦いが動き始めて三日で勝負がついた。

のちに「賤ヶ岳七本槍」と呼ばれ、勝家との戦いで手柄を上げた浅野長政(あさのながまさ)、加藤清正(かとうきよまさ)、福島正則(ふくしままさのり)、片桐且元(かたぎりかつもと)たちの活躍が喧伝された。秀吉から手柄を上げるように指示された彼らは競争心を燃やし、勇猛果敢に戦って秀吉の期待に応え、出世の糸口をつかんだ。秀吉は、彼らの活躍を大きく取り上げ、自軍の勝利を内外に強くアピールした。

秀吉は敗走する勝家軍を追尾した。越前まで逃げきった勝家は北ノ庄城に籠城した。間髪を入れずに城を包囲した秀吉は、勝家に反撃する余裕を与えなかった。

動きがとれない柴田勝家に支援の兵力が来る望みはない。秀吉ごときに降伏するわけにはいかないが、どうすることもできず、勝家は城を燃やして自刃する道を選んだ。その際、正室となった信長の妹のお市の方も勝家と運命をともにした。そして、彼女の三人の娘は信雄の手にわたされ、やがて秀吉が彼女らの後ろ盾となる。

信孝はといえば、主戦場の賤ヶ岳に向かう途中で柴田軍の敗戦を知り、岐阜城に逃げ込んだ。その情報をつかんだ信雄軍がすかさず岐阜城を攻撃した。今度こそ信孝を自害に追い込むように秀吉から言われ、信雄軍は攻撃の手を緩めなかった。包囲された信孝は降伏の意志を示したが、信雄は許さなかった。信孝は自刃し、城は明けわたされ、秀吉が想い描いたとおりの展開になった。光秀を討ったときと同じように、戦いの主導権は最後まで秀吉が握っていた。

勝利を収めた秀吉のところに各方面から戦勝祝いの品々が届けられた。

秀吉が勝利したと知った朝廷は、秀吉が上洛するのを待たずに、越前の北ノ庄で戦後処理に当たっている秀吉のところに勅使を派遣した。勅使は吉田兼見である。信孝に不正があると言われたときに秀吉に助けられた兼見は、光秀と通じていたと思われたままでは朝廷内での立場は悪くなるから、それを払拭するためにも率先して勅使の役を買って出た。越前まで行くのは他の公家たちが躊躇したので兼見にはそれが幸いした。勅使の兼見が出発するころには、秀吉は近江にある長浜（ながはま）城に戻りひと休みしていた。その情報に接した勅使の兼見は長浜城へ向かった。

正親町（おおぎまち）天皇から太刀、誠仁（さねひと）親王から貴重な匂い袋を託され、吉田兼見は長浜城で秀吉に面会した。朝廷が秀吉の勝利を喜び、引き続き京の治安のために精を出すようにという天皇の言葉を伝えた。越前まで足を運ぶつもりで来たと聞き秀吉は恐縮した。山崎で光秀を討った後にも勅使が派遣されたが、そのときは総大将の信孝のところにも勅使が派遣された。それを思い出した秀吉は、安土にいる信雄のところにも勅使を派遣したかと聞いた。

兼見は、そんな話はないと応えたうえ、信雄のところにも派遣したほうが良いのか秀吉に聞いた。すると秀吉は、それは朝廷の決めることだからと言って不機嫌そうに横を向いた。秀吉が信雄のところまで勅使を派遣して欲しくないと思っているのを察した兼見は、恐らく勅使は派遣されないと思うと応えた。実際にそんな話は持ち上がっていなかった。

上機嫌になった秀吉は兼見に夕餉を振舞い、勝家との戦いの模様を語りながら丁重にもてなした。戦いの様子について、兼見は正親町天皇に報告した。天皇から勝利を祝う手紙が秀吉に寄せられた。上洛した秀吉は、天皇が自分の勝利を喜んでくれていると、改めて天皇宛に丁重な感謝の手紙をしたためた。

家康も秀吉の勝利を祝う品を届けた。秀吉に献上したのは「初花肩津衝（はつはなかたつき）」という茶入れである。これは信長が手に入れて信忠にわたり、さらにその後の混乱のなかで三河の豪商の手にわたり、家康に献上されたものである。この茶入れが家康のところにあると知った秀吉は前から譲ってほしいと所望していたから、家康はこの機会をとらえて差し出した。

秀吉ほど茶の湯に興味を示さない家康には、秀吉がそれほど喜ぶとは思わなかった。このときの戦いで中立を保っていたが、とりあえず秀吉から徳川氏の支配地域に干渉の手を伸ばす恐れがないようにと、秀吉に使者を派遣したのだ。使者である石川数正は、秀吉から丁重にもてなされた。他の大名たちからの使者より明らかに大切にされて数正は気分が良かった。

いっぽう、信雄は織田家の当主扱いされても、京にいなかったので朝廷から無視される存在でしかなかった。秀吉の存在感の大きさとはくらべものにならない。様子見を決め込んでいた多くの有力者は勝ち馬に乗ろうと、秀吉が働きかけなくても擦り寄る人たちが増えた。秀吉は、これが勝利の美酒なのかと全身で喜びを味わった。

5

柴田勝家と信孝が支配していた越前と美濃などの新しい領主を任命したのは秀吉である。本来なら織田家の当主の信雄がおこなってもおかしくないはずだが、誰も秀吉が国割りをするのを疑問に思わなかった。信雄のほうも、主人（あるじ）を差しおいて勝手に決めるのはけしからんと抗議をしたわけではない。信長が健在であれば勝手な振舞いはできなかったが、信雄なら恐れるに足りない。

論功行賞では丹羽長秀、池田恒興、それに前田利家を優遇した。勝家の所領のうち越前と加賀二郡を丹羽長秀に、能登と加賀二郡を前田利家に与えた。信孝の領地だった美濃は、池田恒興が新しい支配者になり、息子の元信（もとのぶ）を岐阜城の城主にした。さらに忠誠を誓っている堀秀政（ほりひでまさ）を近江の佐和山城に入れた。

このほかの領地には秀吉は身内を入れた。丹羽長秀が所有していた丹波は秀吉の養子である秀勝（ひでかつ）、同じく但馬と播磨は秀吉の弟である羽柴秀長（はしばひでなが）に与えた。それまで池田恒興が支配していた摂津は秀吉の直轄地とし、自身の本拠地を大坂に決めた。大和を除く畿内は秀吉とその身内で支配する体制になった。

大坂にあった本願寺の跡地に新しい城を築き始めたのは信長である。大坂は安土や京にならぶ日本の中心地であるという認識があったからだった。堺に隣接する地域であり、大坂を商業都市として支配する計画を信長が立て、秀吉がそれを引き継ぎ自らの拠点とした。実現しなかったものの、将来的には朝廷も大坂に移す構想まで抱いていた。

柴田勝家との戦いから三月も経たない六月二日に、信長の一周忌の法要が京の大徳寺で盛大におこなわれた。もはや誰に遠慮することもなく葬儀の一切を秀吉が取り仕切り、信長の後継者は自分であることを天下に示した。直後に、二の丸が完成して秀吉は大坂城に入った。壮大な本丸の造営はこれからだが、城にいて陣頭指揮をとることにした。安土城を超える規模の城にするつもりだった。城の敷地を拡張し、豪華で見栄えがいい城にする。霊峰の富士を思わせるような天守は高く聳えるようにし、掌握した権力を誇示しようという秀吉の野心が城のかたちになっていく。

秀吉は二年前に建てた姫路城にかかわった家臣の黒田如水(くろだじょすい)に城の縄張りを命じた。火災を防ぐためもあるが、城郭のすべての建物を瓦葺きとしたのは豪壮な印象にするためでもある。瓦製作のために姫路近くに住む瓦職人たちを呼び寄せ、城の近くに窯をつくり、大量の需要に応えられる体制にした。労役のために大人数を動員し、各種の専門職人を集結させた。

重視したのは護りの堅さである。数々の城攻めを経験した秀吉は、城をつくってから護りをかためるのではなく、最初から堅固な要塞にした。本丸や二の丸は高い石垣の上に建て、外堀も従来の城には見られない規模にする。本丸に至る通路は入り組んだ曲輪(くるわ)にして、敵が容易に侵入できないようにした。少し前までは、築城には自然の要塞を利用して山の上や川や断崖に囲まれた地域が選ばれたが、大坂城は平地といえる地域である。それだけに、それらとは違う配慮がなされている。内堀も外堀も広い範囲にめぐらせるから石垣に使用する石の量も膨大になる。これらの石は生駒山系や六甲山系から切り出して運ばれる。

その運搬だけでも大変な人数が必要になる。円滑に運べるように大坂城への道を整備し、港も改修した。
堀と石垣に囲まれて天守を持つ城の形式は、この時点ではまだそれほど多くない。石垣を高く築いて安定させる技術的なノウハウを持っているのは近江の穴太衆（あのう）であり、彼らの指揮をとったのが羽柴秀長に仕えていた藤堂高虎（とうどうたかとら）である。高虎は、浅野長政や津田信澄（つだのぶずみ）などに仕えた後に秀吉の弟である秀長の家臣となり頭角を現した。ひときわ身体も大きい高虎は、戦場でも腕力の強さを発揮して活躍したが、城づくりに能力を発揮した。城にある建物の内装は安土城のように一流の絵師や金細工師や大工を起用し、可能なかぎり派手やかな装飾を凝らした。

秀吉は側近として遇している若い家臣たちに「そのうちにお前たちを城持ちにしてやるから、城づくりの監督をしながら、城づくりを学んで身につけるようにせよ」と話した。武将たる者は敵と戦場で対するときだけでなく、日頃から幅広い知識を備えておく必要性を強調した。城づくりもその一環である。秀吉は彼らにどのように行動すべきか自分の経験をもとに熱心に語った。

信長が安土城を築いたときに城下町をつくったように、秀吉も大坂に多くの人々を住まわせるようにした。城の敷地内や周辺に一族や家臣たちの館をつくり、将来的には帰順した大名たちの屋敷もつくって住まわせるつもりだった。そのためには、城の周囲の谷を埋めて平らな土地にしなくてはならない。大坂城が完成してからも、しばらくは土木工事が続けられた。

大坂城に入った秀吉は、茶の湯三昧（ざんまい）に明け暮れた。蒐集した名品を並べて披露し、そのときどきにふさわしい客を招待した。城内に八畳ほどの茶室と四畳半の茶室をつくり、招待する人数に応じて使い分けた。さらに、敷地のなかに独立した茶室だけの建物をつくり、そこへ行くには林のなかを抜けるような坂道を登る小径があり、城にいることを忘れさせる風景にした。大徳寺にあった山荘のような茶室にして山里丸と称した。

　賤ヶ岳で活躍した家臣たちを集め「これからはお前たちも茶の湯をたしなむようにせよ」と説いた。「我のように名品を集め、茶の湯をゆったりと楽しむようにすれば精神が高められる」と、かつての信長のように言い募った。彼らは賤ヶ岳の戦い以前にはたかだか数百石の知行を与えられているに過ぎなかったが、秀吉に目をかけられた家臣は三千石ほどに加増された。やがて彼らの多くは城持ちになる。弟の秀長や甥の秀次、さらには叔父や従兄弟といった親族を集めた茶会を開いたときには、茶の湯を楽しむ余裕がなくては羽柴家の一員としての資格に欠けると語った。

　秀吉が主宰する茶の湯は利休が茶頭となり、招待された人たちの序列は厳密に守られた。秀吉に従う人たちの順位や身分は茶の湯の席順で分かる。秀吉がそうなるよう配慮したからである。

　九月に松井友閑（まついゆうかん）、荒木道薫（あらきどうくん）、津田宗及（つだそうきゅう）、万台屋宗安（もずやそうあん）を招き茶会を開いた。やはり利休が茶頭を務め、それぞれが自慢の茶道具を持ち寄った。道薫というのは荒木村重（あらきむらしげ）の僧名であり、信長が討たれてからは京に姿を現しても咎められなくなり、茶の湯に明け暮れる毎日を過ごしていた。もはや武将の面影はない。茶の湯の名人として知られた人は、みんな自慢の名器を所有していたが、秀吉は抜きん出てたくさんの名品を持っているからご機嫌だった。秀吉の蒐集欲は衰えず、他人が持っている名品を無理強いして召し上げることもあった。

　秀吉が打ち込んだもうひとつが能である。しかし、家康や信長のように若いころから師匠のもとで学んでいるわけではない。高い身分になったからには、能のひとつも所望されて舞えないようでは卑しい出自が露呈しかねない。一流の能楽師を招いて熱心に稽古を続けた。筋が良いと誉められたので、初めは心を許した身内の前だけで舞っていた秀吉も、やがて大名たちを前にして舞うようになった。地が出てしまい貧相な表情の秀吉が姿を見せることもあったが、次第に秀吉の立ち居振舞いも、ゆったりと貫禄のある動きを見せるようになっていく。

多くの人たちが秀吉に擦り寄ってきた。それに反比例するように信雄の存在感は薄れていく。京の情報が彼のところには満足にもたらされない。ないがしろにされていると信雄が思うのも無理からぬことだった。秀吉のもとにはさまざまな分野の有力者たちが訪れて賑わい、連日の茶会で上機嫌に過ごしていると聞くと、もう少し主人として自分を立てて良いのではないかと信雄は苛立った。だが、面白くないと思っても、主君である自分のほうから秀吉に接触するわけにはいかない。連絡は宿老たちに任せることになる。

織田信雄は、京都所司代に前田玄以（まえだげんい）を任命した。朝廷との連絡や交渉にあたる任務である。京都奉行には秀吉により浅野長政が任命されていたが、長政が坂本城主になってからは別の誰かを任命していない。自分の家臣の誰かを当てるより、信雄の家臣で有能に見える前田玄以を手なづけたほうが良いと秀吉が考えたからだ。

京都所司代になれば京に滞在する。玄以の主人は信雄だが、秀吉は筆頭家老であるから、朝廷との連絡役の玄以に接近し、秀吉が指示を出しても不自然ではない。秀吉が玄以に接触したところ、玄以は秀吉の指示を拒否する意志は見せなかった。信長に仕えていた前田玄以は、嫡男の信忠の家臣になり、本能寺の変のときに息子の三法師を安全なところに移すように織田信忠から言われ、戦わずに京を脱出した。その後、信雄に仕えた玄以は、朝廷との交渉を受け持つうちに、次第に秀吉の家臣であるかのように振舞うようになる。それでも、信雄からは何も言ってこないので、秀吉との繋がりが密になり、公家との関係を深めて朝廷の組織に食い込み、秀吉の信頼を獲得した。

　秀吉は玄以の取り込みに成功すると、信雄に仕える家老たちの籠絡にも手を染め始めた。低い身分から伸し上がった秀吉は、どんな立場の人であっても、自分の味方になるよう働きかけるのが倣い性になっており、信雄の家老たちに接近を図ったのだ。信雄が秀吉をどのように思っているかを聞き出し、その反応により自分になびく可能性のある者を選び出した。主君の家老として彼らを丁重に扱い、下にもおかないもてなしで心を開かせる。敵方の武将や国衆を寝返らせようとさまざまな手を用いてきた秀吉には、調略は身についた駆け引きである。

　最初のうちは「信雄さまによろしく」と言っていたが、関係を深めるに従い「これは信雄さまには内緒にしてほしい」と言いながら、さまざまな情報や土産を手わたして味方に取り込んだ。尾張星崎城主の岡崎重孝(おかざきしげたか)、苅安賀(かりやすか)城主の浅井長時(あさいながとき)、伊勢松ヶ崎城主の津川雄春(つがわたけはる)を、秀吉が手練手管を発揮して自分の家臣であるかのように振舞わせていく。

　茶の湯や能三昧の日々を過ごしているように見せながら、秀吉は着々と主筋の織田信雄の追い落としを陰ではかっていたのだ。信雄を力でねじ伏せたかったが、明らかさまに排除するわけにはいかない。下手に策を弄しても、権力の座に着きたいからであると思われ正当性を疑われる。利休からも「このまま何もしないのがいちばんです」と忠告されていた。そこで、秀吉の得意とする調略に力を入れた。

　本音で言えば、秀吉は、すぐにも信雄に取って代わりたいと思う。だが、利休の進言も歯止めになっている。我欲を前面に立てたのでは多くの支持を得られないことは、さすがの秀吉にも分かる。

利休は、みごとに秀吉の懐に飛び込んで信頼を獲得した。

信長が主宰する茶の湯でも茶頭を務めたことがあったが、信長は自分だけしか頼りにせず、周囲が何を言おうと思いどおりに行動する。信長が主宰した茶の湯は、信長が描いた筋書きどおりにならないと気に入らない。利休が、こうしたいと思っても、信長の要求と異なれば評価してくれない。信長に取り入るには、自身の気持ちを押し殺さなくてはならないが、上昇志向は強いものの、どうすべきか迷いがある秀吉のほうが扱いやすかった。信長は鷹狩りや相撲のような競技に興味を示し、茶の湯を頻繁に開かなかったから、利休との関係もそれほど深くはならなかった。

信長に長年仕えた秀吉は、服従するのが板についている。自分の考えを押しとおすより、信長にどう評価されるかが行動の基準だった。自分がおかれた状況を理解し、さまざまな条件を考慮し、いくつもある選択肢から最適な答を見つける能力は、信長に仕えて鍛えられた。そして、信長が死んでからは、それまで鍛えた能力を存分に発揮して信長配下の武将たちの競争を勝ち抜いた。その結果、秀吉は、自身の判断力に自信を持つようになったものの、信長のような絶対的な自信を持つにはいたらない。それが秀吉の心に空白を生み、迷いや不安が生じる。それを払拭しようと信長に負けないように安土城を凌駕する城をつくり、茶の湯の名品といわれる道具の蒐集に意欲を燃やし、多くの大名たちを屈服させている。

秀吉の茶頭を務めているうちに、利休は絶対的な権力者になりたいという秀吉の強い願望を感じとり、秀吉の心の空白部分を埋めるのに自分が適した立場にいると気づいた。その機微を利休が心得て、秀吉の劣等感を解消する方向で助言すれば、秀吉はますます利休を信頼するようになる。自分は誰よりも判断力に優れているという思いが秀吉にはあるから、迷いや不安を表に出せば自分の権威にかかわる。それを他人に知られたくないと思っている。

　そうした秀吉の不安部分を、さりげなく取り除いてやれば良い。秀吉にとって好ましい提言をすれば、秀吉は利休の意見が半ば自分の考えであるかのように思って採用する。秀吉への進言は、間違っても指示であるような印象を与えないようにする。そうすれば、秀吉も素直に利休の忠告に耳を傾ける。

　信長の時代には、信長の意志が法律と同じ効果を発揮した。そうした信長の絶対性が崩れさってからは、まつりごとの世界では正統性が問われる傾向にある。秀吉にもそれが分かるから、利休を自分のそばにおき忠告に耳を傾けるつもりになっている。利休にとって都合が良いことに、秀吉の茶の湯への入れ込み方は長続きしたから、師匠と弟子であり続けると同時に、第一人者とそれに仕える知恵者として、二人の関係は強まっていった。

6

　五か国を領有する大名になって一年数か月、家康は所領の経営に専念した。

　一五八四年（天正十二年）正月を迎え、甲斐の治安に問題はなく、心穏やかに新しい年を迎えた。だが、秀吉と主君である織田信雄との関係がぎくしゃくしてきて、それに家康も巻き込まれ事情が変わった。

　二月に織田信雄の使者が浜松城に来た。織田氏の筆頭家老であるはずの秀吉に対する弾劾を告げる内容だった。大坂城に入ってからの秀吉は織田家の宿老であるのを忘れ、信雄の家老たちにまで調略の手を伸ばし、自分のほうから挨拶に来ないうえ何の連絡もなく、茶の湯を開いていい気になっていると秀吉を非難していた。

北条氏との和議が成立し、同盟関係が強まったのも織田氏のお陰と思っている家康は、織田家の当主として信雄を盛り立てていくつもりだった。そうしないと天下は治まらない。だから、信雄が秀吉を不快に思うのはよく分かる。大坂城を立派にした秀吉は、信長の後継者として君臨しようと画策している。主筋の織田家をないがしろにして良いはずがない。信雄が自分のところに使者を送ってきたのはよくよくのことであろう。

「何かあったら家康に相談するように」と信長が言い残したという信雄からの伝言があった。家康が頼りになると信長が語っていたというのは家康にはうれしい話だった。信長の思いに勇気づけられる。五か国の大大名になれたのも、もとをただせば信長のお陰である。これからも織田家を大切にしていく気持ちに変わりはない。

だが、実のところどうしたらいいのか。信雄が秀吉と相容れなくなっているのは分かるが、信雄の気持ちが、いまひとつ把み切れなかった。秀吉の態度が許せないから討ちとるつもりなのか、態度を改めるように説得してほしいのか言及していない。自分に何をしてほしいのか曖昧なままでは協力したくてもできない。そのあたりを明瞭にしてほしいと言って使者を返した。

ほどなく秀吉からの使者が来た。前に関東の戦いを止めるようにと要請したのに何も行動していないとはどういうわけかという咎める伝言を持ってきた。前年に関東の惣無事（平和）に関して責任がある立場の徳川氏に、北条氏が周辺の大名と戦っているのをやめさせよと言ってきていた。北条氏と同盟関係にある徳川氏は、北条氏が戦う事情が分かるから、やめるように言うわけにはいかない。そのままにしておいたのを咎める内容だった。

北条氏と敵対している常陸の佐竹氏が、苦戦を強いられているから加勢してほしいと秀吉に要請してきたからだ。それに応じて秀吉が佐竹氏を支援すれば、北条氏は秀吉と敵対することになる。そうならないよう家康に対処を求めているが、北条氏と周辺にいる大名との対立を家康が干渉するわけにはいかない。

家康は北条氏と話し合うから少し待ってほしいと言って秀吉の使者を帰らせた。そもそも秀吉が関東の状況に口を出すのは家康にとっては面白くない。柴田勝家との戦いで自分が中立を保ったように、秀吉も容喙（ようかい）すべきではないという思いがある。

それからあまり経たないうちに、信雄からの使者がふたたび浜松を訪れた。

前より秀吉に対する不満が大きくなっており、このままでは済まないという信雄の気持ちが伝えられた。信雄の家老の三人が秀吉に籠絡され、秀吉に対する不信感が強くなっている。大坂城で茶会を開くから、信雄に大坂まで来るように言ってきたが、のこのこ出かけて殺されてはたまらないと断わったという。

確かに秀吉はいい気になりすぎている。明智光秀を討ち、柴田勝家を倒して恐いものがなくなっている。信長の恩を忘れた秀吉を、このままで済ませるわけにいかず排除するしかないと信雄は思い詰めている。だが、信雄は本当に行動を起こそうとしているのか。

家康は、織田家のためにひと肌脱ぐ気持ちは持っているが、協力するには信雄に強い意志があることを確かめたかった。そこで、秀吉と相容れないというのなら、信雄の強い意志を見せてほしい。それが分かれば協力するつもりだと家康は使者に応えた。頼りにされるのは悪い気持ちはしないものの、秀吉と対決するとなれば、相当の覚悟をしなくてはならない。主筋の織田家をないがしろにしている秀吉を討伐するとなれば正統性はこちらにある。とはいえ、秀吉は多くの大名を味方につけているから、それを討ち破るだけの力量が求められる。そのためには反秀吉勢力を結集しなくてはならない。

すぐさま信雄から、秀吉と通じている家老三人を切腹させるという連絡があった。信雄が覚悟を決めたからには、家康も腰を上げざるを得ない。このままでは弟の信孝と同じ運命を辿ることになると信雄は不安になったようだ。信孝を討ちとる役目を果たしたが、いまになって思えば秀吉の思惑どおりに動いたことに気づいたのである。

家康と秀吉では、織田家に対する尊敬の意識に違いがある。家康は信長時代から引き続き織田家を盛り立てようとしているが、秀吉にはその意志はなくなっている。京や大坂で支持勢力を拡大している秀吉は、織田家は主家として尊重する存在ではなくなっていた。

信雄が秀吉に靡(なび)いた家老たちを切腹させたという連絡を受けると、三月七日に家康は三千人の兵を率いて浜松を出発、翌八日に岡崎城に入り、三月十三日に信雄のいる清洲城に到着した。

7

秀吉が味方につけた三人の家老を長島城に呼び出し、信雄が切腹を命じたことを知った秀吉は、ただちに対抗処置を講じた。

家康が信雄に呼応して尾張の清洲城に兵を引き連れて入ったのを確かめた秀吉は、これで良いと思った。相手が攻撃を仕かけてきたのを受けて立たざるを得ない立場になるからだ。こうなる可能性を想定していた秀吉は慌てなかった。むしろ、これを待っていたと言っていい。

秀吉はその前から多数派工作をしていた。

池田恒興は信長と乳兄弟であり、織田家との関係が深い。信雄は秀吉の振舞いを非難して恒興に味方につくよう要請したが、恒興は信雄の誘いに乗らなかった。恒興はとうの昔に秀吉から籠絡され、頼りになるのは秀吉であると思っていた。

毛利氏との和議を成立させたのも、こうした事態に備える意味があった。信長の死後も支配地域をめぐり、毛利氏と話し合いはついていなかったが、柴田勝家との対決に勝利した秀吉は、中断していた交渉を再開し、毛利氏もそれに応じる姿勢を見せた。信長の在世時に毛利氏に対し、備後（びんご）、出雲（いずも）、美作（みまさか）、備中（びっちゅう）、伯耆（ほうき）の五か国の割譲を要求していたが、交渉で秀吉は備後と出雲を放棄して残りの三か国の割譲にまで妥協した。だが、毛利氏はそれでも飲めないという。

毛利氏側の交渉は安国寺恵瓊（あんこくじえけい）が担当した。秀吉はこの要求まで拒否するなら武力の行使も辞さないと強硬な姿勢を見せた。秀吉が強気に出たのは、毛利氏が秀吉との武力衝突を避けたいと思っているのを見抜いていたからである。

秀吉が何を考えているかを理解し、秀吉を評価している恵瓊は何としても和議を成立させようと、秀吉にさらなる妥協を迫り、三か国の一部は毛利氏の支配地域にしたいと提案した。交渉を決裂させたくない秀吉は、この提案を飲み決着した。毛利氏が秀吉に人質を差し出すことになり、結果として毛利氏が秀吉にくだっていた。織田・徳川連合軍の決起を知らせ、毛利氏に対し宇喜多秀家とともに、家康に味方する勢力を牽制するよう要求した。

越後の上杉氏に対しては、柴田勝家と対立しているころから接近していた。上杉氏の隣国となる越前の柴田勝家を牽制するためで、勝家が破れて越前が秀吉の支配下になると、上杉氏と秀吉とは国境を接するようになり微妙な関係になった。だが、秀吉の威勢を伝え、秀吉との関係を良好にすることが上杉氏の安泰のために重要であるとして上杉氏を味方につけている。こうした交渉を担当したのが石田三成である。とはいえ、この時点では増田長盛と木村吉清と共同で担当し、三成は末席をつとめる立場だった。近江の土豪の息子である三成は、秀吉が近江の長浜城を支配するようになったときに小姓として秀吉に仕え、これが外交デビューだったが、秀吉の意向を踏まえての交渉で次第に主導するようになり、秀吉に注目されるようになっていく。

柴田勝家とともに戦った佐々成政は、その後は秀吉に与する動きを見せたが、結局は家康とともに戦うことになった。そこで、上杉氏に成政を牽制させ、前田利家と丹羽長秀が加わり成政の動きを封じた。

関東の周辺で北条氏に敵対する佐竹氏をはじめとする大名たちにも、北条氏と戦いを推し進めるよう秀吉は促した。北条氏が家康を支援する余裕をなくすためである。

紀州の雑賀と根来の一向宗の信徒からなる軍団は織田信雄に与する動きを見せた。これに対抗して、彼らが織田・徳川軍と合流しないように、河内の岸和田城を護る黒田如水に動きを封じるよう指示した。さらに、四国の長宗我部氏には淡路島を支配する仙石秀久を当て、いざとなれば牽制する動きを見せるよう要請した。

予想しなかった動きもあった。信濃の木曽義昌が家康側から秀吉側に寝返った。武田氏の滅亡につながるきっかけをつくった義昌は、信濃の国衆として家康の傘下に入っていたが、その支配地域は秀吉の勢力圏である美濃に近い。秀吉と家康が敵味方に分かれて戦う情勢になり、家康軍とともに戦えば美濃にいる秀吉に味方する勢力から攻められると判断し、義昌は秀吉側につく選択をした。

それを知った家康は、ただちに周辺にいる国衆たちに木曽義昌を封じ込めるよう指示した。武田氏の滅亡以来、信濃の国衆は不安定な状況になるのを恐れ、激しい戦闘が起きないよう努めてきた。そうした雰囲気を大切にした義昌は秀吉に下ったものの、自身はなるべく戦いたくなかったのだ。

8

家康にとって戦いは織田氏のためという大義がある。対して、秀吉には天下人になるために織田氏の勢力を排除する戦いである。実情としては秀吉と、それに敵対する家康との戦いだった。のちに「小牧・長久手の戦い」と言われているが、秀吉軍と徳川軍が、各地の勢力を巻き込んで、二手に分かれて争う全国規模の戦いであると見ることも可能である。天下分け目の戦いに近いといって良い。しかも、この戦いは決着がついたようなつかないようなところがある。

紀州の雑賀と根来の一向宗の軍団が織田、徳川連合軍に味方したので、当初は家康も彼らとともに大坂城を攻撃する計画を立てたが、秀吉側の動きは早く、決戦の場は尾張になった。ただし、鉄砲を主要な武器にして戦う雑賀と根来の軍団は、大坂地区で別の戦いを展開している。

三月九日に秀吉軍が信雄の居城のある伊勢に向けて出陣した。これに呼応して、家康は先遣隊として酒井忠次の部隊を伊勢に派遣した。ところが、その直後に池田恒興ら美濃勢が信雄の支配する尾張の犬山城を攻撃した。池田恒興・元助の父子、それに信濃から撤退した恒興の娘婿である森長可が率いる部隊が、秀吉軍が来る前に立ち上がり、戦いの火蓋が切られた。犬山城をとられては戦いが著しく不利になると、信雄からの援助要請に、家康は犬山城を支援するために伊勢に派遣した酒井忠次の部隊を急遽、尾張に移動するよう指示した。

いっぽうで、紀州の雑賀・根来衆は堺を占領し、岸和田城を攻撃し、大坂城に迫った。秀吉から留守を託されていた蜂須賀家政や生駒親正・黒田長政らが城から出て一向宗の軍団と戦い、かろうじて雑賀・根来衆を撃退した。この報告を受けた秀吉は、大坂に向かおうとしたが、戦いは終わっていた。

三月十七日には徳川軍の酒井忠次が率いる先遣隊と、秀吉軍に属する森長可の部隊が犬山城の近くで激突した。この戦いで血気に逸った森長可が老練な酒井忠次にうまく操られ森軍は敗走した。

清洲城にいた家康は、こうした状況を踏まえ、信雄と相談して本陣を小牧山城に決めた。家康が信雄とともに小牧山城に入ったのは三月二十八日である。高台にある小牧山城からは尾張平野が一望でき、敵が来れば手にとるように様子が分かる。多くの兵糧を運び込み、防御にほころびがないかを点検し、兵糧の補給ルートの確保を図り、戦いが長期化しても持ちこたえられるようにした。

出鼻を挫かれた秀吉は、家康と信雄が小牧山城に入ったと聞くと、その近くにある楽田に陣を張った。台地に長い柵を築き防御ラインをつくり、秀吉が滞在するための城、さらに将兵のための館や小屋がつくられた。戦いが長期に及ぶのを想定して備えを確かにした。織田・徳川連合軍は二万余、秀吉軍は六万余である。小牧山城に集結した家康軍が城を出て攻撃するのは無謀だが、秀吉軍も堅固な小牧山城を攻撃するとなれば多くの犠牲を覚悟しなくてはならない。それでも簡単に落とせない。どちらも動くに動けない状況である。

陣地を構築するあいだにも、家康を慌てさせようと、秀吉は池田恒興の進言をいれて、徳川氏の本拠である三河を攻める作戦を展開した。三河の岡崎城を攻撃する構えを見せれば、小牧山城の家康軍は城から出てくるに違いない。

秀吉は、総大将に甥の羽柴秀次（はしばひでつぐ）（このときは三好信吉と名乗っていた）を指名した。池田親子と森長可の部隊を付けて四月六日に行動を起こし、八日に岡崎へ進軍する途中にある徳川氏が支配する岩崎城を攻略した。

二万という敵軍が三河に向かっていると知った家康は、小牧山城を酒井忠次や石川数正、本多忠勝（ほんだただかつ）らの家臣に託して、榊原康政（さかきばらやすまさ）、井伊直政、大須賀康高（おおすがやすたか）の部隊を率いて城を出て敵の後を追った。小牧山城から南東にある長久手（ながくて）で家康軍は秀次軍に追いついた。

後方から突然、敵が攻撃を仕かけてきたので、最後尾の秀次軍に動揺が走った。徳川軍が追撃してくるのは想定外だったから、戦おうとする前に秀次軍の兵士たちの一部が家康軍の餌食になった。ようやく対抗するものの攻撃を食い止められず、秀次は側近たちに囲まれ辛うじて逃げることができた。前方を行く池田恒興・元助父子と森長可の部隊が前進を停止し、向かってくる徳川軍に対峙した。

白兵戦を想定した徳川軍は敵を撃つ体制をととのえた。野戦になれば地の利を得るのが大切である。徳川軍は高台を占拠して兵を左右に大きく広げて配置した。鉄砲を準備して待ち構えているところに、森長可の部隊が、犬山城近くの戦いで失った名誉を挽回しようと果敢に攻撃した。それこそ徳川軍の望むところであり、たちまちのうちに鉄砲の餌食になり、森長可が討ち死にした。池田恒興父子の部隊も、続いて怯まずに戦いを挑んだ。勇ましい戦いぶりで犠牲が大きく、池田恒興・元助父子がともに討ちとられた。統制のとれた戦いができずに完敗だった。

活躍した井伊直政の配下には、かつての武田軍の兵士がいた。家康が完敗した三方ヶ原（みかたがはら）の戦いに武田軍の兵士として参加した経験を持っていた兵士は、三方ヶ原のときを上まわる勝利であると語った。

家康は、敵が散り散りになったのを見届けると、ただちに小牧山城に引き返した。小牧山城を護りとおすことの重要性を理解していた家康は、再び籠城を続けた。家康の素早い行動により、秀吉の挑発作戦は失敗に終わった。家康は長久手における味方の勝利を各地の大名たちに伝えた。戦いは京でも大きな関心事になっていたから、家康軍の圧倒的な勝利の報が伝えられると、京の住民のあいだに動揺が広がった。

家康は、この勝利をもとにして秀吉軍を攻略して勝利を得るつもりであると喧伝した。

信濃では秀吉方についた木曾義昌を徳川方の小笠原貞慶（おがさわらさだよし）が攻めており、讃岐（さぬき）では長宗我部元親の弟の香宗我部親泰（こうそかべちかやす）が徳川氏に味方していた。越中では秀吉と柴田勝家の戦いでは勝家側についた佐々成政は、柴田氏の残党を加えて織田・徳川連合軍とともに戦う姿勢を見せた。さらに、家康は本願寺も味方につけようと工作した。大和の無視できない勢力である高野山にも本願寺と組んで味方するよう誘った。緒戦では家康側が有利な展開を見せ、家康も秀吉を倒すのは可能であると思い、秀吉を討ちとり上洛するつもりであると宣言した。

戦いを打開しようと、秀吉は近くにある敵の城を攻撃する戦いを展開した。木曽川の東岸にある加賀野（かがの）井（い）城と竹ヶ鼻（たけがはな）城を包囲した。家康からの支援は充分ではなく秀吉軍により開城された。いっぽうでは尾張の蟹江（かにえ）城が攻撃されると、家康は自ら出馬して秀吉方で指揮をとる滝川一益（たきがわかずます）、それに水軍の九鬼嘉隆（くきよしたか）と戦い、彼らを退けている。この後、家康は伊勢に行き、さらに清洲城を経て小牧山城に戻っている。どちらも、小さい勝利を挙げただけで戦いの帰趨は予断を許さない状況が続いた。

　家康は側室の阿茶局（あちゃのつぼね）を小牧山城に連れてきていた。家康は彼女と西郷局（さいごうのつぼね）の二人の側室を大切にしていた。三男の秀忠（ひでただ）と五男の信吉（のぶよし）という二人の息子を産んだ西郷局は、幼い息子たちとともに浜松城に残してきた。阿茶局はふくよかな体型をしてゆったりと話す、家康に安らぎを与えてくれる存在である。しかも教養があり頭の回転も悪くない。小牧山城での籠城は長引くことが予想されるから、彼女の働きは重要だった。戦いでは緊張を強いられ判断力が鈍ることがある。家康は弱気にならないように、じっくりと構えようとした。長久手の戦いから帰った夜も、家康は戦勝祝いの宴会をそそくさと終わらせ、阿茶局とともにすごしている。その直後に彼女が妊娠したことを知り、家康はことのほか喜んだ。しかし、それも束の間、彼女は流産してしまった。

　いっぽうの秀吉は楽田の城で茶会を開いている。にわかづくりの城のなかに茶室をしつらえ、利休や宗及を呼び寄せている。緊張感を解放させる側面があるが、茶会は作戦会議の場にもなる。利休は茶頭として茶会を仕切るだけでなく、秀吉の側近として意見を述べた。秀吉軍の評判についての情報を集めては、助言する内容を変えている。

　ときには大坂に戻る秀吉は、造営中の城の点検をしている。紀州の一向宗の軍団の動きを封じる手立ても抜かりなく施した。相変わらず大坂城の普請は続いていて、あい間に茶道具の名品の蒐集も忘れなかった。

　利休は朝廷や京の動きに注目した。信長の時代は戦いの前に朝廷が戦勝祈願をしていたが、この戦いで朝廷が何の動きも見せていないのは、秀吉に肩入れして敗れたら朝廷の権威は失墜してしまうと思っているからのようだ。長久手の戦いで徳川軍が圧勝しても朝廷は沈黙していた。利休は、局地戦で負けても秀吉が敗れるはずがないと見ており、圧倒的に勝利しなくてもよいと思っていた。むしろ、腕力で信雄を屈服させた印象を人々に与えるのも好ましくない。信長でさえ将軍を殺めたという汚名は避けていたのだ。この戦いに勝利しても、信雄に対する扱いは慎重にしなくてはならない。利休がそのことを秀吉に伝えると、秀吉は深くうなずいた。

9

夏が過ぎつつあるが、戦いは膠着状況が続いている。家康は北条氏の支援を期待した。大軍を率いて駆けつけてくれれば、この状態を打開する糸口になる。その期待が高まったのは関東での北条氏の戦いに目処が付くという報告が来たからだ。五月に始まった佐竹氏・宇都宮氏らの連合軍と北条氏との沼尻での戦いは、七月に引き分けに近いかたちで終了した。徳川氏に加勢ができると、北条氏は尾張に出陣する準備を始めた。知らせが届いた小牧山城の徳川軍は気勢を上げた。

だが、秀吉も北条氏の動きをつかんでいた。黙って見過ごすつもりはない。北条氏に敵対する勢力に対し、散発的でも良いから北条氏の支配地域に攻め込むよう指示した。関東のあちこちで北条氏が支配する城を攻めれば、北条氏はその対策で手いっぱいになる。

反北条勢力は、秀吉の思いどおりに動いた。北条氏と国境を接する地域で小規模ながら攻撃を仕かけてきた。あちこちで攻撃に対応すると徳川氏のための支援の余裕がなくなった。そのため、期待していた北条氏の加勢はいくら待っても来なかった。戦いを決着させる見通しがつかずに家康は苛立った。兵数を増やすために農民まで動員していたから、いつまでも籠城しているのも好ましくない。そうかと言って撤退したのでは負けを認めたことになりかねない。北条氏の支援が喉から手が出るほど欲しかったが、なかなか思うようにならない。

秀吉のほうも、膠着状態の打開を図りたいが、どうにもならない。徹底的に戦えば、勝つチャンスがあるとはいえ、味方にも大きな犠牲が出るのを覚悟しなくてはならない。秀吉が屈服させたいのは織田信雄である。家康が上洛して秀吉に取って代わる野心まで持っていないのは明らかだ。支配している領地を安堵する保証が得られれば、家康も戦闘をやめる可能性があるのではないか。

謀反人という汚名を着せられるのを避けようと秀吉は、自分のほうから信雄の攻略を差し控えていたが、戦いを終結させて和議を結ぶにしても、敵を攻略できないままでは有利な条件で交渉するのがむずかしい。

どのように戦いを終息させるか考慮した秀吉は、戦いに勝利したという実績をつくるには、信雄のほうから和議を申し入れるような状況になるよう作戦を立てた。信雄が小牧山城から伊勢の長島城に戻った機会を捉えて攻めることにしたのだ。

戦いが長引くにつれ、信雄は弱気の虫にとりつかれているはずだ。長久手で家康軍が勝利したときには希望が見えたかもしれないが、その後は勝利が展望できなくなっている。長島城に入った信雄は、秀吉が攻めてこないと思い油断しているに違いない。城を落とすのではなく、攻撃を仕かけて脅しをかけ信雄を降伏に追い込めば、家康は戦いを続ける大儀を失う。それが狙いである。

十一月に入り、秀吉は信雄の拠点である伊勢へ兵を進めた。信雄のいる城を攻めずに圧力をかけ、信雄を動揺させることにした。

秀吉が進軍してくると知った信雄は震え上がった。すぐに家康に連絡したが、家康は阿茶局を連れていったん浜松に帰ったところだった。連絡を受けた家康は、急いで尾張の小牧山城に戻った。

秀吉は桑名城に入り、長島城の織田信雄に圧力をかけ続けた。実際に長島城を攻撃して自刃でもされたら、信雄を殺めたと思われてしまう。本気で攻撃すると思わせ、降伏するならいまのうちだという使者を送った。すると、城攻めは待ってほしいと信雄が要請してきた。秀吉が思ったとおりの反応だった。秀吉は、重ねて降伏するよう促し、信雄の処遇については充分に考慮するつもりであり、命までは取らないと伝えた。

話し合いの機会がほしいと連絡してきた信雄は、すっかり弱気になっていた。話し合いに応じるから自分のところに来るようにと請われた信雄は、不安なまま求めに応じ、秀吉のいる桑名城の近くにある館を訪れた。

秀吉はにこやかに信雄を迎えた。信雄がすっかり観念しているのが分かった。何を言っても受け入れるしかないと思っている表情である。秀吉は、そんな信雄を見て余裕を持って対した。信雄を脅かすような態度をとるのは得策でないと思い、これからも織田家を大切にしていくつもりであると言って信雄を安心させた。そのうえで、攻撃しない条件として、信雄の領地である南伊勢と伊賀を取り上げ、尾張と伊勢の一部を信雄の所領とするのを認めれば、兵を引くと和議の条件を出した。信雄がぎりぎり受け入れると思える条件である。

命を取られないことが分かると、信雄は即座に応じると答えた。さらに、秀吉は人質を要求した。信雄が秀吉に屈服したことを周囲に分からせるためである。信雄は叔父の織田長益（後の有楽斎）の子息と家臣の実子を人質として差し出す約束をした。秀吉には、信雄があの信長の息子であることが信じられない気持ちだった。

降伏の意志を家康に報告しているか、秀吉は確かめた。信雄は「会見が終わったら家康に使者を送るつもりだ」と応えた。家康はまだ信雄の降伏を知らない。そのほうが秀吉には好都合だった。

直後に信雄が和議を受け入れたという秀吉からの報告が家康に伝えられた。同時に、信雄からの使者が来て事情を説明した。「信雄が降伏した」という報は家康には衝撃的だった。信雄の要請に応えて出陣したから、降伏すると決意したのなら、真っ先に自分に知らせるべきである。それなのに、すでに降伏を受け入れているという。二階に上がったところで梯子を外されてしまい、家康には打つ手がない。戦う大儀が失われたからには撤退するより仕方ない。

秀吉からの使者は、このまま撤退すれば家康が支配している地域を割譲するつもりはない旨を伝えた。家康の家臣のなかには、秀吉の態度は許せないから戦うべきであるという意見もあった。だが、信雄からの働きかけで戦ったというのに、信雄自身が白旗を揚げたのでは空しいだけである。依然として北条氏が駆けつけてくる目処も立たない。

家康は秀吉からの使者の申し出を了解し、和解について話し合いたいと伝えた。家康が小牧山城を後にしたのは十一月十六日、浜松に戻ったのは二十一日である。

秀吉への家康の使者は、例によって石川数正である。秀吉のやり方に悔しさを滲ませている酒井忠次や榊原康政とは意見が異なり、数正は戦いをおさめたいという思いが強かった。依然として秀吉と戦おうという強硬派が多いなかで、秀吉との関係がどうなるのか見通せない。大坂に行けば交渉の成り行きによっては命の危険さえある。大坂に行くように家康から指示され、数正は思わず武者震いした。

石川数正を迎えた秀吉は、予想に反して遠来の賓客のように手厚く遇した。待ち人が来たという表情で愛想を振りまき「徳川どのは息災か」と親しさを込めてたずねた。それまで敵対していた武将が敵方の使者に対する扱いとは思えない。信雄から申し出があったからそれを受けて和議が成立したもので、家康に含むところはないことを秀吉は強調した。秀吉に会うまではびくびくしていた数正だが、徳川氏の支配地を従来どおりに保証し、特別な条件をつけるつもりはないと言われ安堵した。

だが、事実はそれほど甘くはない。数正が帰国の挨拶に行くと「徳川どのの息子の一人を自分の養子に迎えたい」と秀吉が言い出した。一人だけでは心細いだろうから、重臣の息子も一緒にくれば心強いだろう。そのようにすると良いと、ごく普通のことを話す口ぶりで要請した。実際には人質を出せという要求であるが、養子にするというオブラートに包んで拒否できないようにしているだけだ。徳川氏にも暗に降伏したと認めろというわけだ。

数正は、さすがに秀吉は抜け目がないと思ったものの、自分が相手の身になれば当然の要請である。家康の意向を聞いてから返事をすると応えると「それで良い」と言う秀吉は、養子として迎えるのだと改めて強調した。秀吉には子供がおらず、他にも何人も養子を迎えているので、後継者の一人として考慮すると説明した。家康の息子を養子にするのだから、徳川氏とは親戚関係になる。敵対関係を解消し、両家の絆を強めるつもりであるという秀吉の存念を家康によく伝えるようにと語った。

帰ってきた数正の報告を受けた家康は、養子といっても人質と変わりないから、自分に降伏したことを認めさせるためと受けとった。それを分かっても、秀吉の言うとおりにするしかないと腹を括った。

家康には切腹した長男の信康を除いて、この時点では四人の息子がいた。そのなかで最年長なのが於義(おぎ)丸(まる)（のちの秀康）である。母は側室のお万(まん)の方で、於義丸は十一歳だった。

お万の方は、家康の正室である築山(つきやま)どの付きの侍女だったが、家康との連絡役をつとめているあいだに家康に見初められ側室となった。だが、正室の築山どのに仕えていた関係で、家康は浜松城に彼女を迎え入れるわけにはいかず、お万の方は家臣の松平重次のもとに預けられた。そこで息子の於義丸を産んでからも城には入れなかった。西郷局や阿茶局を側室に迎えてからは、お万の方との関係は疎遠になっていた。そのまま於義丸との関係は密にはなっていなかったが、まぎれもなく自分の息子である。

秀吉から養子を差し出せと言われたときに、家康は於義丸に決めた。息子のなかでは最年長だったから、秀吉が、それで良いと言うのも分かっていた。そして、石川数正の息子が於義丸に付き添って秀吉のもとに送られた。数正自身も家康が幼い頃に人質になったときにつきそっていたから、父子二代にわたって主人付きの人質になる。これは家康に対する忠義だてでもある。

戦いは引き分けに終わったと家康は思いたかったが、人質を差し出すことになれば降伏したに等しい。だが、局地戦とはいえ圧倒的に勝利して秀吉に一矢報いた事実があり、家康が大大名であることに変わりはない。結果としては、織田家の当主である信雄が秀吉に降伏して領地を縮小され、織田氏の権威は大きく失墜した。これを教訓にして、自分の身は自分で護らなくてはならないと家康は覚悟した。

10

信雄が降伏したからといって、それで決着がついたと秀吉は思わなかった。戦いに勝利したかたちになったとはいえ成果は小さい。自分に敵対した家康を引き下がらせたものの、いつまた自分に牙を向けてくるか分からない。そのうえ、信雄を降伏させ、自分が織田家の上に立ったはずなのに、そうは思わない人たちが少なからずいる。自分が第一人者になったはずなのに、主筋を尊重すべきであるという伝統が生きており、自分の権威が認められないところがある。それでは理不尽ではないか。信雄を亡きものにすれば決着がつくが、それでは正統性が失われてしまう。第一人者として世間一般に認められるには、どうすれば良いのか。

やはり戦いで勝利していないからだ。戦いは終息して対立はおさまっているが、秀吉のなかでは戦いは継続している。最終的に勝利するには迂回作戦をとるしかない。そのための突破口を見出そうと秀吉は知恵を絞った。相手が何もしないうちにできることは何か考え、信雄を屈服させること、それに徳川家康を孤立させること、という両面作戦を展開することにした。

秀吉が信雄の上に立ったと多くの人たちに認めさせるには、朝廷の権威を利用すると良いことに秀吉は気づいた。自分が信雄より高い官位につくようにするのだ。官位による序列は絶対であり、誰が見ても上下関係が明瞭である。朝廷は、以前から秀吉に官位につくように促していたから、秀吉が信雄より高い官位につくように工作するのは自分の将来に必ず役に立つ。そのためには秀吉と朝廷の取次をしている前田玄以に働いてもらわなくてはならないし、有力公家にも協力させる必要がある。秀吉のために働くことが出世につながり、また収入を確保することになれば、自分に協力する人たちが出てくる。それが今後のまつりごとを運営していくのに力になる。多少強引であっても、多くの人たちを巻き込んで自分のために働かせることが、とりもなおさず自分の権力を強めることにつながる。

秀吉は前田玄以を自分の家臣にしたいと信雄に要請した。所司代の玄以を自分の思うように働かせなくては工作などできるわけがない。信雄は玄以が自分のために働いていないように思えていたから秀吉の要請を了承した。玄以も異議を申し立てるどころか二つ返事で秀吉の家臣になっている。

少し前までの秀吉には、朝廷は自分の力ではどうにもならない権威に見えていたが、天皇や公家に恩を売っており、秀吉が要請すれば無碍に退けるわけにはいかなくなっている。朝廷との距離を縮めるためにも、秀吉が高い官位につくための工作はすぐにでも実行に移すほうが良い。

秀吉は、以前に従五位少将に叙任したいという朝廷からの申し出を断っていたので、改めて朝廷に官位を受けたいと申し出て交渉が始まった。

突然、秀吉が前田玄以を通じて叙任の話を持ち出したので正親町（おおぎまち）天皇は驚いたが、秀吉のほうから接近してきたので悪い気はしない。権力を維持している秀吉の願いを受け入れたほうが良いと天皇も公家も考えた。

天皇の指示を受けて公家衆による会議で、京の治安を護っている秀吉は、朝廷に貢献している武将であるからと、先に秀吉に提示した従五位ではなく、その上の従四位の官位に加えて参議にするという決定をした。参議というのは律令制度上、朝廷のまつりごとに参画できる高い地位である。秀吉は、官位のない自分には、前に言われた従五位で充分であるという意向を示して謙譲の美徳を発揮してみせた。こちらの本音を悟らせないほうが良いと、朝廷との交渉を円滑に進めるために、改めて朝廷に恩を売る必要があった。直轄地を増やし、各地の銀山の収入をあてにできるようになった秀吉は、惜しみなく天皇や公家に金品を贈った。

六十八歳になった正親町天皇は、そろそろ息子の誠仁（さねひと）親王に天皇位を譲りたいと思うようになっていた。譲位して上皇になるとすれば、禁裏とは別に上皇の住まいとなる仙洞御所（せんどうごしょ）に移る必要が生じる。だが、譲位しない状況が続いていて以前の仙洞御所は壊されたままになっている。朝廷との連絡に当たっていた前田玄以から、それを聞いた秀吉は、自分が中心になって費用を負担して造営しようと申し出た。財政状態が良好とはいえない天皇にも、後継者である誠仁親王にとってもありがたい話である。後継者となる誠仁親王は、信長から譲られた二条御所が明智光秀によって焼かれてしまったから、禁裏のなかの狭い御所で生活していた。父の正親町天皇が新しくつくる上皇用の御所に移れば、天皇となって内裏に入ることができ、この問題も一挙に解決する。秀吉は、信長が京の馬揃えのためにつくった朝廷内の馬場が空き地になっているのに目をつけ、内裏の東側にある五十間四方という広い敷地に、譲位して上皇になったのちに住む仙洞御所を建てる計画を披露した。

秀吉が叙任されたのは十月二日、朝廷側からは、こちらで決めた官位について欲しいと言われ、秀吉はそれを承諾した。御所のための工事が始まったのはその二日後である。すかさず秀吉は造営に当たり一万貫という費用を献上したうえで、院の御所のその後の運営にかかる費用に充てる分を上皇への知行として寄進した。

十二月に入るのを待って秀吉は、さらに官位を上げてくれるよう要請した。わずか一か月前に叙任したばかりであるが、無理を承知で申し入れた。だが、朝廷にしてみれば、秀吉の要請はあまりにも性急である。そんな短期間に昇位昇官した前例はない。それでも、天皇は秀吉の貢献ぶりに感謝する気持ちが強かったから、前例にこだわらなくても良いという見解を示した。

秀吉は「従三位・大納言」に叙任された。とはいえ、こんな短期間の昇進は前例がない。そこで、辻褄合わせが実行された。信長が官位についたときと同じように、秀吉の叙任の記録を改竄し、記録の上では前々年に従五位少将に任官したことにし、前年に従四位参議に任官し、このたび大納言になったという記録になる。こうした改竄も信長という前例があったから、たいした議論をされることなく実施された。

大納言に就任したのは、その地位を信雄に譲る狙いがあり、秀吉が希望した地位である。織田家の当主である信雄に与える官位が低くては良くない。ここからが秀吉たちの工作の正念場となる。最終的には信雄を大納言に就任させてから、秀吉が大臣に就任するというのが狙いである。

こうした含みがあって、就任してわずか三か月後の翌年二月に、秀吉は大納言の地位を返上した。その意図が分からない人たちには驚きだった。信長のまねをして返上したのではないかと言う人もいたが、計画どおりの行動である。信雄を大納言にして、その後にそれより高い大臣に自分が就任すれば、目に見えるかたちで秀吉が織田氏を超えたと思わせることができる。

秀吉の意向により、前田玄以が信雄を大納言に就任させる交渉を続けた。そのためには、有力な公家たちに、秀吉の要請に対し積極的に協力してもらう必要がある。秀吉は贈りもの攻勢をして自分に靡（なび）く協力的な公家を確保していった。その代表が大納言の菊亭晴季である。摂関家に次ぐ「清家」という高い家柄の公家であり、朝廷のなかではやり手として通っていて、以前から朝廷のなかで分からないことがあれば、親切に解説してくれる晴季を玄以は頼りにしていた。秀吉が進めている計画を打ち明け、協力するよう働きかけた。晴季には、それまでとは桁の違う価値のある贈りものが届けられた。もう一人協力してもらうのが近衛前久である。さばけた雰囲気がある前久は秀吉には好意的だった。それに、武家伝奏の勧修寺晴豊たちにも協力してもらわなくてはならない。協力してくれる公家のリストが玄以にわたされた。すぐに、それぞれの館に豪華な付け届けがなされた。

天皇には前久から話をとおしてもらい、内々に秀吉の内大臣就任が時期は決めないままに承認された。こうした一連の動きを知らない朝廷の人たちは、秀吉が大納言の地位を信雄に譲るという申し出に驚いたのである。

信雄のもとに秀吉から使者が立てられ、主筋の信雄に大納言を譲ると伝えられた。突然のことだったが信雄は、秀吉がようやく織田家を尊重する気になったと思い、とくに拒否する理由が見当たらないので即座に「受ける」と返答した。

信雄の任官を伝える儀式は二月二十六日に挙行された。この任官は秀吉から朝廷に要請され、秀吉は信雄の親代わりとして扱われた。菊亭晴季、勧修寺晴豊、久我敦通、中山親綱が勅使となって秀吉に信雄の任官が伝えられ、勅使から秀吉に太刀が贈られ、信雄を大納言に就任させるという口宣案を読み上げて、それを秀吉が確認した。その後に三献の儀式が執りおこなわれ、公家衆が秀吉にお礼を述べた。

こののち信雄の宿舎になっている頂妙寺に勅使が出向き、同じように口宣案が読み上げられ、信雄に大納言の就任を伝えた。だが、信雄に対する儀式は、叙任された本人であるにもかかわらず、公家衆の態度は付け足しのように見えた。

京の人たちは、その様子を見て、秀吉の威光が信雄を大納言の地位につけたと噂した。秀吉が信雄の保護者になったように思われたが、それこそが秀吉の狙いである。信雄にしてみれば、大納言の地位を秀吉が譲ってくれたという思いがある。ただし、朝廷の秀吉に対する態度を見れば、必ずしも自分を大切に扱ってはいないと分かるから、内心は複雑な思いがあった。それでも信雄は、叙任に関わった公家衆にさまざまなお礼の品を届けた。

それから半月も経たない三月十日、秀吉は朝廷から「従二位内大臣」という地位を与えられた。公的には秀吉の朝廷への貢献が認められて贈られたとされた。みごとに裏工作が実り、秀吉は信雄より高い地位についた。秀吉を武将として第一人者であると朝廷が認めたのと同じである。認証式は、信長が右大臣に就任したときと同じように禁裏内に陣所がつくられ、盛大な儀式として挙行された。

浜松で秀吉が内大臣に就任したという知らせを聞いた家康は、改めて秀吉との戦いに負けたことを実感し、秀吉のしたたかな政治力に舌を巻いた。信雄にしても秀吉にしてやられたと思ったものの、秀吉との戦いに負けたという意識を持っていたから、唯々諾々として従わざるを得なかった。

秀吉が正式に内大臣に就任する二日前の三月八日、京の大徳寺で秀吉が主催する盛大な茶会が開かれた。山里風の茶室を中心にあちこちに仮の茶室が設えられ、京や堺の有力者たち、それに秀吉の家臣や帰順する大名たち総勢百人以上が参集している。これほどの規模の茶会は、それまでに開かれたことがない。秀吉が内大臣に就任すると決まったことによる内祝いだった。秀吉にとっては、織田家の当主である信雄を完全に屈服させ、第一人者になった喜びを表現している。自慢の茶道具を展示し、利休と宗及が招待した人たちのために茶を点てた。派手好きな秀吉の茶の湯を利用したパフォーマンスだった。

これで終わらないのが秀吉である。信雄を屈服させただけでなく、これを契機に自分のために働くように仕向けたのだ。進言したのが千利休である。秀吉の腕力で信雄の首根っこを押さえ込んだからには信雄を秀吉のために働かせるようにする。

千利休と秀吉の弟の羽柴秀長が織田信雄を茶会に招いた。二人は、主君を迎えるように信雄を丁重に扱い、最大限のもてなしをした。茶人としての利休、それに秀吉にくらべると温和な雰囲気のある秀長には、信雄の緊張を解く雰囲気があった。茶を点て場が和やかになってから、二人は交互に、信雄に話しかけた。

それまでは秀吉に恫喝されているという思いが強かっただけに、自分を立ててくれる二人の話に信雄は気分を良くした。戦いそのものが好きでない信雄は、自分の身を脅かす存在になると恐れていた秀吉が、自分のことを考えてくれていると聞くと安心できた。徳川氏に対しても、秀吉は含むところがないから、何かあればあいだに立って調停する立場にあるのは信雄しかいない。秀吉もそれを望んでいると伝えた。人の良い信雄は「そういうことなら及ばずながら我も骨を折るつもりがあります」と応えたのだった。

第八章　秀吉の関白就任と家康の上洛

1

朝廷工作に成功した秀吉は、さらに高い地位を望んだ。勝利を確実にするためには朝廷を徹底的に利用する。それが自分の権威を高めることにつながる。秀吉の野心は膨らむばかりだった。しかも、それが叶っていく。

一五八五年（天正十三年）三月に内大臣になった羽柴秀吉は、四か月後に関白に就任している。関白は天皇を補佐し、まつりごとを司る朝廷のもっとも高い地位である。朝廷が権力を行使しなくなってから久しいが、政治性を持たない公家とは異なり、秀吉は自身の権力を行使する道具として利用し、自分の意志を天皇の意志として振舞うようになる。自己顕示欲が強い秀吉は、かなりな無理を押しとおしている。

関白に就任できるのは五摂家の家柄に属する人たちに限られ、農民の出である秀吉が就任するのは異例だった。だが、朝廷が前例や伝統に固執しているだけでは財政的に立ちゆかなくなっていたという背景があり、巧みな秀吉の工作で公家たちを籠絡していった。

かつては遠くで見上げる存在だった朝廷だが、近づいて見れば、秀吉が知るほかの組織と違いがない。それが分かれば、それまでの経験を生かして知恵を働かせ、自分のペースでことを運ぶことが可能なのだ。

秀吉が始めた朝廷工作が実現して、信雄は秀吉に従うようになった。こうなると、いやでも徳川氏の存在が気になった。徳川氏が同盟している北条氏と組んで敵対するとなれば、かなりな脅威になりかねない。なんとか徳川氏を屈服させなければならない。そのためには軍事的な手立ても考慮する必要があるが、自分が抜きん出た存在であると思わせたい。それには、信長が獲得した朝廷の官位より高い位に就くようにしたい。信長以上の存在になったと朝廷に認められれば、家康も敵対しづらいと思うだろう。その効果は家康だけではなく、多くの人たちに自分が揺るぎない地位に就いたと思わせるはずだ。

信長より高い地位に就くのが、秀吉の次の目標になった。主君として絶対的だった信長も、いまの秀吉から見ると、欠点だらけで思い付きで自分たちを右往左往させる存在にすぎなかった。生前の信長は右大臣になっており、内大臣というのはそれより下である。しかも「令外の官」といわれた内大臣は、最初は律令制度になかった官職で、左右大臣の代わりをつとめる役目である。左大臣の地位に就こうと、さっそく朝廷に働きかけた。

秀吉の要望を告げられた前田玄以は、そのために努力しなくてはならない。秀吉の勢力が大きくなるにつれ、公家たちは玄以に対する言葉遣いや態度も丁寧になってきた。秀吉の意志を体して行動する玄以は、朝廷でも重んじられるようになり張り合いが生じていた。長い伝統を持つ朝廷の公家衆も、多少の無理はあっても秀吉の言うことに反対していない。それでも、いきなり左大臣にしてほしいと申し出るのは常識はずれである。それは秀吉も玄以も分かっている。根まわしが必要だ。まず菊亭晴季に玄以は打診してみた。

だが、秀吉の意向を伝えると、明らかに困惑した表情になった。大臣に関する人事は、特別に重要な案件である。それなのに内大臣になってから数か月しか経っていない秀吉が、左大臣になりたいと要求するのは厚かましいと言わざるを得ない。官位は一段階ずつ上がるのが筋である。右大臣を飛び越して左大臣というのは問題がある。

予想したとおりだが、それで引き下がるような秀吉ではない。横死した信長が就いていた右大臣という地位は、武人として縁起が良くない。それゆえに特別扱いをして左大臣に任命してほしいと願い出たと説明した。

晴季のむずかしい表情は変わらない。秀吉の望みをできるだけ叶えようと配慮する晴季でさえ困難であると思っている。秀吉の要望を実現するのは容易ではないが、無理を承知で実現するための方法があるのか、玄以は晴季にたずねてみた。

考え込んだ晴季は、どうしてもというのなら、天皇に直接上奏してみてはどうかと答えた。公家たちは朝廷の仕来りを守らなくてはならないから、天皇を煩わせるわけにはいかないが、秀吉ならそれを無視して行動しても咎められない。それ以外に方法はないと晴季は言う。天皇に上奏すれば、改めて公家たちに下問するだろうから、そうなればできるだけ協力すると晴季は約束した。

いきなり天皇に上奏するというのも通常ではあり得ないが、そんなことに構ってはいられない。天皇に仕える女人を通じて玄以は秀吉の願いを伝えた。

正親町天皇は困惑した。秀吉の願いはそもそも無理がある。二条(にじょう)昭実(あきざね)が関白に、近衛(このえ)前久(さきひさ)の嫡男である近衛信輔が左大臣になっており、右大臣には菊亭晴季が就任している。大納言以下の官職なら複数の就任が許されるが、大臣はそれぞれ一人と決められている。秀吉の望みどおりにするとなれば、左大臣の近衛信輔がその地位を秀吉に譲らなくてはならないが、天皇も近衛信輔に辞任せよというわけにはいかない。

そうは言っても、秀吉からの要請とあれば検討しないわけにはいかない。困惑した天皇は、とりあえず関白と左右の大臣を呼んで秀吉の願いを伝えた。どうしたものかと天皇から問われても、彼らには答えようがない。慌てたのが左大臣の信輔である。自分の地位が脅かされると感じたからだ。近衛家の名誉にかけても辞任したくない。そこで、信輔は秀吉の望みを叶えたうえで自分が辞任しなくても済む方法を考え出した。自分が関白になり、関白の昭実が辞任すれば良い。父が前の関白であるから強気になった信輔は、関白の二条昭実にその地位を譲るよう圧力をかけた。ところが、少し前に関白に就任したばかりの昭実も譲る気はなかった。

信輔と昭実との論争が勃発した。二条家で関白に就任して一年もしないうちに解任された例は過去にないと昭実が主張した。近衛家と二条家との対立の様相を呈し、面と向かってではないが、それぞれに相手を悪しざまに言い募った。双方は天皇に働きかけたが、どちらを立てても問題が残るから、天皇も決められない。

二条昭実が、秀吉に訴えると言い出した。そうなると近衛信輔のほうも黙ってはいない。秀吉とは父の近衛前久が昵懇であるから、信輔は昭実より先に大坂にいる秀吉のもとに行き、近衛家の将来がこの一件にかかっているから自分を支持して欲しいと秀吉に訴えた。秀吉も、では九条昭実に関白を辞任せよと指示するわけにはいかない。となれば、正親町天皇に裁可を仰ぐしかない。

このまま放置するわけにはいかない。迷った末に天皇が出した結論は、この裁定を秀吉に委ねるという解決法だった。双方が譲らないのは、それぞれの家の面子を背負っているからで、天皇が裁定を避けたのは恨みを買いたくなかったからだ。

もとはといえば秀吉が願い出たから発生した問題である。秀吉が左大臣になりたいという上奏を取り下げてくれれば円満に解決する。だが、あからさまに秀吉に迫るわけにはいかない。それでも、これだけ朝廷を騒がせたのだから、秀吉も穏便に済ませようとするに違いないと天皇も公家たちも考えた。ところが、秀吉の上昇志向は公家たちが波風を立てないように願う気持ちよりはるかに強く、朝廷の人たちの願いとは違う答えが出された。

裁定を任された秀吉は、誰もが思いつかない妙案はないか考えた。さすがは秀吉と皆に思わせたかった。そこで思いついたのが、武士の社会で実施されている喧嘩両成敗という裁きの採用である。紛争が暴力沙汰に及んだ場合、その原因を究明せずに両方とも処罰するという裁定法だが、室町時代から実施されていて、守護大名が制定した分国法で採用された例もあった。必ずしも広く実施されたわけではないが、複雑に利害が絡み、どちらに正義があるか判断できない場合に都合の良い裁定である。武士や百姓たちの紛争で適用されたにしても、朝廷では考えられない裁定の仕方である。世のなかにある法のひとつであるから不自然ではないと秀吉は考えた。両者の論争は喧嘩と同様であるとして、昭実と信輔をともに官職から外すという裁定だった。これなら、少なくとも不公平ではない。

そうなると関白も左大臣も空位となるから、めでたく秀吉が左大臣になれる道が開かれるが、それで済ませようとしないのが秀吉である。関白も空位になるなら、いっそのこと自分が関白になってもいいのではないか。内大臣から左大臣になるのは二階級の特進であるが、もう一段上の地位についても良い。いや、そのほうが良い。

秀吉に呼び出された前田玄以は、大坂城で秀吉の決断を聞くと驚くと同時に感じ入った。こうした発想は並の人からは出てこない。多少強引なところはあるが、朝廷の公家たちと接している玄以は、これで秀吉の思うとおりにことが運ぶに違いないと確信できた。

「妙案だと思います。裁定を朝廷にお伝えします。なお、近衛前久さまにもお力添えをお願いできれば効果的だと存じます」と玄以は、秀吉に助言した。朝廷で隠然たる勢力を持つ前久が支持すれば反対派を抑えることが可能になる。

秀吉は「近衛家には一千石、その他の五摂家には五百石相当の領地を与えることにしよう」と語った。

京に戻った玄以は、秀吉の意向を近衛前久に伝えた。思いもしない裁定に前久は驚いた。構わず玄以は、それほど裕福でない公家にはかなり価値ある贈りものである。

は、実現の方法を考えてほしいと頼んだ。前久はしばらく考えて「問題が多すぎる。秀吉さまの気持ちは分かるが、すぐにどうこうするわけにはいかない。時間をかけて様子を見ないとむずかしい」と協力したいが実現の可能性が高くないという見解を示した。

誰も予想できない裁定である。天皇が秀吉に任せると下駄を預けたのだから、秀吉の裁定を覆すわけにもいかない。とはいえ、五摂家以外の人物が関白を務めた例はない。朝廷の伝統を破ることになり、秀吉の裁定に従うことはできない。どうするか、誰も妙案がない。前久も「秀吉さまの意向も分からないではないが、それでは朝廷の立場がない」と公式の場で並みいる公家たちに同調する意見を述べた。

しぶしぶであっても秀吉の言うとおりになると思っていた玄以も、公家たちの抵抗が大きいことを知った。秀吉の裁定は認められないようだ。玄以が、朝廷の最終結果として、それを秀吉に伝えて良いかと菊亭晴季に問い直した。無理があるので決めかねているという返事だった。

「さて、どのように報告したものか」と、大坂にいる秀吉の顔を思い浮かべ、玄以はため息をついた。少しでも早く報告せよと秀吉に言われている。この報告をするのは気が重いと思い悩みながら、玄以は朝廷を辞して帰宅した。

ほどなく近衛前久からの使者がやって来た。そして、前久が公式の場で述べた見解とは異なる意見を玄以に伝えた。「前例がないので、周囲の了解をとるには手順を踏まなくてはならないが、希望に添いたい」と秀吉に伝えてくれるようにというのだ。ついては、反対意見を持つ公家たちを説得する時間がほしいという。秀吉が関白に就任するには特別な措置をとるしかない。その目処を立てるのは容易でない。前久は、秀吉の威光を笠に着て、例外として認めさせるしかないと考えているようだ。問題が残るにしても、秀吉の要望がなんとか実現できるそうだ。玄以は、秀吉に会いに大坂に行くのが苦痛ではなくなった。

秀吉は玄以からことの次第の報告を受けた。だが、単に実現の可能性があるというだけでは満足できなかった。

五摂家の人間ではないから関白にするわけにいかないというのなら「自分が近衛前久の猶子(ゆうし)になれば問題ない」と秀吉は言う。それを前久が了解すれば解決する。そこで、前久と相談して秀吉の関白就任を天皇に上奏するよう前田玄以に指示した。近衛前久の承諾を得て秀吉が猶子になれば、秀吉は前久の息子として近衛家の人となる。朝廷が前例にこだわるなら、前例に則ったかたちをととのえれば良いだけである。時間をかけなくても済むというわけだ。

京に戻った玄以が近衛家に行き、秀吉の意向を伝えると、前久は二つ返事で承諾した。他の公家の抵抗を受けても、秀吉の意向に従うほうが、自分たちの将来につながると判断したからだ。秀吉が前久の猶子になれば、息子の信輔とは義理の兄弟になる。秀吉は自分の次の関白を信輔にするつもりであると語った。摂関家という壁を秀吉が越えられないと誰もが思っていたが、やすやすと突破されようとしている。

秀吉の新しい提案を玄以が伝え、それを受けた朝廷で会議を開いた。あまりにも強引すぎるという否定的な意見が出て、それに同調する公家もいた。そこで前久は「いまの秀吉さまは五摂家がすべて束になってかかっても敵う相手ではない。だから言うことをきいたほうが良い。我は秀吉さまを猶子にするつもりである」と述べた。

この発言で会議の流れは変わった。二条昭実にも不満はあったが逆らうわけにはいかない。正親町天皇も意外な展開に驚きを隠せなかったが、前久が言うように五摂家すべてを合わせたよりも強い秀吉には逆らえない。

改めて公家衆の会議を開き、秀吉の関白就任が正式に決定した。建前としては、天皇が決断し、それを伝える形式をとる。そうした場合、いったんは辞退するのが習わしになっている。自分から「なりたい」と言い出すのは品位に欠けるからだ。就任要請を受けて辞退すると、天皇がふたたび就任するよう要請する。その「叡慮（えいりょ）」を考慮して、それほど言われれば辞退するわけにはいかないと「お受けする」と答える。このやり取りが秀吉のときも段取りどおりに実行され、秀吉は謙譲の美徳を発揮して、いったんは辞退する。天皇からふたたび叙任したいという意思が伝えられて引き受けた。それが記録に残される。秀吉の強引さは影を潜めた記録となり、秀吉にとっては都合が良い。

内大臣に就任したときも叙任式が挙行されたが、関白就任でも同様に勅使が秀吉のもとを訪れ宣旨が下された。秀吉は、これにより伝統ある藤原氏の人間になり、朝廷の決まりに添った装束に身を包んで就任の儀式に臨んだ。

関白になると、妻は北政所（きたのまんどころ）、母は大政所（おおまんどころ）と呼ばれる。これにともない秀吉は正室のお寧を北政所、母のなかを大政所と尊称で呼ぶようにすべての人に指示した。ちなみに、藤原氏の血筋を持たない関白は、歴代のなかで秀吉と、秀吉の後を継いで関白となった甥の秀次以外にいない。

関白とは「天皇を補佐し、百官を統べ万機のまつりごとをおこなう職」であると律令に定められている。信長を越えたいと願い、行動を起こした秀吉は、もはや信長を意識しなくて良いほど高い地位についた。秀吉は武力にものを言わせ、朝廷の権威を最大限に利用できる立場を獲得した。秀吉、五十歳のときである。

このときに、浅野長政、石田三成、富田一白（とみたいっぱく）、福島正則、津田重長（つだしげなが）といった秀吉の家臣たちが「諸大夫成り」した。従五位の位に就いた彼らは、秀吉の参内の際に伴として禁裏に出入りするための任官である。

2

朝廷との関係を深めた秀吉は、徳川家康対策を忘れていない。だからといって徳川氏を相手にするのではなく、戦いで彼らに味方した勢力を一つひとつ潰していくつもりだった。徳川氏がふたたび敵対する可能性が排除できないと考えている秀吉は、徳川氏に味方した勢力を各個撃破して徳川氏の勢力を弱めていく作戦である。

最初に秀吉がターゲットにしたのは、大坂を脅かした紀州の雑賀と根来衆の一向宗の一揆である。出陣したのは一五八五年（天正十三年）四月、秀吉が内大臣になって間もなくである。陸路から攻撃する秀吉軍に呼応し、秀吉は毛利氏に加勢させ海上から攻めるよう村上水軍の出陣を促した。長期戦に備え兵糧を補給し、敵を圧倒する体制を敷いて戦いに臨んでいる。

一揆を指導する宗徒の土豪たちは、権力に対する抵抗を旗印に掲げて簡単には降伏しなかった。秀吉軍の圧倒的な勢力に対して地の利を生かしたゲリラ戦で抵抗した。だが、兵力に差があり、次第に追いつめられ、劣勢が明らかになり、最後は紀ノ川の下流左岸にある太田城に集結し抵抗を続けた。護りをかためて得意の鉄砲で抵抗するから簡単には攻略できない。堀秀政（ほりひでまさ）や長谷川秀一（はせがわひでかず）の部隊が城攻めをしても落とすことができず、犠牲者が増えるだけで攻めあぐねた。

籠城する敵に対して備中の高松城で採用したのと同じ水攻めを敢行する作戦を秀吉は立てた。紀ノ川の水を利用して城を囲み、高さ十メートル、幅九メートル、全長五キロ以上にわたる堀を掘削する作業が始まった。工事の完成には大変な労力と時間がかかるが、秀吉は和泉や紀伊の農民たちを大量に動員して作業を急がせた。完成するまで待たずに、ある程度までできたところで紀ノ川から堀のなかに水を取り入れて流した。たちまち水は城の近くまで達した。

数回にわたる降伏勧告を拒否した一揆側も、水攻め作戦に抵抗できず降伏した。一揆を主導した五十人ほどが死罪となり、磔（はりつけ）にされたが、籠城した数千人に及ぶ叛徒は釈放された。信長は一向一揆の鎮圧に際して数万人を無慈悲に殺害したが、秀吉は彼らの武器を取り上げ、秀吉に逆らわないという誓いを立てさせ、農民として生きることを条件に許した。秀吉が、降伏した人たちをどのように扱うかが注目されていただけに、信長との違いは鮮明に印象づけられた。

凱旋して大坂に帰る秀吉を、途中の和泉の貝塚（かいづか）で出迎えたのは本願寺の顕如（けんにょ）と教如（きょうにょ）父子だった。戦勝を祝う宴を設け、秀吉のご機嫌をうかがった。もともと権力者と結びつきながら信者を増やしてきた本願寺は、間違っても権力者に逆らうのは身の破滅であると知っている。

その後、秀吉は大坂城の北にある天満の地に、新たに本願寺を建立する許可を出した。彼らを骨抜きにして宗教活動だけに専念させるためである。秀吉に従う決意をかためた教如は、各地に点在する抵抗勢力となりうる一向宗門徒を尋ね、秀吉に敵対しないよう説得する旅に出た。本願寺が宗教集団として生き残るためである。門徒たちを制御するよう秀吉から求められたのだ。なお、大坂の地に再建された本願寺は六年後に京に移される。

次に秀吉が狙ったのが高野山である。僧兵を抱えて不可侵の寺院として聖性を主張する高野山に対し、秀吉は武装解除するよう要求した。小牧山城に陣取っていたときに、家康が高野山に加勢するように誘いをかけ、あわよくば本願寺とともに秀吉に敵対するよう促した。実際に加勢しなかったものの、寺院の存続を望むなら秀吉に従うように強要した。なかには強硬な主張をする僧侶もいたが、指導的な立場を確保した木食応其（もくじきおうご）が秀吉の求めに応じた。武器を所有せずに、敵対する勢力が逃げ込んで来ても匿わないという誓約書を秀吉に差し出し、高野山は三千石の寺領を提供された。これ以降、高野山の木食応其は秀吉の意向を汲んで活動し信頼を獲得した。

このころに天台宗の寺院が提出した比叡山延暦寺の再建要請を秀吉は認めた。かつてと同じ寺域が提供され、秀吉には敵対しないという約定をとったうえで寺院の保護を約束した。こうした経緯があったから、秀吉が始めた大仏建立には各寺院が協力し、秀吉と各寺院との関係は良好に保たれた。

紀州の一向一揆が秀吉に攻撃されているときに家康は甲斐にいた。小牧・長久手の戦いでは徳川氏は多くの出費を強いられ、財政状況の好転を図るのが家康にとって急務となっていた。三河では一向宗の信徒たちが寺院の再建を認められ、彼らも家康の兵力として機能していたが、戦いのための兵力は武士階級だけでなく、農民も動員しなくてはならず、秀吉と比較して総合的な実力でも家康は下まわっていたので、戦いによる疲弊をカバーする必要に迫られていた。家康が浜松を留守にしているあいだに秀吉により紀州の一向宗の軍団が攻撃されたが、家康は彼らに手を差し伸べるわけにはいかなかった。

3

秀吉は続けて、家康とともに自分に敵対した四国の長宗我部氏と越中の佐々成政の攻略にかかった。長宗我部元親は、一時は四国全土を支配地にする勢いだったが、信長がそれを阻止する動きを見せるようになってから勢いが衰えた。とはいえ、四国の雄であることに変わりはない。本能寺の変がなければ、信孝を総大将に織田勢が四国へ攻め入り、長宗我部氏を攻略するはずだった。その後、覇者となった秀吉は、長宗我部氏に土佐一国を安堵するから従うように説得したが、元親はこれを拒否していた。

この年の六月に攻撃が始まった。秀吉自ら出陣するつもりだったが、体調を崩し、総大将を弟の羽柴秀長に任せた。これまでずっと秀吉とともに戦ってきた秀長は、参謀的な役割を果たし、出しゃばることなく秀吉の指示を守り、周囲からも武将として信頼されている。

秀長の出陣に呼応して、宇喜多軍と毛利軍が参戦して、三方向から攻撃した。これに対し、長宗我部軍は地の利を生かして抵抗した。戦いが長期戦になる気配がみえると、秀吉は自ら参戦する意向を示した。しかし、秀長は膠着状態を打開する見通しがあるといって、出馬を見合わせるよう説得、抵抗する長宗我部軍を大軍で攻め立てて降伏させた。二度と秀吉に逆らわないと誓ったので、長宗我部氏を土佐一国の領主として処遇することにした。秀吉は、長宗我部氏への攻撃に対して、家康がどう反応するか注意深く見守っていた。しかし、とくに動きは見られなかった。家康は信濃で徳川氏に従わない勢力を駆逐することに力を注いでいたからである。

長宗我部氏を押さえた秀吉は、越中の佐々成政への攻撃を始めた。徳川氏との和議が成立してからも、佐々成政は徳川氏と連絡を取り合い、秀吉に対抗する姿勢を崩していなかった。それに、柴田勝家の残党が秀吉に恨みを持って佐々成政と歩調を合わせており、越中の一向宗をも味方につけ、侮りがたい勢力になっていた。

秀吉は攻撃する前に織田信雄から家康に連絡をとらせ、佐々成政の攻撃に際して、家康が中立を保つよう要請させている。家康と連絡をとり続けている佐々成政を攻撃するとなれば、さすがの家康も黙って見過ごすわけにはいかない可能性がある。そうならないように事前に手を打ったのだ。秀吉に従うことにした信雄は、徳川氏と秀吉が戦うようになるのは好ましくないと思い、秀吉の要請に応えて家康に接近した。

秀吉に対する反発心が消えていない家康は、このまま佐々成政を見捨てたくはないが、だからといって信雄の申し出を拒否するという選択もとりづらい。成政が戦いになってから家康のところに身を寄せても匿わないようにして欲しいというのが信雄の要請で、そのうえ徳川氏から秀吉に人質を出すよう求めてきた。それでは完全に秀吉に屈服するのと同じだから認めるわけにはいかない。だが、その申し出を拒否すれば秀吉との戦いを覚悟しなくてはならない。すぐに戦う態勢を整えるのは無理である。

迷った末に、信雄の顔を立てることにしたが、せめて戦いに破れたにしても成政を成敗しないでほしいという条件をつけた。信雄がそれに沿って秀吉を説得すると言う。秀吉の厚かましさと信雄の人の良さとに辟易しながらも、家康は戦いを見守ることにした。その後は、家康のところには何の連絡もないまま戦いが始まった。

病が癒えた秀吉は自ら出陣し集中的に攻撃して、佐々成政の居城を取り囲み圧力をかけた。圧倒的な勢力であるから籠城しても持ちこたえられない。それを見透かして降伏勧告をした。命までは取らないうえに、領地は縮小するという和議の条件をつけた。それを成政が受け入れると、秀吉に臣従することを誓わされた。これにより越中は前田利家の嫡男の利長と、秀吉に従った金森長近(かなもりながちか)に与えられ、成政も一部地域の統治をゆるされた。

これ以降、長宗我部氏も佐々氏も秀吉に従うようになる。それだけ勢いがあった秀吉は、降伏した相手に臣従を誓わせたのである。

大坂城に凱旋した秀吉は、関白に就任してから一か月後の八月、改めて国割りを実施した。秀吉政権の基盤づくりでもある。秀吉政権を安定させるために身内を優遇している。

京と大坂は秀吉の直轄地であり、大和には信長に弟の秀長を配し、信長に所領を安堵されていた筒井氏を伊賀に移した。奈良時代から伝統ある興福寺と関係の深い筒井氏にとり大和は愛着が深い土地である。筒井氏の当主だった順慶（じゅんけい）が直前に死亡して一族のなかから養子となって継いだ筒井定次（つついさだつぐ）は、秀吉の雑賀攻めや四国攻略に参加し、それなりの働きをしていたから、まさか大和地方を取り上げられるとは思っていなかった。

筒井氏が抵抗する可能性があるのを承知している秀吉と秀長は、国割りを発表してから半月ほどのちの九月七日、五千の兵士を動員して大和に乗り込んだ。つべこべ言わずに従えという意思表示である。なんの咎（とが）もない旧主を追い出すのは異例のことと受け取られる面があったが、武威を示して強制執行した。筒井定次は抵抗できずに伊賀上野に新しい城を築き、それまで同様に秀吉に恭順の意を示した。

秀長は、従来の和泉と伊賀に加えて紀州の一部まで支配することになった。領地の統治もさることながら、秀吉の天下仕置きを支える立場にいる秀長は、大坂城の敷地内に館を持ち、新しく居城になった大和（やまと）郡山（こおりやま）城と大坂のあいだを頻繁に往復しながら、秀吉政権を支える活動をしている。

甥の秀次には、近江一国を与えた。姉の子であり父は農民だったが、秀吉が出世するとともに若くして活躍の場が与えられた。信長に帰順した三好康長（みよしやすなが）の養子となり、一時は三好真吉（しんきち）と名乗った。本能寺の変で混乱するなか康長が出奔して秀次が三好家を継いだが、いまは羽柴姓に戻っている。家康との長久手における戦いでは敗北を喫して秀吉に激しく叱責されたが、十七歳だったから経験不足のせいもあり、その後は秀吉の指示に従い信頼を獲得していった。雑賀攻めや四国の長宗我部氏の際も先頭にたって戦った。秀吉の身内のなかでは若い世代で、秀吉の庇護のもとに幼少の頃から教育を受け、能や連歌、さらには茶の湯をたしなみ、羽柴一族のなかでは教養人として育てられた。

子供がいない秀吉は、秀次を自分の後継者の最有力候補においていた。それゆえに秀次は、近江という重要な地域の支配を託された。経験不足を補うために年寄り衆として山内一豊や堀尾吉晴が補佐役となり統治するよう秀吉が配慮した。秀次が守る近江の八幡山城は、信長の築いた安土城の近くである。安土城を解体し、八幡山城の造営のための材料として使用した。これで本丸や二の丸を失っていた安土城は姿を完全に消し、信長の面影を偲ぶ縁はなくなった。

播磨は三つに分割された。高山右近と中川秀政とならび、抜擢されたのは子飼いの福島正則である。そして、大坂城がある摂津を秀吉の直轄地として、側近の石田三成と大谷吉継を代官に任命し経営に当たらせた。家康との連絡役をしている浅野長政は近江二万石の大名になっている。

秀吉に協力していた丹羽長秀がこの年に死去し、長男の長重が当主としてあとを継いだ。秀吉が国割りを実施する直前であり、丹羽氏の領地は大幅に減少された。若狭のほか越前や加賀の大大名だったが、家臣が佐々成政に加勢したと咎められ、若狭一国だけの領主にされたのである。父の長秀が生きていれば考えられない処遇だが、秀吉の全国支配構想のなかでは丹羽氏の重要性が小さくなっている。しかも、丹羽氏の家臣だった長束正家、村上勝頼、溝口秀勝らを秀吉は自分の家臣として引き抜いた。有能な家臣が欲しい秀吉が丹羽氏と接触するうちに目を付けたのである。丹羽氏はその後、九州へ遠征の際に家臣の行動を咎められて若狭の支配権も取り上げられ、加賀の一部だけの小大名に成り下がってしまった。

優遇されたのは前田利家である。能登と加賀を領有し、丹羽氏が持つ領地の大半を引き継ぐ大大名となった。秀吉が安心して付き合える相手であり、北陸地方を安定させる役目を担うことになった。

四国では、土佐は長宗我部元親、伊予は小早川隆景、阿波は蜂須賀家政、讃岐は仙石秀久の領地とした。敵対していた長宗我部氏を周辺諸国の秀吉に帰順している大名たちが取り囲み、突出した勢力がなくなるようにという秀吉の配慮があった。

西日本で侮りがたい勢力なのは毛利氏である。毛利氏とは和議が成立して秀吉に従っているものの、毛利氏の勢力を削ぐために手を打ちたいと考えた秀吉は、小早川隆景に目をつけた。かつて信長と毛利氏が対立した際にも、当主である若い毛利輝元に代わって毛利氏の意志は隆景が代表していた。毛利氏の外交を担当していた安国寺恵瓊と交渉することが多かった秀吉は、その後方に隆景がいるのを意識していた。隆景の父の毛利元就は息子たちに中央に進出する意欲を見せないように言い聞かせ、地元を大切にせよという遺言を残した。息子の隆景はそれを肝に銘じ、毛利氏が獲得した領地を安定して統治するのを優先した。だから、危険を冒してまで他国に進軍して地元を留守にする選択はしていない。

毛利氏のなかで影響力のある隆景を取り込むために、毛利氏と別に領地を与えて秀吉に従う伊予の大名にした。以前から毛利氏は伊予を領地にしたいと考えていたから、秀吉が小早川氏を優遇する裁定は、小早川隆景に秀吉への恩義を感じさせることに成功した。それでも、小早川隆景は毛利氏との絆を大切にする意志に変わりなかった。

4

それにしても秀吉の関白就任は、公家の世界では考えられない荒技である。近衛前久や菊亭晴季が味方についたから実現できたとはいえ、農民出身の秀吉が関白になったのを訝る公家たちに不満がないわけではない。内々に正親町天皇に訴える公家もいたが、天皇も秀吉に世話になっている引け目がある。戦いを続ける秀吉が破れ、権力を失うようなことになれば、秀吉に積極的に加担した公家たちの立場はなくなる。いまのところ戦いに勝利しているから良いが、秀吉は体調を崩すことがあり、近衛前久や菊亭晴季にしても不安がないわけではない。

秀吉が関白になるにあたり、秀吉の要望により近衛家の猶子となったものの、秀吉が藤原氏の長者にまではなっていない。「藤氏長者」といわれるこの地位は藤原氏の代表として公家の第一人者であることを示す。秀吉がそれを知れば藤原氏の氏の長者になりたいと言い出すかも知れない。そうなると、軒先を貸して母屋を取られかねない。藤原氏の流れを汲む公家には、秀吉が藤原氏の一族になっているのは大きな不安材料である。秀吉を支持する公家たちも秀吉と藤原氏とは別にしたい気持ちがある。そうするには、天皇が秀吉に新しい姓を下賜すれば良い。新しい姓を与え独立させれば、藤原氏との関係はなくなる。天皇家の血筋が大切なように藤原氏の血筋も大切なのである。間違っても秀吉に藤原氏の血筋を簒奪させてはならない。

かつて朝廷に多大な貢献をした中臣鎌足・不比等親子は、その功績により「藤原」という姓を下賜され、藤原氏は朝廷のなかで大きな権限を得た。その後、女帝に仕えた犬飼三千代も忠勤ぶりを評価され「橘」という姓を与えられた。このことは「日本書紀」に記されている。これを参考に秀吉に新しい姓を下賜するように天皇に上奏した。朝廷に多大な寄与をした秀吉に報いるためという名目が成り立つ。こうして秀吉には新たに「豊臣」という姓が与えられ、秀吉は新しい家柄の創始者となった。

新しい姓を与えるという決定が秀吉に伝えられたのは、長宗我部氏と佐々氏を帰順させて秀吉が国割りを実施した直後の一五八五年（天正十三年）九月である。新しい姓を下賜するのは異例である。しかも「豊臣」というのは「藤原」とならぶ姓となるといわれ、秀吉は伝統ある藤原氏に匹敵する身分の公家になれたことに感激した。

秀吉の苗字が「羽柴」から「豊臣」に変わったわけではなく、あくまでも朝廷の氏姓制度としての姓である。家康も朝廷では「徳川」ではなく「源家康」（最初は藤原氏になっていたが）と記載され、織田信長は「平信長」だった。俗世間で通用している苗字は秀吉も羽柴秀吉のままである。とはいえ、羽柴という苗字は丹羽氏と柴田氏から一字ずつもらって秀吉が勝手に名乗っただけであるから、秀吉はこれを契機に「豊臣秀吉」を称することが多くなる。

関白に就任したときに特別にお祝いをしなかったから「豊臣」という姓を賜ったお披露目を兼ね、参内して盛大に祝いたいと秀吉は考えた。天皇の臨席を仰ぎ、宴を盛大にもよおし、皆から祝福を受けたい。権威を見せつける絶好の機会だから、決まり切った朝廷の儀式と宴会だけではもの足りない。

禁中で茶会を開くことにしたのは、朝廷のなかでも自分が主導権を持って挙行できると考えたからだ。朝廷は茶道とは無縁で、天皇も公家も茶会に参加したことはない。ならば、歴史上初めてとなるから宮中茶会は特別な行事になる。前例や伝統にこだわる公家衆も、関白の秀吉の提案なら反対できない。いつもどおりに前田玄以が奔走し、十月六日に参内して祝いの宴を開き、翌七日に茶会が実施されることになった。

茶の湯は、禅宗の僧侶のあいだに広まり、商人や武士たちを巻き込んでいった。そのような風習に無縁だった禁裏の伝統を破り、朝廷の面々に秀吉の好みを分からせようと、さっそく利休を呼び出し相談した。

宮中で茶会を開くという秀吉の計画にさすがの利休も驚いた。だが、それも面白いとすぐに賛成した。禁裏には茶室はおろか茶道具もないが、茶道具は持ち運び可能な台子（だいす）を用いれば問題ない。台子というのは、茶の湯に使用する道具一式を入れて持ち運べる携帯用の棚のような茶道具入れである。これがあれば、茶室でなくとも台子点前といわれる茶の湯を開催できる。どのようにするかは利休に任せ、玄以には茶会に出席する人たちの人選や、茶会のやり方を利休と相談するよう命じた。

その後、利休は秀吉に開催の段取りについて自分の考えを披露した。「御上（おかみ）（天皇）にお茶を差し上げるのは秀吉さまだけになさいませ。我は控えの間におります。そのあとで公家衆にお茶を点てることにします。そのように分けて開催すれば、秀吉さまが御上のご臨席のときの茶頭となります」と利休は秀吉を立てて実施するよう促した。秀吉は、利休に茶頭をつとめさせるつもりでいたから意外に感じた。

「大丈夫です。秀吉さまは立派な技量をお持ちで、誰にもひけをとりません。関白になられたのですから臆することはありません。どのようにするかは後で相談しましょう」と秀吉を励ました。

利休も禁裏に足を踏み入れることになるが、参内するには官位が必要である。だが、一介の商人の利休には官位を受ける資格がない。そこで、当日だけ僧侶として参内が許されるように「利休居士」という称号を与える特別な措置が取られた。これまで宗易（そうえき）と称していた利休は、この特別の名をその後は名乗るようになる。実際に「利休」と呼ばれるのは、これ以降のことである。

朝廷との交渉を進める前田玄以に、例によって右大臣の菊亭晴季が協力した。利休の指導により、晴季が茶の湯の作法全般について会得し、それを開催前に正親町天皇や誠仁親王たちに披露して見せ、当日に備えた。

十月六日、関白の衣冠と装束に身を包んだ秀吉が参内して、天皇から杯を受け、祝いの宴が挙行された。秀吉の弟の秀長、甥の秀次はじめ有力家臣が従った。

翌日の茶会の場所は、室町将軍が休憩所として使用していた小御所（こごしょ）である。紫宸殿（ししんでん）の近くにある書院造（しょいんづく）りの建物であるが、老朽化していたのを信長が修復し、そのなかの一室が茶室に選ばれた。正親町天皇は秀吉を御所で迎え、その後に小御所へ移った。天皇と誠仁親王、その息子の和仁親王と邦房（くにのぶ）親王のほか、近衛前久および取次役の菊亭晴季を含め五人の公家が最初に茶室に招かれた。

秀吉が自ら茶を点てて振舞った。利休と他の公家衆は次の間に控えていた。秀吉は、天皇をはじめ限られた人たちが、自分が点てる茶をじっと待つ張りつめた空間のなかで、みごとに点前を演じなくてはならない。道具類が手に馴染んでいたから秀吉は落ち着いていた。宮中のなかで天皇を前に自分がすべてを取り仕切っている。皆が秀吉の手を凝視していた。茶の湯という自分の趣味を禁裏に持ち込む希望が叶えられた秀吉にとって、この国の頂点に立つ天皇に茶を振舞う感慨は一入（ひとしお）である。いいようもない快感だった。秀吉は、茶会に際して天皇や親王に名品といわれる茶器を献上し、公家衆にもそれぞれ高価な土産を用意してきた。

天皇が臨席した茶会が終わると、改めて利休の手前で公家衆に茶が振舞われた。

禁中で茶会を開催した秀吉は、自身が主役となるという目的を果たしたが、終わってみると不満が残った。天皇が関心を示したにしても、朝廷との関係を深める効果があったとまでは思えない。民間の茶会と異ならず特別の茶会というわけにはいかなかった。何とかしたいが、特別な茶会にする方法はあるだろうか。良い知恵はないか利休に相談した。秀吉が何を望んでいるか理解した利休は、「少し時間を下さい。方法を考えてみます」と言って、秀吉のもとを辞した。

利休が提案したのが黄金の茶室だった。「黄金で飾った組み立て式の茶室にしてはいかがでしょうか。茶室のつくりは、柱、壁、床、天井、障子、畳、それに出入り口からなっております。畳や障子は無理としても、目に入る空間に金を施して別々にこしらえ、禁裏に運び込んで組み立てれば、たちまちのうちに黄金に輝く茶室ができ上がります。柱や壁などは金箔で飾り、障子や畳表などは朱色の布や皮革を用いれば艶やかで豪勢な茶室となります」と考えを語った。

秀吉は、金と朱に彩られた室内空間を想像して目がくらみそうになった。さすがは利休であると、その提案に感動した。この世のものとは思えぬ黄金の空間で自分が主役を演じ、この国の頂点に立つ天皇に茶を振舞うと考えると、おのれの身が舞い上がる錯覚を抱くほどだった。秀吉の権力欲を満たす効果のある提案だった。

利休は秀吉が気に入ると確信していたが、予想以上に秀吉が喜び、利休は面目を施した。金色に装飾されると聞くと驚くが、実際には意外と落ち着いた空間になるはずだった。侘び茶を追求してきた利休だが、型破りで派手やかな茶会というのは自分の趣味ではないが、案外うまくいくのではないかと考えた。

大坂城内に腕利きの職人たちが集められた。秀吉は家臣たちに、利休が要求することは自分の命令と思い、どんな無理でも聞き届けるよう申しわたした。権力者となっている秀吉のところには大量の黄金が集まる仕組みになっている。秀吉の一言があれば惜しまずに金を使用できる。でき上がった黄金の茶室は、強い日差しさえ受けなければ目を刺激しない。想像どおり落ち着いた空間が生まれた。茶道具を運ぶ台子に金箔が貼られ、四方盆（よほうぼん）、窯（かま）、風炉（ふろ）、柄杓（ひしゃく）立てなどにも金箔がほどこされた。

禁裏で黄金の茶室を用いた茶会は翌一五八六年（天正十四年）一月十六日に開かれた。組み立て式の茶室は二体の特別製の籠に納められ天秤棒でかつがれて大坂から京まで運ばれ、禁裏で組み立てられた。前年の茶の湯では、正親町天皇はそれほど感銘を受けなかったが、目映いばかりの黄金の茶室に入ったとたんに「なんと素晴らしい」と驚きの声を上げた。天皇の感激する姿を見て秀吉は心中で快哉を叫んだ。しかしその興奮を抑え、あくまでもゆったりとした手つきでお茶を点てた。

この後、組立て式の黄金の茶室は、あちこちに運ばれて茶会が開かれた。茶道具の名品を超える秀吉の自慢の茶室になった。

5

秀吉が着々と勢力を伸ばし権力の座を確保するのを横目で見ながら、家康は信濃の国衆である真田氏の成敗をはじめ、領地の支配の安定と北条氏との関係強化に取り組んでいた。長宗我部氏や佐々成政は秀吉に屈服し、徳川氏に味方した勢力は縮小している。それだけ秀吉の勢力が大きくなり、徳川氏の勢力が後退している。和議が成立したとはいえ、秀吉が徳川氏を倒そうと画策しているのは確かである。対抗するには北条氏との絆を強めることが重要である。

徳川氏が北条氏と同盟した際に、本能寺の変の後の戦いで獲得した地域のうち、北条氏が支配した信濃と、徳川氏が獲得した上野地域とを交換する約束になっていた。真田氏が支配していた上野の沼田地域も北条氏に引きわたすよう家康は真田昌幸に指示した。だが、真田氏にしてみれば頭越しの取り決めに承服できない。自力で獲得した地域であるとして、再三にわたり引きわたしの要求を拒否していた。

家康は実力行使に踏み切った。真田氏の本拠、上田城への攻撃は、家臣の大久保忠世の部隊が担当し、甲斐の鳥居元忠と平岩親吉にも加勢させた。数千人しか動員できない真田勢に対して徳川軍は一万を超える兵力で攻め立てた。だが、知謀に長ける真田昌幸の戦略にはまった徳川軍は、大きな損害を出し目的を達成できなかった。

しかし、本気で徳川氏に攻撃されれば、信濃で孤立している真田氏に勝ち目はない。そこで、真田昌幸は秀吉を頼ることにした。徳川氏の理不尽さを訴え、徳川氏に圧力をかけるよう要請した。

秀吉にしても、関東で徳川氏に反発する勢力が存在するのは意味がある。以前はあまり気にしていなかったのだが、信長の死により徳川氏と北条氏が漁夫の利を得て領地を大幅に増やしているのは、秀吉にとっては面白くない。自分に従う勢力が大きくなると、余計にこのことが気になってきたのだ。まして家康は自分に従おうとしていない。北条氏と同盟関係を強める動きを見せているからには、このままにしておくわけにはいかない。

秀吉に意見を求められた石田三成は、自分が取次をしている上杉氏に話して徳川氏を牽制すると良いと進言した。上杉氏の支配する越後は、上野とは山を隔てた隣国である。昌幸には上杉氏を頼るように連絡し、秀吉は徳川氏に停戦するよう要求した。

徳川氏を牽制するために、上杉氏は北信濃の国衆に調略の手を伸ばした。信濃の国衆である小笠原貞慶が、この調略に応じた。かつての武田氏の攻略に際して信長に帰順した小笠原氏は、本能寺の変の後に徳川氏に服従していたのだ。

そんな程度で済ませるわけにはいかない。秀吉は佐々成政を攻撃する前に織田信雄に、徳川氏から人質を取りたいという秀吉の要求を伝えたはずだが、実行されないままである。秀吉は、真田氏との戦いを停止せよという要求を家康に突きつけ、改めて家康に人質を出すよう要求した。

家康にとっては、秀吉の内政干渉であり理不尽な要求である。重臣の酒井忠次や榊原康政は、これに反発し許せないといきりたっている。秀吉との戦いを主張する意見が勢いを増した。家康は、とりあえず小牧・長久手の戦いの和議の際に次男の秀康（於義丸）を差し出しているから、そのうえでさらに人質を出せというのは理に合わないと秀吉に伝えた。すると、人質としてとったつもりはないから、新たに人質を出せば秀康（於義丸）らはそちらに戻すと言う。あくまで新しく人質を差し出せという要求だ。

秀吉に従うか、敵対するか。家康は、十月二十八日に主要な家臣を集めて会議を開いた。家臣たちの意見を聞いたうえで決定するのが徳川氏の仕来りである。信頼されている家臣たちは、家康の前でもためらわずに自身の意見を述べる。

やはり秀吉に従うべきでないという意見が多い。秀吉との連絡役を務めている石川数正は、京や大坂における秀吉の勢いを見ているから反対した。家中が感情的で強硬な意見に染まるのに危機感を抱いたのだ。秀吉に敵対するのは無謀であるから要求に応じるべきであると主張した。関白になった秀吉は、信長配下の一武将にすぎないという見方をしてはいけないと数正は説得したが、まったくの少数意見だった。秀吉と接触して丸め込まれたのではないかとまで言われた。結果、秀吉の要求する人質の提出は拒否すると決定した。離反した小笠原氏と親しい関係にあったから、数正の立場は悪くなるばかりだった。

拒否するという決定を秀吉に告げなくてはならない石川数正は、大坂に行くのが憂鬱だった。それでも、真田氏の不実を訴え、人質を出すつもりはないという書状を秀吉に取り次ぐことになる。

ところが、大坂に来た数正が持参した書状を読んでも、意外なことに秀吉は不機嫌にならなかった。数正に対しては、それまでより親しげに接した。数正は戸惑ったが、やがてそのわけが分かった。数正が徳川氏のなかで孤立しつつあるのを感じとった秀吉が、家康のもとを離れて自分の家臣になるよう数正を説得し始めたからである。

秀吉は、以前から徳川氏の家臣に対しても調略の手を伸ばすつもりでいた。相手の勢力を削ぐのに効果的な秀吉の得意技である。だが、徳川氏の場合は他家とは違い結束がかたく、秀吉の調略に乗りそうな人物は見当たらなかった。しかし、徳川家中で孤立を深めている数正なら取り込めるのではないか。数正は小牧山城の戦いの後に、家康の息子の秀康とともに自分の息子を人質として秀吉に差し出している。数正にとっても、徳川家臣団のなかで孤立している自分の未来は明るくない。そこにつけ込む秀吉の甘言に数正の心は揺れた。

迷いに迷った末に数正は秀吉に従う選択をした。酒井忠次のような強硬派に睨まれたら、徳川家中で生きていくのは辛くなるという思いもあった。

いったん浜松に戻った数正は、家康に秀吉との会見の報告をした。秀吉から言われたように、人質を出さないという決定に秀吉は不快感を示したものの、すぐに秀吉が兵を展開するつもりはないようだと告げた。実際には秀吉は徳川氏を攻撃するつもりがあるが、悟られないようにするために、秀吉がそう言えと数正に指示したのである。九州に秀吉に従わない勢力があるから、そちらを優先するようで、家康と戦う決心はしていないという数正の説明は、家康を油断させるためだった。

石川数正は岡崎城に入り、秀吉のもとに行く準備を密かに始めた。そして間もなく、家族を引き連れて出奔した。

重臣の寝返りは家康に大きな衝撃を与えた。取るものも取りあえず、家康は酒井忠次を岡崎城に派遣した。三河での動揺を最小限に抑えるためである。家康自身も数日後に岡崎に姿を現した。

領内の動揺はなんとか抑えられたが、石川数正は各地の戦いで重要な働きをしていたから、徳川氏の内情を深く知る立場にあった。徳川氏の軍事力、作戦の立て方について、数正は最高機密に接しており、徳川氏の戦法や戦略のノウハウが秀吉に筒抜けになるのは明白である。

秀吉に対する敵愾心は徳川氏のなかで強まり、秀吉との戦いは避けられないと誰もが思うようになっていった。そうなると、それまでの徳川軍の編成や戦い方を改める必要があった。従来どおりでは石川数正から情報を得た秀吉が、それに対応する作戦を立てると思われるからだ。部隊の編成、戦い方などは、甲斐の武田軍が採用した方式に改めた。

家康は、数正が離反するのを止められなかったことを悔やみ、いまは結束して秀吉勢と対決する覚悟を決めた。

6

秀吉は徳川氏を成敗する準備を始めた。九州もまだ秀吉に帰順していないが、先に徳川氏との戦いに決着をつけるつもりだった。秀吉の要求を拒否したからには粉砕するしかないのだ。

年が明けたら徳川氏を攻略するために兵をあげると秀吉は宣言し、十一月に入ると準備を始めた。美濃の大垣（おおがき）城に新しい倉庫を建設し、大量の兵糧を運び込んだ。ここが三河攻めの前線基地となる。戦いは長期にわたる可能性があり、兵站の補給に万全を期さなくてはならない。

家康も尾張との境にある鳴海（なるみ）城を整備し、秀吉軍と戦うために陣地の構築を急いだ。北条氏が加勢すると申し出てきた。北条氏も、その気になってともに戦うというのは頼もしい。

ところが、秀吉の攻撃計画は頓挫してしまう。十一月二十八日に尾張や近江を大地震が襲ったのである。このとき秀吉は近江の坂本城にいた。未明の地震で石垣が崩れ、城の一部が倒壊した。秀吉は、そのまま馬を走らせて大坂城に戻ったが、地震は近江、美濃、尾張に甚大な被害をもたらした。大垣城は崩れたうえに出火して炎上し、兵糧を蓄えた倉庫も燃えてしまった。羽柴秀次の与力となっていた山内一豊が長浜（ながはま）城を護っていたが、城は倒壊し、下敷きになった家臣たちが亡くなり、城下でも火事が発生して多くの家屋が灰燼に帰した。家康との戦いでは近江や美濃、尾張にいる秀吉配下の武将たちが先頭に立って戦うはずだった。その地域がもっとも被害が大きく、復興を最優先しなくてはならない。

岡崎城にいた家康は地震で目が覚めた。大きな揺れだったが、家康の支配地では地震の影響はほとんどなかった。

地震がなかったら秀吉との戦いは始められたことだろう。そうなれば、小牧山城での戦いより秀吉軍は大軍で攻撃して、家康は苦戦、徳川氏は亡んでいたかもしれない。地震は海底や大陸の下を支える巨大な海洋プレートが大陸プレートの下に沈み込むことで起きるという。そうした地球の持つメカニズムが解明されていない時代だったから、地震発生は天の神や地の神の怒りであると信じられていた。被害の大きい秀吉の陣営では、天はこの戦いを望んでいないと感じる人が多かった。

地震で戦いが延期されると、家康は一気に弱気になった。地震が起きたのは天佑だった。なんと無謀な戦いをしようとしたのかと目が覚めたような気がした。秀吉の横暴さに腹を立て、情勢分析もきちんとおこなわないまま戦いに突入しようとした。小牧・長久手の戦いでは、北条氏が支援に来てくれなかったことも思い出した。北条氏が全面的に味方してくれたとしても、秀吉とは互角に戦うのはむずかしいのに、北条氏は周辺諸国と国境で戦いをしていて、支援する余裕があるか本当のところは分からない。

徳川氏の生き残りを考慮すれば、秀吉との戦いは避けるべきである。秀吉の支配地域のほうが地震による被害は大きいから、秀吉も和議に応じる気になるだろうと考えた家康は、家臣に相談せず伊勢の織田信雄に使者を送った。先に家臣たちの意見を聞くと、戦う意識を煽ってしまう可能性がある。そこで、安全策をとって信雄に和議のために動いてくれるよう要請した。秀吉にくだったかたちの信雄は、秀吉の意向に沿うようにして家康に接触するとしても、家康のほうから接近して秀吉との和議のために動いてほしいと要請すれば、ひと肌脱いでくれるだろう。信雄が動いてくれれば、家臣たちも反対しないはずだ。

家康は使者を派遣して信雄に事情を説明し、協力してくれるよう依頼した。信雄は仲介の労をとることにし、岡崎まで来てくれるという。

信雄が家康と会見したのは年が明けた一月二十四日である。その前に、家康は自分の考えを家臣たちに伝え、秀吉とのあいだに立って働きかけてくれるよう信雄に頼んだと話しておいた。それに不満を示す家臣もいたが、家康の決意がかたいと分かり反対はなかった。

秀吉のほうは、年が明けると帰順している大名たちに東国に出兵するつもりだから準備せよという手紙を送りつけた。だが、大垣城に兵糧を運び込んで着々と戦いの準備を始めたときとくらべると、従う武将たちの動きは鈍かった。いったん勢いが削がれると、もとのように戦うエネルギーが大きくならない。秀吉も迷いが生じた。中途半端な戦いになるのは好ましくないと思っているところに、信雄から徳川氏とのわだかまりを解消するために働きたいという申し入れがあった。秀吉と家康との関係悪化のきっかけを自分がつくったという思いがあるから、信雄は熱心に戦いを避けるよう秀吉に働きかけたのである。

家康と戦うとなれば、たとえ勝利するにしてもかなりの犠牲を払うことになる。まして北条氏が徳川氏とともに戦うとなれば生半可な敵ではない。信雄が言うように和議に持ち込み、家康を従わせるほうが無難なことは確かである。この際、織田信雄の顔を立てるのも悪くはない。それに、佐々成政や長宗我部元親と戦い、結果として彼らと和議を結んだが、それ以降、彼らは敵対していたことを忘れたように従っている。家康まで従わせることができれば、これに越したことはない。戦うより臣従させるほうが遥かにましである。

徳川氏との戦いを避ける決心をしたもう一つの理由は、九州を制覇するのを優先したほうが良いのではと考えるようになったからである。

前年の十月に島津氏と戦っていた北九州を支配する大友氏が支援を求めてきたのに応え、秀吉は戦いを中止するよう島津氏に指示を出した。島津氏は了承すると言ってきたが、実際には停戦したとはいいがたい状況である。大友宗麟(おおともそうりん)がふたたび支援を要請してきた。島津氏は秀吉に従うような口ぶりだが、実際に腹のなかはそうではないようだ。そんななかで、徳川氏との戦闘が始まれば、九州に派兵する余裕はなくなる。

外国との貿易が盛んなので、東国にくらべると西国は大いに潤っている。九州が経済的に豊かなのは広く世界とつながっているからである。将来を見据えれば、家康を従わせて九州を支配し、この地域に自分の足場を築くほうが良いのではないか。実はかねてより秀吉は、明国の制覇を目論んでいたのである。明への進出は、亡き信長が考えていたことであった。

織田信雄が徳川氏とのあいだを仲介したいという申し出のタイミングも良かった。徳川氏が神妙にして秀吉に使者を送るというので、秀吉は徳川氏の使者を歓迎すると返答した。

二月六日に家康の使者である榊原康政(さかきばらやすまさ)が大坂城に着いた。康政はこれまで秀吉の意向を無視する態度があったことを詫びるとともに、今後は秀吉の指示で動くという家康の意思を伝えた。秀吉に敵対的だった康政は、自身の考えを変え、徳川家の存続を優先するために秀吉に従うという家康の意向を受け、覚悟を決め秀吉との面会に臨んだ。媚びることなく真心を込めて秀吉との関係を大切にしたいという家康の考えを伝えた。潔い雰囲気を漂わせている康政に秀吉は好感を持った。康政が意外に思うほど秀吉は上機嫌で、康政のために大坂城で茶会を開いた。

秀吉が予想外だったのは、徳川氏が秀吉との関係を深めるために羽柴家と徳川家が親戚関係になりたいという家康の要望だった。正室のいない家康に秀吉の親族の誰かを迎えたいという。人質を出すより両家の絆は深まる。家康にしてみれば、秀吉が家康を攻撃しない保証として求めたものである。秀吉も徳川氏とは戦いたくなかったから、この要求を無視するわけにはいかない。受け入れたほうが良さそうだが、あいにくそれに該当する女人はいない。子供のいない秀吉には、身内といっても父違いの弟妹とその子供たちしかいない。ただ一人いるとすれば自分の妹だが、彼女はとうの昔に嫁いでいる。

無理に離婚させてでも家康の正室にしなくてはなるまいと秀吉は思った。家康の要求を叶えて従わせ、東国の平和のために家康を働かせることができるなら、無理をしてでも実施しなくてはならない。

秀吉は微笑を絶やさず「徳川どのによろしく伝えてほしい。これまではいろいろあったが、我も戦いを望んでいたわけではない。これからは末永くともに携えていきたいので、そちらの要望を叶えるつもりである」と康政に語った。

7

秀吉との関係が改善した家康には、そのために北条氏との関係に罅（ひび）が入るのではという懸念がある。徳川氏の生き残りには、秀吉との和議を優先しないわけにはいかないにしても、北条氏との同盟関係は維持したいという気持ちに変わりはない。秀吉との共存はいつ破綻するか分からないところがあるからだ。秀吉に対する徳川家中の不信感が消えたわけではないから、秀吉との対決を視野に入れて備えるには北条氏との結束を強めることが肝心である。北条一族の心が徳川氏から離れないようにしようと、家康は北条氏に使者を送り「大事な話があるから、自分がそちらに出向きたい」と伝えさせた。

北条氏の支配する地域に行き、当主の北条氏政と膝を交えて話そうと思った。秀吉と誼みを通じたのは、徳川氏が生き残るためのやむを得ない選択であり、それが北条氏の将来にもつながると分かってもらわなくてはならない。そして、秀吉と抜き差しならぬ対立が生じたときには、ともに戦うという確証が欲しい。虫の良いところがあるにしても、同世代の氏政とじっくり話すつもりだった。

氏政からはお待ちしたいという返事がきた。大名の当主どうしが直接会談するのは珍しい。それだけ重要な会談であるという認識を双方が持っていた。家康は自分が下手（したて）に出る必要があると判断し、相手の支配する地域に出向くことにした。それぞれ豪華な贈りものを用意し、会談は三月六日から八日まで、なか一日あいだをおいて沼津城と三島城でおこなわれた。

危機的状況に遭遇したら助け合うという、これまでの関係を強めることを確認したが、家康にしてみれば秀吉と戦うことになれば、何をおいてもともに戦うという決意を示して欲しい。小牧・長久手の戦いでは、周囲を敵に囲まれていて支援が得られなかった。今後も同じようでは困るのだが、本当にそこまで頼りにできるのか。

そう思いながらも、家康が秀吉と誼みを通じようとしているから、北条氏に強く迫るわけにはいかない。それだけ微妙な立場である。実際に秀吉から自分をとるか北条氏をとるか選択を迫られた場合、家康は北条氏をとると答える自信はない。北条氏をとれば、秀吉と戦う覚悟が必要である。北条氏と運命をともにして良いとまで信頼できないところがあるが、それを口にするのはためらわれる。

北条氏政にしても、小牧・長久手の戦いで家康を支援すると約束しておきながらできなかったから、家康に済まないという気持ちがある。お互いに相手に対して忸怩（じくじ）たる思いを抱いているが、それを表立って言い募るのを避け、結果として穏やかに話は進んだ。両家の将来を考えれば、互いの絆を確かめることは大切だが、何かあれば関係が崩れ去る危うさがある。それを口にするのは賢明ではない。そういう思いが双方にある。家康も氏政も齢（よわい）五十を超えている。腹の底では不安要素があるのは分かっているが、和やかな雰囲気が壊れないよう互いに配慮し合った。

　言葉では語れない不安は、酒宴の席で家康と氏政が得意とする能を舞って補った。二人とも、それぞれが得意とする能を一番ずつ舞った後に、両者はともに舞った。一緒に舞うことでお互いの絆を確かめ合ったが、互いに生じている擦れ違いまで埋まったわけではない。

　秀吉の心境の変化についていけない石田三成は、秀吉がいつまでたっても家康討伐を実施しないのに疑問を抱いていた。地震のせいで徳川氏の成敗を中止したままでいるのは将来に禍根を残すと秀吉に進言した。秀吉が徳川軍を滅ぼし、北関東の反北条連盟を秀吉が支援して北条氏を破れば東国は安泰になる。九州地方より東国の平和達成が先であると三成は考え、何とかしてほしいと秀吉に直訴した。

　三成の言うことは分かるものの、秀吉には家康との関係を見直すつもりはない。家康と戦うとなるとこちらにも犠牲が出るので、それより味方につけて奥州で敵対する勢力を家康に抑えさせるようにしたほうが良いと説得した。それでも三成は納得した表情を見せなかった。徳川氏が北条氏と同盟をしたままでは、上杉氏や北条氏と戦っている大名たちが納得しないので、せめて家康には北条氏との同盟を廃棄させるよう交渉すべきであると主張した。

秀吉は「そんな条件を出せば家康も、我との関係を反故にするかもしれぬ。そうなると交渉もややこしくなって簡単にいかない。徳川と北条との同盟は廃棄させたいが、それを先に持ち出すかどうかなのだ。家康を味方につけてからじっくりと北条との関係を断ち切らせたほうが良い。一気にすべてを解決しようと焦っても上手くいかない場合がある」と言い聞かせた。信長が家臣に対して頭ごなしに指令ばかり発して納得いく説明をしないから無用な反発を招くことがあったのを秀吉は知っている。信長を真似て頭ごなしに言う場合もあるが、三成には本音で話すように努めた。

「次の戦いは九州になる。だが、それも本当の戦いではない。じつはな、我の目的は明国を我が領土にすることなのだ。だから、相当の覚悟と準備がいる。明国を獲る前には、まず朝鮮を支配せねばならぬ。となれば、海を渡り出兵するために本陣は九州に置くことになる。我もまだ九州まで足を伸ばしたことがない。前線基地をどのようにつくるか、この目で確かめる必要がある。将来のことを考えれば東国より九州が大切なのだ。まず九州で我に逆らう勢力を一掃する。徳川との戦いにこだわっていては、明国の攻略するまでに時間がかかりすぎてしまう。九州を平定し、朝鮮半島から明国に攻め入り、我が領土とすれば、家康といえども、我と敵対するのは愚かな行為であると悟り、我の家臣となる道を選ぶにちがいない。逆らいたくても逆らえぬ状況をつくれば良いのだ」と秀吉は語った。

三成は感動した。自分に比較して秀吉のスケールの大きさに驚き、自分の浅はかさを悟った。秀吉は信長の野望を踏襲して明国の制覇を考えていたのだが、秀吉の独自の思い付きと信じている三成は、これまで以上に秀吉に心酔し、いっそうの忠誠を誓う気持ちになった。

妹の朝日姫を家康の正室にしたいという秀吉の使者、浅野長政が浜松城に来たのはこの年（一五八六年）四月である。秀吉と家康との連絡役である長政は、賤ヶ岳の戦いで戦功があり、秀吉の正室、お寧と親戚筋にあたる。秀吉の家臣のなかでは石田三成より格は上である。それだけ秀吉が家康を重視していたのである。

四十歳半ばをすぎた秀吉の妹は、秀吉が頭角を現す前に結婚しており、秀吉の引きで夫は侍大将に出世し、彼女が朝日姫と名乗っているのは関白の妹だからである。

浅野長政から朝日姫を家康の正室として送り出すという秀吉の意向が伝えられると、家康もいささか驚いた。それほど和議の成立を重視していたのかと思い歓迎した。これで、家康は秀吉の義弟ということになる。文句をいう筋合いはないが、依然として秀吉への服従に反対する家臣がいる。秀吉が石川数正を籠絡したのが許せないという空気が強く残っているからだが、いまさら反論を蒸し返すのを家康は許さなかった。

家康は、秀吉の心遣いに感謝して、朝日姫を迎える段取りを打ち合わせるため大坂に使者を送ることにした。秀吉との連絡役を新たに指名する必要がある。先に派遣した榊原康政にはもっと重要な働きをしてもらうつもりである。秀吉との連絡役となると長期にわたる任務になるからと、家康は幼少から仕えている天野康景を指名した。頑固なところがあるものの、家康に対する忠誠心では群を抜いている。ところが、それが問題になった。

朝日姫の婚姻を決める大切な任務なのに、派遣された使者は自分が知らない人物であることに秀吉は不快感を示した。家康が秀吉を軽く見ていると感じて腹を立てたのである。徳川氏の有力な武将はすべて把握していると思っている秀吉は、あえて離婚させてまで妹を嫁がせようとしているのに、自分が知らないような小者の使者を派遣してくる家康の態度が気に入らなかった。秀吉は天野康景とは会おうともせず「使者は酒井忠次か榊原康政、あるいは本田忠勝のいずれかを派遣せよ」と言って追い返した。

家康は困ったことになったと思った。酒井忠次は「秀吉は信用できないから従うのは止めたほうがいい」と言い出し、秀吉との関係を考え直すよう迫った。秀吉に下る不快さが家臣のなかでくすぶっているから、秀吉に対する反発は何かあれば噴き出してくる。だが、誰を使者にするかは徳川氏が決めることで、秀吉が干渉すべき問題ではない。家臣たちが怒るのも無理はない。

秀吉の陣営でも、前から徳川氏は信用できないと思っていた家臣たちが「徳川、討つべし」といきり立った。家康との連絡を担当している浅野長政は、徳川氏との関係が微妙になって慌てた。家康を説得するのでしばらく猶予して欲しいと秀吉に奏上して了解をとり、浜松城にやって来て、なんとか秀吉が言うように新しく使者を立てて欲しいと家康に要請した。

浅野長政は、秀吉と家康とのあいだが険悪になるのを避けたかったが、家康は、使者に関しての話は内政干渉であるとして「そんなつまらないことにこだわるなら和議がならなくても仕方ない」と言った。長政は困惑して眉間にしわを寄せた。秀吉の陣営も家康の陣営も、穏健派と強硬派がいて、何かあればどちらに転んでもおかしくない状況だった。このままでは緊張状態は解消されない。

話を進めるうちに、家康の口調が必ずしも一貫していないのを長政は見逃さなかった。秀吉に腹を立てているとはいえ、戦う覚悟まではしていないようだ。強気の家臣たちに押されていても、本当のところでは迷いがあるように感じた。

秀吉も家康も戦いは避けたいと思っているのに、どちらも面子にこだわっている。だから、両方の面子が立つようにすれば良いと長政は知恵を働かせ、織田信雄に仲介を頼むといいと思いついた。だが、秀吉の了解をとらずに信雄に頼むのは使者としての分を超えている。

長政は、家康に再考を求めた。秀吉の家臣も自分のように家康との関係を良くしたいと思っている者ばかりではないから、このままでは対立は深まってしまう。せっかく朝日姫が嫁ぐという話まで進んでいるのに、すべてをご破算にしたのでは、何のために和解への努力を積み重ねて来たか分からない。できれば織田信雄のところに、家康のほうから使者を送って、仲裁を依頼して欲しいと頼んだ。

信雄が仲裁してくれれば、家康の面子も潰れないで済む。それに信雄が乗り出したとなれば、家康の家臣たちも納得するに違いない。長政の必死の頼みを聞いて家康は考え込んだ。あとひと押しと見た長政は「お願いします。戦いとなれば多くの人たちを不幸にします。どうか堪忍してください」と言い深く頭を下げた。

長政が頭をあげると家康は笑顔になっていた。そして「言うとおりにしよう」と長政の目を見つめて言った。

家康は、すぐに信雄へ使者を立てた。信雄も喜んで仲介の労をとろうと応えた。「これまでも戦いが起きぬよう我も努力を重ねてきた。それを無にしないでほしい。我の顔を立てて改めて大坂に使者を送るように」と信雄は伝えた。家康は、主要な家臣たちを集めて信雄の伝言を披露した。そして「反論もあるだろうが、ここは堪えてほしい」と述べ、秀吉への使者は本田忠勝にした。忠勝は家康の側近の一人であり、勇猛果敢な武将として知られている。

秀吉の機嫌もやっと直った。

こうして、朝日姫の輿入れは予定より遅れたものの、五月中旬に大坂を出発して浜松に到着し一件落着した。大坂から朝日姫に付き添ったのは浅野長政である。朝日姫は、家康の家臣たちに迎えられ、めでたく家康の正室となり、秀吉と家康は親類関係になった。

8

朝日姫が浜松城に入るのを待っていたかのように、越後の上杉景勝（うえすぎかげかつ）は大坂城の秀吉に会いにきた。改めて秀吉に臣従する姿勢を見せたのである。このころには秀吉に信頼された石田三成は、上杉氏との取次を任されるようになっていた。三成は徳川氏との和議が成立したことを景勝の家老である直江兼続（なおえかねつぐ）に知らせ、家康が北条氏に戦いをやめるように説得するので、上杉氏の立場も良くなるから安心して大坂に来るよう伝えた。それに応えての上洛である。兼続を通じて景勝を説得する三成の手紙には「秀吉が徳川氏を赦免した」と記されている。

上杉景勝は秀吉を前にして丁重に頭を下げた。服従する姿を目にして秀吉は気分を良くした。先代の上杉謙信は秀吉にとっても難敵であると同時に憧れの武将だった。それだけに後継者を従わせた秀吉は、家康の首根っこを押さえつけて従わせるために大坂に呼びつけようと思った。そうすれば、秀吉の権威はいっそう高まるし、家康に自分のために働かせる道筋ができるはずである。

家康を上洛させるとすれば、正親町天皇の譲位式のときが良い。義弟となった家康を参列させ、関白の地位にある自分が、朝廷の大切な儀式を取り仕切る姿を見せつけられるからだ。家康は天皇を尊崇し、朝廷の権威を大切にしているから、秀吉の権威の揺るぎなさを悟ることだろう。

七月になると、秀吉は家康に大坂まで挨拶に来るよう促した。だが、酒井忠次はじめ多くの家臣たちは強く反対した。このこのこと大坂まで出かけて行けば、殺されるかもしれないと危惧した。

秀吉の期待に反して、家康は素直に応じようとしない。秀吉は不満を募らせた。だが、弾劾するわけにもいかず、改めて浅野長政を派遣して上洛を督促したが、家康の返事は曖昧なままだった。そのうちに行くというばかりだ。

素直に承知しない家康に秀吉の怒りは次第に大きくなり、あいだに立つ長政は苦慮した。二度にわたり大坂と浜松のあいだを往復して家康を説得したが埒があかない。秀吉は、九月中に返事がなければ考え直さなくてはならないと通告した。時間切れにならないうちに問題を解決するために、長政はふたたび織田信雄を担ぎ出す奥の手を考えた。

織田信雄に話して了解を得た長政は、九月早々に信雄の使者とともに岡崎城にやってきた。家康は、重臣とともに岡崎城に入り彼らと会見した。このときに浅野長政は家康のために意外な土産を用意してきた。十一月はじめに挙行される天皇の譲位式に間に合うように、家康に朝廷から「従三位中将」という官位を授けるという宣下を受けたと報告した。これで、家康は公家のなかでも特別な存在である公卿（くぎょう）と呼ばれる身分になる。家康を懐柔するために、秀吉が朝廷に申請し、使者の浅野長政を三河に派遣するのに間に合わせたのだ。

関白従一位である秀吉に次ぐのが織田信雄の大納言従二位、そして家康と同じ従三位には秀吉の弟、羽柴秀長がいる。家康は秀吉の妹を正室に迎え、秀吉の義弟にふさわしい官位を得たことになる。秀吉の申し出であるから朝廷も二つ返事で承認した。家康とは敵対したくないという思いが秀吉にある証（あかし）でもある。だが、家康にとって朝廷に認められるのはありがたいが、秀吉の風下に立つと考えればそれほど嬉しくない。

浅野長政は、これを受け入れて速やかに大坂に行って秀吉に挨拶し、そのうえで京における天皇の譲位式に出席して欲しいと懇願した。信雄の使者も、家康の無事を保証するよう要請するという。それでも、家康の重臣たちのなかには、家康の命の保証が得られないのではという危惧を抱く声が消えなかった。目に見える保証がなくては大坂に行くべきではないという意見である。

家康は家臣たちに反対が強いのを承知していたが、浅野長政に「了解した。速やかに御意に従う」と秀吉に伝えて欲しいと返答した。緊張していた長政も安堵した。同席していた家臣たちに緊張が走ったが、家康は無視した。信雄の顔も立てねばならず、さすがの秀吉も義弟となった家康を亡きものにするはずがないだろう。

長政との会見を終え、家康主従だけになると酒井忠次が家康に考えを改めるよう迫った。それに同調する家臣も少なくない。しばらくは黙って彼らの意見を聞いていた家康が口を開いた。

「我が上洛要請を断れば秀吉との戦いになるだろう。そうなると、我が支配地のすべてから兵を動員し血みどろの争いとなる。膨大な犠牲が出る。もし負けるようなことになれば、すべてを失う。お前たちはそれでもいいと言うだろう。しかし、徳川家の将来を考えれば、そういうわけにはいかぬ。だから我慢が必要なのだ」と静かに語った。

酒井忠次は家康を見据えて「分かりました。だが、大坂に行くとなれば殿の命を保証させねばなりませぬ。そのあいだだけでも人質を寄こすよう要求してはいかがでしょうか」

忠次たちは闇雲に反対しているわけではない。家康に何かあったら困ると思っているのだ。そこで、これを長政に話して意見を聞くことで決着した。徳川家の人たちの心配を理解したので、それを考慮して対処すると長政は約束した。

長政は大坂城に戻り、家康との会見の経緯を報告した。家康の命の保証のために人質がいるという要求に秀吉は「何と生意気な」と憤慨した。人質を送るというのは論外である。要請を拒否したうえで、家康に覚悟せよと返事をしようかと思った。だが、そうなると和議は成立せず振り出しに戻ってしまい、なんのために妹の朝日姫を浜松城に輿入れさせたか分からなくなる

この難問を解決したのは浅野長政と秀吉の妻、お寧(ね)だった。長政は信長の弓衆をしていた浅野長勝(あさのながかつ)の婿養子になり、浅野家の家督を継いだ。そして、お寧も秀吉に嫁ぐときに浅野家の養女になっている。そんな関係から長政はお寧とも親しかった。家康とのことを彼女に話すと意外な反応をした。

お寧は笑いながら言う。「人質などというから厄介になるのでしょう。家康どのが浜松城を留守にしているあいだ、大政所さま（秀吉の母のこと）が朝日姫とお会いするようにすれば良いではありませんか。大政所さまも、娘が浜松でどのような暮らしをしているか気になさっておられます。この機会に浜松に行かれて娘にお会いすれば良いではないか」

人質を出すという話になるから面目を気にしてしまうが、大政所が嫁いだ娘に会いに行くなら、それはそれとして秀吉が承認すれば良いだけの話になる。関白の母だから大政所と言われているものの、もとを

たどれば百姓だった秀吉の母は、武士の面目と無関係である。娘に会いに行きたいかと秀吉が問うと「ぜひに」と答えた。秀吉のまつりごとに口を挟むことはなかった大政所は、政治の駆け引きの道具に娘が利用されているのが不憫でならなかった。

家康が大坂や京に滞在しているあいだに大政所が浜松城に滞在すれば、これ以上に家康の命を保証するものはない。家臣たちの反対も抑えられ、家康が大坂と京に向けて出発したのは十月二十日だった。

9

家康の一行が大坂に着いたのは十月二十六日。羽柴秀長の館に宿泊した。秀吉とは翌日に面会する予定である。

三千人の兵士を引き連れた大坂までの道中は緊張の連続だった。指揮官である酒井忠次は、いざとなれば命を投げ出し家康を護らなくてはならない覚悟をしていた。ところが、秀長の館に着くと、そうした緊張感とは無縁な空気が漂っていた。暗くなる前から秀長の館では篝火（かがりび）を焚き、武装した兵士たちが松明（たいまつ）を持って巡回し安全に配慮していた。しかも家康の一行を迎えた秀長は、家康が引き連れてきた兵士たちが敷地内にある屋敷に分散して宿泊できるよう、家臣たちの屋敷を手配していた。そうした鷹揚とも思える気遣いに家康は驚き感謝した。しかも、家康のために用意した館は豪華にしつらえ、くつろげるように配慮していた。

愛想よく出迎えた秀長に、秀吉が垣間見せる小賢しい面はなく、相手を安心させる表情をしている。秀吉にくらべれば気のいい人物で、秀長が家康に気を遣っているのが伝わった。家老の藤堂高虎を家康に紹介し、いまは家康のために京に屋敷をつくっていると言う。縄張り図を見せて説明した。高虎は城や屋敷をつくるのが得意であり、家康のためにその能力を存分に発揮するつもりであると言う。これが家康と藤堂高虎の関係が緊密になるきっかけとなる出会いである。

家康がくつろいでいるところに秀吉が利休をともない、お忍びで姿を見せた。

「そなたの顔を少しでも早く見たいと思いやってきた」と、秀吉は満面に笑みを浮かべながら、家康の手をとらんばかりに上機嫌である。利休を紹介すると、茶の湯の師匠というだけでなく利休には内々のことを任せていると言い、大坂城で家康のために茶会を開くつもりであることを告げた。

秀吉とは、これまで親しく話したことはなかった。それなのに旧友に会ったような愛想の良さを見せる秀吉に、家康はいささか戸惑った。親しさの押し売りにも見えたが、せっかく大坂まで来たのだから、関係を深めることに専念しようと覚悟を決めた。相手がどのように思っているのか確かめずに次から次へと話を続ける秀吉に、家康は口を挟まずに聞くようにし、ときにうなずき、またときには愛想笑いをした。

利休は、家康が食事をする際に茶を点てた。茶の湯の宗匠として知られる利休から茶を供されるのは贅沢のきわみである。ふくよかで深みのある味わいだった。秀吉は最後まで愛想の良さを絶やさず、翌日に大坂城で会おうと言いおいて引き揚げた。大坂に来れば危険が待っているという不安があったが、少なくとも一日目の印象は、肩透かしを食ったように緊張感はなかった。

翌朝、家康は予定より早めに出発した。大坂城に入るのは初めてである。家康の一行を世話する浅野長政の案内で城のなかをひとまわりした。安土城を上まわる威容を誇り、権力の大きさを知らしめるために、これだけの城をつくったのかと秀吉の権力志向の強さに驚嘆した。

控えの間に入り、しばらく待たされたのち、秀吉のいる本丸内の大広間に入った。大勢の大名たちと秀吉の主な家臣たちが控えている。家康は左右に並んでいる人々のあいだを進んで、上座近くの指定されたところに腰を下ろした。

秀吉が現れ上座に座った。家康は丁重に頭を下げた。

「大儀である。よくぞ参られた」と上機嫌で秀吉が声をかけたが、前夜のような親しさはない。必要以上に胸を張り威厳を保とうとしている。周囲にいる大名たちを意識している様子である。家康もここまできてジタバタするわけにはいかない。「上さまにはご機嫌麗しく恐悦至極に存じます」と神妙に挨拶し、上座にいる秀吉にもう一度頭を下げた。緊張した座の空気が少し和らいだ。家康がどのような態度をとるのか周囲の人たちも息を詰めて見ていたのだ。

上座にいる秀吉は落ち着き払っていた。一人だけ特別な地位にいることが板についている。対面している秀吉は、小柄な感じではなく実際より大きな人物に見える。家康は、目の前にいるのが信長であるかのように平伏した。満座のなかで家康が秀吉に臣従した姿を見せることが重要だと、家康は自分に言い聞かせていた。

その後、織田信雄を交えて茶会が開かれ、今後の予定が浅野長政から告げられた。

翌日、大坂城で秀吉の親類衆との宴会があり、家康が改めて紹介され親睦が図られる。次いで城内で茶会が開かれ、京に移動して正親町天皇の譲位式と新しい天皇の践祚式が宮中でおこなわれるのに参列する。それが終われば浜松に帰ることになる。家康は、いつまでも浜松を留守にするつもりはなかった。

大坂で秀吉に接するうちに、家康の秀吉に対する印象に変化が生じていた。かつて目にした信長配下の武将ではない。多くの大名たちを恐れさせる存在になっている。秀吉に親しそうに口をきけるのは弟の秀長と利休だけのようだ。家臣たちも秀吉の指示に従おうと必死である。浜松で想像していたのとはまるで違う。秀吉を補佐する弟の秀長は、家康に対して失礼がないようにと常に先まわりして動き、家康の不安を取り除こうと気を遣っている。不遜に見えるところがある秀吉の振舞いを緩和させようとしているのが分かった。家康も次第に秀長に心を許すようになり、親しみさえ感じるようになった。

とはいえ、家康が考えていた以上に秀吉はしたたかだった。秀吉に下った態度を見せれば満足すると思っていたが、秀吉は嵩にかかったように臣従した証を具体的に示すよう家康に求めた。大坂城内の山里風の独立した茶室に招かれた際のことだった。秀吉のほかに秀長と利休がいて、点てた茶を皆が飲み終わると、一転して緊張感に包まれた。そんななかで利休が口を開いた。

「こうして大坂に参られたのですから、これを機会に関東の仕置きをお任せしたいと殿下は考えておられます。北条さまは、いまだに従おうとしておりません。それに奥州でも、戦いがまだ続いています。徳川さまのお力で関東と奥州が平和になるようとりはからっていただきたい」と言うのを聞き、家康は、茶頭の利休が政治向きの話をするのに驚いた。しかし、秀吉が利休に自分の考えを言わせているのは明らかだ。さっそく北条氏の問題が俎上（そじょう）に乗るとは思っていなかった。

「北条とは交渉する窓口がない。本来は向こうから話しにくるべきなのに、そうした動きは一切ない。このままでは我に敵対していると思わざるを得ない。そこで、家康どのから北条によく言って聞かせて欲しい」と秀吉が返答を求めるように家康に迫った。

家康は一瞬瞑目し、気を落ち着けてから口を開いた。「実は、こうして大坂に来られたのも、北条と同盟関係にあるからで、北条が殿下に敵対するつもりがないのは我が保証いたします。念のために浜松に帰ってから連絡をとり、殿下に従うように説得いたします。周囲で逆らっている連中がいるから北条が矛をおさめられないだけのこと」と、少し前に北条氏政と会見したことを思い出しながら答えた。北条氏も、内部でさまざまな意見があり意思統一を図るのはむずかしいところがある。実際に、家康が説得しても効果があるのか疑問は残る。だが、それを正直に口にできない。

秀吉は「説得に応じない場合は、どうするつもりか」と痛いところを突いてきた。家康は真剣な顔で自分を見る秀吉の目が気になった。徳川氏と北条氏の結びつきが脅威にならないよう、家康に北条氏との関係を清算させたいのだ。そうでなければ、いきなり北条氏の問題を持ち出すはずがない。

「もう少しお待ちください。責任を持って北条と交渉しますから、話の経過を見てからのことにしていただけませんか。我が北条に殿下の意向をはっきりとお伝えします」と家康は秀吉の目を見て言った。納得した様子ではない。秀吉が利休のほうを見ると、利休はすかさず秀吉から家康のほうに目を移して話し始めた。

「徳川さまの説得に北条さまが応じれば、やはり殿下に従うことになりますね」と家康の同意を求めるように言い、そして続けた。「そうなれば徳川さまと北条さまとの同盟に意味がなくなりませんか。徳川さまが、こうして殿下に従ったのですから、北条さまがそれに続けば、直接殿下と結びつきができます。そうなれば、同盟を解消して良いことになります。とはいえ、北条さまが従わない場合も考えられます。そうなった場合は、徳川さまも北条さまを敵と見なして欲しいと殿下は思っておられます」

家康は思わず唸った。やはりそうだったのかと思ったからだ。北条氏が秀吉に従わないときには秀吉をとるように迫っている。秀吉に臣従する姿勢を見せたからには、北条氏をとるという選択の余地はないことを家康に確認させたいのだ。追い詰められた気がしたが、ここで怯(ひる)むわけにはいかない。

「おっしゃることは分かります。いざとなれば、我も覚悟を決めますが、北条を切り捨てるのは早計だと思います。もう少し時間をください」と言うよりほかになかった。その場の空気が前より緊張感を増し、家康は魂が揺らぐような感じがした。

「いずれにしても、関東と奥州のことは家康どのに任せたい。妹の婿どのになったのだから、我の弟の秀長と二人で我を支えて欲しい。弟の秀長には西の地方を、そして家康どのには東の地方を統治して欲しい。実は年が明けてから九州に兵を送ろうと思っている。そのときに関東で混乱があっては困る。せっかくここで話し合っているのだから、うまくやって欲しい。そして、九州への出兵の際には、家康どのにも加わってもらいたい」と秀吉が家康を見ながら言った。家康は「分かりました」と返事したが、胸騒ぎが大きくなってきた。だが、この話はそれで終わった。

家康は天皇の譲位式に列席するために京に移動した。

宿泊するのは茶屋四郎次郎の屋敷である。儀式に参列する前の十一月五日に秀吉の参内に従い家康も禁裏に入る。家康は従三位となっているから、朝廷の儀式に出るには、その官位にふさわしい礼服を身に纏(まと)わなくてはならない。身分によって束帯に違いがあり、かぶる冠も異なる。家康の体型に合わせ特別につくられた束帯を身に纏うと、家康はいかにも公家らしい姿になった。冠をかぶり笏(しゃく)を持ち歩いてみる。

袴の後ろの裾が帯状に長く垂れていて、それを引きずって歩く。束帯はなんとなくそぐわない感じがしたが、悪い気分ではない。身分が高いことを誇示するには格好の装束なのだろう。このときに家康は朝廷に願い出て徳川氏が叙任した際に姓が「藤原」になったが、先祖は源氏であるから「源」に改めたいと願い出た。秀吉が後押しして家康は朝廷の姓が変わり、これ以降は家康は朝廷の籍では「源家康」と称される。

天皇位を継ぐのは十七歳の和仁（かずひと）親王である。この七月に天皇位を継ぐはずの誠仁（さねひと）親王が、突然「おこり」でみまかったのだ。熱病の一種で、一時は持ち直すかと思われたが、発病から半月もしないうちに他界してしまった。三十五歳だった。正親町天皇の嘆きは大きかったが、天皇が退位する方針に変わりはない。天皇の孫にあたる和仁親王は九月に親王宣下を受け、元服の儀式を挙行した。親代わりとなる加冠の役を果たしたのが秀吉である。次期天皇に対する名誉ある役目であるが、関白であるから当然といえる。これで譲位の準備はととのった。

新天皇が践祚（せんそ）して譲位となるが、即位式は後日に改めて実施される。践祚は天皇家内部の儀式であり、即位式は新しい天皇が誕生したことを広く知らせる儀式で多くの招待客を招いて実施される。践祚の儀では、昔ながらに太刀と鏡を献上し、それを受け取って和仁親王が天皇位につき、正親町天皇は上皇となる。

即位式は費用がかさむ儀式であり、三十年ほど前に践祚した正親町天皇は、財政的な手当てがつかずに践祚の三年後にようやく挙行できた。そのときのことを考えれば秀吉のおかげで財政的な心配はなくなっている。「関白さまは、飛ぶ鳥を落とす勢いだ」と京で噂されているのを家康も耳にした。なかなかの人気であるという。秀吉が朝廷で大きい顔をしても、咎めるような空気は影を潜め、秀吉にすり寄る公家が多い。

家康が参内する前に浅野長政が会いに来た。譲位式が終われば家康は帰国するので、その前に秀吉の新しい指示を伝えるためである。

秀吉から北条氏への書付けを家康に託すとともに、家康に北条氏の返事を秀吉に伝えて欲しいという。北条氏とのパイプを持たない秀吉は、家康に仲介役を果たさせるよう指示を与えに来たのだ。

書付けでは、ただちに戦闘行為を中止するよう北条氏に求めていた。さらに、秀吉に従う姿勢を見せるよう大坂に当主かそれに近い人物が挨拶に来るよう要求し、敵対する大名たちとの国境をめぐる紛争では秀吉の裁定に従うようにという内容である。利休や秀長が同席したときの話し合いでは、北条氏の説得は家康に任せるはずだったが、それでは曖昧になるからと、関白秀吉による北条氏への指示を具体的に記した書付けを家康に届けさせることにしたわけだ。

上方と関東とは距離的に遠い。そのせいか、大坂に来て以来、北条氏の存在が遠くなったように家康には思えた。秀吉に服従する姿勢を明らかにしていたからでもあろう。

「帰り次第、北条にすぐにお届けいたします。そして、北条に上さまがおっしゃるようにせよと我からも伝えます」と浅野長政の顔を見て家康は言った。覚悟のほどが分かるように力強い言い方をした。長政は「それをお聞きして安心しました。これで役目を果たすことができました」と家康に平伏した。

譲位式に参列した家康に秀吉がおのれの権威を見せつけた。

禁裏に足を踏み入れた家康は緊張の連続だったが、関白の衣装に身を包んだ秀吉は、禁中でも我が家にいるかのような態度である。身分が高い公家連中も秀吉に丁重に接していた。朝廷の序列は伝統に則って厳密であり、式に参列するときも官位が高い順に並ぶ。名門の公家衆より身分が高い秀吉は天皇の近くにいて臆することはない。譲位する天皇や、これから天皇になる親王と親しげに話をしている。家康にとっては驚くべき光景なのだが、誰もそれを不思議とは思わない。宮中でのこうした振舞いを家康に見せたかったのだろう。公家衆を従えた秀吉がいなければ儀式が進まないかのようだ。家康は完全に圧倒されていた。従三位という家康の身分は決して低くないものの、朝廷の序列は圧倒的な権威として家康を縛っている。

譲位した正親町院は、上皇の館として新しく建てた仙道御所に移り、内裏には即位した後陽成(ごようぜい)天皇が入った。

その翌日、予定どおりに家康は京を発ち浜松に戻る。秀吉とは式後に顔を合わせ挨拶したから、そのまま帰っても問題ない。帰り際に秀長が挨拶に来て、大政所が世話になっているとお礼を言った。

途中まで浅野長政が送った。別れ際に「北条とのことをくれぐれもよろしく頼むと殿下が仰せでした。そして、できれば浜松より東にある駿府(すんぷ)城を徳川さまの本拠になさると良いという仰せをお伝えするように言われました」と長政は言った。だめ押しの一言だった。長政に悪気がないのは分かるが、家康は愕然とした。しかし、いまさら逆らえない。家康は、秀吉の巧みな人心操縦術に翻弄される思いがした。

かつては今川氏の居城だった駿府城は、戦禍を被った箇所の修復が進んでいない。家康は以前から修復しなくてはならないと思っていた。まさか、それを知って秀吉が指示したわけではないだろう。駿府は、浜松より東にあるから北条氏の支配地域に近い。いざとなれば北条氏と戦うこともあるから、そのために本拠地を移れというのは、北条氏との同盟を廃棄し、秀吉につけということと同義に思えた。秀吉は、家康が北条氏を説得できるかどうか疑っている。秀吉に臣従するというのは骨の折れることだ。

なお、秀吉との話で徳川氏との関係が微妙になっている信濃などの国衆との問題に関して秀吉から裁定が下された。家康に逆らった真田昌幸も、木曽義昌や小笠原貞慶とともに秀吉の裁定により家康の傘下に入れという指示であった。無理強いばかりせずに、家康にも配慮しているところを見せたといえよう。ただし、真田氏領としている上野(こうづけ)の沼田地区は、北条氏が秀吉に挨拶してからのちに秀吉が裁定すると通告した。

秀吉に臣従するために上洛した家康は、大坂と京での滞在では、それまでに体験したことのない強烈な印象を受けた。秀吉の権勢を目の前で見せつけられ、中央と地方の支配者のあり方について考え直すきっかけになった。三河を支配するようになり、やがて五か国の太守になったとはいえ、領地の安定を図ることを第一に考えていたが、それだけでは真の安定がはかれない時代になっていることに気づいた。地方にいても中央の秀吉政権と無関係でいるわけにはいかず、秀吉に臣従する以外に生き残ることはむずかしくなっている。以前とは違う秩序ができており、いやでもそれに組み込まれなくてはならないのだ。

浜松城に帰った家康のもとに、半月ほどのちに挙行された新天皇の即位式について浅野長政が報告してきた。

朝廷の紫宸殿での古式に則(のっと)った即位式は秀吉が仕切り、贅沢な宴会が何度も開かれたという。秀吉の得意そうな顔が浮かぶ。さらに、驚くことに、朝廷における秀吉の献身ぶりに対して新天皇から「太政大臣」の位を贈られたという。太政大臣は「一の人」といわれているように、かつては天皇の一族しか就任できない地位であり、空位になっていることが多く、特別の場合に授けられる。即位式が盛大にできたのは秀吉のお陰であるという感謝の気持ちを込めて贈られたようだ。秀吉が飛ぶ鳥を落とす勢いという評判は誇張ではないようだ。

浜松城に戻った家康は、すぐに大政所を大坂に送り届ける手配をした。途中で何があるか分からないからと井伊直政に送り届ける役目を命じ、腕の確かな家臣を揃えて充分すぎる警護体制を敷いた。心配ないとは思うが、気を遣いすぎるということはない。

駿府城の修復も急がなくてはならない。家康が浜松城から本拠地を移すと聞いて家臣たちは仰天した。そんな計画はまったく聞いていない。家康も、秀吉から指示されたと明からさまに言えば面子が潰れるから「秀吉どのに関東と奥州の取次を命じられた。ついては浜松城より駿府城のほうが動きやすいと考えてのことである」と説明した。

北条氏に対して上洛したことの報告および秀吉との関係について、どのように説明するか。家康の報告を北条氏は待っているはずだ。

秀吉と会い、家康がすっかり臣従したのを北条氏は知らない。家康が秀吉と会っても、交渉が決裂してふたたび秀吉と家康のあいだの対立が深刻になる可能性があると北条氏政は予想していた。最悪の場合は戦いになるかもしれないから、家康が大坂に出発した時期に合わせて兵士を動員する準備を始めた。あくまでも徳川氏との同盟に基づいて行動する姿勢を堅持していた。

家康にしても、秀吉に下ったという報告はしたくない。秀吉の言いなりになったと分かれば面子は潰れてしまう。それでも、大坂や京における秀吉の権勢ぶりを北条氏に伝え、戦いを停止して、大坂の秀吉に挨拶に行くよう言わねばならない。北条氏への使者は前から北条氏との連絡役をつとめている朝比奈泰勝である。今川氏に仕えていたが、その能力に目をつけた家康が家臣にし、戦いでも武勲をあげていた。家康は、噛んで含めるように北条氏への対応を指示した。

秀吉から託された書付けは、秀吉が関白という地位について天皇に代わりまつりごとを執行しているという意識から命令口調になっているが、北条氏との交渉は家康に任されている。そして、関東における戦闘がなくなるのを朝廷も秀吉も望んでいるから、自分もそうするように努力すると約束した。北条氏に敵対する佐竹氏や宇都宮氏には、上杉氏が戦いをやめるよう説得するはずである。上野の沼田地区の所有に関しては北条氏が上洛したときに話を聞いて決めることにする。

いろいろと不満はあるだろうが戦いをおさめてほしい。そのうえで、秀吉に従う姿勢を見せれば北条氏の安泰が図れるから、北条一族の誰かを上洛させてほしいと伝えた。そのうえで「北条氏との同盟はいささかも揺らいでいない」という家康の言付けを告げた。これで、氏政は安心したようすだったが、秀吉から託された書付けを見ると不快感を隠そうとしなかった。信長の家臣にすぎなかった秀吉が、京や大坂で大きな顔をしているのが面白くない。秀吉に帰順した家康とは、秀吉に対する意識にずれが生じている。

「いまは羽柴氏と戦うのは賢明とは言えない。関白になり、多くの大名を従属させていますから逆らうわけにいきません。不測の事態が起きないように、北条さまも誰かを大坂に派遣して従う姿勢を見せたほうが無難でしょう」と家康は泰勝に言わせ、秀吉に恭順の意を示すよう説得させた。

それはそれとして分かるものの、戦闘をただちに中止せよと言われても、相手が攻撃を仕かけてくる状況では応じるわけにはいかないというのが北条氏の言い分である。敵対する勢力との紛争に関しては、国境付近の領土の帰属問題が絡んで複雑であるから、戦いを停止する意思があっても相手の出方によってはできない場合がある。それに上野に真田氏の領地があるのは、喉元に骨がつかえたような感じである。それまで秀吉の裁定に委ねることになるのは「分かりました」と素直に受け取れないという思いが北条氏にはある。

もともと北条氏は独立心が旺盛だった。相模を中心にして領国の統治体制を整備し、支配地域における法も独自に制定し、統治は行き届いている。大坂へ行き秀吉に挨拶したほうが良いと言われても、秀吉には逆らわないから、いらぬ干渉はしてほしくないという気持ちがある。領地を脅かされれば敏感に反応するが、必ずしも領土の拡大を願っているわけではなく、自国領土の安定維持を第一に考えている。誰かに従うという選択はしたくないのが本音である。

北条氏が素直に秀吉に従う姿勢を見せようとしないという報告を受けた家康は、このままでは成敗されかねないという危惧があるから、考え直すよう説得した。だが、北条氏の反応ははかばかしくない。この後は、秀吉の関心が九州地方の制覇に移っていたから、しばらくは北条氏が曖昧な態度をとっても問題にならなかった。しかし、いつまでもそれで済むはずはない。

10

家康が臣従したので、秀吉は計画どおり九州の島津氏を攻める計画を立てた。

前年に九州の大友宗麟（おおともそうりん）が大坂城に来て、秀吉に島津氏の脅威を訴えた。加勢を求められた秀吉は、それに応える気はあったが、このときには徳川氏と対立していたから、島津氏には戦闘をやめるよう警告するだけにとどめた。関白の秀吉が、天皇に代わって天下静謐（てんかせいひつ）を実施することになったと告げたうえで、戦闘の停止を求めれば従うと思っていたが、成り上がりの秀吉が何をいうかというのが島津氏の反応だった。だが、秀吉も強く出るわけにはいかないままだった。しかし、家康との関係が良好になったいま、改めて島津氏へは以前より強い調子で停戦を呼びかけた。

島津氏も、これを無視するわけにいかず交渉に応じた。

秀吉の出した条件は、筑前を秀吉の直轄地にすること、豊後と豊前と肥後の半分を大友氏に、肥前を毛利氏に、そして残りを島津氏が支配するというものだった。将来的には明国を攻撃する計画の秀吉は、大陸への攻撃の前線基地は九州になるから直轄地が必要になる。そういう思惑があって示した条件だが、九州の半ば以上を支配している島津氏には飲める提案ではなかった。

拒否されれば成敗するつもりの秀吉は、交渉では一貫して強気だった。

予想どおり島津氏は拒否し、待ってましたとばかり、秀吉は本格的に島津氏を攻略することにした。秀吉は自らも出馬するつもりで、畿内の秀吉の一族および秀吉に従う武将、さらに毛利氏をはじめ西日本の大名たちに出陣を指示した。

この準備の一環として、秀吉は石田三成を堺奉行に任命した。信長時代から引き続いて堺奉行をしている松井友閑が老齢となったからでもある。九州へ派兵するには兵士と兵站の輸送が重要だ。物流を制御することが戦いの帰趨（きすう）を左右するのを三成に教え込むためもあり、明国への攻撃を意識した人事でもある。このとき三成は二十六歳になっていた。

小西隆佐も三成と並んで堺奉行に任命された。五十歳を過ぎた隆佐は、もとは堺の商人であり、海上輸送に関する知識と経験を豊富に持ち、秀吉の家臣になっていた。早くからキリスト教徒となり、のちに活躍する小西行長は隆佐の次男である。老練な隆佐とともに三成を働かせて経験を積ませるつもりだった。

秀吉は、物流に欠かせない有力商人たちを従わせる大切さを知っていた。彼らを取り込んで協力させなくては大きな事業などできない。九州への出陣準備を始めたときに博多の豪商である神屋宗湛が堺に来ていると聞いた秀吉は、彼を大坂城に招くよう利休に指示した。

博多は九州を代表する港であり、外国との貿易拠点の一つである。宗湛が当主をしている神屋家は何代も続く豪商であり、堺商人をしのぐ財力と商業力がある。そこまで巨大になれたのは宗湛の曽祖父の神屋寿貞が出雲の石見銀山の開発に関わり、その利権を手にして莫大な資産をつくったからである。銀の精製を効率的にした灰吹法を導入し、我が国の銀の生産量を大幅に増やした。宗湛の時代になると銀は我が国の輸出の最重要品となり、得られる利益は拡大した。宗湛は信長の招きで安土城にも行っており、その頃から中央でも知られていた。

質が良い我が国の銀は、輸出品というより貨幣そのものといっていいほど価値があった。埋蔵量は豊富にあり、我が国の経済を潤わせ、丹波の生野銀山、会津の軽井沢銀山など各地で銀の採掘が盛んになっていた。銀山の利権を獲得しようと山師が銀鉱脈を求める活動が活発だった。毛利氏が財政的に豊かだったのも石見銀山の利益を享受したからである。以前は銀山を支配下におく大名たちも銀の価値の高さに対する認識が必ずしも高くなかったが、その価値が広く認められるようになったところで秀吉が権力者になった。金や銀の利権を我がものにできる立場を確保したから、秀吉は日本の歴代の権力者のなかでも有数の資産家になった。

秀吉が九州で戦いの準備をしようとしていた年の十二月に、神屋宗湛は大坂に来て、堺や京の盟友ともいうべき有力商人たちと会い親交を深め、茶会に招かれた。

大坂の商人仲間の邸宅にいた宗湛のところに秀吉の使いが来て「明日、大坂城内で大名たちを交えた大茶会を開くので出席してほしい。ついてはすぐに城にお越しいただきたい」と言われた。年が明けて正月二日の夕刻のことで、茶会の最中だった宗湛は、それを急遽取りやめて大坂城に向かった。進物として用意したのは虎や豹（ひょう）の毛皮、貴重な茶巾用の麻布、沈香（じんこう）など外国貿易でなくては手に入らない貴重品である。

翌朝、宗湛は堺の商人たちと同道して、茶会の前に秀吉に挨拶した。秀吉は上機嫌で宗湛をもてなし、茶会の始まる前に自慢の茶道具を一とおり宗湛に見せるように石田三成に指示した。各部屋に秀吉が収集した茶道具の名品が飾られていたが、堺の商人たちは外に出され、特別扱いされた宗湛だけに名品を鑑賞することを許した。

大名たちも参加する広間での茶会は、ごった返すほど人で溢れた。さすがの秀吉も、あまりにも大人数なので小分けして何人もの茶頭を指名し、くじ引きで組分けをした。宗湛もくじを引こうとしたが、秀吉が招き寄せて自分のそばに座らせ、利休に茶を点てさせた。並み居る大名たちより優遇している。

これには宗湛も驚いたが、その後の食事でも宗湛は特別扱いされた。つききりで接待したのが三成である。宗湛と親しく交わり博多や九州の情報を聞き出すよう秀吉から言われていた。宗湛にとっても、権力者の後ろ盾のある貿易となれば、遥か海の向こうまで商いの地域を拡大できる。それは秀吉の野望とも一致する。宗湛は、秀吉のために軍事資金を供出すると申し出て秀吉を喜ばせた。宗湛はしばし大坂にとどまり、秀吉や秀長、さらには利休や三成とも話し合った。

11

秀吉が二万を超える兵力を率いて九州に向けて出陣したのは一五八七年（天正十五年）三月初めである。石田三成も秀吉の側近として従軍し、大坂の留守は前田利家が護る。一月二十五日に宇喜多秀家が先発隊として九州に向かい、二月十日には秀吉の弟の秀長も一方の大将として参謀の黒田如水（くろだじょすい）をともない出陣した。毛利氏や長宗我部氏の部隊が途中で合流して大兵力となる。

秀吉は慌てず山陽道を西下した。途中で安芸（あき）の厳島神社（いつくしまじんじゃ）に参拝した。厳島神社は毛利氏の支配地域である。時間をかけて滞在したのは、毛利氏が、自らの領地の中心地に入った秀吉をどのように扱うか見きわめるつもりだったからだ。少し前に、秀吉は小早川氏を四国の伊予の領主にしていた。備中（びっちゅう）と伯耆（ほうき）の一部、それに備後（びんご）は秀吉の直轄地にし、代わりに豊前（ぶぜん）と筑紫を毛利氏の支配地にした。毛利氏を西国と九州の取次にするためであると説明し、畿内に近い地域は秀吉の息のかかった大名が支配する体制にした。毛利氏の支配地域は拡大するが、毛利氏が素直に従う姿勢を見せているのか、現地に来て確かめる意図があった。

領内に入った秀吉を毛利氏は歓待し、九州への出陣命令に従っていた。毛利氏の態度に秀吉は満足した。このときに秀吉は鞆（とも）の浦にいた足利義昭（あしかがよしあき）にも会っている。将軍としての権限はすでに失っていたが、それでも義昭は島津氏に和議を働きかけ存在感を示そうとした。秀吉はそれを無視しており、義昭が何をしても痛くも痒くもない。

秀吉が来たと聞き、義昭は自分のほうから秀吉のいる館を訪れた。権限はなくとも誇りを失っていない義昭が強がる様子を見せた。だが、秀吉は余裕を持って上座で相対した。何を語らなくても二人の関係がどうなっているのか誰でも分かる会見だった。秀吉は一万石の扶持（ふち）を義昭に与えた。この後、義昭は出家して余生を京で送る。

秀吉は三月二十八日に関門海峡を渡った。秀吉の出陣で、九州における戦いは島津氏を追い詰めた。十万を超える秀吉軍が攻撃すると、島津軍は北九州から撤退し、日向や薩摩、大隈で秀吉軍を迎撃した。主力同士が激突した日向での戦いで島津氏は大敗した。秀吉軍の大兵力に対抗するのはむずかしく、九州で無敵だった島津氏もついに降服した。恭順の意を表し、当主の島津義久（しまづよしひさ）は剃髪し、僧侶の姿をして秀吉のもとに出向いた。秀吉が高飛車に出ても、島津義久の態度は変わらなかった。屈辱を押さえ込んで義久は潔く秀吉にくだった。

島津軍は、当主である義久とその弟である義弘（よしひろ）、歳久（としひさ）、家久（いえひさ）という四兄弟が、それぞれの部隊を率いて秀吉軍と戦ったが、相次いで降伏した。

秀吉は島津氏を赦免した。敵にすれば手強く味方にすれば心強い武将である。義久を屈服させ、来るべき明国への侵攻の際にも、島津氏には大いに働いてもらおうと秀吉は思っていた。九州の名門、島津家を従わせるのは、秀吉には畿内やその周辺地域を支配するのとは違う感慨があった。

六月七日、秀吉は筑前にある筥崎（はこざき）八幡宮で九州の国割りを実施した。五百年以上前につくられた筥崎八幡宮は、海上交通の守り神であり、海外からの防御のための神でもあった。元寇が来たときには天皇が勅使を派遣して戦勝祈願をしたことでも知られている。秀吉にとっても九州でもっとも大切にしたい神社である。

明国制覇を見据えたものであることが分かる国割りであった。

島津義久に薩摩を、そして弟の義弘に大隅を領土として与えた。島津兄弟に別々の支配地を与えたのは勢力を分散させたかったからだ。毛利氏を支える小早川隆景を領主として取り立てたのと同じ考えである。だが、島津氏の兄弟の結束は揺るがず、必ずしも秀吉が狙ったようにはならなかった。そして、大友氏には豊後を安堵し、豊前には黒田如水を配した。秀吉に忠誠を誓う黒田氏には朝鮮半島への兵の展開に備えて前線基地を整備させる狙いがある。佐々成政に肥後を与えたのも同様である。粘り強く戦う佐々成政を海外への出兵では先頭に立って働かせるためだ。そのほかにも、龍造寺正家が肥前の大半、立花宗茂（たちばなむねしげ）が筑後の一部を、毛利吉成には豊前の一部を与えた。小早川隆景の領地だった四国の伊予は秀吉の家臣である戸田勝隆（とだかつたか）と福島正則に与え、小早川隆景を筑前と北筑後に移した。毛利氏を盛り立てる働きをする隆景を転封させたのは、毛利氏と切りはなして自分に従う武将として取り込む思惑があるからだ。しかし、毛利氏を盛り立てるのを自分の任務と心得ている隆景は、秀吉に特別扱いされて複雑な心境だったが、島津氏同様に毛利氏の結束を弱めるつもりはなかった。

対馬の領主である宗義調（そうよししげ）も呼んでいた。朝鮮半島にもっとも近い地域を支配する宗氏は、朝鮮国との交渉役を前から引き受けていた。明国制覇となれば、朝鮮半島経由で兵を送り込むことになる。秀吉には、宗氏が事前に朝鮮国と交渉して我が国に有利な状況をつくり出すよう協力させたい思惑があった。派兵に当たっては朝鮮国に兵站（へいたん）の補給を受け持たせるつもりである。島津氏がくだったように朝鮮の王朝をも従わせようと秀吉は思っていた。

宗氏に改めて対馬一国を安堵し、秀吉に従うことを誓わせ、朝鮮との交渉に当たらせることにした。

貿易港として重要な博多港は戦いの場になり、港の一部は機能を失っていた。急いで復興し、物流の拠点として存分に利用しなくてはならない。秀吉は九州の制覇に物流面で活躍した石田三成に博多の復興奉行を命じた。博多港を整備し、博多の街に東西南北に大きな道路をつくり、町並みを整備するのは明国を制覇するために欠かせない。

秀吉は筥崎（はこざき）で「伴天連（ばてれん）追放令」を出している。

前年にイエズス会の日本準管区長コエリヨと大坂城で会った秀吉は、布教に協力してほしいという要請を受け入れている。引き換えに秀吉は、大型船を購入したいと要求した。努力するとコエリヨは答えたのに、それを反故にした。それだけでなく、九州では思った以上にキリスト教が普及し、仏教寺院の破壊が起きていることに秀吉は不審感を抱いた。海外との貿易で重要な長崎がポルトガル人の支配地のような状況になっているのも問題だった。海外貿易は自分が主導する立場を確保したい。となれば、彼らが拠点としている長崎を自分の管理下におく必要がある。

秀吉は、キリシタンを長崎から駆逐することにした。そのために鍋島直茂（なべしまなおしげ）を代官にした。鍋島直茂は肥前領主の龍造寺（りゅうぞうじ）氏の家老である。秀吉が直茂を抜擢したのは、その能力を買ったからだが、秀吉得意の他家の人材の取り込みが狙いである。特別な任務を与えて自分の家臣であるかのように活動させる。

秀吉の信頼を獲得した直茂は、その後ろ盾を得て肥前の領主である龍造寺氏をしのぐほどの力を持つようになる。

長崎に赴任した鍋島直茂は、海外との貿易を独占する方向に舵を切る。長崎にあるイエズス会の所有する建物を破壊させた。とはいえ、海外との貿易を盛んにするにはキリスト教まで禁止するわけにはいかないから、宣教師と主導的な信者を追放するに留めた。

中央と比較的関係の薄かった九州も、秀吉が来たことで中央集権国家に組み入れられた。

第九章　聚楽第への行幸と北条氏成敗

1

秀吉が京に聚楽第（じゅらくだい）を完成させたのは一五八七年（天正十五年）九月である。朝廷の権威を利用して国内の統治を進めるため、関白の邸宅であり政庁でもある城郭を二条城の北、京都御所の西に位置する内野（うちの）に建設した。当初は「関白新城」と称されたが、名称を考案させ「聚楽」が選ばれた。それに貴人の住まいを意味する「第」をつけて城と名乗らずに「聚楽第」と呼ばせた。

本丸と天守を持ち、周囲に堀をめぐらし、屋根瓦に金箔を施し、秀吉好みの華麗で豪華な城に仕上げられた。完成を急がせるために大勢の人を労役に動員し、秀吉に従う大名たちは率先して協力した。一流の絵師、大工、塗装工、金細工師、瓦職人たちが雇われ、細部まで装飾を施す緻密な作業で仕上げられる。秀吉の権勢を高めるためには信長の建てた安土城を凌駕するものでなくてはならなかった。

聚楽第の造営が始まったのは前年二月だった。規模の大きい城郭の造営は京の住民たちの関心の的となっていた。工事が進行する七月に、次期天皇になるはずの誠仁（さねひと）親王が突然みまかった。このときに、聚楽第と関連した噂がたった。三十五歳の親王の死は、いささか唐突の感があったから、秀吉により親王が将来の天皇として即位するのが見送られることを悲観して自害したという噂だ。禁裏を上まわるほどの建物の造営は、農民の出である秀吉の成り上がりぶりを示すものだと、京の人たちは得体の知れない不気味さを感じていた。強い上昇志向を見せる秀吉が朝廷をいいように支配し、皇室をないがしろにしても不思議ではないと思われたのだ。しかし、この後に誠仁親王の息子の和仁（かずひと）親王が元服して次期天皇になることが決まり、噂は立ち消えになった。

聚楽第の完成が近づくと、秀吉は京都所司代の前田玄以に完成祝いを開催するから準備するよう命じた。完成祝いは盛大な茶会にすると決め、秀吉の権力を誇示して人々を驚かせる華やかな催しにする計画が立てられた。聚楽第で祝うのを避けたのは、天皇の行幸を仰ぐ予定があるからだ。その前に聚楽第を多くの人たちに披露してしまうとありがたみがなくなるという思惑が働き、上流階級だけでなく庶民まで多くの人たちを参加させる大茶会にした。

準備を進める利休には京に館を与え、聚楽第の完成前から移り住まわせた。公家衆をはじめ全国の有力者に出席するよう促し、博多の宗湛にも茶の湯に関心のある豪商たちを連れてくるよう連絡した。

大人数を収容できる場所として選んだのが北野天満宮である。室町将軍がしばしば参詣に訪れ、そのたびごとに連歌や猿楽などが境内で催された。足利義満（あしかがよしみつ）の時代に開催された北野天満宮での連歌の会の盛況ぶりは、後の世までの語り草になっており、会席が二十か所も設けられたという。

七月二十八日、京の各所に茶会を開催するという「定・御茶湯の事」と題した高札が立てられた。外国人であっても茶の湯に興味があれば参加できる。参加するには釜や茶碗を持参すること、さらにできれば茶を点てる二畳ほどの広さの座敷をつくるようにと記されていた。座敷といっても茶を点てて振舞える広さを持つ縁台型のものである。開催されるのは十月一日から十日のあいだの天気の良い日とされた。

大坂や堺、大和にも同様の高札が立てられた。

公家衆や武将、主要な商人たちには、直接、参加を呼びかけた。秀吉が所有する名品が展示され、北野天満宮の拝殿に秀吉自慢の黄金の茶室も設えられる。

高札が立てられた一か月あまり後の九月はじめに、秀吉は聚楽第に移った。母の大政所と正室の北政所も一緒である。城郭の周囲には秀吉配下の大名や家臣の館が建てられた。多くの館が一気に建てられたから、京は建築ラッシュが続いた。

秀吉が聚楽第に移るのに合わせて、所司代の前田玄以は秀吉のために医師団による治療体制をつくった。五十歳を過ぎた秀吉は、以前に比べて身体の衰えを感じている。まだやることが山ほどあるから、長生きしなくてはならない。我が国で最高水準の医療を受けられるように一流の医師を集めた。中心になるのは施薬院全宗（せやくいんぜんそう）である。比叡山の再興に尽力した僧侶で、名医師として知られる曲直瀬道三（まなせどうさん）に学び医術をおさめた。疫病が流行った京で庶民の医療施設、施薬院を復興させて治療に当たった功績で、朝廷から「施薬院」という院号と従五位を与えられ、昇殿を許された人物である。全宗の得意は漢方薬の処方で、秀吉が風邪をこじらせたときに処方して効果をあげた。茶の湯にも関心を持つ全宗は側近としても重用されている。

全宗が推薦して曲直瀬道三をはじめ複数の医師が選抜された。早くから父母を失い苦労人だった曲直瀬道三は、それまでの神仏への祈願や悪霊を追い出す医療のあり方と異なり、臨床医療に近い現実的な医療を施して効果をあげ評判になった。各地の大名も道三に治療を求めるようになり、やがて京に来た道三は朝廷からも声がかかるほど有名になり、秀吉の主治医のひとりになった。当番制の医療体制は七人の医師で構成され、交代で秀吉の健康を管理した。

全宗は北野天満宮で開かれる茶会に出席するよう公家衆に働きかける任務も受け持った。

利休は大茶会を円滑に実施するための準備に忙殺された。参加者は千人を超えると予想されたから、混乱なく茶を点てるための支度に大わらわとなった。かつて大徳寺で秀吉のために百人ほどの人々を招いた茶会を開いた経験があり、その規模が大きくなる程度と考えて準備を始めたが、人数の多さに対応する大変さは予想を超えていた。息子の道安や弟子たちを動員しても足りず、堺の商人たちに全面的な協力を求めた。利休の弟子であり秀吉の馬廻衆を束ねる牧村利貞（まきむらとしさだ）は秀吉から利休を手伝うように言われた。

茶会への参加を促す通達を受けた公家衆に戸惑いが広がった。参加の条件が茶の湯の道具を持参するだけでなく、茶を点てる座敷までつくるよう要請されたからである。それには大工を雇わなくてはならない。出費がかさむことになるから参加をためらう公家もいた。だが、関白の秀吉からの招待を欠席するわけにはいかない。

吉田兼見が、公家たちが戸惑っていると全宗に伝えた。全宗は参加しないとためにならないと表明した。公家たちは迷っていられなくなり、茶道具を用意し、座敷づくりの準備を始めた。公家のなかで茶の湯に興味を示す吉田兼見は、かなりの出費をして利休が製作に関わった茶釜を購入した。

十月一日、雨になれば順延となるので多くの人たちが気を揉んでいたが、幸い晴天に恵まれ、朝早くから人々が集まってきた。前日までに北野天満宮の境内だけでなく、近くの空き地まで茶を点てる座敷がところ狭しと並んだ。神社の拝殿には秀吉自慢の黄金の茶室が組み立てられ、蒐集した秀吉の茶道具が展示された。秀吉の権勢の大きさを象徴する展示である。

黄金の茶室に入るのが許されたのは羽柴秀長、細川藤孝、前田利家、牧村利貞といった大名、そして堺衆の今井宗久、津田宗及、さらに大徳寺の古渓和尚、利休とその息子、前田玄以や施薬院全宗である。ここでの茶会が終わり、各自は、それぞれの持ち場に散り、一般の人たちを招き入れて大茶会が始まった。

秀吉は、参加者たちから挨拶を受け得意の絶頂にあった。茶の湯を通じて自分の権勢をアピールできるのは、秀吉にとって大きな喜びであり、終始ご機嫌で愛想を振りまいた。茶会は夕方まで続き賑わいが絶えることはなかった。大茶会は後々までの話題になり、茶の湯への関心が庶民にまで広がった。

なお、九州の博多から、茶会に出席するためにやって来た神屋宗湛は、途中で時間をとられて間にあわず、京に到着したのは十月四日になってしまった。秀吉に挨拶し、聚楽第で茶を振舞われた。

2

北野天満宮で茶会を開催しているときに、九州で肥後の支配を任されていた佐々成政が一揆で苦境に陥っていた。領内の有力国衆たちが反発したのが原因である。

秀吉が九州に派兵する前の肥後は、東部は大友氏、北西部は龍造寺（りゅうぞうじ）氏、南西部は島津氏と三者が分けあって支配していた。それぞれの地域を実質的に支配する国衆たちは、これらの大名に従っていたが、秀吉が九州を制覇して勢力図に変化が起きた。各地の国衆たちの所領は秀吉によって安堵され、肥後一国の統治者は佐々成政となり、大友氏や龍造寺氏、それに島津氏は肥後の領地を失った。

肥後に入った佐々成政は、支配地域を確定するための検地を始めたが、それが国衆の反発を招いた。強権を発動して改めて検地をするのは税収を増やし、無理な労役を課すためであると協力を拒む国衆が多かった。成政は、彼らの言い分を聞かずに力で押さえ込もうとしたから、抵抗する勢力が拡大した。

中心人物は隈部城を本拠とする国衆の隈部親永（くまべちかなが）である。秀吉から知行を安堵されているから検地は必要ないと拒否したところ、佐々成政は兵を出して抵抗を封じ込めようとした。承服できない隈部氏は、各地の国衆に成政を非難する文書を流し、ともに戦うよう要請した。不満を持つ国衆たちが応じて一揆に発展した。

慌てた成政は、秀吉に報告するとともに近隣の大名たちに加勢を求めた。秀吉も見逃すわけにはいかず、一揆を殲滅（せんめつ）するよう指令を出し、毛利輝元にも支援するよう要請した。これにより、抵抗する一揆勢は追い詰められ、首謀者は捕えられ処刑された。さらに、一揆の残党の掃討が続き、翌一五八八年（天正十六年）一月には中断された検地を実行するために秀吉の側近である浅野長政、福島正則、小西行長、加藤清正、戸田勝隆らが肥後の各地に入った。抵抗する動きを押さえ込んで検地を実施した。

秀吉は、混乱を招き統治に失敗した佐々成政に責任をとらせ切腹を命じた。国衆を押さえ込めないようでは支配者として失格であるとしたのは、見せしめのためでもある。

肥後の新しい支配者に抜擢されたのが小西行長と加藤清正である。行長は肥後の南半分を与えられ、清正は北半分を領有した。行長は一五五八年（永禄元年）生まれの三十一歳、清正は四つ下の二十七歳である。若い二人が大名になったのは、秀吉には古くからの家臣が少なかったからで、明国制覇のために活躍させる意図が込められている。

　小西行長は堺の薬問屋に生まれた変わり種の武将であるが、宇喜多直家の家臣として戦いに参加し、その後に秀吉の家臣になった。交渉ごとが得意で、海上輸送のノウハウを持つ行長の能力は、明国制覇に際して戦いや兵站の輸送に役立つ。行長は天草半島の付け根にある島原湾に面した肥後の宇土地区を本拠にする。両親が熱心なキリスト教徒であり、自身も洗礼を受けて信者になっている。加藤清正は母が秀吉の母の大政所の親戚筋にあたり、元服してから秀吉の小姓として仕え、戦場では果敢な戦いぶりを見せて武勲をあげた。権力を手中にした秀吉のもとで若い家臣たちが育ってきたのだ。

　行長は宇土城を建設、清正は熊本城を修理し、それぞれに本拠とした。行長はキリスト教、清正は日蓮宗の信者であり、肥後を分け合って領主となった二人は、必ずしも友好的な関係とはいえなかった。統治経験が豊かでない行長と清正であるが、秀吉の後ろ盾があり、国衆の犯行を押さえ込んだ直後だけに、表立っての反発は見られなかった。

3

　後陽成天皇による聚楽第への行幸は一五八八年（天正十六年）四月十四日に始まっている。北野天満宮の大茶会の半年後である。

　室町時代には三代将軍の足利義満の北山殿へ、そして六代将軍の足利義教（あしかがよしのり）の室町殿へと二回の行幸しかない。室町殿への行幸は一四三七年（永享九年）のことで、およそ百五十年振りの行幸となる。豪華で規模が大きく、秀吉の一世一代の晴れ舞台になるよう企画した。公家衆が秀吉に臣従している姿を大名たちに見せつけ、権力者である自分の姿を強く印象づける意図があり、準備に時間と手間をかけた。

天皇を聚楽第でどのようにもてなすかの検討のほか、この日に備えて参列する大名に対する序列付けを実施した。自分を頂点に朝廷の官位や官職で彼らの序列を明確にする。そのために行幸に関わる大名や家臣たちを大量に叙任する計画を立てた。

もともと官位は、天皇と公家との距離の近さを示す身分として設定され、官職は朝廷がまつりごとを取り仕切るために任命されていたが、いまでは政治的な権力とは関係なく名誉職として機能している。秀吉にとっては、まことに都合よい状況である。

朝廷の官位を自分の思うように武家に与えるには、秀吉自身が朝廷の仕来りや人事についての知識を身につける必要がある。律令制度が成立して以来守られてきた官位や官職の成り立ちやあり方を知り、それをもとに武将や家臣の格付けをする。そこで、秀吉は公家の清原枝賢（きよはらえだかた）から講義を受けた。

清原家は朝廷の人事を担当する外記局（げききょく）の長官をつとめる儒学者の家柄であり、各種の決まりを記した公式文書を管理している。漢文で記された文書を、秀吉が分かるようにひらがな混じりの文章にした『百官和秘抄（ひゃくかんわひしょう）』という故事来歴を記した書物をつくり、秀吉に献上したうえで、噛んで含めるように官位と官職について説明した。

朝廷では家柄が大切にされ、高い官職につくのは限られた家柄にかぎられる。摂政と関白は五摂家のみが就任できる。律令制度を創設したときの権力者が藤原氏だったから特別扱いされている。藤原氏という共通の先祖を持つ近衛家、二条家、三条家、九条家、鷹司（たかつかさ）家という五摂家が公家の頂点に立つ。これに次ぐ家柄は「清華家」である。菊亭家、三条家、西園寺家、徳大寺家らで、大臣や近衛大将にまで進める家柄である。その下に「大臣家」「羽林家」「名家」「半家」があり、堂上公家として扱われる。出世の道筋は厳密に決められている。公家の出でない秀吉には「豊臣」という新しい姓が与えられており、関白になっているから五摂家と同等の扱いになる。

公家として官位や官職を得る際には、朝廷で決められている「姓」に属していなくてはならない。卑しい身分の人は公家になることはできない。武家も同様に朝廷に認められた家柄の出でなくては官位を与えられない。秀吉が叙任させたい大名や家臣は成り上がりであるから、そうした家柄には属していない。彼らを公家の身分にするには秀吉の親戚という建前をとる。そのために「豊臣」という姓が生きる。秀吉が清原枝賢から学んだのは、大名や家臣たちを問題なく叙任させられるように段取りをつけるためだった。

秀吉の弟の羽柴秀長をはじめ、行幸に参加させる大名たちを「豊臣」姓として叙任を申請する。そして、「羽柴」姓もその親族として「豊臣」の家柄に属す一族という建前を取り、叙任申請が許される。ただし、織田信雄は「平信雄」であり、家康は「源家康」だが、彼らはそれ以前に任官しているから例外である。

こうした大名や秀吉の家臣たちは、豊臣あるいは羽柴を名乗ることになるが、世間で通用している苗字ではなく、朝廷内だけで用いられる姓である。公家の世界にある家柄を踏まえて、秀吉が武家の叙任を申請するにあたり「摂関家」「清華」「堂上公家」に属する家柄を決めて格付けをする。秀吉の親族が「摂関家」扱いとなり、有力大名たちが「清華」、そのほかの大名たちは「堂上公家」の家柄にする。、家臣たちは「諸大夫」になる。こうして、行幸に参列させる大名や家臣たちの叙任申請が出されたが、前例がないほど多数の人たちが叙任申請の対象になった。

秀吉によって作成された申請書類を示された朝廷側は困惑した。秀吉に近い公家と知られている晴季でさえ動転した。高い官位につきたいという公家が待機中であるのに、多くの武家を一気に叙任させろという要望は、天皇や公家の予想をはるかに超えていた。前例の無視も甚だしい。とても認めるわけにはいかないという思いが強い。だが、行幸という朝廷にとって重要な行事を前にして、秀吉の要求が無謀であると公式の場で口にできる勇気のある公家はいない。若い天皇も決められない。行幸のために急がなくてはならないと、交渉にあたっている前田玄以がひと押しすると、秀吉の要請をしぶしぶ認めざるを得なかった。

秀吉の考える格づけが朝廷の官位を借りて武家の世界で実現した。朝廷の公家制度に武家部門が設けられたかのようだ。天皇の裁可が建前であるが、武士たちへの官位や官職の任命権は秀吉が独占したに等しい結果となった。

秀吉は関白であり、それに次ぐのは内大臣の織田信雄、大納言の徳川家康、権大納言の羽柴秀長、中納言の宇喜多秀家、そして権中納言の羽柴秀次となる。宇喜多秀家も朝廷の籍では「豊臣秀家」と記される。細川藤孝（幽斎）や前田利家も同じく豊臣姓となり、豊臣一門として叙任された。二十歳前の宇喜多秀家が他の大名たちの上に格付けされたのは、秀吉が特別に目をかけたからである。父の宇喜多直家が秀吉の調略により味方になって以来、秀吉に忠誠を誓っている秀家に、前田利家の娘の豪姫を秀吉の養女にして嫁がせ、親族扱いをしている。

禁裏から外に出ることがほとんどない後陽成天皇は、同じ京のなかで移動することにも不安を感じていた。若い天皇は朝廷内で純粋培養され、世間知らずのまま育ったせいである。

天皇の心配をなくすために、京の聖護院門跡の道澄(どうちょう)に依頼して、行幸が無事に終わるようにひと月前に特別に祈願させた。近衛前久の弟であり、朝廷と関係が深い天台宗の僧侶である道澄は、趣味人であり教養人である。和歌や連歌を嗜(たしな)み、秀吉の和歌の師匠となり、秀吉のブレーンの役目を果たしている。道澄は、天皇の要請に応えて八日にわたり特別な経を読み、秘事を実施して行幸が無事に終わるよう祈願し、天皇を安心させた。この功績に対して天皇から道澄をはじめ祈願に関わった僧侶たちに布施が下賜された。

行幸の当日、天皇は準備を終えて禁裏の南殿に姿を現した。大臣たちと御膳をとったのちに、金や銀で飾り漆塗りの屋根に鳳凰を飾る鳳輦(ほうれん)に乗り込み出発する。天皇が鳳輦に乗り込もうとしたときに裾を引きずるのを見て、そばにいた秀吉が素早く裾をとり、天皇が乗り込むのを助けた。見ていた公家たちは驚きの表情を一瞬浮かべ、すぐに取り繕うように済ました顔に戻った。関白がおこなうような行為ではなかったからだ。とはいえ、相手は秀吉である。公家たちは見なかったことにした。いっぽう秀長や家康など高い官位の武将たちは、いかにも秀吉らしいとしか思わなかった。彼らはそれぞれの位官の束帯姿に身を包んでいた。本来は行幸する館の主人は禁裏まで迎えに来ないものだが、聚楽第で天皇が来るのを待っていられず禁裏まで迎えに来た秀吉は、しきりに愛想を振りまいた。

禁裏を出発した天皇の行列は聚楽第をめざす。天皇の親族の女性たち、親王や摂関家の人たちが天皇が乗る鳳輦に続く。高い位官を持つ織田信雄、次いで徳川家康、さらに豊臣秀長が家臣をともなって続く。その後に三好氏を名乗っていた秀次とその家臣が続いた。

禁裏から聚楽第までの道路は六千人の兵士たちが警護した。
行列は延々と続き、先頭を行く天皇や親王たちが聚楽第に着いても、秀吉一行はまだ禁裏を出ていないほどだった。ようやく秀吉一行が禁裏を後にし、宇喜多秀家や前田利家の一行が従った。聚楽第に着いた天皇は、秀吉たちが到着するまで待たされた。秀吉一行の行列では、増田長盛と石田三成が先頭を受け持った。秀吉の家臣団の露払いをする。かつて信長の家臣だった増田長盛は、信長の指令で秀吉の配下になり各地の戦いで功をあげ、信長亡き後も秀吉に仕え信頼を獲得していた。三成より十歳以上年上であり、代官の代表格だった。

秀吉は平安貴族が愛用した牛車に乗って移動する。時間をかけて進む余裕が大切にされた。牛に引かせるのは大人しく制御しやすいからで、急ぐのは品位に欠けると見做された。秀吉は牛車に揺られて身分の高い貴族の気分に浸った。

天皇と親王は、秀吉が到着してようやく饗宴の席に着いた。天皇と食事をとるのは選ばれた貴族に限られる。武家では秀吉、秀長、秀次、信雄、家康、秀家が相伴する。それが済むと、秀吉は天皇や公家衆に聚楽第の各部屋を案内してまわった。

翌十五日に秀吉は、天皇や上皇をはじめ公家、有力寺院の門跡、公家に祝いのために特別に知行を与えた。後陽成天皇の弟、智仁（としひと）親王には関白領として別に五百石の知行を与えたのは、智仁親王が秀吉の猶子になったからだ。これは秀吉の次の関白になることを意味している。子供がいない秀吉は、かつては近衛前久の息子の信輔を次の関白にすると約束したが、それを反故にして天皇一族と結びつこうとした。

同日、秀吉は出席した大名から誓詞をとっている。

天皇に忠誠を誓い、何ごとによらず秀吉の命に背かないという誓いをさせる。天皇が臨席する場であるから、神仏の前で誓う以上に意味がある。改めて秀吉から下される、どんな無理も聞かなければならない。天皇の前で臣従を誓わせるのは秀吉の権威をいっそう高める。最初に誓詞を差し出したのは天皇とともに食事をした大名である。残りの二十三人の大名はその後に一括して誓詞を差し出した。九州での戦いで上洛できなかった大名に、まだ恭順の意を示していない者もいる。彼らの名前を秀吉はしっかりと頭のなかに刻み込んだ。

聚楽第では歌会があり、舞があり、天皇や親王を楽しませようと、さまざまな催しがくり広げられた。行幸は三日間の予定だったが、さらに二日延長され、後陽成天皇が禁裏に帰還したのは十八日だった。出発前には不安があった若き天皇も、秀吉のもてなしを受けて大いに楽しんだ。

この行幸では、秀吉の母の大政所や正室の北政所も重要な役目を果たし、彼女たちと朝廷との繋がりができた。このため、禁裏に戻った後陽成天皇は、翌十九日に北政所のお寧に従一位という最高位の官位を与えている。室町将軍のなかでは足利義政の正室である日野富子(ひのとみこ)以来の高い官位である。

4

秀吉は絶頂期を迎えた。国内に秀吉に靡(なび)かない勢力が残っているにしても、秀吉は我が世の春の真っ只中にいる気分を味わうことができた。その秀吉の泣きどころは子宝に恵まれないことだった。正室のお寧だけでなく多くの女性を側室にしていた秀吉には子供が一人もいなかった。

それなのに、側室のなかで大切にされていた茶々が妊娠した。子供は生まれないものとして、何人かの親戚の若者を養子にしていたが、その前提が崩れた。

正室のお寧だけでなく、多くの側室の誰ひとりとして妊娠した女性がいなかったから、本当に五十二歳になった秀吉の子供なのか不審感を抱く者がいたのは不思議ではない。誰もがあからさまに口にしないものの、秀吉には子種がないと思われていた。だが、我が子ができたと有頂天になっている秀吉を見て、周囲にいる人たちは疑う素振りを見せるわけにいかない。茶々が安心してお産ができるように淀城が改修されて、身重の茶々が移り住んだ。そのために、のちに茶々は「淀殿」とも呼ばれた。

生まれたのは男子だった。縁起の良い鶴松という名をつけた。一五八九年（天正十七年）五月二十七日である。秀吉も母となった茶々も、二人のあいだにできた子供であることに何の疑問もない素振りだった。秀吉の有頂天振りを見れば、秀吉の子ではないという疑問を口にするのは禁忌であると誰もが思った。

生まれたばかりの鶴松を母の茶々から取り上げ、秀吉は正室のお寧に預けた。そして、傅役に浅野長政を指名した。生みの母ではなく、正室のもとで育てるのは、秀吉の後継者にするという意志表示といえる。

天皇はさっそくお祝いの太刀を贈った。天皇の女御である近衛前子からも産着が届けられた。ここで、関白の位を秀吉から受け継ぐのは従来のまま智仁親王で良いのかという問題が生じた。天皇も、弟である智仁親王も、秀吉の意向を確かめなければならないと思った。

京都所司代の前田玄以には、秀吉が鶴松を世継ぎにするというのは予想がついた。だが、その沙汰はすぐに秀吉から出ない。微妙な問題であるから、どうするか玄以のほうから言い出すわけにはいかない。折しも、聚楽第の塀のあたりに誰の仕業か落書きで、鶴松は秀吉の子供なのかという疑問が記されていた。

すぐに消され、誰が書いたか徹底的に捜索された。疑わしい人物が何人も逮捕され処刑された。書かれた内容ではなく、落書き自体を不届きな行為であるとして断罪されたが、こうした噂が広まるのを許さないという見せしめであるのは明らかだった。以後、噂は人々の口の端にのぼるものの、警戒して本音を漏らさないように密やかに語られた。

数か月後、秀吉は玄以を呼び出し、智仁親王のために新しい館をつくるよう命じた。それ以上言わなくとも、秀吉の猶子となっている親王が新しい宮家を創設するためであるのは察しがつく。とりもなおさず、関白職は鶴松に譲りたいという意思表示である。これを受けて玄以は、親王の館の建設の指示を出すとともに、智仁親王と秀吉との猶子関係を解消する手続きをとるよう天皇と本人に要請した。予想はしていたものの、朝廷の面々は落胆した。智仁親王が関白になれば、秀吉から朝廷にその地位が戻るが、このままでは豊臣氏が関白職を世襲することに決まってしまう。財政的に秀吉に依存しているから、秀吉の意向は無視できないのだ。

曖昧なままにしておきたくなかった秀吉は、鶴松に関白職を譲るための覚書（おぼえがき）を天皇に作成するよう要請した。覚書は、公式な記録として天皇の意思を記して保存される。覚書の作成にあたり、秀吉の強引さが証拠として残らないよう取りつくろわれた。

秀吉に後継者が生まれたから、息子に関白の地位を譲るべきであると天皇が述べる。天皇が鶴松を後継者にすると決めたにもかかわらず、秀吉はそれに感謝しながら辞退する。天皇は、気持ちは分かるが自分の子供を優先すべきであるから辞退すべきではないと秀吉に伝え、再度、鶴松を後継者にするよう促す。それでも秀吉は、まだ生まれたばかりだから先々どうなるか分からないので遠慮したほうが良いと思うと返事をする。すると、天皇から遠慮すべきではないと改めて申し入れ、そこまで言われたからには、天皇のお気持ちを尊重してお受けする。こうしたやりとりが記録として残される。

玄以から覚書の内容が報告され、秀吉は満足した。自分から申し出たのではなく、謙譲の美徳を発揮していると後世の人たちに思わせる覚書となったからだ。

智仁親王が新しい宮家を創設し、秀吉の子である鶴松が関白職を継ぐという決定が、近衛家をはじめ摂家にも伝えられ了承された。これで、関白の地位は豊臣家が世襲すると決まり、五摂家の公家たちは釈然としないが、それを口にはできない。こうなると、朝廷と秀吉のあいだはそれまでとは違う雰囲気になるのは避けられない。それでも、秀吉にはときの勢いがあり、朝廷は長いものに巻かれたのである。前久の息子である近衛信輔は、これで自分が関白に就任する目が塞がれたと落胆し、誰にも訴えられずに不満がくすぶった。

正親町上皇は、まつりごとの中心から離れているから、とやかく言うことはできない。とはいえ、秀吉が後ろ盾になってくれなければ上皇の御所もつくられなかったし、朝廷の財政の安定もはかれなかった。

秀吉と摩擦を起こさず朝廷の権威を維持するにはどうすれば良いか。財力も武力もない。あるのは文化力だけである。悩んだ上皇は、天皇を通して公家たちに対し、それぞれの家で伝統を受け継いでいる学問や芸能に関する任務を、これまで以上に精進するよう触れを出した。そのうえで、八条宮家を創設した智仁親王には、細川藤孝（幽斎）から和歌に関して家伝の伝授を受けるよう指示した。

幽斎は、信長と親しくしていた公家の三條西実澄（さんじょうにしさねずみ）から代々受け継がれてきた古今和歌集に関しての知識と解釈の特別講義を受けていた。それを智仁親王に伝授するように天皇が幽斎に要請したのも、朝廷の権威が揺るがないようにし、親王の権威を高めようという配慮からである。万葉集に始まり、朝廷では古今集や新古今集などにおける和歌の解釈や作法についての解釈が引き継がれている。それが朝廷の財産である。智仁親王には、古今和歌集に関する相伝を受けるだけの知識と能力がある。したがって、教養を身につけ、それを次代に伝える役目を果たせば、創設した宮家の存在感を示すことができる。

細川幽斎は細川家の当主の地位を息子の忠興に譲り、自身は茶の湯を楽しむ文化人として生きようとした。幽斎は三條西実澄から伝えられた講義内容を智仁親王に伝え、朝廷の権威を高めるために積極的に協力した。秀吉も朝廷がこうした方面で活躍するのに理解を示した。

5

天下人になった秀吉は、権力の維持拡大をめざし、さまざまな施策を実行した。統治する組織を整備するという発想はない。抵抗する勢力をなくし、大名たちが率直に従うようにする対策を取るのが秀吉のまつりごとである。多くの戦いを経験している秀吉は、自分の思うように人々を動かす体制の構築を進めた。めざすのは自分を頂点とする軍事政権の確立である。

まず、諸国の大名に対しては、彼らの裏切りを防ぐために、聚楽第の周辺に建てた大名屋敷に妻子を住まわせ人質とした。秀吉の弟の秀長が率先して妻を差し出して範を示し、各地の大名がそれにならった。同様に大名たちにも、国元で家臣や国衆などから妻子を人質にとるよう指示し、彼らの妻子を大名の居城やその周辺に集めている。そして、秀吉が認めた以外の城はすべて破却させた。抵抗や一揆の拠点となる恐れがある城を取り壊し、大名の居城のほかは秀吉が認める城だけ破壊を免れる。かつて信長も大和地方を支配する筒井順慶に同様の指令を下していた。それを引き継いで秀吉が全国規模で実行に移した。

末端にいる人たちの反抗を防ぐ手立てとして打ち出したのが刀狩りである。

農業生産は経済の基本である。戦いが続き農民が土地をはなれると荒廃した地域が多くなる。それでは国力が衰えてしまう。それを防ぐために、与えた土地に農民を定着させ、同時に農民が所有する武器を取り上げることにした。農耕に従事していても、兵員として動員されたから武器を所有することになる。落人狩りで取得する場合もあった。京に方広寺の建立を始めた秀吉は、東大寺の大仏より大きい大仏を安置する計画を立て、刀狩りで集められた刀や槍は、大仏殿の建設の際に釘や鎹（かすがい）として再利用されるから、刀狩りに応じるのが仏への信仰につながると説得をして狩り集めた。しかし、全国の集落すべてに役人を派遣して武器を集めるには人手が不足した。それほど効果が上げられない地域があり、徹底したものにはならなかった。

農村から農民以外の住人を排除することも並行して実施された。当時の農村には農耕をしない住人がいた。彼らは武器を所有し、不満分子として反乱を起こす可能性があるから、彼らが農村に住むのを禁止した。追われた人々は都市に吸い寄せられ、秀吉による京や大坂の都市づくりに、臨時雇いとして働くようになった。京の聚楽第の周辺に秀吉に帰順した大名たちの館がつくられ、建築ブームの観を呈して、道路や港の整備に人手が必要だった。

武将の支配地域の耕地面積を把握し、各地の収穫高を確定させる検地も、秀吉の需要な施策である。信長の時代から実行された検地は、本来なら縄を使い耕地面積を計測して土地の収穫高により等級を決めていくのだが、それでは手間暇がかかるので、土地の有力者に申告させて村落ごとに記録する。それを積み上げて郡部や国の石高を弾き出し、生産高を確定する。検知による石高にもとづき年貢の徴収高が決められ、兵士や労役の動員数の基準になる。かつて、信長配下の明智光秀が家臣たちの知行に応じて兵士の数を決めて動員する体制にした伝統を引き継いでいる。それぞれの土地と結びついている国衆や土豪に任せていた検地では、必ずしも正しい申告になっていない。そこで、彼らを排除し、秀吉が任命した代官の指令で実施した。当然、反発が起きるが、それを承知のうえで秀吉の威令が各国の隅々まで行き届くように、秀吉子飼いの浅野長政、富田一白(とみたいっぱく)、増田長盛、石田三成、長束正家、大谷吉継たちが各地に派遣され、ときには強権を発動した。地域によりばらばらだった度量衡(どりょうこう)は、畿内で用いられている単位に統一された。

　検地により、農民や国衆が結託して年貢を少なく済ませようと隠したままの田畑は摘発され、各地の石高は以前より増加する傾向になった。秀吉の威令が届いていなければできないことである。

　検地は、武将の国替えや地域の安定が必要になった場合にも実施されている。秀吉の任命する代官が主導しての検地は、国衆や土豪などの地域の有力者が土地の住民との結びつきを弱める働きをした。同時に、村の境目が曖昧なままだった地域では、それを確定して揉めごとを収める働きもあった。検地は、秀吉の指令で実施されるだけでなく、徳川氏や毛利氏などの有力な大名は独自に検地を実施している。

　海賊停止令の施行は、戦時体制に入ることを考慮して物流を円滑にするためである。

戦いでは兵士や多くの物資の輸送が欠かせない。陸路より海上輸送のほうが経済的であり迅速であるから、海賊と称される水軍を有効に働かせることが大切であるが、瀬戸内海に勢力を張る水軍は独立志向の強い集団で、大名の指令が行き届かない。そうした水軍を大名の傘下に入れるために出された法令である。

瀬戸内海で活躍する村上水軍は、毛利氏の配下ではなく連携する関係にあり、彼らは瀬戸内海にある特定の島を拠点に、通行する船舶から税をとって航行の安全を保証する。彼らの指示に従わなければ略奪に及ぶ。彼らの独立性の支えとなっているため、航行する船舶から通行税を取るのをやめさせる指示を出したものの、すぐに言うことを聞く連中ではない。だからといって、秀吉は目をつぶらない。陸路にある関所は撤廃され通行が自由になるから、海上も同様に航行の自由を保証するとして、それぞれの港を所有する大名には水軍を支配下におくよう求めた。それに従わない水軍は秀吉の命令に逆らう集団として成敗の対象にした。

明国の制覇を視野に入れる秀吉は、大量の船舶とそれを操る技術者を自分の指令で動員できる体制にしたい。九鬼水軍は信長から引き継いで秀吉の管理下にある。同様に瀬戸内海を支配する村上水軍の一部は、毛利一族である小早川隆景の支配下に置くように、小早川氏に彼らへの圧力をかけさせた。これまでの関係を維持したい村上氏は、伝手を利用して各方面に働きかけ独立を保とうとした。だが、秀吉に逆らうわけにはいかない。村上氏は筑前に本拠地を移し、小早川氏のもとで活動するよう強制された。海上も陸上も大名が統率する体制になった。

京における関所も廃止された。関所からあがる税は、朝廷や寺院の収入になっていたが、商業が発展するためには自由に通行できるようにする必要がある。秀吉は、収入が減る朝廷や寺院のために財政的な手当てをしたから、彼らの収入は減らずに済んだものの、その分、秀吉への依存度を強めたのである。

秀吉は貪欲に金と銀を集めた。これらは高額貨幣の役目を果たしていた。大名間の儀礼に金や銀を贈るケースが多く、毛利輝元が上洛して秀吉に拝謁する際には石見銀山の銀を贈っている。各地の金山や銀山は、それぞれを領有する大名の所有になっていたが、秀吉は彼らから大量の金や銀を献上させた。そして、理屈をつけて金山や銀山を奪いとり直轄地にした。

秀吉が打ち出した施策は彼の支配を確実にし、戦国の体制から一歩抜け出し、従来とは違う社会になるきっかけをつくった。中央集権化が進み、流通が盛んになるにつれて多くの商人たちが秀吉の周辺に集まり、取引が活発になった。豪商たちは貿易や物流の活発化に一役買い利益をあげた。農民と武士階級の分離が進み、農村と都会の違いも明確になっていく。

6

さて、話を徳川家康が天皇の聚楽第への行幸に参加し、駿府城に帰った一五八八年（天正十六年）四月に戻そう。

秀吉の権威を見せつける行幸に付き合うのに、家康はいささかうんざりしたが、朝廷を徹底して利用する秀吉の執念ともいうべき態度に、信長とは異なる恐ろしさがあるように思え、深刻に受け止めていた。自分の意に添わなければ、誰でも容赦なく断罪するという秀吉の意思が、権威主義的な言動の合間に見え隠れしていた。

秀吉が構築した武家社会の秩序のなかに家康自身が組み込まれ、逆らえば自身が滅びる覚悟が必要である。かつては秀吉を強く批判していた酒井忠次も、秀吉に逆らえばどうなるか理解したようで、秀吉に臣従する態度を示す家康に文句を言わなくなった。もっとも、忠次が神妙にしているのは老いのせいかもしれなかった。

家康は帰り際に秀吉からの伝言を託された浅野長政と会見し、北条氏の問題解決を図るよう釘を刺された。秀吉は北条氏の上洛を求めていて、家康もそうするように再三にわたり進言している。それでも、北条氏は曖昧な態度をとり続けている。前年の一五八七年七月に九州から帰った秀吉に呼ばれて上洛した際にも、家康は北条問題の解決を図るよう促がされていた。このときの上洛は家康を従二位大納言に叙任するためで、秀吉と弟の秀長とともに家康も参内した。秀吉は家康に気を遣ってもてなしたものの、いっぽうで家康に北条氏の問題を解決するよう迫っていたのである。

北条氏の周辺では小規模にしても戦いは収まっていないうえに、依然として帰順する姿勢を見せない北条氏に秀吉は腹を立てていた。それでも、九州征伐、北野天満宮の大茶会、そして聚楽第への天皇の行幸と続いていたから、北条氏への詰問もきつくなっていなかった。だが、そろそろ猶予はないと家康も認識せざるを得なかった。

駿府に戻った家康は、北条氏に戦いを停止するよう強く求め、秀吉へ使者を派遣するよう促した。切羽詰まった状況であり、秀吉の要請に応えないままでは致命的になると伝えた。北条氏が上洛に応じないのであれば、氏直に嫁がせている家康の娘、督姫を駿府に戻すと北条氏に通告するくらいの覚悟をせよと家康は言われていたのだ。

北条氏は家康の懸念を感じ取り、家臣の笠原靖明(かさはらやすあき)を弁明するために京の秀吉のもとに派遣すると伝えてきた。秀吉が求めているのは実権を持つ北条一族の上洛であり、秀吉に臣従する態度を見せる必要があるのに、家臣を派遣するだけではお茶を濁していると秀吉に思われるかもしれない。

何もしないよりは良いだろうがと心配をする家康のもとに、しばらくして秀吉から連絡があった。北条氏が戦いをやめ家臣を派遣したので、北条氏の成敗を棚上げにしたという。とりあえず安心できるが、笠原靖明には速やかに北条氏の一族の実力者を上洛させるよう求めたという。成敗の棚上げも一時的なのである。それなのに、北条氏の動きは鈍かった。氏政の弟の氏照（うじてる）が、秀吉の要請に抵抗する構えを見せ、秀吉に対抗するために北国の伊達政宗（だてまさむね）に接近し誼みを通じ、北条一族の意思は一つにまとまらないままだ。

氏直が北条氏の当主になっているものの、父の氏政が権限を握っている。それに、関東広域の支配は北条一族が分担して統治しているから、一家言を持っている一族を氏政や氏直も簡単には押さえ込めないという事情もある。北条氏は独立した勢力としてかなり前から朝廷や中央に関係なく支配地域を統治してきたから、余計な干渉をしてほしくないという思いを共有していた。だが、そんな理屈は秀吉には通用しない。自分に従わない勢力が存在するのを秀吉は看過しないということを北条氏は理解していない。

最後通牒というべき要求を秀吉が突きつけているのだから、それに応えるべきであるという内容の手紙を持たせ、家康は朝比奈泰勝を北条氏のもとへ派遣した。

氏政も氏直も、事態が切迫しているのを悟ったようで、氏政の弟の氏規（うじのり）を京に派遣するという伝言が家康のところに寄せられた。徳川氏との同盟を大切にしているから、家康の要請に応えることにしたものの、徳川氏とともに秀吉に対決する覚悟をしていることに変わりはないという伝言を付け加えていた。家康の進言に従って秀吉に挨拶するが、秀吉に臣従するつもりはないようだ。

連絡を受けた家康は安堵して良いのか、いまひとつ不安である。北条氏と秀吉の仲を取り持つために京に行くべきであると思っていると、秀吉から上洛要請があった。朝比奈泰勝をふたたび北条氏のもとへ派遣し「ひと足先に行くが、遅れずに上洛するように」と伝えてから、家康は大坂に行くことにした。

家康にとって三か月ぶりの上洛となる。秀吉の母、大政所の病気を見舞い看病したいという、正室となっている朝日姫をともなっての旅となる。ちなみに、朝日姫はその後も聚楽第に留まり母の看病を続けた。ところが、朝日姫自身が病気にかかり、母より先に他界してしまう。秀吉と家康とを結びつける役目を果たした朝日姫も、家康との関係は浅い縁のままだった。

北条氏規が上洛したのは八月十七日である。北条氏は秀吉に豪華な贈りものを用意した。聚楽第で秀吉に対面する席には、かつて家康が大坂城に入ったときと同じく織田信雄、羽柴秀長、徳川家康、宇喜多秀家、毛利輝元、それに秀吉の家臣たちが控えていた。毛利輝元は佐々成政に対する一揆の撲滅のために兵を出していて四月の行幸には間にあわず、九州が安定するのを待って上洛し、参議で従四位下に叙任されたばかりである。

秀吉が上座につき北条氏規を迎えた。家康は事前に、秀吉に対して神妙に振舞うよう氏規に伝えておいた。居並ぶ大名たちに北条氏がかしこまって秀吉に挨拶する必要があるからだ。家康の言うとおりに氏規は丁重に挨拶した。秀吉は上機嫌になり、本来なら成敗するところだが、氏規に免じて北条氏政と氏直を「赦免」すると語った。ありがたく思えという態度だったが、氏規は無言で低頭した。

秀吉はこの席で、上野の沼田における北条氏と真田氏の紛争に裁定を下した。真田氏が所有を主張している上野の沼田地区の三分の二は北条氏の帰属に、残りの三分の一を真田領にする。そのかわり昌幸には徳川領となっている信濃の箕輪を与えるという内容である。北条氏にとっては不満の残る裁定だったが、家康はこれを受け入れるよう進言し決着を見た。

これを受けて秀吉の家臣、富田一白と津田盛月（つだもりつき）、それに徳川氏の家臣、榊原康政の三者が立ち会い、秀吉の裁定どおりに実行するのを見届けるよう秀吉が指示した。実行されたのは翌年二月である。

北条氏と敵対関係にあった佐竹氏や結城氏には、秀吉から北条氏を赦免したという報告をしており、双方とも北条氏と戦ってはならないと釘をさした。

だが、これで解決を見たわけではなかった。北条氏は氏規が上洛したことで解決したと思っていたが、秀吉はなおも北条氏政か氏直の上洛を求めた。北条氏の本当の実力者が挨拶に来なくては真に臣従したとはいえないからだ。上洛して秀吉に面会した氏規は、京における秀吉の権勢の大きさを知り、さらなる上洛要請にも応じたほうが良いと主張したが、内部では反対意見が多い。上洛するには多額の費用がかかるからでもある。氏規の上洛の費用を捻出するためには臨時の税を課して賄っていた。氏政の弟の氏照は、秀吉に臣従する必要など認めないと、依然として強硬な主張を捨てていなかった。

せっかく苦労して赦免にこぎつけたというのに、このままでは再び振り出しに戻ってしまうと、北条氏の態度に家康は不安感を大きくした。

同じころ、奥州で伊達政宗が蘆名義広（あしなよしひろ）を攻め、会津地方を奪ったという報告が秀吉のところにきた。すかさず秀吉は停戦するよう政宗に指令した。

伊達政宗にしてみれば「はい、分かりました」と兵を引くわけにはいかない。秀吉に敵対しているのではなく、秀吉とは無関係のところで戦っているのだから、秀吉の主張は理不尽に思えた。以前は中央にいる人たちは、九州や奥州で何が起ころうが関心を示さなかったものだ。だから政宗は、領地を広めるのに秀吉の許可を求める必要があるとは考えていなかった。

それが間違っていると伊達氏に分からせるために、秀吉の側近たちが動いた。

蘆名氏は秀吉に訴えるために重臣の金森盛実（かなもりもりざね）を上洛させた。蘆田氏の訴えに胸を叩いて応じた秀吉は、解決をはかるよう石田三成に指令した。上洛した金森盛実を接待し、蘆名氏には上杉氏を後ろ盾にするよう三成は伝えた。秀吉の取次として上杉景勝と連絡を密にしている三成は、何かあれば兵を動かすよう上杉氏に要請したのだ。当主の蘆名義広は、三成が親しくしている佐竹義宣の弟を養子にしていたから、三成は蘆名氏に対しても肩入れして、伊達氏を余計に許しがたいと思っていた。

秀吉は伊達氏に対して圧力をかけた。側近の施薬院全宗が伊達氏の家臣、片倉景綱（かたくらかげつな）宛に政宗の行為を諌める手紙を送ったのだ。

「蘆名氏は重臣を上洛させ、関白に臣従する意思を示している。それなのに、伊達氏が関白の意向に添う行動をとらないのは誤りであり、どのように申し開きをするつもりなのか」という内容である。

このとき、秀吉の家臣である富田一白と津田盛月が、真田氏と北条氏の領地をめぐる紛争解決のために奉行として上野の沼田に派遣されていた。秀吉の裁定に従い、真田氏が領地を北条氏に返すのを見届けている最中だった。秀吉は伊達氏にこの二人と連絡をとるよう伝えた。伊達氏の考え違いを説明させるためである。

政宗もこれを無視するわけにはいかず、求めに応じて富田一白と津田盛月のところに使者を派遣した。

伊達氏の使者と会見した富田一白と津田盛月は、このたびの不届きな行為を反省している証しとして、政宗自身が上洛して秀吉に臣従するよう要求した。

政宗は、なぜ上洛して秀吉に頭を下げなくてはならないのか分からない。助けを求めた蘆名氏を秀吉が支援して政宗を敵とみなしているからだが、奥州のことまで秀吉が口を挟むのは理不尽という思いに変わりはない。京では関白が叫べば泣く子も黙るが、奥州ではそうなっていない。だが、逆らえば秀吉が大軍を率いて攻めるかもしれない。やむなく戦いを停止したが、停戦したままでは元の木阿弥になりかねない。そこで、政宗は蘆名氏の有力者の調略に手を染めた。調略することまで咎めないだろうと思ってのことだが、政宗が寝返らせたのは他ならぬ蘆名氏の重臣の金森盛実だったから波紋が広がった。

三成にしてみれば、三成が京でもてなした金森盛実が伊達氏の調略に応じたのは許しがたいし、これでは停戦していないのと同様であると伊達氏にも腹を立てた。三成は伊達氏の成敗を秀吉に進言した。秀吉も、このまま見過ごすつもりはない。

北条氏が秀吉の裁定に逆らう行為を見せたのは、このときだった。上野の真田氏の所領にある名胡桃（なぐるみ）城を北条氏の家臣の猪俣邦憲（いのまたくにのり）が攻めて奪いとったのだ。何かと真田氏が挑発をくり返し、それに乗ってしまったところがあるが、北条氏が指令して攻撃したわけではないものの、秀吉の裁定により飛び地のように残された真田氏の城を攻撃するのは協定違反である。

再三の家康の進言を北条氏は重く受け止めていなかった。北条氏政が上洛する計画を立てたものの、なかなか実行しようとしないなかで、こうした問題を起こした。裁定を下した秀吉の面目を潰す行為である。

真田氏から連絡を受けた家康は、そのままにしておくわけにはいかず、真田昌幸に秀吉の取次である富田一白と津田盛月に連絡するよう申し送った。もはや家康がどうにかできる状況ではない。氏政が上洛する準備が進んでいる様子なので何とか無事におさまると思っていたが、秀吉が北条氏を成敗する理由をつくってしまった。

秀吉は許さないと思うが、北条氏には急いで秀吉のもとに弁明の使者を送るべきだと伝えた。それなのに北条氏からは、家康が上洛するときには浜松城に大政所を人質として送ったではないか。秀吉はそれと同じように配慮して然るべきではないかという意見もあると家康に連絡してきた。まだ北条氏は問題の重要性を認識していない。

家康のところに「北条氏の態度は許しがたい。すぐに上洛せよ」という連絡が秀吉からきた。

7

秀吉が北条氏討伐令を出したのは一五八九年（天正十七年）十一月だった。秀吉が構築した中央集権的な体制下では、味方でなければ敵と見なされる。中立は許されない。

北条氏への弾劾状の作成からして、いままでとは違っている。秀吉の側近の浅野長政、秀吉に寄り添う公家の菊亭晴季、禅僧の西笑承兌（さいしょうしょうたい）が集まり、秀吉の意向をもとに漢文による宣戦布告となる書状が朝廷の公式文書の形式で作成された。北条氏への攻撃は、朝廷が承認した正義の戦いになる。

西笑承兌は相国寺で修行し、漢語や漢文の知識で群を抜いた能力を発揮し、秀吉が京都に本拠地を移したときから外交顧問として仕えている。秀吉の意を体した浅野長政から弾劾状の趣旨の説明を受け、西笑承兌が漢文として完成させ、菊亭晴季が朝廷を代表して立ち会った。弾劾状には「公儀」をないがしろにし、停戦命令を無視した北条氏は許しがたいと記されている。秀吉は天道に則って表裏なく行動しており「天道の正理」に背く北条氏を成敗するという弾劾状である。これを各地の大名に送りつけ、北条氏討伐のための兵士の動員に応じるよう促す。

家康は取るものも取り敢えず上洛したが、北条氏を討伐するのは既成の事実になっていた。考え直すように要請するのは躊躇せざるを得ない雰囲気だった。

聚楽第の周辺はいうに及ばず、京では戦いが始まるという緊張感がみなぎっていた。秀吉が北条氏に弾劾状を送り届けたのが人々の知るところとなっていた。家康は北条氏成敗を実行しないよう進言すれば敵対するとみなされかねないという不安があり、秀吉の弟の羽柴秀長に相談した。ところが、体調を崩し病床にあった秀長は、弱気になっているせいか、家康が北条氏のために動く段階は過ぎていると言う。もはや家康には打つ手がない。

家康から連絡を受けた北条氏は、急ぎ秀吉に弁明の使者を送ってきた。だが、それで秀吉の怒りはおさまらない。北条氏の使者は監禁され、弁明の機会さえ与えられなかった。

徳川氏が生き残るには秀吉の申し出に従うしかない。家康は秀吉の采配に従い、全面的に協力すると表明した。戦うにあたっては、徳川氏は最前線を受け持つ。敵に距離的に近い勢力が主力部隊になるのは戦国の世の決まりである。それに異を唱えることは許されない。だから、関東に近い越後の上杉景勝、加賀の前田利家も家康とともに最前線で戦う。

秀吉の率いる主力部隊が関東に展開するには東海道を三河、遠江、駿河と、徳川氏が支配する地域を進軍する。そこで、徳川氏の拠点にある城は、進軍する兵士たちの中継地点として利用できるよう明けわたし、北条氏に近い城は兵糧を備蓄するために提供する。兵士と兵糧の輸送のための船舶と水手（かこ）の供給、そのための徳川氏が支配する地域の港も提供する。こうしたところで指揮をとるのは秀吉の側近たちであり、家康の家臣がその手助けをする。

作戦会議を終えた家康は、帰国を前に嫡男の秀忠（このときは幼名の長丸を名乗っていた）を京の聚楽第に来させるよう秀吉から要請された。徳川氏との親類関係を維持するために、家康の三男の長丸と、秀吉の養女である小姫君との婚儀を急いで執りおこなうと告げられた。秀吉は長丸を人質としてとるのではなく、しばらく預かりたいだけという。家康が裏切らないための保証であるのは明らかで、家康にしてみれば、これだけ協力しているのにという思いがある。

家康の心配を察した秀吉の正室のお寧は、家康に息子の長丸を大切に扱うから安心するようにと元気づけた。子供のいない秀吉もお寧も、親戚や大名の子息を養子にしたり預かったりして育てていた。それに加わるだけと言われたが、家康には納得できなかった。

それでも、秀吉に逆らえない家康は、帰国するのと入れ替えに長丸を聚楽第に送った。

長丸を迎えた秀吉は、自らの手で元服させた。このときに秀吉は自分の名前の一字を与え「秀忠」と名乗らせた。引き換えに、小牧・長久手の戦いの後に秀吉のもとにいた家康の次男の秀康を送り返した。その際に、秀吉は秀康を結城氏の養子にするよう指示した。それに従い秀康は、その後しばらくは結城秀康と名乗り家康のために働く。

ちなみに朝日姫が亡くなったのが一五九〇年（天正十八年）一月十四日で、秀忠が京に到着した直後である。家康が上洛したときから朝日姫の病は重篤で、もはや浜松に戻れる状況ではなかった。徳川秀忠と小姫君との婚姻は、朝日姫が逝去した七日後の二十一日に聚楽第で執りおこなわれた。このとき秀忠は十二歳、織田信雄の娘で秀吉の養女となった小姫君は六歳だった（小姫君は、もとからあまり丈夫でなかったせいか一年後に死去してしまう）。ただし、秀吉は、家康の三男の秀忠を人質に取ったわけではないからと、婚姻を済ませると江戸に返している。北条氏攻撃に際して、家康に気を遣ったからで、家康に協力させるには秀忠を人質にしたと思われるのは得策でないと判断したのだ。

北条氏との戦いの準備に忙しい家康には、朝日姫の葬儀も秀忠の婚儀も、その日時を知らされなかった。出席する暇があるなら戦いの準備をせよという意思表示である。家臣のなかには北条氏に与すべきであるという意見も少数あったが、岡崎を経て駿府に戻った家康は、それを押さえ込んで戦う準備に集中した。

8

秀吉から弾劾状が届くと、北条氏はすぐ臨戦体制を敷いた。秀吉に帰順するのに以前から反対していた人たちが前面に出て、秀吉をなじり、秀吉に同調した家康に腹を立て、それが結束を促す効果をもたらした。氏政自身は徳川氏と敵対したくなかったが、もはや受けて立つ以外の選択肢はないと腹を括った。上洛して秀吉に会っている氏政の弟の氏規は、秀吉に逆らうのは無謀であると主張したが、少数意見として退けられた。家康を通じて赦免を乞うのは北条一門の誇りが許さなかった。

北条氏は悲愴な覚悟をしたわけではない。これまでも不利な状況に追い込まれた経験は何度もあった。

そのたびに護りがかたい小田原城に籠城して危機を脱出してきた。護りに専念すれば、敵は兵糧の補給がままならなくなり攻めきれないはずだ。京や大坂といった遠距離から来る敵は膨大な兵糧を必要とする。それを維持できなければ長期戦に耐えられない。これは戦いの常識である。関東で百年にわたり地方政権として繁栄してきた北条氏は、秀吉がこれまでにない大規模な態勢で戦おうとしていることまでは予想できなかった。

北条氏を大量動員で攻撃するのは、秀吉にとっては来るべき明国制覇のための予行練習でもある。兵糧の輸送は万全を期し、十万を超える兵力で戦うのに必要な食料や兵器の輸送は余裕を持ってできなくては、明国の制覇など覚束ない。畿内から集めた兵糧の輸送のための船舶と漕ぎ手の確保、食料の調達などは秀吉配下の武将や家臣たちが受け持つ。海賊停止令を発して水軍を大名の傘下に置いていたから、各地の大名に指令を発すれば海上での長距離輸送は円滑に実施される。

兵士の動員は、大名に対して検地により確定した石高をもとに決める。全国一律ではなく地域ごとに割合は違っている。北条氏に近い地域の徳川氏、上杉氏、そして前田氏に対しては割合を多くする。具体的には百石につき五名の動員とする。六十万石と算定された徳川氏には三万人の兵士を動員する義務が課せられる。畿内や中国や四国の大名は、その半分の割合となり、九州の大名は明国制覇の準備を優先させるために動員は見送られる。

兵糧の輸送を受け持つのは小早川氏のもとにある村上水軍、土佐の長宗我部氏配下の水軍、淡路の加藤（かとう）嘉明（よしあきら）配下の水軍、秀吉配下の九鬼水軍、秀長配下の紀州水軍、さらに遠江や駿河の徳川氏の水軍である。各地から兵糧を満載した船が駿河の江尻港と清水港に集まり、そこから陸路を利用して運ぶ。かつてない規模の物資輸送になる。大量の米が買い占められたが、それでも足りないぶんは徳川氏の領地から集められた。

秀吉の出馬は三月一日になる。九州征伐と同日の出馬は縁起を担いだからだ。その前に輸送を完了させなければならない。毛利氏や小早川氏など関東から遠隔にある大名の部隊は、京や尾張地方に待機するよう命じられた。

主力部隊である秀吉軍の進軍にあたり、東海道に面した徳川氏の城は秀吉の所有する城のように使用された。海上輸送を統括するのは長束正家、そして陸路の統括は石田三成である。口には出さなかったが、徳川氏の支配地域を蹂躙するような三成のやり方に家康は反発を覚えた。三成が意識的に挑発しているのではないかという声も聞こえたが目をつぶるしかない。

家康は二月十日に出陣した。三万の兵を十の部隊に分け、酒井家次（さかいいえつぐ）、榊原康政、井伊直政、大久保忠勝、甲斐から駆けつける平岩親吉、鳥居元忠、それに本田重次、酒井重忠が続いた。当初は一月二十八日に出陣する予定だったが雨のせいで遅れた。なお、家康の筆頭家老だった酒井忠次は老齢になり、目を患って隠退し、嫡男の家次が家督を譲られての出陣である。これに先立って家康は軍法を定めて周知徹底を図っている。家康をはじめ上からの指令に逆らわずに、兵士は乱暴狼藉を働かないこと、喧嘩狼藉の禁止などで、背いた者は厳しく処分するとした。

秀吉は、予定どおり三月一日を待って聚楽第を出発し、兵を引き連れて御所に赴いた。禁裏では後陽成天皇と正親町上皇がそれぞれの御所の外に出て待ち構えていた。朝廷では九州へ遠征したときとは異なり、天皇と上皇が出陣を見送るという儀式が挙行された。秀吉の出陣は天下のための公的な戦いだから特別なのである。

　秀吉は得意満面で禁裏に入り、天皇の姿を認めると馬から降りた。兵士たちを待たせて、秀吉は天皇に近づいて挨拶した。すかさず天皇から秀吉に天盃が下され、秀吉は暇乞い（いとまごい）の言葉を述べて盃の酒を飲み干した。同じように上皇の前で挨拶した秀吉は、上皇からも盃を受けた。少し離れたところで兵士たちが成り行きを見守っている。行列見物に詰めかけた住民たちが、禁裏の外で秀吉一行が出て来るのを待っていた。この儀式は秀吉が事前に計画し、天皇と上皇がそれに従ったのである。天皇のための戦いに赴く正義の兵であり、見物されるのを意識して、命のやり取りをする戦いに行く雰囲気ではなく、進軍する兵士たちは派手やかに飾り立てていた。秀吉も装飾を凝らし、顔に化粧をほどこし、鎧兜（よろいかぶと）に身を包んでいた。出陣が朝廷を巻き込む儀式になっていた。

　秀吉が本陣とした駿府城に到着したのは三月十九日。駿河の国境付近で布陣していた家康は知らせを受け、すぐさま駿府城にとって返し秀吉に挨拶した。三河から駿府まで東海道にある城を秀吉軍に提供した家康の神妙な態度に、秀吉は上機嫌だった。兵と兵糧の輸送に問題がないことを確認し、上杉軍と前田軍が北関東から小田原に進軍し、途中の城の攻撃の担当が決められた。この後、家康は東海道沿いに沼津から小田原に向かった。そして、秀吉が沼津に布陣して、北条氏への本格的な攻撃を開始した。

　北条氏は、小田原城で氏政と氏直が指揮して籠城する体制をとり、関東諸国の主要な城に有力武将を配した。自らは仕かけることなく護りに徹して耐え抜く作戦である。秀吉の指令で集められた兵力は十万を超えると聞き、予想以上の大軍の攻撃に内心の動揺は隠しきれなかった。それでも、徳川氏は北条氏との同盟を忘れていないはずだから、秀吉を裏切って味方につくという望みを口にする者もいた。当主の弟である氏照が奥州の伊達政宗と同盟交渉を進めたことがあるから、伊達氏が援軍を差し向けてくれるのではないかという期待を言い出す者もいた。藁にもすがる気持ちで希望的観測が飛び出すのは、秀吉軍の規模が予想をはるかに超えているのを知り、追い詰められたからだ。

秀吉側は相模湾に水軍を集結させ、海上から小田原城へ向かう補給ルートを遮断した。

家康は、秀吉の指令で秀次軍と合流して伊豆半島の付け根にある山中城を三月二十九日に攻撃した。小田原城の西に位置する山中城は、北条側の要衝の城である。激しい攻防戦となったが、その日のうちに秀吉側にくだった。さらに、その先にある鷹ノ巣城、足柄城を攻略し、家康軍は東に進んだ。

関東各地にある北条氏の主要な城を攻略し、それらを落としてから、すべての部隊が集結して小田原城を取り囲む作戦だった。徳川軍の動きに呼応し、北関東から上杉景勝と前田利家が上野や下野方面から攻撃して、北条氏の支城を撃破して小田原をめざした。

小田原城の近くまで兵を進めた家康は、小田原城の包囲作戦のための工事を始めた。一時的な砦ではなく敵に圧力をかけようと、小田原城を見下ろす笠懸山に短期間で立派な城を築くことにした。事前に木材や石材を大量に運び込み、石垣をきちんと積んで護りまで考慮した山城である。瓦葺きの屋根、塀や櫓を備え、天守まである立派な城となる。

秀吉は例によって大所高所から命令し、京から愛妾の京極龍子を呼び寄せ、千利休を呼んで茶会を開いた。このときにまだ石垣山城は完成しておらず、秀吉は側近たちと箱根の早雲寺を陣所にした。利休は北条氏の成敗や明国制覇という秀吉の計画に疑問を持っていたが、いまさら意見を言うわけにはいかない。従わなければ孤立するからだ。

秀吉の側近たちは、関東や東北の大名たちに秀吉のもとへ挨拶に来るよう促した。秀吉の関東遠征の機会に秀吉に従う意思を見せることこそ地方の領主が生き残る条件である、挨拶に来なければ敵対行為とみなすと伝えた。

戦いは予想どおりに順調に展開しているうえに、関東や奥州の領主たちが次々と陣中見舞いに来て、秀吉に恭順の意を示すから秀吉は機嫌がいい。尊大に構えて言いたいことを言っても相手はひたすら頭を下げる。

佐竹義宣(さたけよしのぶ)は三成の要請で無理して割当て以上に兵士を動員して秀吉を喜ばせた。これも三成の手柄である。宇都宮国綱(うつのみやくにつな)も挨拶に来た。関東では結城晴朝(ゆうきはるとも)、奥州から最上義光(もがみよしみつ)や南部信直(なんぶのぶなお)も出仕してきた。最上氏は少し前に上洛する意思を示したが、関東へ行くのでそのときで良いと言われていた。

慌てたのが伊達政宗である。領地を増やそうと会津の蘆名氏の支配地を実力で戦いとったが、関係ないはずの秀吉が干渉してきた。余計なお世話だが、秀吉に従わなければどうなるか、北条氏への攻撃で理解できた。北条氏の次に、自分が攻撃目標になるのを防ごうと政宗はとるものもとりあえず、箱根にいる秀吉に会いに来た。だが、秀吉はすぐに会おうとしなかった。謹慎して待っていると会見が実現した。政宗は神妙な態度で丁重に秀吉に頭を下げ詫びた。秀吉は奥州の仕置きは、北条氏の成敗が終わってからにするつもりでいたが、政宗が神妙にしたので、蘆名氏から奪った会津の領有は認めないと宣言した。政宗も、それで許されるなら従う以外の選択肢はない。

かろうじて許された政宗は、茶の湯をたしなむと聞いた利休から茶の湯に招待された。

秀吉が完成した笠懸山の石垣山城に移ったのは六月下旬である。このときまでに北条氏の支城の多くは秀吉軍にくだり、小田原城の他には岩槻城、鉢形城、八王子城、忍城だけが残っているが、時間の問題と見られた。東海道からはずれた伊豆の韮山城を護るのは、かつて上洛して秀吉に謁見した北条氏規だったが、家康の申し出に応じて降伏した。

各地にある支城の多くは陥落し、八方から馳せ参じた部隊が小田原城の周囲を取り囲んだ。それにタイミングを合わせたように姿を現したのが石垣山城である。短期間につくられたとは思えない本格的な佇まいを見せる城だった。それまで北条氏が経験した戦いとは明らかに違っていた。各地の城が落ち、小田原城は秀吉軍により十重二十重に取り囲まれた。籠城しても消耗するだけだった。

七月五日、小田原城の城主、北条氏直が城を出て秀吉の陣営に来て降伏の意を示した。切腹し城を明けわたすので家臣たちの命を助けてほしいと訴えた。降伏する際には城主と主要な人たちが切腹するのと引き換えに城に籠っている人たちが解放される例が多い。最後まで戦う意思を示していた氏政も降伏するしかないと判断した。すぐに秀吉に知らされ、小田原城の近くにいた家康の家臣である榊原康政に小田原城を受け取るようにという指示があった。氏直の降伏宣言と同時に北条氏は城を明けわたす準備をしており、受けわたしに混乱はなかった。家康が小田原城に入ったのは七月十日である。

切腹を命じられたのは氏政と弟の氏照、それに二人の宿老だった。城主の氏直は家康の娘婿であることから、かつて上洛して韮山城主になっていた氏規とともに助命され追放された。上野、下野、武蔵、相模、伊豆、それに上総と下総の一部という広大な支配地を持つ北条氏は支配力のすべてを失い、秀吉軍の完全勝利となった。

なお、北条氏直の正室で家康の次女の督姫も、高野山に配流となった氏直に従ったが、数年後に氏直が亡くなり、督姫は家康のもとに戻り、その後、秀吉の指令で池田輝政の正室になる。

9

北条氏が降伏する前から、秀吉が北条氏の支配地域を徳川氏に託すのは確実であると家康は察した。その覚悟を決めたのは、北条氏の敗北が決定的になったときだ。

北条氏の滅亡後の関東一円の広大な領地を混乱なく治めるには、家康に丸投げするのが良いと秀吉が考えているのは明らかだ。一揆の可能性を押さえ込むには、権力を空白のままにしておくわけにはいかない。関八州といわれる関東を統治するには国衆や土豪を傘下におさめ、これまでと同じように処遇する保証をしなくては混乱が生じてしまう。北関東では六月に麦の収穫期を迎えており、すぐにでも税を徴収しなくてはならない。戦いは城とその周辺に限られていたから、収穫への影響はそれほどではない。北条氏が滅んで、どうなるのか住民は不安を感じている。権力を維持するには、戦後の処置を間違えないことが重要である。

戦勝後の国割りで秀吉が決めるにしても、北条氏に代わる領主が徳川氏になるのは予想がつく。そんな噂は、戦いの最中から耳にしていた。秀吉が北条氏の広大な支配地域を領地として家康に与えるなら、これまでの徳川氏の三河、遠江、駿河、信濃、甲斐という支配地域は、他の大名のものになるだろう。

家康は、国割りが実施される前から家臣たちにもとの領地に帰る見込みはないと話しておいた。秀吉から正式に転封を言いわたされて衝撃を受ける前に、家臣たちにはあらかじめ覚悟させておいたほうがよいと思ったからだ。そのほうが家臣たちの迷いも小さくなる。慣れ親しんだ土地を離れるのは辛いが、新しい領地を支配するのも挑戦しがいがある。甲斐や信濃の統治ができたのだから、家康は関東もうまく統治するつもりだった。家臣たちにもそれ以外の選択肢がないことを伝えた。

秀吉が小田原城に入ったのは七月十三日、家康は正式に北条氏の領地を家康が引き継ぐよう伝えられた。思ったとおりだと心のなかで呟きながら「分かりました。そのつもりでいました」と家康は応えた。これで家康と秀吉のあいだで家康の関東への転封が決まった。

勝利後の秀吉による国割りは徳川氏の関東への移封が問題なく決まったから、残りの国割りも円滑に進むかに見えた。だが、秀吉の裁定に織田信雄が異を唱えた。それまで領有していた尾張と伊勢を取り上げ、駿河と遠江を与えるという秀吉の裁定に、信雄も家臣たちも反発した。織田氏の本拠地である尾張を明けわたすのは信雄には承服できなかった。ところが、岐阜城には毛利勢の兵たちが入っており、信雄が戻れる状況になかった。秀吉の織田家に対する扱いに不満を持っている信雄の家臣たちは激昂し、信雄はそれを抑えられなかった。それこそが秀吉の思うつぼだった。

信雄は秀吉に考え直してほしいと申し入れたが、決めたことに異議を唱えるのは許しがたいと、秀吉は信雄の改易を言いわたした。秀吉に逆らうとどんな目にあうか見せしめにされたのである。もはや織田氏をないがしろにしても、秀吉の天下は揺るがない。

信雄の領地、尾張と北伊勢は羽柴秀次に与えた。そして、三河は田中吉政（たなかよしまさ）と池田輝政（いけだてるまさ）に与えた。吉政は秀次の家老であり、輝政は池田恒興（つねおき）の次男で、兄の元助（もとすけ）が父とともに長久手の戦いで戦死し、家督を継いでいた。遠江は同じく秀次の家臣である山内一豊と堀尾吉晴に与えた。そして、駿河は中村一氏に、甲斐は加藤光泰に、信濃は仙石秀久と石川数正に支配させた。

なお、信雄は配流の身となり下野の那須に捨て扶持として二万石を与えられた。その後、朝鮮への派兵が実施された際に家康の仲介で許され京に戻り、出家して常真と名乗った。武将でなくなった信雄は開放感を味わい、それまでとは違う人生を送る。果てに秀吉の御伽衆に加わり、独自の境遇を生きていく。

秀吉が率いた北条氏征伐軍は、この地域の人々が経験したことのない規模だった。北条氏につながる人々を恐怖に陥れ、逆らうことは無謀であると悟った。過去に例を見ない四か月に及ぶ戦いは、北条氏に味方した人々にとっては悪夢だった。捲土重来をはかる可能性は消え、新しい領主となった徳川氏に抵抗する意欲まで削がれてしまった。

秀吉は引き続き奥州を平定するために関東から移動した。家康も小田原から秀吉と同行し、新しい支配地域を統治するために江戸で別れた。家康が江戸に入ったのは八月一日である。実際には数日前だが、区切りの良い吉日にし、この日がその後の徳川氏の記念日になっている。

家康は関東の拠点を江戸城に決めていた。もちろん、秀吉の了解をとってのことである。北条氏が本拠としていた小田原城は箱根に近く、関東の中心ではない。交通の便や港の使いやすさを考慮すれば、本拠は江戸以外に考えられなかった。太田道灌が開拓を進め、小規模ながら江戸は港として機能していた。家康は、宇都宮に行くという秀吉とともに江戸に入ったところで、改めて秀吉から関東の取次を任された。旧領に残してきた徳川氏に連なる人たちの妻子も関東に移り住むようにするだけでも慌ただしいが、北条氏が滅び不安を抱える住民たちを従わせるには、権力の空白が生じていないと思わせることが肝要だ。転封にあたっては、初動で大きな間違いをするのは許されない。北条氏が支配していた各地の城に徳川氏の有力家臣を素早く配置して権力の空白を生んでいないと思わせる必要がある。土地の有力者や住民に新しい支配者が来たことを知らせるためにも、家康は周辺諸国との距離、地形、他の城との関係、その地域の人口などを考慮して急いで決めた。迷っているわけにはいかないのだ。

　上野の箕輪城（高崎）に井伊直政、館林城に榊原康政、厩橋（前橋）城に平岩親吉、下総の結城城に結城秀康、矢作城に鳥居元忠、武蔵の岩槻城に高力清長、騎西（加須）城に松平康重、上総の大喜多城に本田忠勝、久留里城には大須賀忠政をそれぞれ配した。そして、小田原城は大久保忠世（忠隣の父）に任せた。彼らにどの程度の知行を与えるかは改めて検地を実施してからにする。

　北条氏の支配地域を混乱なく統治し、江戸という新しい本拠地をどのようにつくっていくかは、徳川氏にとって新しい課題である。だが、家康にはそれに専念して取り組むのは許されなかった。秀吉のもとで奥州での戦いをなくすための活動を優先するよう指示されたからだ。ちなみに、徳川領となった関東での大々的な検地は翌年二月に伊奈忠次以下の徳川家臣団が代官となって実行された。

10

　七月十八日に小田原を発った秀吉は二十六日に宇都宮に到着した。

　北条氏を倒したいま、奥羽地方の戦いがおさまれば我が国における戦争がなくなる。そのための総仕上げである。宇都宮で秀吉は挨拶に来た関東と奥州の大名たちの知行を安堵した。そして、八月九日に会津へ行き奥州の仕置きを実施した。それまで反抗して戦う姿勢を見せた大名や領主の多くも、秀吉が出向いてきたので従う姿勢を見せた。秀吉は、思うままに奥州の国割りを実施した。

伊達政宗が蘆名氏から奪った会津を、当初は直轄地にしようと秀吉は考えたが、奥州の支配を確かにするため新しい領主に蒲生氏郷を選んだ。父の賢秀とともに信長に仕えていた氏郷は、信長の次女を娶り、武将として頭角を現し、本能寺の変後は秀吉に仕えた。伊勢松坂の領主となった氏郷は、茶の湯をたしなみ利休の高弟でもある。多趣味の教養人でありながら、果断な処置がとれる人物だった。伊達政宗の押さえの役目を果たすために奥州に移るよう秀吉は厳命した。

秀吉のところに挨拶に来なかった陸奥の大崎義隆と葛西晴信の二人の領主の支配地を没収した。岩手南部と宮城北部にある彼らの支配地域は、秀吉の家臣である木村吉清に与えた。山形の米沢を本拠とする伊達政宗の領地の北に位置し、南には蒲生氏郷が入るから、伊達氏は秀吉に忠誠を誓う新しい領主に挟まれる。明智光秀に仕えたのちに秀吉に降った吉清は、秀吉の代官として各地の検地を執行した経験があり、与力大名として氏郷に従う。

会津の黒川城に入った蒲生氏郷は、黒川城を石垣と白壁が印象的で斬新な七層の天守閣を持つ城として改修し、鶴ヶ城と改名した。自分の幼名である鶴千代からとった名称で、会津の黒川は若松と改められ、氏郷は旧領から商人や工人を移り住ませた。

奥州各地に入る新領主は、それまでの秀吉の支配地域と同じ政策を実施した。大名は秀吉のところに妻子を人質として出すよう要求され、同様に配下の有力な家臣たちには城主のところに人質を出させた。検地と刀狩りは、秀吉の側近が徳川氏や上杉氏の家臣たちの加勢を受けて実施した。中央から権力者が来て強引に押し付けられたから反発は根強かった。

逆らう者は処罰してでも実行するよう強く秀吉から言いわたされた側近たちは強権を発動して臨んだ。

八月十三日まで会津に滞在した秀吉は、九月一日に京に戻った。朝鮮から使者が来日しており、秀吉の頭のなかでは明国制覇のための計画が動き始めていた。ところが、秀吉が会津を離れるのを待っていたかのように、強引な政策を押し付けるやり方に奥州各地から不満や反発が噴き出した。

収穫高を算定する検地では、土地を支配する豪族や有力者の申告に疑いの目が向けられ、厳しく対応する新領主や代官のやり方に反発は大きい。中央の度量衡を採用するように強制されるのも抵抗がある。収穫高は京枡(きょうます)での計算に変え、現地で馴染んでいる枡や長さの単位を認めない。何かと中央での仕来りや決まりを押し付けられ、気候が厳しい奥州地方では農耕が中心でない地域も多いという事情は考慮されない。作物の収穫をあまり期待できない地域では山の幸や海の幸に依存したり海運に従事したり、多様な生き方を選択している。画一的な統治方式を押し付けられ不満が鬱積した。

新領主の木村吉清は、秀吉の抜擢に応えて成果をあげようと、従来からの伝統や慣行を無視してそれぞれの村に馬の徴発や労役の動員などを強行した。秀吉が引き揚げて一か月あまり経ったところで一揆が起きた。領地を没収された大崎義隆と葛西晴信の旧臣たちが指導し、一揆の勢力は大きくなり、周辺地域を巻き込んだ。木村吉清の持つ兵力だけでは対応できないほどになった。吉清は、寄親(よりおや)の蒲生氏郷に加勢を求めた。奥州の安定を秀吉から託されている氏郷は、すぐに兵を差し向けるとともに、伊達政宗にも一揆の征伐に協力をするよう求めた。

奥州各地で代官として検地や刀狩りを実施していた浅野長政や増田長盛や石田三成も、この事態を重視した。問題を解決しようと、三成は常陸の佐竹氏に兵の派遣を要請した。江戸にいた家康にも支援要請があり、結城秀康と榊原康政を兵とともに奥州に向かわせた。だが、なかなか鎮圧できなかった。蒲生氏郷と伊達政宗のあいだに不信感による協力体制がとれなかったことも原因のひとつだった。

会津に入った氏郷は、奥州の地勢に詳しくなく迅速な対応が取れなかった。そんな氏郷が一揆対策の主導権をとるのは政宗にとっては面白くない。両者の国境線も確定しておらず対立する意識があった。

秀吉による強引な政策の押し付けに反発する人たちの不満を理解できる政宗は、力だけで一揆を制圧するのに疑問があった。さまざまな対策が必要なのに、氏郷や彼を支持する石田三成たちは、画一的な統治手法で圧力をかけるだけである。とはいえ、政宗も一揆勢に同調するわけにはいかないから、氏郷とは別に一揆勢との戦いを展開した。

秀吉からは早くなんとかせよと急がされる氏郷は面目を失いかねない。だが、抵抗が大きくて簡単に鎮圧できそうにない。氏郷は鎮圧に手間取っているのは政宗が一揆に味方しているせいだと秀吉に報告した。氏郷の報告を受けた秀吉は、真相を究明するために政宗と氏郷に上洛するよう命じた。

家康も奥州の仕置きについて打ち合わせたいと言われ、秀吉のいる京に向かった。翌一五九一年（天正十九年）正月のことである。出発に先立ち家康は秀吉の命に背かない証として伊達政宗に上洛するよう促した。北条氏の二の舞にならぬように警戒せよと助言したのである。

家康は、蒲生氏郷が言うように伊達政宗が一揆に加勢していると思っていなかった。そんな危険を冒すはずがないが、秀吉は政宗を信頼し切っていない。かつて自分も秀吉にそう思われていたから、そのあたりの呼吸が家康には理解できた。政宗が上洛をためらっているのではないかと家康は心配したが、家康が上洛して十日も経たないうちに政宗も上洛、秀吉に申し開きをした。木村父子を救出したのは政宗の家臣であるという事実が語られ、氏郷が言うように伊達氏が利敵行為をしていないことが分かった。政宗を罰する理由は見当たらないが、氏郷が誤解するような態度があったのではという疑いが晴れたわけではない。

ところが、奥州の混乱はさらに広がった。

本州の最北端に位置する南部信直の領地で南部氏の一族である九戸政実(くのへまさざね)が反乱を起こした。南部の新しい領主になってもおかしくない政実は、家臣として扱われたことに不満をいだいたのだ。

秀吉は、とりあえずは奥州の大名や派遣している秀吉の家臣たちで対応するが、それでも埒があかない場合は、自分の代わりに奥州に出向いて欲しいと家康に要請した。秀吉は明国制覇のために多忙であるから、先の九州における肥後一揆では毛利氏が主力となって討伐にあたったのと同様に奥州の仕置きは家康に任せたいという。

家康と秀吉の話し合いが続いている最中に羽柴秀長が亡くなった。秀長には実子がおらず、姉の子である秀保(ひでやす)が養子となり家督を継ぎ、従来どおりに大和郡山の城主となったものの、秀保はまだ十五歳である。秀長の死で、秀吉は片腕をもがれたような欠落感を味わったが、秀吉自身は秀長の死は織り込み済みのようで、その後の政局に影響がないかのごとく振舞った。

家康にとっても、羽柴家のなかでは良識派として慎重な行動をとる人物だっただけに秀長の死は残念でならなかった。秀長が病気になってから家康は何度も見舞いの手紙を送り、そのたびに秀長から丁重な返事が来ていた。それに添えて心遣いが分かる品々も送られてきた。家康が直接秀吉に言えないような主張も、秀長からなら秀吉も耳を傾ける、そうした期待が失われた。家康は、それまで以上に秀吉には慎重に対さなくてはならないと覚悟した。

秀長の葬儀の後の秀吉と家康の打ち合わせには、秀吉の甥である秀次が姿を見せるようになった。秀次も奥州に出陣させることにしたからだが、家康には奥州では秀次を立てて行動してほしいと秀吉は言う。初めは秀吉の意図が分からなかったが、話をしているうちに、家康に主体的な行動をとらせたいと思っているが、家康だけが目立つような活動をして欲しくないと秀吉が考えているのが分かった。秀次を秀吉の名代として派遣するからには、奥州の大名たちには秀次が総大将であると認識させたかった。家康が仕切るのは良いが、その振舞いが権力者であるかのような印象を奥州の大名に与えるのは好ましくないというのが秀吉の本音だった。家康に全権を託したいが建前として秀次を立ててほしいというわけだ。

奥州へ出馬する準備のために家康が江戸に戻ると、家臣たちが動揺していた。何ごとかと聞くと、徳川氏が関東から奥州に国替えになるという噂があるが、それは本当なのかと問われた。奥州における一揆の報が伝わり、鎮圧を命じられるのは徳川氏で、その後の安定をはかるために徳川氏を関東から奥州に移封するという噂である。せっかく関東で整備を進めていても無駄になると、江戸城の修復にも手がつけられないほどだった。

そんな話はなかったから、家康はきっぱりと否定した。しかし、必ずしも根も葉もない噂とは言いきれないとも思えた。石田三成あたりが徳川氏の奥州への移封を秀吉に進言した可能性がある。伊達氏の領地を没収するという案も検討のうちに入っていて、秀吉も一時的に家康の奥州への転封を考えたのかもしれない。

　頼りになる榊原康政と井伊直政らをひと足先に出発させ、家康は七月に奥州に向かった。

　秀吉との話で、木村吉清は責任をとって領地を没収し追放、伊達政宗には本拠地の米沢を明けわたし、吉清の領地に国替えさせることになり、その実行を家康は託されていた。気の重い任務だったが、それを拒む選択肢はない。

　伊達氏と蒲生氏の部隊に井伊直政の部隊が合流し、佐竹氏や宇都宮氏、石田三成や大谷吉継、さらに上杉軍が加わり、九戸氏の一揆軍の撃退に当たった。集中的な攻撃に耐えられず九戸氏は降伏した。伊達政宗は一連の攻撃で目に見える働きをしたのに、秀吉は政宗の領地を減らし移封させようとしている。それを家康が混乱なく成し遂げなくてはならない。

　政宗が米沢から陸奥にある岩出山（いわでやま）城に移るにあたり、家康は伊達氏の新しい本拠地になる城とその周辺の整備を榊原康政と彼の兵士たちに命じていた。のちに伊達氏は仙台に城を築くが、このときには仙台の北にある岩出山城が拠点だった。伊達氏が新しい領地に入る前に整備されていれば、伊達氏の転封に家康が気を遣っていることが伝わる。政宗や家臣たちが、米沢を離れるのに抵抗があるだろうが、秀吉に従うかどうか、秀吉の側近たちが目を光らせているから、政宗が疑念を持たれるような行動をとれば針小棒大に報告されかねない。生き残るためには秀吉に逆らってはならないと、家康は言葉で説得するだけでなく、政宗に転封は避けられないことを行動で教えたのである。そうした家康の配慮が分かった政宗は、この後は徳川氏との関係を強める方向に進む。

　家康が帰国の途についたのは九月に入ってからである。途中、藤原氏三代の栄華を残す平泉を秀次とともに訪れた。そして、秀次とも親交を深めた。まだ二十代前半の若者だが、秀吉より教養があり学問を深めようとするところもあることに気づき、秀吉の暴走を止める役目を果たすよう期待したいが、独りよがりのところがあるように見え未知数の部分がある。どう転ぶかは家康にも判断できなかった。

家康と別れた秀次は、下野にある足利学校に立ち寄っている。関東では伝統のある学び舎であり、多くの書籍が集められている。学長である山要元佶（さんようげんきつ）は禅僧として古今東西の学問に秀でており、秀次は教えを請い議論している。秀次にそれだけの学問の素養があったからだが、このときに興味を持った足利学校にある書籍を持ち帰りたいと申し出た。元佶は、学校の書籍が散逸する恐れがあると難色を示したものの、秀次は権威を振りかざして強引に持ち出した。

家康が江戸に帰り着いたのは十月二十九日、その直前に秀吉によって朝鮮征伐の実施が宣言されていた。明国制覇のために朝鮮の国王に協力させようとしたが、うまくいかなかったからだ。これについては次章で詳しく見ることにする。

11

話はさかのぼるが、秀吉の弟の羽柴秀長が病死したのは一五九一年（天正十九年）一月、そして二月に千利休が自刃している。

秀吉の身近にいた穏健派の代表ともいうべき秀長と利休は、秀吉が暴走するときの歯止めとなる役目を果たしていた。利休は秀吉の命で切腹したが、秀長が生きていれば切腹は免れたかもしれない。秀長が病死したときと朝鮮使節の帰国は重なっているが、これを契機にして、秀吉による明国を制覇するという大事業に批判的な意見は封殺されるようになる。海外派兵というのは未知の領域に足を踏み入れることで、どのような結果になるか予想できないから、慎重論があるのは当然だが、秀吉にとっては生涯の目標であるから、慎重論が大きな声になることはなかった。

千利休が強く派兵に反対したわけではないが、朝鮮の使節と親しく交流していたから、秀吉の意向に逆らったとみなされた。その朝鮮の使節団が帰国すると、明国の制覇に批判的な勢力を一掃する動きが始まり、利休が槍玉に挙げられたのだ。

使節団は前年の一五九〇年（天正十八年）七月に二百人という集団で来日し、一行は管弦楽を奏でながら派手やかな礼服に身を包んで行進しながら京に入った。色鮮やかでゆったりとした衣装に身を包み演奏しながら路上を行進する彼らの姿は、いかにも異国情緒に溢れ、京の人々の関心の的になった。宿舎となったのは千利休とも関係の深い大徳寺である。そこに滞在して秀吉と会うのを待った。

秀吉が京に戻ったのは二か月後の九月であるが、秀吉はすぐに彼らに会おうとしなかった。朝廷との交渉が先で、使節が秀吉と交渉を開始するのは十一月になってからである。

秀吉の不在中に京で彼らと交流したのが大徳寺の僧侶たち、千利休、そして藤原惺窩（ふじわらせいか）といった知識人たちである。秀吉が関東と奥州に行っており、病床の秀長は自分では何もできないからと、大徳寺の僧侶たちや千利休に、京に滞在している使節の無聊（ぶりょう）を慰めるよう要請した。それに応え、朝鮮使節は日本の文化人たちと交流して良好な関係を築いていた。

明国の影響が強い朝鮮では上級官僚は朱子学を学んだ学者タイプの人たちが多く、使節の上層部も知識人で構成されている。彼らは漢文を習得していたから、日本人とは文書で思いや教養を伝えあい、片言の会話が成立するようになった。副使である金誠一が、大徳寺内にある枯山水の庭園の美しさに魅了され、日本人との交流に積極的なところを見せた。禅宗の思想を反映して簡素で味わいのある庭は、日本独特の美を追求していると頻りに感心した。

大徳寺にいる朝鮮使節のもとを頻繁に訪れた、禅僧であり学者でもある藤原惺窩は京の相国寺の学僧で、のちに家康とも関係を持つようになる。惺窩は、藤原定家を先祖に持つ冷泉家に生まれ、子供のころに寺院に預けられ、儒禅といわれて儒教を伝統的に伝える僧が多くいる播磨の寺院で学んだ。禅宗は仏教のなかでは中国色の強い宗派であるが、禅宗のなかで儒教思想を取り込んだ教義を説く一山一寧が、かつて帰化僧として日本でその教義を説き一定の影響を与えていた。そうした思想的な伝統を受け継いだ播磨の景雲寺の禅僧、東明宗昊を師とした惺窩は、儒教に強い関心を持っていた。播磨の領主である別所長治が信長に反旗を翻したときに惺窩の一族が戦死し、それを契機に京の相国寺に移った惺窩は、若いころから才能を発揮し、漢詩をつくるのが得意だった。儒教に興味があっても、わが国では知識を習得する機会は少ない。朝鮮の使節が来た機会をとらえ、惺窩は彼らに教えを請おうとしたのである。

朝鮮は儒教の国になり、学問に秀でた役人が活躍し、正使の黄弁吉も副使の金誠一も一流の学者だった。儒教のなかで朱子学に興味を持つ惺窩は、彼らに積極的に近づいた。漢詩を得意とする惺窩は、自作の漢詩を披露し、彼らも漢詩を書いて示した。互いに作詩能力をみれば、学問水準や教養の度合いが判断できる。三十歳の惺窩は、我が国の学問は遅れをとっていると思い、また優れた漢詩をつくる人が少ないと感じていた。秀吉は、朝鮮を格下の国と思っていたが、惺窩には、明国に近いだけ我が国より進んでいるという思いを強くしていた。

小田原征伐の途中で京に戻った千利休は、大徳寺で使節団のために茶会を開いた。日本の幽玄に関する美の追求の仕方を示しながら、日本の伝統的な文化を紹介した。

互いの交流は朝鮮使節が帰国する直前まで続いたが、秀吉が朝鮮使節と交渉を始めてからは、彼らが日本側の言いなりにならないから秀吉の機嫌を悪くした。そのために、使節とは緊張した関係になった。使節は交流した日本の知識人と秀吉との意識の落差の大きさに驚いたに違いない。

もとから千利休に反発していた石田三成は、秀吉がいないあいだに朝鮮使節と交流した人たちに不審の目を向けた。秀吉の意向を無視して彼らに取り入ったように見えたのだ。

かつてのように、秀吉に対する利休の進言は、秀吉の耳に心地よく響かなくなっていた。秀吉の権勢が強まるにつれ、利休の存在意義は小さくなった。秀吉の統治が弱体だったころは、利休の進言は秀吉に影響を与えたが、秀吉が過剰なまでに自信を持つようになると、利休の役目は終わったといえる。それでも、茶の湯をたしなむ多くの武将たちにとって茶の湯の宗匠としての利休の影響は小さくなかった。明国を攻撃しようとしている秀吉とそれを受けて積極的に活動する家臣にとって、利休の存在は疎ましいものになっていた。

会津に国替えになった蒲生氏郷も利休に心酔している大名であり、利休の言うことに常に耳を傾けた。氏郷が、伊達政宗と意見の相違で対立した際にも、利休は奥州の安定のために対立するのは望ましくないと政宗と融和するよう氏郷に進言した。いっぽうで三成は、政宗は秀吉に本心から臣従していないから成敗すべきだと主張し、氏郷にも同調を求めた。だが、氏郷は利休の進言に従い、政宗の所領まで没収すれば反秀吉勢力が結束して反抗する可能性があるという考えを秀吉に述べ、三成たちと意見の違いが目立つようになった。

北条氏成敗が進行しているときから利休と秀吉との関係も微妙になっていた。利休の高弟で茶の湯の宗匠として知られる山上宗二（やまのうえそうじ）は、相手が誰であろうと思ったとおりに口にする性格で、かつて秀吉の朝廷に対する態度を批判して京を追放された。放浪して小田原に来た宗二は、秀吉が箱根の早雲寺に来たときに利休のとりなしで秀吉の前に現れた。最初こそ神妙にしていたが、懲りずに秀吉の北条氏への攻撃を批判した。腹を立てた秀吉は、宗二を処刑するように命じた。秀吉の怒りが激しく、利休もとりなしできない状況だった。

この二年ほど前に、秀吉は利休と親しい大徳寺の古渓（こけい）和尚を追放している。かつて信長の菩提寺を新しく建てる話が進んだとき、大徳寺内にある総見院の代わりに大徳寺の隣に天正寺を建立することになり、それを古渓がとり仕切ったのだが、その途中で秀吉が中止させたことが原因だった。信長を崇拝しているかのように、当初は建立に熱心だった秀吉も、天下人になってからは方広寺の大仏の建立に力を注ぐようになり、天正寺の建設の資金援助を打ち切った。古渓は、秀吉に何度も考え直して完成させるように訴えた。だが、それをうるさく感じた秀吉は、腹を立てて古渓を九州に追いやった（ただその後、さすがに秀吉も反省したのか、一年も経たないうちに古渓は京に戻ってくることを許されている）。

秀吉と使節との交渉はうまく運ばないなかで、明国制覇に疑問を持つ人たちの中心に利休がいると、使節が帰国する前から利休を排除する動きが石田三成らによって進められた。利休の落ち度を探そうと取り調べが始まり、目をつけたのが利休を顕彰するために寺院の山門に掲げられた利休の木像である。門をくぐる際に、その木像が下を通る人たちを足蹴にしているとして、関白の秀吉もこの門から入るのだから不敬であると追訴された。

前年に大徳寺に利休が寄進してつくられた山門である。三つの連なる門の真ん中の門が二層になっており、門の上の部分に利休の木像が掲げられていた。豪華な門としてつくり変えられ、利休の父親の五十回忌が古渓和尚を導師として営まれたときに、造営資金を利休が寄進した。これが利休を罪に陥れる理由になった。さらに、利休が茶の湯で用いるために製作に携わった茶碗や道具が高値で売買されているのも、茶道具の鑑定で不当な利益を貪っていると非難された。大徳寺の長老の春屋宗園（しゅんおくそうえん）と古渓和尚も連座していると罪に問われたが、二人は詫びを入れたので許された。

利休は周囲の勧めにもかかわらず、秀吉に詫びを入れなかった。そのため、京を追われ堺の自宅に蟄居（ちっきょ）を命じられた。利休は、茶道具だけを持って京の屋敷を去り、堺にある自宅に引きこもった。利休は誰とも会おうとせずに沈黙を守った。

二月二十五日、山門の利休の木像が磔（はりつけ）にされた。そして、秀吉の命令を受けるため利休は京にある館に戻された。

上杉氏の兵士三千人が警護に当たり、利休の屋敷周辺はものものしい雰囲気となった。利休と親しい大名たちが利休の命を救おうとする可能性を排除するための警護だった。

利休は、秀吉により切腹を命じられた。町人なら切腹はあり得ないから武人としての面目を保つ死である。利休は秀吉から三千石の知行を与えられ、武人としての身分を持っていた。利休が切腹したのは二月二十八日、享年六十九だった。

第十章　唐入りにともなう混乱と秀吉

1

国内の統一を果たした秀吉が、次にめざしたのが「唐入り(からいり)」である。中国を支配する「明」は、当時の我が国では「唐」ともいわれ、朝鮮は「高麗(こま)」とも呼ばれており、明国制覇は秀吉により「唐入り」と表現されている。だが、朝鮮国を従わせたうえで明を攻略しようという目論みは、最初に秀吉が描いた筋書きどおりにはいかなかった。

まずは朝鮮との交渉の経過から見ていくことにしよう。

秀吉の指示を受けた対馬の領主、宗義調(そうよししげ)が、明を攻める準備のために続けていた朝鮮との交渉は、朝鮮を属国に見立て、高飛車に国王に来日させようとしたからむりがあった。そのとおりに交渉したのでは、誇り高い朝鮮との関係を悪化させるだけだった。

九州と朝鮮半島のあいだにある対馬は、沖縄本島の約半分の面積で、淡路島よりやや大きく、朝鮮半島から五十キロほど離れたところに位置する。朝鮮との貿易で勢力を伸ばした宗氏は朝鮮に依存しながらも、秀吉に対馬の領地を安堵され、服従する立場にあった。

各地の大名に上洛を求めたのと同じように、秀吉は朝鮮国王を服属させて明国制覇に協力させるつもりでいる。その要求に朝鮮国王が応じるはずがないのを承知している宗氏は、国王の来日を要請するのに友好親善のためという理由をつけて使者を派遣した。色よい返事が来るはずがなく、宗氏には手の打ちようがなかった。

ぐずぐずしている宗氏に業を煮やした秀吉は、肥後に領地を与えた小西行長に協力するよう命じた。交渉ごとが得意な行長に打開の道を探らせ、朝鮮の事情を知る宗氏と連携して交渉させることにしたのである。宗氏と小西氏との結びつきを強めさせようと、秀吉は宗義調の息子の義智(よしとも)に行長の娘マリアを娶らせた。堺の商人の出身である行長は熱心なクリスチャンだった。

交渉している途中で宗義調が亡くなり、息子の義智が当主となって行長と行動をともにするようになった。

宗氏から朝鮮との交渉の過程を聞いた行長は、秀吉の言うとおりに、国王の来日にこだわっていては打開できないと判断し、朝鮮から使節を迎える交渉に方向転換した。まずは朝鮮を交渉のテーブルにつかせるというのが行長の考えである。「秀吉が日本を統一したことを報告する」使者を送り、その返礼として朝鮮からの使節を迎えたいと伝えることにした。朝鮮使節が日本に来てくれれば、わが国の勢いと秀吉の権限の大きさを知り、秀吉の言うことを聞くようになる。そうすれば、秀吉も納得するだろう。

一五八九年(天正十七年)六月、博多にある聖福(しょうふく)寺の僧の玄蘇(げんそ)を正使に、宗義智を副使にした日本国の使節が朝鮮に送られた。秀吉の承認を得ずに行長の主導で国書もそれらしく偽造し、朝鮮の立場を尊重し「両国は対等の関係である」という内容にした国書を持参した。

それでも、日本へ使節を派遣してほしいという要請に朝鮮側は難色を示した。粘り強い交渉を続けるしかないと日本側は熱心に頼んだ。ようやく朝鮮側も折れて、日本に使節を派遣する条件として、対馬に逃げ込んでいた朝鮮のお尋ね者の引きわたしを求めた。これを宗氏が実行する約束をし、朝鮮使節の来日が決定した。

朝鮮は明国の影響で朱子学（しゅしがく）が盛んで文人が武人をコントロールする統治組織になっている。同じ朱子学でも思想的に違いがあり、それが派閥となって文官も東人派と西人派とに分かれ、正使の黄弁吉は東人派、副使の金誠一は西人派に所属している。朱子学という「礼」を重視する儒教思想を身につけた朝鮮使節は、我が国の支配者がどう接触するか関心を抱いて来日した。

奥州の仕置きを終えて秀吉が京に戻ったのは、朝鮮使節が来日した二か月後の一五九〇年（天正十八年）九月だった。

朝鮮の使節は秀吉と会見するのを待っていたが、秀吉は朝鮮使節と会う前に朝鮮使節を朝廷に案内し、彼らが自分に従う姿を天皇や公家たちに見せるつもりで、使節とともに禁裏に行く交渉を朝廷と始めた。ところが、いつもなら秀吉の要請に応じるはずの後陽成（ごようぜい）天皇が拒否反応を示した。武家伝奏の菊亭晴季、観修寺晴豊を通じて再考を促しても、天皇は「高麗人に会うわけにはいかない」という一点張りだった。公家たちに仲介を頼んでも、彼らもいつものように協力的ではない。

秀吉には理解できなかったが、天皇が恐れたのは「穢れ（けが）」である。海外の国は穢れているという意識がある。禁裏から聚楽第まで移動するのさえ躊躇する天皇は、海の向こうの住人は穢れそのものと思い込んでいる。そういう人たちが来れば禁裏まで穢れてしまうから、許されるはずがない。「穢れ」という感覚は朝廷の関係者のあいだでは古くから生き続けている。下層階級の育ちの秀吉には理解できない。天皇も公家も「穢れ」について口にすることさえ憚られると思っている。

秀吉は天皇が高麗人に怯えているのではないかと思い、正親町（おおぎまち）上皇に助言してもらうよう玄以に指示した。だが、上皇も同じ考えで高麗人を禁裏に招くのは好ましくないと言う。秀吉は、近衛前久の弟である聖護院道澄（しょうごいんどうちょう）の意見を聞いて、ようやく理解できた。

「主上だけではなく公家方も、穢れを忌（い）み嫌っておられます。かつては禁裏から外に出ただけで身が汚れたといって禊（みそ）ぎをしたくらいです。外出した際に血を見たり動物の死骸があっただけで、穢れに染まったとして、そのまま引き返してしまうことさえありました。禁裏から離れたところは穢れが満ちていると思われます。まして海の向こうの国から来た人たちは穢れのなかにいる。そういう者たちを禁裏に迎え入れるわけには行きません。これは殿下がごり押ししても無理と存じます」

そこまで言われれば、秀吉も諦めざるを得なかった。禁裏の感覚は秀吉の理解を超えており、納得できないまま、秀吉は使節を連れての参内を諦めた。

2

朝鮮使節と聚楽第で秀吉が会見したのは十一月七日である。使節が来日してから四か月経っている。その四日前に秀吉は参内して、外交に関して関白がすべてを取り仕切るという確認をとっている。

五十人ほどの使節が聚楽第を訪れ、挨拶がわりに管弦楽を披露した。使節の行動は秩序だっていて、それぞれの役割がきちんと決まっている。長く待たされたうえの会見なのに、秀吉が礼節をもって迎えるという彼らの期待は裏切られた。秀吉は、国内の大名が聚楽第に来たときと同じように、彼らが自分の権威にひれ伏すと思っている。このとき、聖護院道澄をはじめ菊亭晴季、観修寺晴豊、中山親常という武家伝奏のほかに文武に通じている公家の日野輝資と高倉永孝が列席していた。

使節からの献上品は虎の皮百枚のほか朝鮮人参や白米百石などで、秀吉は関心を持って眺めた。それが済んで朝鮮国王からの親書が読み上げられた。秀吉の天下統一を祝い、両国の親睦を図りたいという内容だった。どこにも秀吉に臣従するという文言は記されていない。

秀吉はここにいたる経緯を知らされていないから、わが国と対等の関係であるような振舞いに不審を抱いた。上洛した大名のようにへりくだった態度を見せないのが理解できない。そんな秀吉の意識は朝鮮使節は知りようがない。両者には意識のずれがある。

念のため確かめようと秀吉は問いただした。通訳を通じての話だからまどろこしい。秀吉はせかせかと落ち着かなくなった。通訳は秀吉を刺激しないように柔らかい言葉を選んで日本語にしたものの、朝鮮側が秀吉に従おうとしていないのは明らかだった。請われたゆえに挨拶に来たというのを確かめると、秀吉は機嫌を損ねて席を立ってしまった。なぜ秀吉が不快な顔で席を立ち、無礼な態度をとったのか使節には理解できなかった。

ふたたび姿を見せた秀吉は、無愛想なままだった。朝鮮の宮廷では、来客に対して心を尽くして接待する。これでもかというほどのご馳走を用意してもてなす。秀吉の接待には、そうした配慮が見られない。

秀吉は使節に失望したが、使節も秀吉と日本側の扱いに失望し戸惑った。友好的な関係とはほど遠いまま会見は終了した。

朝鮮は独立した国だから、国内の大名と同じように秀吉の威光に従わせるのはむずかしいと、小西行長は交渉の経過をなぞって、別室にいる秀吉に説明した。秀吉の不機嫌な表情は変わらない。行長の説明に納得したわけではないものの、秀吉なりに状況を理解したようだった。

朝鮮が従わないなら「唐入り」の作戦は、最初から見直さなくてはならないと秀吉は言明した。使節を来日させるための行長の出すぎたおこないを叱責したが、朝鮮使節との交渉は、朝鮮との関係を壊さないよう進めたいので任せて欲しいと行長が要望すると、秀吉はしばらく考え込んでいる様子を見せてから許可した。ただし、朝鮮国王の来日を求める姿勢を貫くよう念を押した。それが交渉成立のための条件である。行長は了解したと答えたものの、実際にそんな要求をするわけにはいかない。

秀吉は朝鮮使節との交渉に前田玄以も同席させることにした。

行長は前田玄以に自分の立場を説明したうえで協力を求めた。この後、秀吉抜きの交渉が日をおいて続けられた。交渉を進展させようと、行長は日本軍が明国制覇を計画しており、ついてはそれに協力してくれるよう朝鮮の使節に求めた。

日本側の本当の狙いを伝えられた朝鮮使節の驚きは大きかった。「そんな話し合いのために来たのではない。承諾するわけにはいかないし、帰国して国王に報告して判断を仰ぐにしても、そのような協力要請は受け入れるはずがない」と彼らは答えた。それに対し、明国制覇を中止するわけにいかないから、行長は使節に協力してほしいと頼み込んだ。彼らは苦い顔を崩さなかった。とても歩み寄りは期待できそうにない。日本軍とともに戦うよう求めるのは無理があるから、せめて明国への道案内だけでもしてほしいと要請しても、彼らは首を横に振るだけだった。

これ以上の交渉は意味がない。交渉を打ち切り帰国したいと使節が言い出した。彼らが京に来て、すでに半年近く経過している。朝鮮使節は、日本側の意向は伝えるにしても、それを叶える可能性はほとんどないという見解を示し、帰国に際して秀吉からの国書を持ち帰りたいので作成して欲しいと要請し、交渉は終わった。

秀吉は国書など出さなくても良いと言う。それでは自分たちの役目を果たせないと、使節は厳重に抗議した。前田玄以が秀吉を説得し、秀吉もしぶしぶ承知した。そっけない内容で良いと指示し、それにもとづいた国書が作成された。「唐入り」に関しては触れず、両国の友好のために互いに協力するという内容になった。だが、相手を見下すような表現があり、使節は対等な関係であるように改めてほしいと要求した。それを受けて一部は修正されたものの、それで満足したわけではない。何度かやり取りをして表現を訂正した。

いずれにしても、双方とも相手に対する不信感を持ったままだった。彼らは一五九一年（天正十九年）一月に帰国したが、友好関係が維持されたとはいえない状況だった。行長も、秀吉には朝鮮があまり協力的ではないと思うと報告するよりほかなかった。秀吉も、それを予想していたようで、朝鮮には厳しくあたる方針を打ち出した。そして、秀吉の周辺にあった「唐入り」に関して疑問を抱く声は封殺された。外国と戦うのは慎重であるべきであるという意見は以前からあったが、慎重派の羽柴秀長が病死し、慎重派の意向が生かされる可能性はなくなった。秀吉の意向を受けた石田三成が、使節の帰国を待って慎重派を排除する動きを見せ、千利休が弾劾されたのは前章で述べたとおりである。

朝鮮使節とのすれ違いは、秀吉の「唐入り」の意欲を強めた。秀吉は、手間取っている奥州の混乱が収束するのを待たずに、九州での「唐入り」の準備を加速させた。小西行長は、これから始まる戦いでは存分に働いて、交渉の失敗を取り戻すように秀吉から発破をかけられた。


朝鮮の使節が帰国した半年後の八月、秀吉は明国制覇の前に朝鮮を攻撃すると宣言した。羽柴秀次と徳川家康による奥州の平定の見通しがつくのを待ってのことだ。

まずは朝鮮国と戦う。そのための前線基地の造営を急いだ。初めは博多を出撃拠点にするつもりでいたが、その西側にある肥前の玄界灘に面した港に変更した。兵站基地には広大な敷地が必要であり、突端部分が玄界灘に突き出た東松浦半島の寒村、名護屋（なごや）の地が選ばれた。壱岐（いき）、対馬を経由して、朝鮮の釜山（ぷさん）に至る最短距離に位置する。瀬戸内海から輸送される物資は、博多を中継して名護屋港まで運ばれ、いっぽう長崎をはじめ九州の港からの海上輸送では名護屋港は博多より西にあるので距離的に近くなる。

この地に秀吉の御座所である城郭の造営、および大名と兵士たちの宿舎を建設して大規模な前線基地をつくる。この地域は肥前に所属し、領主は龍造寺氏である。そこで、秀吉は以前から目をかけていた龍造寺氏の家老、鍋島直茂（なべしまなおしげ）に全面的に協力するよう指令を出している。秀吉は、以前から直茂を長崎奉行に任命し、自分の家臣であるかのように活動させた。直茂のほうも領主の龍造寺氏を差しおいて秀吉の指示を優先した。

秀吉が滞在することになる名護屋城の普請は黒田長政、加藤清正、小西行長が担当し、九州の大名たちに補佐するよう指示が出された。秀吉の息子ともいえる世代の家臣たちは、秀吉の恩に報いようと張り切った。

戦いは莫大な費用を要するから、海外貿易の拠点である直轄地にした長崎港で上がる利益、直轄地の金山や銀山で産出する金銀を財源に充てる。さらに、各地の大名が支配する地域に直轄地を設けて戦費を賄う。肥後の加藤清正の知行は二十万石近くあるが、その領地に三万石ほど直轄地が指定されている。肥後のなかでもっとも肥沃な地域であり、その管理は清正にゆだねられ、獲れる米穀は兵糧米として名護屋に運ばれる。各地で秀吉の直轄地が指定され、秀吉の家臣が代官として入り、臨時に戦費の調達が図られた。そのほかにも各地の大名は、さまざまな負担を強いられた。兵士と食料の輸送のための船づくり、軍馬の調達要求が出され、労役のための手が足りなくなれば住民が駆り出された。

秀吉により「唐入り」を前提に抜擢された加藤清正と小西行長は率先して働いた。秀吉の期待に応えようと、清正は指示されたほかにも、貿易で多額の軍資金を稼ぎ出した。九州では米の他にも畑作や裏作で麦が大量に獲れたから、これらを税として集めて長崎に運び、パンを主食にしているポルトガル人へ国内の数倍の価格で売りつけ、獲得した資金を戦費に充てた。

肥後を加藤清正と分け合った小西行長も商人出の大名らしく、畿内から瀬戸内海経由で運ばれる物資の輸送を堺や博多商人とともに担当している。物資を確保する交渉や運搬の手配に齟齬（そご）がないようにするには、それなりの能力と経験を必要とする。有力な商人たちは行長や清正と組んで活動し、得られた利益は戦費の一部となる。

石田三成が奥州に行っているあいだは、長兄の石田正澄（まさずみ）が名護屋で三成の代わりに必要な手配をした。

それを奥州の仕置きを終えた石田三成が引き継いだ。秀吉から近江佐和山城を預けられ、実質的に城持ちの身分になった三成は領地の統治を家臣に任せ、名護屋入りした。秀吉の以前からの夢である明国制覇がいよいよ現実になるのだと思うと、三成は胸を高鳴らせ、秀吉のために身を粉にする覚悟をしていた。

三成には島津氏の取次という任務も課された。最前線で戦うよう指示された島津氏が、秀吉の家臣の清正や行長にくらべると協力的ではない懸念がある。島津氏を充分に働かせるために、三成に加えて細川忠興を島津氏との取次とした。

薩摩や大隅を支配している島津氏は、名護屋城を普請するときから動きが鈍かった。労役の要請に応じたものの、現場の名護屋で他の武将たちのように当主自身が指揮をとっていなかった。現場に来るよう指示を受けた当主の島津義久は名護屋に向かいはしたが、途中で病にかかったと言って引き揚げてしまった。代わりに弟の義弘を派遣したが、素早い到着とはいえなかった。秀吉が期待するように島津氏が活動しないのは、秀吉に臣従するのを潔しとしない有力者を抱えたからでもある。広大な地域を支配する島津氏は、必ずしも一枚岩とはいえなかった。

朝鮮への出兵を遅滞なくできるように島津氏を督促する任務を与えられた石田三成は、名護屋で出兵の準備に忙しいから、代わりに家臣を薩摩に送り込んで活動させた。

当主のすぐ下の弟である島津義弘は兄に次ぐ島津氏の実力者であり、秀吉との関係をないがしろにするわけにはいかないと思った。名護屋に来て、多くの大名たちが必死に活動しているのに接したからだ。戦いが始まる前の緊張感がみなぎっていて、義弘は自分たちが遅れをとっていることを感じて危機感を強めた。秀吉に従わなくては取り潰されるかもしれないと、秀吉の要求に応えるよう地元に求めた。だが、地元の薩摩では、この程度でも充分に協力しているとして、義弘の求めに素直に応じようとしなかった。

島津氏は、さらなる協力を求められても従うような従わないような曖昧なところがある。指示系統が複雑なようで説得するにしても一筋縄ではいかない。秀吉に従うという大前提は崩さないが、抵抗するように見える動きもあるのを指摘すると理解を示すいっぽうで、兵士の動員要請には時間がかかるから待ってほしいとか、供出を要請された穀物の運搬もさまざまな事情で捗らないので待ってほしいという。だからといって逆らうわけではなく最終的には辻褄を合わせることが多い。

秀吉は琉球王にも島津氏を通して協力するよう求めた。三成の家臣は、その念押しもしなくてはならなかった。

一五八九年（天正十七年）に島津氏の仲介で琉球国王は上洛し、秀吉に臣従する姿勢を見せていたから、島津氏に従う勢力として相応の負担を求めた。明国に朝貢しながら島津氏とも関係を結んで生き残る道を模索していた琉球王朝は、島津氏の家臣になったわけではないが、秀吉からは島津氏の与力として扱われた。島津氏も、これを盾にして琉球に従属するよう圧力をかけ、名護屋城の造営資金の提供や兵站の提供を要求した。しかし、琉球王は島津氏の要求を拒否し続けた。島津氏は何度も従うように促したが、そのたびにのらりくらりと要求に応じる気配を見せなかった。

石田三成は、琉球を島津氏の与力にした以上、従わせるのは島津氏の責任であると説得に努めた。海外派兵をするには、国内が一つにまとまる必要がある。島津氏は、それを理由にして琉球に協力を求めるが、琉球王も面従腹背する態度で素直にいうことを聞こうとしないところがあった。

3

秀吉は奥州の仕置きを終えたところで、全国の大名に「御前帳（ごぜんちょう）」と「郡図（ぐんず）」の提出を求めた。「唐入り」のための大名たちの領地の収穫高や地勢を把握し、合理性がある動員体制を構築するためである。

支配地域の城や町の様子、寺院や神社の場所、田畑の面積を記し、山や川などの位置を詳細に記入した絵図を添える。各地の鉱山や港なども記入し、それぞれの地域の状況を集約的に把握できる資料となる。半年ほどの期限を設定して提出を求めた。御前帳というのは、御前に差し出すという意味で、朝廷に保管されるという意の名称である。秀吉は関白という地位を利用して自分の権威を朝廷の権威であるかのように振舞っていた。

並行して戦時体制を構築するために、秀吉は全国の大名に「掟（おきて）」を発して引き締めを図った。

住民のなかには災害や不作が原因で住み慣れた土地を離れる者がいる。自然災害があり収穫高に変化があり、人口や耕地面積が流動的になるのは避けられない。だが、あまり激しくなると動員体制に支障を生じかねない。それぞれの地域で住民が土地を離れることを禁止した。百姓が耕作地を放棄して商買や賃仕事に従事することを許さず、侍をはじめ武家奉公人が農民になることも禁じた。武家奉公人が断りなく他の主人に仕えることも、自分の都合で主人を変えることも禁止した。それまでの身分を固定する「掟」である。

秀吉から出される指令には、天皇の「叡慮（えいりょ）」という表現が用いられている。関白としてまつりごとを委任されているから、秀吉の意向は朝廷の意向であるという建前をとる。そして、秀吉の側近となった禅僧により、秀吉神話が構築される。母の胎内にあるときに、母が自らの体内に日輪が入る夢を見て以来、秀吉は「日輪の子」として生まれ落ち、天下をとり世界に覇を唱える人物になると約束されていたと権威づけている。生まれついたときから祝福を受けた存在であるというのは、海外の国を征服するのを正当化する主張だった。秀吉が考え出したというより、側近たちが秀吉の権威を高めるために忖度した結果である。

京に御土居という土塁をつくったのもこのころだった。市街地を囲み、外部との出入りを制限し、京の治安を守るためである。東は鴨川沿い、北は大徳寺、南は東寺まで含む、上京と下京を中心にぐるりと二十五キロほどの距離である。「唐入り」のために秀吉が京を長期にわたって留守にするのに備えられた。

一五九一年（天正十九年）八月二日、秀吉を鶴松の死という不幸が襲う。鶴松が危篤状態に陥ると秀吉は東福寺にこもり、平癒祈願をした。しかし、秀吉の後継者に決定していた鶴松は死去し、秀吉は大きな衝撃を受けたようだ。気力を取り戻すために秀吉は有馬の湯に行った。十日ほど過ごした後、海外出兵の準備にふたたび邁進した。

鶴松の死から四か月後の十二月に、関白の地位を甥の秀次に譲った。これも「唐入り」の準備の一環である。秀吉の親族のなかで京を任せる人物として秀次が選ばれた。関白という地位は「豊臣氏」が世襲する意志を、秀次に譲ることで示した。秀次が関白という地位にふさわしい人物かどうかは関係ない。あくまでも秀吉の代理であり、そのためには親族でなくてはならなかった。

家康とともに奥州に行った秀次が尾張の清洲城に戻ると、すぐに上洛せよという指令を秀吉から受けた。後継者として指名するためである。秀次は禁裏に挨拶に連れて行かれ、その後は本人も驚く間もないほど次々に高い官職を与えられた。十一月二十八日に権大納言となり、十二月四日に内大臣に昇任した。そして十二月二十五日には関白の宣下を受けた。秀吉は豊臣氏の家督を秀次に譲り、これ以降は自らを「太閤殿下（たいこうでんか）」と呼ばせた。関白を経験した公家は「太閤」と呼ばれるからだが、実質的な支配権を手放すつもりはない。秀次が関白に就任するにあたり、与えた覚書がそれを裏付ける内容になっている。

「国家の静謐（せいひつ）のために戦いに備え、秀吉が決めたとおりにいつでも出陣できるよう心がけること、決められたことをかたく守り依怙贔屓（えこひいき）せず、親族であっても分け隔てなく不正を糺（ただ）すこと、朝廷とは懇（ねんご）ろにして心から奉公すること、神仏を敬い礼節を欠かさないこと、茶の湯や鷹狩り、また女狂いなどはほどほどにして、秀吉の真似をしないこと」という具合に、まるで不出来な息子を諭す注意書きのようである。

年が明けた一五九二年（天正二十年）早々に秀次は聚楽第に入った。秀次は朝廷の作法や伝統に関して知識がないから、秀吉は菊亭晴季に秀次の指南役をするよう指示した。秀吉が関白になる際に朝廷でもっとも協力した晴季は、豊臣家との関係を強めるために自分の娘を秀次に娶らせた。

晴季のように秀次を立てて秀吉と同様に遇しようとする意識を持った公家と、秀吉の縁つづきである秀次には面従腹背の態度を貫く公家に大別された。近衛前久の息子の信輔は、秀吉が関白になったときの振舞いからして面白くなかったから、秀次のことを陰で悪（あ）しざまに言い募った。五摂家の筆頭である近衛家がないがしろにされ、自分たちが関白に就任するめどが立たなくなり、不満が大きくなったせいだ。

一月二十六日に豊臣秀次は、聚楽第に後陽成天皇を迎えた。秀吉が聚楽第をつくったとき以来の行幸である。秀次が関白に就任したお披露目でもあるが、当の秀次には気が重い儀式だった。秀吉のように自身の権力をアピールしようと張り切ったわけではなく、事前に秀吉によって仕組まれた儀式である。大名たちも、海外派兵の準備に忙しいから行幸とは関係なく、公家衆が大きい顔をして儀式を取り仕切った。聚楽第でおこなわれた歌会にも、歌を即席で詠む自信がない秀次は出席していない。秀次は子供のころから高い身分の子弟にふさわしい教育を受けていたものの、専門的な知識を持つ公家衆に比較すれば、やはり教養に関しては大きな差があった。秀次には、関白という地位は最初から重荷だった。秀次に取り入ろうと親切に接する公家がいるいっぽうで、豊臣家にへつらうのを嫌う公家もいた。朝廷との関係は大切だから、月に一度の割合で参内するようにと秀吉から言われていたが、堅苦しい朝廷は居心地が悪く、病気を理由に参内しないことが多くなった。

改元が実施されたのはこの前年で、天正という元号が長く続き、若い天皇の御代になり改元の話が持ち上がっていた。律令制の国家になって以来、我が国では独自の元号が連綿と続いている。中国の冊封（さくほう）下にある国は元号を持つことは許されないから、我が国は中国と対等であるという意識があった。それだけに中国に朝貢している国を見下す傾向がある。

改元は朝廷にとって大切な儀式である。伝統に則り、学者である公家から新しい元号の候補が提案される。それをもとに関白経験者と右大臣の菊亭晴季が論議する。関白の秀次もその席に呼ばれるが、意見を求められても、どうしたら良いのか分からない。秀吉に関白の地位を奪われた二条昭実から、最有力候補になった「文禄」という年号についてどう思うか訊ねられた。嫌味たっぷりな質問の仕方に、どう答えて良いか迷った秀次は「我のような非才の身では判断できない」と正直に答えた。皆の視線が集まり、声にならない笑いが起きた。関白という身分にふさわしくないと侮られたように感じた。

改元されたのは十二月八日、この日から「文禄元年」となる。後述する朝鮮半島における戦いは改元される前の四月に始まっているが、後の世に「文禄の役」と言われる。朝廷や京では戦争は遠いところの出来ごとで、それまでと変わらぬ日常があった。しかも、秀吉が長期的に京にいなかったから緊張を欠いた日常になっていた。

孤立しがちな秀次を心配して秀吉の側近の西笑承兌が聚楽第を頻繁に訪れ話し相手になった。秀次は漢詩に興味があったから、知識が豊かな承兌と話が合った。禅僧による漢詩の表現能力が低下しているという承兌の嘆きに秀次も共感した。そこで、秀次は京都の五山に対して学問の興隆を図るように命じ、勉学に励み功績をあげれば褒賞するという提案をした。

改元された翌年三月には秀次の提案で漢詩や連歌の会が開かれた。一度だけで終わらせず、毎月開催すると決められた。ところが、呼びかけに応じた希望者は少なかった。こうした会が開かれるのに意味を見出さなかった者が多かったのだ。詩作に優れていると評判の藤原惺窩も最初は参加したものの、その後は顔を見せていない。詩作とは権力者の意向に合わせてするものではないと考えたからだ。それに、秀次の話を聞いて、この人とは付き合いたくないと思ったからでもある。

秀次は古典にも興味を示し、その道の権威から講義を受け、関白の地位を利用して書籍を集めた。だからといって、抜きんでるほど学問を修める意欲も熱意もあるわけではない。京に留まっている秀次には、とくに決められた任務がない。秀吉の指示で寺院や有力者に朱印状を出すが、領地である尾張の経営は家老たちに任せ、聚楽第から出ることはあまりない。秀吉が戒めた鷹狩りや女狂いに走るようになり、秀吉からの指示を待つだけの日常になった。

話は先走るが、改元の翌年正月に正親町上皇がみまかった。秀吉は名護屋にいたから葬儀には関係せず、京にいる公家たちが対処しなくてはならない。立場上は秀吉の後継者である関白の秀次が関わるべきなのだが、禁裏に顔を出さなくなっていたから、聚楽第の秀次に相談せずに葬儀が執りおこなわれた。秀次は体調がすぐれないという理由で葬儀も欠席した。上皇としては寂しい葬儀だった。

4

玄界灘に突き出た肥前の寂しい小さな半島の、人があまり住んでいなかった寒村が、短期間のうちに数十万人もの人間が集まる大規模な前線基地になった。

中心にある名護屋城は出陣するための仮の城ではなく、立派な城郭としてつくられている。城の周囲には大名たちの館が建ち並び、それぞれが兵とともに在留する。湿地帯は土を盛られ建物がひしめく地域に変貌した。彼らの生活を支えるために物資の供給体制が構築され、兵士を朝鮮に運ぶ船もつくられる。突如として出現した大都市に多くの人たちが集まってくる。秀吉が滞在することで首都機能の一部が名護屋に移り、戦いのための人工的な都市が忽然として誕生したのは、日本の歴史上でも前代未聞だった。

我が国の軍隊が戦いのために海外へ出ていく例はきわめて少ない。九百年以上も前の白村江（はくそんこう）の戦い以来である。このときは女帝である斉明天皇が、大和の飛鳥京から下向し、那の津（博多）が一時的に我が国の京（みやこ）になっている。全国規模で兵士が集められたが、戦いの経験が少なく、戦いに関するノウハウを持っていないまま、数を頼んで敵がどのように戦うのかも分からず派兵した。百済を再興させ我が国に従う国として、我が国の威信を示す絶好の機会と捉えて戦いに踏み切ったのだが、出陣する前に女帝が亡くなり、困難を抱えたまま大船団を何度か朝鮮半島に送り込んだ。案のじょうというべきか唐の水軍に圧倒されて大敗北を喫した。無謀な戦いだった。

それと比較すれば、秀吉の戦いは、まだしも勝算があると思われた。戦いについて豊富な知識を持ち、戦いに明け暮れて武略を磨いてきた秀吉は、全国の大名に号令をかけて従わせるだけの組織的な戦いを展開する力量を備えている。秀吉に反発する勢力を押さえ込み、総力を結集して戦いに挑む体制になっている。ただ、明国が日本に太刀打ちできる大国であるという意識などなく、楽観的に考えていた。明国制覇はむずかしくなく、恐れるに足りぬ相手であると思っていた。明国が海禁政策を敷いても倭寇の跋扈を許し、それを取り締まれないでいたのを、見かねた秀吉が倭寇の取り締まりに協力してやったのに感謝をしない。それも明国を征伐する理由に挙げている。

秀吉の主人だった信長も、明国の制覇は充分に可能であると考えていたから、その意志を引き継いだ秀吉は、広大な明国の領土を我がものにするのは夢ではないと信じていた。海の彼方の未知なる国を攻め滅ぼすのは、国内における戦いとは質的な違いがあるという認識を持っていない。すべての大名を従わせ数は力であると信じ込んでいて、それに限界があることに気づいていなかった。

周囲を海に囲まれた日本にとって、海外との貿易は重要である。大航海時代となりアジアにまでヨーロッパ諸国の船が現れ、交流の範囲が広くなっていた。そんななかで中国では「元」の後に成立した「明」が自由な貿易を禁止し、このころには日本には勘合貿易(かんごうぼうえき)は認められていなかった。秀吉は、海外との貿易の重要性に気づいていたから、明との貿易を望んでいた。それを実現することも「唐入り」の狙いのひとつだった。

二百年以上も前に日本は足利義満が明国に使節を送り、冊封を受けて勘合貿易が認められた。その後、足利将軍の権力が衰えてからは、安芸の大内氏と管領家の細川氏が貿易を引き継いだ。大内氏は博多商人、細川氏は堺の商人とそれぞれ結びついており、両者は反目しあっていた。一五二三年（大永三年）に日本船の寄港地である寧波（ニンポー）で、両者の対立が激化して暴力事件が起こり、これ以降は日本の勘合貿易は認められなくなったため、密貿易に頼るようになった。その禁令をかいくぐり跋扈（ばっこ）している密貿易をしているのが倭寇である。この海賊集団は東シナ海で交易をおこない、九州地方の港にも姿を見せた。

明国は軍隊を出動させて倭寇を取り締まった。それが一定の効果をあげたものの、長らく海上で活躍していた倭寇たちは怯まずに勢力を回復し、以前と同様に活動を続けた。取り締まりの強化にともない、彼らは武装を強化し、以前より攻撃的になった。

インドのゴアを拠点にして進出したポルトガル商人が東進し、インドネシアのマラッカ海域で活動しているとき、銀を産出する日本という国があることを彼らも知った。胡椒や丁子といった香料を求めてインドから東南アジアにやって来たポルトガル人が倭寇と結び付き、彼らの案内で日本の近海に出没するようになった。種子島に鉄砲を伝えたのも、倭寇が案内してきたポルトガル人だった。これを契機に九州の平戸に、貿易のためにポルトガル人は出入りするようになった。

ポルトガル商人の多くは、リスクを覚悟でひと稼ぎしようと祖国を飛び出し、はるばるやってきた人たちである。彼らはポルトガルからただ商品を運んで来ただけではなく、日本と明国が必要とする品を取引の材料にして荒稼ぎしていた。ヨーロッパ産の文物が日本に入ってきたのは彼らからのルートではなく、宣教師たちが独自に布教のために用意してきた珍品の数々で、信長や秀吉に献上されたのは貿易品ではなく、特別な品である。

明国で通貨に使用する銀が大幅に不足するようになったときに、日本で銀の産出量が拡大した。銀の需要が一気に増した明国に日本産の銀が大量に流れ、これを利用して利益をあげたポルトガル人は、永続的に利益を得るために日本に拠点を設けようと画策した。そのためにもキリスト教の布教に力を入れた。

日本の権力者たちは、ポルトガル人に劣等感を抱くことはなく、ましてや彼らに我が国が乗っ取られてしまうという不安を感じなかった。秀吉にしても、長崎を直轄地にするために伴天連追放令を出し、その地域の布教を許さなかったが、キリスト教の思想が危険であるから徹底して排除するという意識はなかった。秀吉は、外国人を利用する考えを持っていたが、彼らを恐れてはいなかった。だから、海外での戦いに懸念なく突っ込んでいけたのである。

ポルトガルに次いでスペイン人が日本にやってくるが、彼らに日本進出を促したのは、ほかならぬ秀吉である。太平洋を渡る航海術を会得したスペイン人がアジアに進出し、マニラを拠点に活動していた。秀吉が呼びかけ、それに反応して日本に使節を送ってきた。彼らは貿易だけでなく布教も求めた。スペインとポルトガルの宣教師は同じカソリック系だが対立する関係にあり、布教の仕方に違いが見られた。秀吉はスペイン人の持つ先進的な技術でつくられた船や大砲を手に入れたかった。彼らまで従わせることはできないにしても、明国を制覇すれば日本と秀吉の権威は高まり、彼らまで服属させることも可能になる。秀吉にとり、外国との貿易で主導権を確保するためにも明国制覇は重要な一歩になるはずだった。

5

秀吉の目標は明国の制覇であるが、その前に朝鮮を攻略すると宣言し、陣立てを一五九二年三月十四日に発表した。

九州の領主たちには百石の知行につき五人、四国と中国地方の領主たちには百石につき四人、そのほかの地域の領主には二・五人の割合で兵士を動員する。関東および奥州仕置きで中心となった地域の負担を軽くし、西日本の大名たちへの動員数を多くした。徳川氏は北条氏征伐の際の半分の兵数になっている。出陣する部隊は朝鮮半島に近い九州や中国地方、それに四国が中心である。その編成は以下のとおりである。

第一陣は対馬の宗義智の五千、肥後宇土の小西行長の七千、肥前平戸の松浦鎮信（まつうらしげのぶ）の三千、肥前日野江の有馬晴信（ありまはるのぶ）の二千、その他千七百、計一万八千七百である。

第二陣は肥後熊本の加藤清正の一万、肥前佐賀の鍋島直茂（なべしまなおしげ）の一万二千、その他八百、計二万二千八百。

第三陣は豊前中津の黒田長政（くろだながまさ）の五千、豊後の大友吉統（おおともよしむね）の六千、計一万一千。

第四陣は薩摩・大隅の島津氏の一万、その他四千、計一万四千。島津義弘（しまづよしひろ）が率いる。

第五陣は伊予の福島正則の四千八百、同じく伊予の戸田勝隆（とだかつたか）の三千九百、土佐の長宗我部元親（ちょうそかべもとちか）の三千、阿波の蜂須賀家政（はちすかいえまさ）の七千二百、讃岐の生駒親正（いこまちかまさ）の五千五百、その他七百、計二万五千百。

第六陣は筑前の小早川隆景の一万、筑後の立花宗茂の二千五百、その他三千二百、計一万五千七百。

第七陣は安芸の毛利輝元の三万。

第八陣は備前の宇喜多秀家の八千。

第九陣は美濃の豊臣秀勝の八千、丹後の細川忠興の三千五百の計一万千五百となっている。豊臣秀勝は織田信長の四男で秀吉の養子だった秀勝とは違う。同じ秀勝という名だが秀次の弟で、後に秀吉の養子になる人物である。

このうち第八陣の宇喜多氏は対馬に、第九陣の豊臣秀勝と細川忠興は壱岐に在陣する計画だったが、実際には宇喜多氏は朝鮮に渡り戦いに参加し、秀勝も巨済島(きょさい)に兵を率いて渡った。ここまでで十五万になり、名護屋に留まっている大名が引き連れてきた兵まで入れると二十万を大きく超える動員数である。

朝鮮半島に近い九州北部の大名が先陣をつとめ、その南の地域を治める大名が続き、次いで四国、そして中国地方という陣立ては秀吉が割り振った。さまざまな控除があり、動員数は知行石高より少ないところがあるにしても、石高に応じた兵の動員となっている。北条氏征伐で先陣を切って戦った徳川氏や上杉氏、前田氏などは後詰(ごづめ)であり、朝鮮半島に出兵する予定はない。

出陣する各部隊を運ぶのは、名護屋から壱岐まで、壱岐から対馬まで、そして対馬から朝鮮半島への上陸地点である釜山までの三つに分けた。各地の水軍の担当が決められ、組織的な輸送体制となっている。小早川氏の支配下におかれた村上水軍、秀吉傘下の九鬼水軍とともに、輸送を受け持つ紀州の水軍は、羽柴秀長の養子の秀保(ひでやす)が年少であるから大和にとどまり、家老の藤堂高虎(とうどうたかとら)が指揮をとる。

肥前佐賀は、本来なら領主の龍造寺氏が指揮をとるはずだが、秀吉は、それに代わって家臣の鍋島直茂を指揮官に任命した。直茂は早くから秀吉に接近して信頼されているものの、直茂に指揮をとれという指令は、秀吉による内政干渉ともとれる措置である。鍋島氏を肥前の大名にしたのに等しかった。鍋島氏を重視する秀吉の指令に主筋の龍造寺氏は反発したが、戦いが始まる高揚した状況のなかで、秀吉の強権発動に引き下がらざるを得なかった。

秀吉から宇喜多秀家と小早川隆景が、朝鮮に派遣する兵力全体の指揮をとるよう指示された。宇喜多秀家は、秀吉の養女を正室にしている関係から、親類として秀吉の威光を笠に着ている。また、秀吉が有力大名に引き上げた小早川隆景を朝鮮で思い切り活動させようとした。まだ若い宇喜多秀家が総大将で、経験豊富な小早川隆景がこれを支える体制になる。隆景も、秀吉の期待に応えることが毛利氏の安泰に繋がると思っているから、秀吉の要求に率先して従う覚悟をしていた。

秀吉の出発は、当初の予定では三月一日だったが、秀吉が眼病を患って三月二十六日に延びた。出陣する秀吉は、後陽成天皇と正親町上皇から祝福を受けた。北条氏の征伐のときと同様に天皇と上皇から天盃を受け、激励されて出発した。

名護屋城に入った秀吉は、事前に発した指令がきちんと実行されていることを確認して満足した。軍奉行に任命された石田三成、増田長盛、大谷吉継といった側近たちが、軍船の手配や兵糧米の集積状況の確認をするなど忙しく働いていた。準備は順調であるという。

実際には、海を超えて未知なる国で戦うのに抵抗を感じる者がいた。兵士として駆り出された農民のあいだに不安が広がるのを防ぐことはできない。本人の意思に反して動員され、それが長期にわたると思えば気がめいるのも無理はない。異国の地に行けば帰ることができないのではという不安がある。地域による差があるにしても、多かれ少なかれ不満は鬱積する。朝鮮に行きたくない者たちは一揆が起きるのを期待した。そのせいで、さまざまな噂が流れ、渡航を前に集められた兵士が脱走することもあった。それでも、戦いのための準備は着々と進み、大名たちに秀吉の指令に逆らうような空気はなく、全国的に見れば一丸となって戦う態勢ができていた。

家康は二月初めに江戸を発ち、九州の名護屋へ向かった。北条氏を成敗したときの兵力の半分、一万五千人の兵士を引き連れ、江戸から千キロ以上の距離を進軍する。大坂より西へ行くのは初めてである。関東に移封されてから、家康は落ち着いて江戸にいられず、江戸は榊原康政や井伊直政に任せての出陣である。

徳川軍は名護屋に留まり、朝鮮半島に渡らないと言われているが、戦いでは何が起きるか分からない。在番だからと緊張感を欠くわけにはいかない。家康は、兵士たちにはいつでも戦える心構えを持つよう指示した。

武器を携帯し整然と行軍する徳川軍が入京した。すると、京で戦いが始まると錯覚した人々がいた。戦いは海の向こうの話であるはずだが、完全武装した徳川軍が大挙して入ってきたから、家康が京を占領するのではと怯える者さえいた。秀吉の出陣の際には、住民から見物されるのを意識して、兵士たちは見栄えを優先して着飾り、行進の列には見送りの女性たちも加わっていたから、やってきた徳川軍とは雰囲気が違っていた。その違いが京で話題になったのである。

家康は京で秀吉とも会い、勧められて参内した。天皇は家康を二献の儀でもてなした。最大限に敬意を払うときには三献の儀でもてなすから、家康は秀吉より格下の扱いだった。家康は京にしばし留まり、伊達政宗や上杉景勝らが到着するのを待って一緒に肥後の名護屋へ向かった。

堺からは瀬戸内海を船で進む。途中で毛利氏の支配する地域の港に立ち寄り、家康は西国の豊かさに感銘を受けた。人の動きが活発で、経済的に恵まれている。名護屋に到着してからも、家康は予想を超える人々の動きや賑やかさに接して驚いた。玄界灘に北方に突出する小さな半島の中央に建つ名護屋城を囲むように、全国の大名や有力領主たちの館がぎっしりと並んでいた。朝鮮に渡る予定のない大名も名護屋に集めたのは、秀吉が彼らを従わせ造反しないようにするためである。

名護屋城は戦いのためというより聚楽第を思わせる豪華さがあった。周辺に建ち並ぶ大名たちの館の数は優に百を超える。何万もの人たちが日常を過ごす宿泊所があり、倉庫があり、人々の出入りがある。少し前までは寒村だったというのが信じられないほどの活気である。食料や建設資材が陸続と運び込まれていた。港にはたくさんの船が係留され、少し離れたところでは新しく船が建造されている。こうした作業に携わる人たちや商人たちの住まいも建てられている。

家康が到着したときには、小西行長や加藤清正たちはすでに出陣していた。家康はまだ完成していない名護屋城の石垣の工事を手伝うよう要請され、さらに倉庫にある兵糧の運搬、倉庫の増築に加勢した。

名護屋城の本丸にいる秀吉のところに家康が挨拶に行くと、案内されたのは大坂からわざわざ運んできた黄金の茶室だった。二つの籠に入れて運び込み、組み立てたものである。そこで古田織部を紹介された。

千利休の弟子になり、茶の湯の奥義を身につけている織部は、秀吉配下の武将でもある。三万石の大名として後詰となる兵を引き連れて布陣していた。十七歳のときから二十二年のあいだ信長に仕え、その後は秀吉に仕えて各地の戦いで活躍している。利休に代わって武家にふさわしい茶の湯を極めるよう要請され、茶頭の役目を与えられていた。織部が点てた茶を家康の前に置くのを見た秀吉が「ここまで来て利休茶が飲めるとは思わなかったろう」と言った。織部が一瞬嫌な顔をしたが、秀吉はまるで気づいていなかった。

こんなところまで黄金の茶室を運び、茶会を開いている。それは、秀吉がいるところが日本の中心であると主張しているように家康には思えた。秀吉が権力を誇示する姿勢には兜を脱がざるを得ない。茶会では織部が重用され、家康は改めて千利休が過去の人になったという印象を受けた。家康は同じく在番の蒲生氏郷や、博多の豪商の神屋宗湛からも茶の湯に招待された。出陣する部隊を送り出す任務につきながら、秀吉や家康は名護屋で有力者と交流を続けた。秀吉は能楽師を呼び鑑賞会も開いている。自身も能をうまく舞えるようになったので嬉しくて仕方ないようだ。師匠である能楽師も秀吉の舞いを褒めるから得意になっている。ともに舞うように要請された家康には、秀吉の舞は、ひと通りこなして様にはなっているものの、それほどの舞であるとは思えなかった。そんなことは口にできないから、ひたすら褒めるだけである。

秀吉は話し相手になる御伽衆(おとぎ)も連れてきていた。富田一白や寺西正勝や金森長近ら武将たちに加え、今井宗薫(いまいそうくん)や武蔵宗瓦(たけのそうが)といった茶人たちを含め二十人ほどで、のちに古田織部も加わり、彼らに取り囲まれ秀吉の周りはいつも賑やかだった。

6

朝鮮王朝は、日本の大規模な部隊が侵攻してくると予想していなかった。

日本に派遣した使節の帰朝報告は、正使の黄弁吉は日本軍に攻撃される可能性を示唆したが、副使の金誠一のほうは、その恐れがないという見解だった。国王が金誠一の意見を受け入れたのは、彼が属する西人派が朝廷内で優勢だったからである。明国の保護下にある朝鮮は、外敵に攻められることなく過ごしてきたから、日本軍の攻撃に備えていなかった。

最初に日本の船団を発見したのは、半島の南部で日本にもっとも近い釜山（ぷさん）港の近くにある加徳島（かどくとう）の見張り台にいた兵士である。この見張り台から、晴れた日に対馬の島影を目にすることができる。対馬から日本船が押し寄せて来る光景を見張りの兵士が目にしたのは四月十三日だった。七百隻という大部隊である。すわ一大事と狼煙（のろし）をあげ、緊急事態の発生を知らせた。数百キロ離れた漢城（現在のソウル）の王宮まで、途中にあるいくつもの狼煙台を経由し、数時間のうちに日本軍の来襲の報が王宮にもたらされた。

国王も大臣たちも突然のことで右往左往した。とりあえずは釜山城の将軍に日本軍を食い止めるよう指令を出し、支援部隊の派遣を決めた。しかし、素早く緊急事態に対応できず、日本軍に対抗して戦う態勢をとることができなかった。国王は最初から逃げ腰だった。

釜山に上陸した第一陣の小西行長と宗義智の部隊は釜山城へ向かい、朝鮮王に明国の攻撃に協力するよう要求し、城を護る将軍に返事を迫った。念のために、それを確認してから攻撃するよう指示されていた。城を護っている将軍のほうは、それどころではない。日本との交渉の経過を聞かされていないのに、いきなり日本軍に協力せよと言われても何のことか分からず返事のしようもない。

翌朝まで待ったが、返事がないと判断をして、小西行長を大将とする第一陣が釜山城への攻撃を開始し、戦闘の火蓋が切って落とされた。釜山城は国境を守護する城であり、護りはかたかったが、思ったより城からの攻撃は激しくない。意気盛んな小西軍が城に攻め入り、攻防の末に城を護っていた将軍は戦死し、日本軍の手に落ちた。小西行長と宗義智が率いる部隊は、わずかな兵を残して北上した。通り道にある城を攻略しながら首都の漢城へ進軍していく。順調な滑り出しである。

十八日に加藤清正が率いる第二陣が釜山港に到着した。続いて黒田長政の第三陣も到着した。釜山は半島南端の東側にある慶尚道（けいしょうどう）に属した港である。釜山港から先は、事前に打ち合わせたとおり、小西行長が慶尚道の真ん中の道、加藤清正が西側の道、そして黒田長政が東側の道を漢城めざして北進した。慶尚道の西側の地域が全羅道（ぜんらどう）だが、日本軍の目標は明国制覇なので、通り道でない全羅道の占領は後まわしにする。

北進する日本軍は途中にある城を攻撃し、寺院に火を放って燃やした。由緒ある寺院を焼いたので恨みを買うことになった。自然を利用して護りをかためる山城でも抵抗はほとんどない。敵が攻撃してくると想定しておらず、戦うことなく逃れる者が多かった。多くの地域で日本軍が侵攻すると、激しい戦闘にはならずに占領地域を確保し、そのたびにわずかな兵を残して日本軍は進軍を続けた。

漢城にいた国王は破竹の勢いで進軍してくる日本軍を恐れ、北へ向かって逃げ出した。小西行長の軍と加藤清正の軍は、首都の漢城に一番乗りを果たそうと、互いに競り合った。

五月二日に第一陣の小西行長と第二陣の加藤清正が相次いで漢城に入った。朝鮮の首都である漢城は、あくまでも通過点である。わずかに休息したあと、小西行長は北にある平壌（へいじょう）をめざし、加藤清正はかつての高麗時代の首都だった開城（かいじょう）を経由して北上を続けた。開城は五月二十九日に、平壌は六月十六日に落ちた。

小西行長や加藤清正の部隊が快進撃を続けているという報告に接し、秀吉は興奮を抑えられなかった。釜山城を落として漢城に向かっているという第一報に続き、漢城を落としたという報が入り、名護屋全体が湧いた。予想以上の戦果である。

家康は秀吉に呼ばれ、前田利家とともに名護屋城の本丸に入った。秀吉は、清正の使者から聞いた話を得意になって披露した。朝鮮兵は間抜け揃いであるとこき下ろし、秀吉はすぐにでも朝鮮に飛んで行きたい様子である。

「我が高麗に出陣するつもりだから、そのあいだ、名護屋を二人に護ってもらいたい」と秀吉は言い出し、漢城が落ちたので自分の出番がやってきたと逸（はや）る気持ちを抑えられないようだ。朝鮮半島の中央部に位置する漢城まで進軍するのは、ある程度時間がかかると思っていたが、抵抗らしい抵抗がなかったという。

秀吉は朝鮮半島に向かうつもりであるから準備せよという伝言を加藤清正の使者に託した。さらに、支配地の統治に関しては、調子に乗らず乱暴狼藉を働かぬこと、支配地では住民に反抗心を起こさせないよう配慮すること、農民と町人とを区別して異なる地域に住まわせるよう指示したという。日本での支配と同じ方法で朝鮮を従わせるつもりのようだ。秀吉が行くとなれば、釜山と漢城に宿泊所をつくり、道路も整備しなくてはならない。

秀吉の言葉が止まらず、今後の計画を語り始めた。それは家康を驚かせる内容だった。しばらくは黙って聞くよりほかない。明の首都である北京も、すでに秀吉の支配下にあるような口ぶりである。簡単に漢城が手に入ったので、その勢いで明国に侵入し、北京を攻略するのは時間の問題と思っている。

北京とその周辺の諸国は秀次に与え、彼を大唐の関白にする計画である。来年には準備をさせて明国に送り込み、再来年には後陽成天皇を北京に移し、新しい禁裏をつくり、天皇と秀次が唐国に君臨する体制にするつもりである。日本には、後陽成天皇に代わり弟の親王を天皇として即位させ、関白には秀長の養子である秀保か宇喜多秀家をあて、朝鮮国は豊臣秀勝か宇喜多秀家に支配させると語った。

朝鮮と明国の両国を支配下に入れる前提のもとに、秀吉は壮大な構想を打ち上げた。秀吉の顔を見れば、冗談で言っているのでないのは明らかだった。

「殿下はどうなされるおつもりでしょうか」と前田利家が聞いた。秀吉は少し考え込むような表情をしてから「我は北京に天皇や関白が入るのを見届けてから寧波(ニンポー)へ行くつもりである」と答えた。寧波は明国に朝貢するために各国の船が入る賑やかな港である。東シナ海に突き出た有数の港であるから、秀吉自身はここに居住し日本と朝鮮と中国の三方に睨みを利かせ、それぞれの支配者の上に立つ存在になるつもりだ。

家康は、かつて織田信長が足利義昭を奉じて上洛すると言うのを聞いたとき、なんと無謀な計画だろうと驚いたことを思い出した。そのころの信長は、まだ尾張と美濃の二か国の領主にすぎなかった。しかも周囲に敵がいるというのに将軍を奉じて京にのぼろうとする。諸大名を敵にまわすから成功するとは思えず、信長は敗れ去ってしまうと心配した。ところが、信長は敵を蹴散らし、将軍の後ろ盾になっただけでなく、朝廷を味方につけた。それが信長の大いなる成功につながった。

　それより何層倍も規模が大きい構想だが、案外、秀吉が考えたとおりになるのかもしれないという思いを家康は抱いた。だが、次の瞬間、そんな簡単にはいかないのではという思いにとらわれた。誇大妄想なのか、それとも実現可能なのか。どちらであるようにも思える。名護屋の賑わいと活気に接していなければ誇大妄想と思っただろうが、これだけのことをやってのける秀吉の行動力を目の当たりにして、実現は不可能であるとばかりは言えない気がした。

　複雑な思いで秀吉の発言を聞いた家康とは違って、前田利家は秀吉の発言にいちいちうなずきながら聞いており、秀吉ならそれが可能であると信じているようだった。

　この後、秀吉の三か国支配構想は朝廷や関白の秀次にも知らされた。名護屋中が戦勝に沸き返った。秀吉は大名たちと酒宴を開き、大名の館からは戦勝を祝って鬨(とき)の声を高らかに上げるのが聞こえた。

7

　秀吉の三か国支配構想が朝廷に伝えられると、天皇も公家も驚き混乱を来した。天皇を北京に移すという構想は、あまりにも衝撃的である。予想できないというより、天変地異が起きると伝えられたかのような混乱ぶりだった。臨戦態勢にある名護屋の人々の高揚ぶりとは違い、禁裏中が恐慌に陥った。破竹の勢いで勝ち進み、漢城を陥落させたという報に喜んだものの、天皇を異国に移すという秀吉の計画が伝えられて、自分たちが当事者であることを思い知らされ恐怖にかられた。北京に移った際には、周辺十か国を天皇に献上すると言われても、ありがたいどころか迷惑このうえない。

所司代の前田玄以は天皇と公家に秀吉の意向を伝え、最終的には秀吉が渡海してから決めるにしても、再来年には天皇のために北京に新しい御所を建設する予定なので、いまから移る準備をするよう進言した。これも天皇の行幸であるから、それに則った儀式を執りおこない行列をつくって移動し、公家衆もそれに従って移り住むことになる。初めは何を言われているのか理解できなかったが、秀吉の計画を理解した天皇は、あまりのことに呆然とした。

後陽成天皇にとって議論の余地はない。海の向こうに行くなど考えられない。断るしかない。だが、どのように断れば問題が起きないか。秀吉が納得する理由を考え出さなくてはならない。これまでも秀吉からは無理難題を押し付けられてきた。それとは桁の違う難題だった。公家たちも海の向こうの国に移り住むなど考えただけでも怖気（おぞけ）がした。朝廷が一丸となって阻止したい。後陽成天皇は公家たちの意見を聞いた。どう断るか、良い知恵が浮かばない。正面切って断るという選択ができないから苦しむ。

考えた末に考え出したのは、朝廷のためにも天下のためにも、秀吉が海の向こうに行くのは思いとどまるべきであると秀吉に伝えることだった。「高麗への下向（げこう）」には海を渡らなくてはならないから、関白にまで上りつめた秀吉自身がそんな危険を冒すべきではない。家臣の誰かを派遣すれば済むのではないのか。秀吉が渡航しなければ、天皇が北京に行くというのも沙汰止みになるはずだ。「行きたくない」という気持ちを、秀吉の機嫌を損なわないよう配慮しながら読み取ってもらおうとした。この決定をするまでに公家衆が何回も集まって議論し、挙げ句の果てに天皇が熱を出して寝込むという騒ぎである。

前田玄以も彼らの動揺ぶりを見て困惑した。天皇や公家の焦燥ぶりに接し、助け舟を出したい気持ちが生じたが、秀吉の意向を尊重するしかない。分を超えるわけにはいかないのだ。朝廷の面々が作成した文書を受け取ると、玄以はそれを持たせた勅使を秀吉のところに派遣するのに協力した。

関白の秀次も、同様に衝撃を受けていた。翌年の一月か二月に名護屋に来るようにという指示があり、天皇の北京への行幸を手配せよと命じられた。秀次には、その方法を思い浮かべることができない。無理難題を押し付けられた気がして困惑した。天皇が北京へ移る場合、途中の宿泊はどうするのか、御所を北京に建てると言われても、何から手をつけて良いのか分からない。とても現実の話とは思えない。家臣に相談しても、適切な返答が返ってこない。あたふたするだけで何の行動にも移せない。

そうこうするうちに、秀吉からとりあえず三万ほどの兵を引き連れて名護屋に来るようにという指示が来た。さっそく秀次は尾張に行き、家臣に相談して動員をかけた。とはいうものの、組織だって兵を集めて肥前の名護屋まで行く手配をするのは簡単ではない。朝廷では北京行きをめぐって右往左往しているという情報が菊亭晴季から寄せられ、関白であるからには相談に乗って欲しいと言われた。兵を引き連れ九州の名護屋に行く計画を実行するだけでも頭を痛めていている秀次には、それに応える余裕などなかった。うまくいかなければ秀吉から叱責されるという恐怖があり、秀次も恐慌をきたしていた。

後陽成天皇の勅使が肥前の名護屋に到着したときには、朝鮮戦線の状況が違ってきていた。天皇の願いを聞き入れたわけではないが、秀吉は渡航を延期した。順調に思えた朝鮮との戦いに思わぬ蹉跌(さてつ)が生じたのだ。五月に入ると我が国の輸送船に対する、周到に準備した朝鮮水軍による攻撃が始まった。不意を突かれた日本側の犠牲は大きかった。

半島の南端にある釜山港やその他の港に補給物資を運び込んでいた日本の輸送船が狙われた。日本からの輸送は釜山港だけでは間に合わず、近くにある港でも荷揚げをしていたが、朝鮮からの妨害がないので警備が手薄になっていた。武装していない船が港で荷物の陸揚げをしている最中に襲われ焼き払われた。港に入ろうとしていた輸送船も攻撃を受け沈没させられた。港の安全性が脅かされれば、物資の輸送活動を続けられなくなってしまう。朝鮮水軍の攻撃に備え、日本側は緊急に輸送船を護衛するために武装した船団を組織する必要に迫られた。

朝鮮水軍を率いたのは李舜臣（りしゅんしん）将軍だった。朝鮮の歴史に名を残す名将、李舜臣が乗り出すことにより初めて組織だった朝鮮軍による攻撃が始まった。港の周辺だけでなく、海上の日本船にまで攻撃を仕かけてくる。事前に作戦を立て巧妙な攻撃で、日本の水軍は苦戦を強いられた。朝鮮水軍は周辺海域の潮の流れを熟知しているから、日本軍に遭遇すると逃げる姿勢を見せて日本船団に追撃させ、流れの速い海域まで誘導する。日本船が潮の流れを読めず操船の制御に苦労するところを攻撃して日本軍を圧倒する。

亀甲船（きっこうせん）といわれる軍船も威力を発揮した。船の先端に突き出ている龍の頭の部分に据え付けた鉄砲を撃ち込んでくる。左右の船舷にも船尾にも鉄砲を備えている。船上は筵（むしろ）に覆われて船底を見えなくして、その下には錐（きり）のような刃が上を向いて隠されている。鉄砲による攻撃を掻いくぐって朝鮮軍の船に乗り移って攻撃する日本兵を切り裂くためである。マストのある中央部分から前後左右に細い通路があり、その部分だけは安全だった。日本水軍の攻撃に備えた特別な装備を凝らす、李舜臣の巧みな陽動作戦に日本の水軍は翻弄された。

日本側も大鉄砲を備えた軍船をつくって対抗したが、有利に戦いを進めるまでには至らなかった。

陸上でも日本軍に対する反撃が始まった。日本軍への蹶起が呼びかけられ義勇軍が結成され、反撃する態勢が整いつつあった。彼らは、北進する日本軍の道案内をするなど協力した同胞を血祭りに上げ、占領された地域を奪還する動きに出た。北上を続けた日本軍は、途中にある占領した地域の城には少数の兵を残すだけだったから、日本軍の支配は点と線になり、そうした弱点をつかれた。日本軍が占領した地方の城は奪還され、輸送ルートが途中で断ち切られた。先行する部隊は北進を続け、後続部隊が補給を受け持つという日本軍の体制に齟齬が生じた。

このころ、日本軍は手つかずのままだった慶尚道の西にある全羅道に後続部隊を向かわせ、占領する作戦を展開した。少し前までは無抵抗に近かったのに、日本軍が侵攻すると義勇軍が結束して抵抗した。朝鮮軍は意欲的に戦い、本格的な戦闘になった。全羅道の占拠を指示された第六陣の小早川隆景を大将とする部隊が釜山を経由して慶尚道から全羅道に侵入すると、これを阻止しようと朝鮮の義勇軍は全羅道の手前の晋州で活発な動きを見せた。

朝鮮における戦況は名護屋に逐一伝えられた。さすがの秀吉も、楽観的な見方を変えざるを得なくなった。そんななか朝廷の勅使が名護屋にやってきた。

朝鮮軍の抵抗を受けて、家康と前田利家が秀吉の渡海に懸念を表明した。

秀吉が乗る大型船の建造が進んでいたが、釜山港に行くまでの海路も不安が生じている。たとえ釜山に行き着いて、そこから北上しても途中で義勇軍の蹶起により攻撃されるか、進めたとしても退路を絶たれる恐れがある。それに、秀吉が名護屋を留守にすれば、国内で混乱が大きくならないともかぎらない。依然として、派遣される予定の兵士の脱走はなくならず、農民が土地を放棄して逃げ出す地域もあった。秀吉も、水軍の苦戦や義勇軍による反撃が伝えられ不安になった。

そんなところに、島津氏の有力家臣である梅北国兼（うめきたくにかね）が指導する反乱が起きた。動員令にもとづいて活動していた国兼は、いざ出陣というときに渡航に加わらず、配下の兵を率いて肥前の加藤清正の領地にある佐敷（さしき）城を奪い籠城した。清正の本隊は朝鮮半島で戦っているから寡兵で守っていた佐敷城は簡単に落とされた。島津軍はいちどきに出陣せずに分散して出発しており、後続の国兼の率いる部隊は肥前の平戸に結集し、名護屋を経て釜山に行く予定だったのに一揆を起こしたのだ。

国内で一揆が広がるのは、もっとも恐れていたことである。秀吉はただちに島津氏に一揆を制圧するよう命じた。もちろん、島津氏も鎮圧を最優先した。対抗して梅北国兼は一揆に加わるように薩摩の国衆に呼びかけたが、それに応じたのはわずかにすぎなかった。秀吉は、即座に島津氏との連絡役をしていた細川藤孝、それに三成の家臣を薩摩に派遣し、反乱の鎮圧に協力させた。このときに当主の島津義久の三番目の弟である島津歳久も成敗された。かつて秀吉が九州で島津氏を攻略したときに、秀吉に降るのを最後まで抵抗した歳久の家臣の多くが一揆に参加していたからだ。秀吉に対する反乱であるとみなされないように当主の義久が弟を処断したのである。

秀吉は側近の浅野長政を薩摩に派遣し、一揆後の後始末に当たらせた。島津氏の朝鮮への派遣では、なおも遅れている部隊があり、速やかに派遣するよう島津氏に促し、抵抗する勢力があれば弾劾するよう指示した。秀吉は、名護屋に在陣する大名たちにも一揆が起きた場合には厳罰に処するよう通達した。順調に思われていた朝鮮への派遣軍の苦戦が伝えられたときだけに、秀吉が日本を離れると混乱が大きくならないか、名護屋でも不安が広まった。

勅使が名護屋に来て、秀吉に渡航しないようにという天皇の要請を伝えている。結果として、秀吉はそれに従うことになる。自分から渡航すると言い出した手前、中止するとは言い出せないでいたが、一揆の解決を図らなくてはならず、家康と利家の忠告もあり、秀吉は渡航断念も止むを得ないとした。代わりに秀吉の側近たちが渡航することで決着した。

派遣されることになったのは、長谷川秀一、前野長泰（まえのながやす）、木村重茲（きむらしげこれ）、加藤光泰（かとうみつやす）といった軍事を担当する面々、それに石田三成、大谷吉継、増田長盛ら朝鮮国の統治のあり方を検討する側近たちである。

8

朝鮮国の北部まで攻略した日本軍の快進撃は六月初めに止まった。戦線は長く伸び、もっとも北まで進出したのが小西行長と加藤清正の部隊である。朝鮮半島の最北部、明と国境を接する地域まで進んだ。朝鮮北部の代表的な都市、平壌にいた朝鮮国王は、小西行長の部隊が近づいてくると城を脱出し、明国に支援軍の派遣を求めた。

朝鮮北部の西側にある平安道（へいあんどう）は小西行長が、その東側の咸鏡道（かんきょうどう）は加藤清正が占領したが、当初の計画では、ここから明国に攻め込むはずだった。だが、兵站の確保に不安が生じ、ここに留まらざるを得なかった。行長は平壌城を占拠して、とりあえずの食料を確保してひと息ついた。清正は一時的に朝鮮との国境を越えて、満州民族である女真族（じょしんぞく）が支配する地域まで侵入したが、すぐに戻ってきた。このときに朝鮮国の二人の王子を捕虜にした。

　戦わずに撤退する朝鮮の支配者たちは、城にあった食料などを焼却して逃げたところが多かったから、各地に滞在する日本軍は補給がままならなくなり、退路を断たれる不安が増してきた。当面の食料を確保している行長にしても、平壌城を離れれば補給の心配があるから明に攻め込むのは思いも寄らない。

　朝鮮国の面積は我が国の本州より一割ほど狭い程度で、地形は南北に伸びている。日本軍がすべての地域を支配下におくには広すぎる。明国まで攻め込む計画は、現地に来てみれば困難であることに気づかされる。各地で朝鮮義勇軍の抵抗があり、占領地域を維持することさえ困難になりかねない。遠征する前に各部隊が朝鮮の占領する地域を秀吉が決めていたので、それにもとづいて武将たちが、それぞれ占領地域に駐屯することにした。

　この時代の朝鮮は行政区域として八つの「道」に区分されていた。中心となる京畿道（けいきどう）は、首都の漢城がある地域で半島中央部の西側にある。半島の西側地域は比較的平野が多く、五つの「道」に分かれている。京畿道の北側に隣接するのが黄海道（こうかいどう）であり、現在は北朝鮮の領域になっている。その北の明国と国境を接しているのが平安道で北朝鮮の首都の平壌がある地域である。同じく半島の西側の京畿道のすぐ南にあるのが忠清道（ちゅうせいどう）で、かつて新羅（しらぎ）が半島を統一する前の百済（くだら）の中心となった地域である。その南の半島の南端にあるのが全羅道である。これに対し、半島東側の地域は山が多く、三つの「道」に分かれている。平安道同様に明国と国境を接している咸鏡道の南にあるのが江原道（こうげんどう）で、半島東側の黄海道と京畿道の東側地域を占める。現在は北朝鮮と韓国とに分断されている地域である。この南側の半島南部にある慶尚道はかなり広い面積を持つ。

小西行長は鴨緑江（おうりょっこう）の南側の平安道、加藤清正はその東側の咸鏡道に配置された。明国制覇の先遣隊だからである。黄海道は黒田長政、江原道は毛利吉茂、首都の漢城のある京畿道は宇喜多秀家、忠清道は福島正則、同じく南東部から釜山を含む半島の南部の慶尚道は毛利輝元、そして、その西にある全羅道は小早川隆景が占領軍の指揮をとる。それぞれに拠点となる城に入り、そのほかの武将たちは、以上の八武将の与力として支城の護りや手足となって活動する。だが、朝鮮側の抵抗があり、それぞれの地域に留まるのも不安がある。

日本軍の各部隊は、対馬から朝鮮語を解する人を通訳として連れてきており、さらに禅宗の僧侶を同道している。漢文に長けた彼らは、現地住民との意思疎通を図る役目をになう。朝鮮でも、学問を取得している人たちは漢字を読むことができるから、筆談による会話を図ることができた。日本軍にくだった各地の官僚たちに日本軍に協力させようと彼らと交渉が試みられたが、必ずしも円滑に進んだわけではない。意思の疎通はある程度まで可能だからといって、占領した地域の統治がうまくいく目処が立つわけではない。

派遣軍のまとめ役である宇喜多秀家が漢城に入った機会に、主要な武将たちが集まり、今後について話し合うことにした。誰もがすぐに明国まで進軍するのは無理という思いを共有していた。せめて占領した地域の支配を確実にするための知恵を出し合うしかない。

明国まで攻略するという勇ましい意見は出なかった。膠着状態をどう打開するか。最終的には秀吉からの指示を待つしかない。秀吉の代わりに側近たちが来ることになったから、それまで占領している地域を維持するために、それぞれに食料を確保し、士気を衰えさせないようにすることが確認された。だが、それさえもむずかしくなっており、とりあえず持ちこたえるしかなかった。

占領地域の統治は、日本と同じ方法を実施した。協力する朝鮮の官吏たちに各地域の収穫高を申告させ、税の徴収についても、彼らを通じて実行するよう手配する。農民たちに生活している地域から離れることを禁止した。また、薬草や朝鮮人参といった我が国では得られない品々の献上も指令した。だが、支配する地域ごとに地勢的な違いがあり、協力の度合いにも違いがある。国内でさえ国替えによって新しい領地に移った大名が統治に苦労したのだから、言葉もよく通じない他国で、我が国と同じように統治するのは容易でない。武力で支配するには兵力が足りない。それまでの朝鮮王朝の統治がうまくいっていない地域では、日本軍が侵攻すると官吏が逃げ出して無政府状態に陥った。倉庫や商店が襲われ、耕作する農民も離散し土地の荒廃が進んだ。

七月十四日に日本から来た石田三成、増田長盛、大谷吉継らが漢城に入った。

秀吉からは、困難があるだろうが、明国に攻め入る見通しを立てるよう指示されていた。だが、朝鮮の義勇軍の抵抗が激しく日本軍の進撃が止まっていて、その実現はむずかしいと思えた。それでも、秀吉の指示を伝えるのが三成の任務である。さっそく各地域にいる武将たちを漢城に集め会議を開いた。

平壌城の守備を宗義智に任せ、漢城に来た小西行長は切々と訴えた。明国に攻め入るように言われても、兵糧の確保はむずかしく、占領している平安道の維持さえ困難になっている。占領する地域に兵士を駐屯させていなければ城が敵に奪われてしまううえに、朝鮮国王の求めに応じて明国からの支援の兵が来るに違いない。これまでとは違い厳しい戦いになる可能性がある。明国を攻撃せよというのは、現地の事情を理解していないから言えることであると嘆じた。

それでも、明国制覇の可能性を石田三成が口にしたので、武将たちが反発した。明国への攻撃を支持する者はいない。降伏した現地の官吏も、日本軍に協力するのをためらうようになっている。それでも、石田三成は占領地の統治を優先するのは分かるが、明国への進軍はいつになったらできるのか見通しを立ててほしいと言う。行長や清正は答えず沈黙を守った。黒田長政や福島正則は、これだけ事情を説明しているのに、まだそんなことを言うのかと腹を立てた。

三成は秀吉に色良い報告をしたかったが、明国攻略は先延ばしせざるを得ない状況であると報告した。三成たちの滞在も長期になりそうで、こんな状況では日本から追加の部隊が来ても役にたたない。

八月になると、明軍は行長のいる平壌を攻撃してきた。このときは、それほどの兵力ではなかったから、行長軍は平壌城を護り切ることができた。明軍は日本軍が手強いと思ったのか、使者の沈唯敬（ちんいけい）を通して講和を提案してきた。

行長には明軍が講和を提案してきたのは予想外である。大軍を編成するための時間稼ぎをしている疑いもある。とはいえ、講和するというのは魅力的に思える提案である。講和となれば、日本軍の代表が応じなくてはならず、一武将にすぎない行長に交渉する権限はない。しかし、戦いを停止したい行長は、明軍がどのような条件を出すのか知りたかった。三成に相談しても現地の事情を理解しないから、かえって面倒になりかねない。まして秀吉に報告してからでは遅すぎる。独断で相手の意図を探り、後で報告するときに辻褄を合わせるつもりで話し合いに応じた。

沈唯敬は停戦するための日本側の条件を示すよう求めた。明国と停戦するとなれば、秀吉が飲める条件でなくてはならない。どうするか考えたものの、複雑な条件を出したのでは話し合いがこじれてしまう。

行長は明が勘合貿易さえ認めてくれれば秀吉を説得できると考え、それ以外に条件をつけなかった。

沈惟敬は北京に行って朝廷に報告するので、五十日間の休戦を提案した。相手が本気かどうか行長には疑問があったが、膠着状況から抜け出す方法はほかにない。騙されるかもしれないと思いながらも了承した。ところが、停戦期間を過ぎても明側からは何の音沙汰もなかった。やはり日本軍を攻撃する部隊を編成するために猶予期間を稼ぐために交渉したと思ったが、行長は停戦を続けるしかなかった。

9

漢城でおこなわれた武将たちの会議の報告を受けた秀吉は、明国攻撃を進めることはできないと悟った。遠征軍が苦労している様子が分かり、とりあえずは朝鮮国の支配を万全にするよう指示した。とはいえ、まだ明国制覇を諦めたわけではない。

石田三成からの連絡が来た直後に、秀吉は名護屋を離れ大坂に戻った。母の大政所、なかが危篤に陥ったと関白の秀次から知らせがあったからだ。発病して、かなり経過してからの知らせだった。朝鮮と戦っている最中だから、大政所の病状を伝えて良いか秀次が迷って知らせが遅れた。秀吉は徳川家康と前田利家に留守を任せ、急ぎ大坂に駆けつけたが、母の大政所はすでに亡くなっていた。

秀吉は、太閤の母にふさわしい葬儀にしようと、大坂や京を往復して采配を振った。まず追善供養のために聖護院道澄を名代にし、母を供養する寺院として高野山のなかに青巌（せいがん）寺という名の寺院を建てた。そして、高野山の僧侶で秀吉と関係が深い木食応其（もくじきおうご）を開基として寺院を開き、葬儀がとりおこなわれた。後陽成天皇からも葬儀に際して勅使が派遣された。多数の僧侶が読経し盛大な葬儀だった。太閤の母にふさわしくするために京の大徳寺内に天瑞寺、そして山科の本国寺にも菩提所を設けた。

葬儀を終え京に戻った秀吉は、聚楽第を秀次に譲ったせいで、京に居場所がなくなった感じがした。戦いの最中なので母の葬儀に大名たちを列席させるのは差し控えざるを得ないのは仕方ないにしても、秀次は病気であるからと協力的でない。これまでは秀吉が望めば、周囲は率先してそれが叶うように動いていたというのに、そうした感じではなくなっている。

京の山崎に秀吉が滞在するための城があるものの、大坂城や聚楽第にくらべれば貧相で落ち着いていられない。結局は大坂城に滞在することが多くなり、以前のように世のなかが自分を中心にまわっている感じがしない。天皇や公家も、秀吉とのあいだに距離をおいている感じである。天皇や公家たちを北京に移すと宣言し、再来年という予定を立てたというのに実現が危ぶまれる状況になっている。忸怩たる思いに囚われた秀吉は、自分から朝廷に接近するのをためらった。

京に残っている側近の長束正家が肥前の名護屋と連絡をとり、秀吉に朝鮮の状況を伝えた。その報告は秀吉にとって不安を煽るものだった。朝鮮国王の要請で駆けつけた明国の支援軍が朝鮮にやってきたという。とりあえずは小西行長の部隊が撃退したというが、朝鮮の義勇軍の抵抗も激しくなっているようだ。明国への攻撃は遠のいてしまう。

北京を占領して天皇を移すなどと宣言しなければよかったと秀吉は悔やんだ。急いで名護屋に戻らなくてはと思ういっぽうで、戦いの見通しがつかなくなっているから、名護屋に戻っても打つ手はない。いままでは窮地に陥っても知恵を出せば解決の道が見えたが、今度ばかりは良い知恵が浮かばない。予断を許さなくなりそうなので、なるべく早く戻って欲しいという家康からの伝言が来たが、秀吉は肥前の名護屋に戻るのも気が進まなくなっていた。

秀次が以前のように親密な感じでないのも気になった。大政所の葬儀に秀次も身内として参列し、秀吉の問いには真剣に答え、嫌な顔をしないで秀吉の指示に従ったが、ときどき病を患って床に臥すという。朝廷との関係をおろそかにしていることを詰問するのもためらい、秀吉はとりあえず養生するように言った。

自分のいないあいだの秀次の様子を前田玄以に聞くと、少しばかり間をおいてから語り始めた。

「秀次さまは公家衆とは必ずしもうまくいっていないようです。秀次さまなりに苦労されておりますが、関白になられたといっても、殿下のように振舞われるわけにはいかないでしょう。朝廷も公家衆も、殿下が九州に下向なさっているので、この国の心棒がなくなったように思っておられます。殿下が指示なされば、すべての人たちが従うのは以前と変わりありません」と玄以は、秀吉が少し弱気になったところがあるのを知って、秀吉の気持ちを引き立てるつもりで言った。

前田玄以は、いつまでたっても秀吉が参内すると言わないから気をもんだ。名護屋に戻る前に参内したほうが良いと進言したが、以前のように積極的に動こうとしない。大政所の逝去で悲しみが深いだろうと公家衆も遠慮しているが、朝鮮との戦いの経過を天皇に知らせないままではよくない。再度、参内すべきであると玄以が進言すると、秀吉はしぶしぶ参内の手配をするよう指示した。

玄以が秀吉の意向を伝えると、朝廷からは大坂城にいる秀吉のところに勅使が送られてきた。海外の戦いの指揮は他の武将たちに任せて、京か大坂にしばらく留まるようにという後陽成天皇からの伝言である。秀吉が名護屋に行けば、北京への行幸がふたたび計画されかねないと心配し、行きたくないという天皇の意志を間接的に示したのである。

秀吉は「分かりました」とも「そうはいきません」とも返事をするわけにはいかない。依然として九州に戻りたくもあり、戻りたくもなかった。そこで、せっかくの「叡慮」であるからと、天皇の意向を尊重して、一か月ほどこちらに留まると返事をした。

京に自身の居場所が欲しいと思う秀吉は、新しく自分の居城をつくる計画を立てた。禁裏との関係をおろそかにはできないと聚楽第を造営したのだか、いまさら秀次に返せとは言えない。秀吉は京の南に位置し、大坂からも遠くない伏見の地に自分の館を建てることにした。周辺に家臣や大名たちの屋敷を建てても良い。しかし、聚楽第に代わる秀吉の屋敷というのでは、いかにも秀次に対抗しているように見えるからと、隠居所をつくると説明し、基礎工事の段取りを済ませた。

名護屋に戻る前に挨拶をするために秀吉が参内したのは十月十四日である。

例によって天皇と公家に数々の献上品を揃えた。天皇は以前と変わらず、丁重に三献の儀で秀吉をもてなした。公家衆たちも秀吉の顔を見ると以前のように愛想を振りまいている。秀吉には関白であるときと変わらないように接しているが、どことなくぎこちない様子だった。

天皇は、朝鮮における戦争の様子をたずねなかった。秀吉のペースにならないように配慮している。秀吉は、来年の春には朝鮮に自ら渡航して、かの地の国割りを実施するつもりであると語った。だが、北京への行幸については触れなかった。天皇のほうも気にしながら、あえてその話題を避けた。秀吉にも、天皇が異国に行きたくないと思っているのが分かった。

十月二十三日に秀吉は京を発ち、自分の屋敷となる地域を確認するために伏見に立ち寄ってから大坂に行き、十一月一日に名護屋に戻った。

秀吉の留守のあいだも、家康と前田利家は朝鮮半島における日本軍の劣勢を挽回するために対策を練っていた。緊急なのは船の製造だった。朝鮮水軍との戦闘で多くの船を失い、釜山とのあいだを往復していた船の修理もしなくてはならない。新たにつくる分の材料を手配し、船大工を集めて近くで製造や修理をした。こうした手配は、家康が指示して酒井家次や本多忠勝といった家臣が飛びまわり実行した。利家は積極的に問題解決を図るタイプではないから、家康が先に動くことが多かった。

多くの大名たちが狭い地域にいるせいで、暴力沙汰や揉めごとが起きる。ときには仲裁することもある。狭いなかに大名や家臣たちの館がひしめいていて、茶会や能の鑑賞、報告会などが企画され、さまざまに交流を深めた。こうした交流の音頭をとるのも家康だった。統治の方法や支配の仕方について経験を積む機会になった。

依然として日本軍は苦戦を強いられている。名護屋に戻った秀吉は、家康からそうした報告を受けても、どうすることもできない。家康と話しているあいだに、秀吉は何度もため息をついた。家康は、秀吉が老け込んだ表情を見せるようになったのに気づいた。

10

秀吉が名護屋に戻ってからの朝鮮戦線は、さらに厳しい状況に陥った。

日本軍は朝鮮半島南部の港を安心して使用するために制海権を確保したい。それには全羅道と釜山を水路で結ぶ交通の要衝の普州（しんしゅう）を占拠して敵の拠点を潰す必要がある。普州は全羅道に近い慶尚道南西部に位置しており、市街地が城壁で囲まれている要塞都市である。普州を占領するには城壁の外から攻撃して城壁の一部を破壊して突入しなくてはならない。全羅道の支配を託された小早川隆景と安国寺恵瓊の部隊が攻撃したが、義勇軍の反撃にあい退却した。代わって細川忠興、長谷川秀一、木村重茲（きむらしげこれ）が率いる兵二万が普州を攻撃した。

城壁を取り囲んで攻撃の準備が整ったのは十月五日である。翌日には鉄砲隊による攻撃で城壁の突破を図ろうと、夜陰に乗じて日本軍は長梯子を用いて城壁を乗り越える作戦を展開した。だが、城壁の護りはかたい。城壁によじ登ろうとする日本兵に、城壁の上から鉄砲や弓矢の攻撃だけでなく、熱湯や焼いた石を投げつけた。梯子を上る日本兵には防ぐ手段がなく負傷者が続出し、日本軍は攻めあぐねた。次の作戦を練っている最中に、朝鮮の義勇軍が普州城内にいる人たちを支援しようと、日本軍の背後から攻撃してきた。城壁に突入するどころではなく普州への攻撃を諦めざるを得なくなった。

年が明けて一五九三年（文禄二年）になると明国の支援が本格化した。

一月に小西行長と宗義智がいる北の国境に近い平壌城に明国軍がやってきた。行長のところに明国の使者が訪れ、講和が成立する見込みであると連絡した。行長を油断させる作戦だった。明国は内モンゴルでも侵略軍と戦っているので、朝鮮に派遣する兵力に限りがある。明軍を率いる李如松（りじょしょう）将軍は、日本軍との戦いを有利に導こうと策略を弄したのである。

騙されたと気づいた行長が戦おうとしたが、すでに平壌城は明軍に囲まれていた。行長は、南にある開城を護る黒田長政に支援の兵を送るよう依頼した。だが、彼らも朝鮮義勇軍と戦っているから支援する余裕はない。援軍の来る可能性がなく、食料も長期戦に備えるほど確保できていない。これでは籠城作戦をとることもできない。

明軍の包囲は三方向に限られている。完全に包囲しないのは戦わずに城を獲りたいからで、日本軍が逃げられるようにしている。この布陣を見て小西行長は、撤退しても攻撃されないと思った。犠牲を出さずに撤退できるようだ。行長が、この機会に撤退したほうが良いと思ったのは寒さのせいでもある。朝鮮半島の北部は気候的に九州とは大きな差がある。明軍も朝鮮軍も厳しい冬の寒さ対策をしているが、満足な装備をしていない日本軍には耐えられそうもない。

果たして城から出ても明軍は追撃してこなかった。無事に平安道の南にある黄海道まで撤退し、態勢を立て直して敵の攻撃に備えるつもりだった。ところが、途中の黄海道の北部にいるはずの、第三陣の黒田長政とともに部隊を率いてきた豊後の大友吉統の部隊はいなかった。父の大友宗麟の死後に家督を継いだ吉統は、小西行長がいる平壌城が陥落したと聞き、恐怖に駆られて兵を引き揚げていたのだ。明軍の攻撃で行長が戦死したという噂が流れ、正確な情報がつかめずに恐慌をきたし、漢城に逃れる選択をしていた。

行長軍はさらに南に向かい、黒田長政がいる黄海道の拠点である開城に着いた。小早川軍と吉川軍もここにいたので、行長を交えて戦線の立て直しを図る手立てについて話し合った。

明軍の攻撃に備えるだけの兵力と兵糧が不足している。このままでは明軍と朝鮮軍とに撃破されかねない。北部にいる部隊は漢城まで引き揚げて集結したほうが良い。食料も底をつきそうななかで孤立してしまう恐れがあり、南にある首都まで撤退することにした。漢城より北部にいるほかの日本軍の事情も似たり寄ったりで、北にいた部隊はすべて撤退して漢城に集結した。快進撃を続けた当初とは、あまりにも違う成り行きだった。

漢城まで引き揚げてきた武将たちを迎えたのは石田三成たちだった。そこで、今後の作戦について話し合った。

朝鮮中央部にある漢城でさえ、釜山からの補給物資の輸送がむずかしくなりつつあった。現地で調達する道を探らなくてはならないが、その見通しは立てられない。漢城を護りきれるかどうかさえ怪しいのが実情である。平壌城を落とした明国の李如松将軍の率いる部隊は、漢城をめざして南下していると思われる。

明軍と戦った小西行長は、彼らが手強い相手であることを知っている。戦いとなれば長期戦が予想される。そうなると兵站の補給が問題になり、漢城にいても見通しは立てづらい。撤退論まで出る始末だ。だが、漢城まで失ったら、なんのために朝鮮まで来たのか分からない。漢城を護りきるべきだという意見が出ると、さすがに反対する主張は影を潜めた。

意見が分かれたのは、明軍の攻撃に備えて籠城するか、城を出て迎撃するかである。石田三成は籠城策を支持したが、小早川隆景や毛利輝元、立花宗茂（たちばなむねしげ）は漢城から打って出て、明軍を迎撃すべきであると主張した。明軍の先発隊が漢城をめざしているから、敵の主力部隊が来る前に攻撃して、敵との戦いで有利な立場を確保しようと決まった。

九州の小大名である立花宗茂は、このとき二十六歳だった。九州の雄、島津氏との戦いでは寡兵で一歩もひかずに戦った経験を持ち勇猛振りを発揮していた。弱気になっている武将がいるなかで、状況を打開しようという宗茂の強気な発言は、その場の雰囲気を変える効果があった。宗茂は、戦いは積極的でなくては勝利しないと一同を鼓舞し、小早川隆景も宗茂の意見を支持した。石田三成は、そんな宗茂に先鋒軍として戦うつもりがあるかと尋ねた。宗茂は「望むところである」と胸を叩いて引き受けた。

一月二十四日、明軍の動向を探るために斥候に出た部隊が漢城の北、数十キロのところで明の先鋒隊と遭遇した。敵に囲まれて数人の兵士が殺された。かろうじて逃げ帰った兵士が、明軍が迫りつつあると報告した。

すぐさま立花宗茂は三千ほどの兵を率いて出陣した。明軍一万ほどの先鋒隊と、漢城の北に二十キロほど離れた宿駅で対峙した。敵を引き付けておくのはよいが、激しい攻防は避けるように指示されていた。だがそれを無視して、宗茂は果敢に攻撃を仕かけた。一千ほどの兵を正面から突撃させ、宗茂自身は残りの主力部隊を率いて脇にまわり込み、横から明軍を攻撃した。当初は寡兵であると嵩にかかって攻撃する明軍に、立花軍による二の矢の攻撃が始まった。思わぬ敵の来襲で明軍は怯んだ。かなりな犠牲を出しながらも、宗茂の積極果敢な戦いは効果を発揮し、犠牲者を出した明軍は撤退した。

これを受けて日本軍は結束して明軍との戦いに出動した。宇喜多秀家、小早川隆景、毛利秀包、吉川広家、黒田長政、それに石田三成や増田長盛や大谷吉継の部隊が加わり、四万という大軍である。

明の主力部隊を率いる李如松将軍は、撤退してきた先鋒隊を収容し、態勢を整えて南下、日本軍の攻撃に備え、漢城の北の山あいに布陣した。日本軍はその南側の丘陵に陣を敷いて対峙した。大部隊による明軍と日本軍の決戦は「碧蹄館の戦い」と呼ばれ、漢城の北の地域での野戦がくり広げられる。明軍は何種類もの大砲を運んできており、これで日本軍の士気をくじいたうえで、騎馬による攻撃で勝利をつかむ作戦である。

日本軍は鉄砲と槍という正攻法による機動力で対処する。明軍の大砲を用いる部隊が攻撃を開始し、日本軍が怯むと押し寄せてくる。しかし、明軍の火器類と弾丸は豊富ではなかった。大砲隊による攻撃は長く続かず、代わって最前線に出てきたのが騎馬隊である。勢いよく日本軍に襲いかかってきたが、快進撃というわけにはいかない。路面はぬかるみ、泥濘に足をとられ攻撃できなかったからだ。ここで、日本軍が攻撃に移った。兵力として互角以上の日本軍は、前進してきた明軍を包囲する戦術をとった。途中で休憩をとっていた立花宗茂の部隊も加わり、日本軍は勢いに乗った。

半日の攻防で、明軍は太刀打ちできないと判断し撤退を開始した。意気盛んな宗茂は追撃して明軍に決定的なダメージを与えようとした。だが、この勝利を無駄にしないようにと、小早川隆景は追撃しないほうが良いと主張し、日本軍は漢城に引き揚げた。戦いには勝利したが、結果として日本軍の展望が開けるまでには至らなかった。この後は、どちらも攻撃を仕かけず膠着状態となった。

二月になって、漢城近くの城に朝鮮軍が入った。日本兵が少数で護っていたため比較的簡単に落とされた。漢城から日本軍が出動した。城を包囲してどのように攻撃するかためらっているうちに、朝鮮の義勇軍は城を護りきれないと判断したようで退去し、その後は動きはないままだった。

だが、ほどなくして日本軍は大きなダメージを受ける。漢城郊外の城が襲われ、蓄えておいた食料が明軍に焼き払われたのである。漢城近くの城に多くの兵士たちが滞在する日本軍にとり、食料の確保は最重要課題だった。釜山港から物資の輸送が滞っているのに大量の食料を失った。日本軍は深刻な食料不足に悩まされ、漢城における兵力の維持が困難になった。

漢城を落とせなかった明軍のほうも、朝鮮半島での冬期の滞在で疲労が溜まっていた。勝利する見込みのつかない戦いで犠牲が出るのは避けたいという思いが強く兵士の士気も落ちた。日本軍にも明軍にも厭戦気分が広がっていた。

明軍から、講和の交渉を求める使者が漢城の日本軍を訪れたのは、漢城郊外における碧蹄館の戦いから二か月ほど経ったときである。

11

満州の豪族、李如松将軍が日本軍との講和を考えたのは、戦わずに交渉で日本軍を漢城から撤退させる狙いがあるからだ。日本軍に占領されている朝鮮の首都さえ奪還すれば、支援軍の目的を果たしたことになるからと、かつて小西行長と和平交渉した経験がある沈惟敬を漢城の行長の館に差し向けた。こちらから攻撃しないと約束すれば、漢城からの撤退に応じる可能性があるという判断をしたのだ。

いきなり沈惟敬が姿を現したのは、小西行長にとって意外だった。自分を裏切った沈惟敬を見て、行長は不審感を抱いたものの、沈惟敬は少しも悪びれる様子はない。「お互いに犠牲が出ないよう戦いを終わらせるためにやってきた。話し合おうではないか」と言う。よくも自分の前に顔を見せられたものだと思ったが、講和のために来たと言われれば、追い返すわけにはいかなかった。切羽詰まっている状況だったから、話を聞いたほうが良いと行長は思い直し、石田三成に連絡をとった。

膠着状況から脱したいと思っていても良い方法がないところだったから、三成も話し合いに応じる気になった。戦う意欲があれば追い返すか殺すかするところだが、食料が尽きかけ講和の話がなくとも日本軍は漢城から撤退するしかないところに追い込まれていた。

話し合いで明側が出した条件は、ただ一点、漢城を明けわたすことである。日本側も相手が漢城を獲得するために講和を提案してきているのが分かった。だが、撤退するにしても話し合いでは秀吉を納得させる条件を確保したい。そこで、撤退を受け入れるから、明国からの講和の使節を日本に派遣してほしいと要請した。

小西行長は、明側に勘合貿易を認めさせたかったものの、そんな条件をつければ交渉は難航する。秀吉への報告では、一度だけにしても明軍に勝利しており、明軍のほうから講和を持ちかけてきたので、それに応じて話し合い、明国の使節を名護屋に連れていくと報告できれば何とかなるのではないか。日本軍が負けたのではないと秀吉に報告すれば辻褄を合わせられる。行長が出した日本側の方針に、石田三成も状況が状況だけに同調した。

だが、すべての武将が講和に賛成したわけではない。反対する武将を説得する役目は三成が受け持った。状況を打開するには他の選択肢がなく、停戦に反対するとなれば戦うしかないが無理なのは明らかだ。石田三成も、漢城に入ってから全体をまとめる任務に苦労していたが、漢城撤退を主導する役割を果たさなくてはならず、精神的にも追い込まれていた。

明軍も、なるべく早く日本軍が撤退するのを望んでいる。行長と沈惟敬との話し合いは比較的早く合意に達した。明国の使節を名護屋に派遣することに彼らも同意した。ただし、明軍が仕立てた日本への使者は明国皇帝の承認を得てはおらず、あくまでも仮の使者である。日本側も、漢城近郊での戦いに日本軍が勝利し、明軍が和議を結びたいというから、使節が名護屋に来て秀吉と和議交渉をすると知らせ、秀吉を納得させる工作をした。これ以外に打開策はないとして三成もそれを認めた。

漢城からの日本軍の撤退は四月十八日に決まり、ほぼ一年にわたる首都の占領は終了した。漢城の撤退にかかる日程を見込み、五月には名護屋に明国の使節を連れて行くと秀吉に報告した。当事者の朝鮮国王は、日本軍の無条件撤退を求めて和平交渉に反対していた。それを知る日本軍も明軍も、朝鮮の朝廷政府を交渉に参加させないほうが良いと、朝鮮の頭越しに話し合いを実施した。ただし、朝鮮の二王子は返還すべきであると明軍側が朝鮮に配慮したから、その要請を日本側も受け入れた。加藤清正が咸鏡道を占領した際に捕虜にし、漢城まで連れてきていた二王子を朝鮮側に引きわたすことになった。

三成からの報告を受けた秀吉は、明軍が降伏したと信じた。秀吉がそう思うような報告をしたからだが、漢城からの撤退は秀吉には面白くない。それでも朝鮮の南部の日本の占領地帯を確保している。

この地域の占領を確かにするよう、秀吉は改めて指示を出した。そのためには、朝鮮南部の慶尚道西部にある主要都市の晋州を確保して半島南部の港周辺の制海権を確かにしたい。それには日本から新しい部隊が派遣されるのが好ましい。そこで秀吉が派遣を検討し、候補となったのは伊達、上杉、徳川、前田などの在番大名である。結果的に伊達氏と上杉氏が渡航することになったのは秀吉に忠節ぶりを見せようと、伊達氏と上杉氏が率先して渡海する姿勢を見せたからである。

五月十五日に小西行長と石田三成とともに謝用梓(しゃようし)と徐一貫(じょいっかん)が明の使者として肥前の名護屋に到着した。使節を名護屋城に迎えるに当たり、秀吉は名護屋城を豪華につくっておいて良かったと思った。京なら由緒ある寺院や豪華な館があちこちにあるが、にわかづくりの名護屋では賓客を迎えることができるのは城内の館しかない。本丸とは通路を隔てて北西側に位置する城の敷地のなかの屋敷を使節に提供した。本丸の天守を仰ぎ見ることのできる場所になるので、秀吉の権威を見せつけることができる。

　秀吉から使節の接待役を命じられた徳川家康と前田利家とが使節と会見し、ご馳走を用意してもてなした。しかし、秀吉はすぐに会おうとしなかった。

　十日ほど待たされ、明の使節は秀吉と会見した。秀吉は挨拶しただけで話し合いに入る前に席を立った。秀吉が考えた日本側の講和条件を伝えるのは秀吉に仕える禅僧である。秀吉は対等の関係であるとは思っておらず、自分が説明したのでは沽券にかかわると思っていた。

　日本側の和議の条件を伝えられた使節の驚きは大きかった。信じられない内容だったのだ。

　明の王女を日本の天皇の妃として嫁がせること、勘合貿易を復活させること、明軍は占領している地域から撤退すること、朝鮮は大臣と王子を人質として日本に差し出すこと、そして相互の友好を図ることという条件である。勝者が敗者に提示する内容になっている。呆れるほど日本側に都合の良いもので、とても交渉にはならない。気まずい雰囲気を残して最初の話し合いは終わった。使節は、日本人が仕かけた罠にはまったという思いを抱いた。秀吉の提示した条件をそのまま明の皇帝に停戦の条件として示すのは論外である。これでは明朝廷から弾劾される恐れがあり、彼らは困惑した。

　話し合い後に使節に詰め寄られた行長は、明が降伏していると勘違いしている秀吉に実情を伝えていないから、行き違いが生じるのは織り込み済みだった。使節の謝用梓と徐一貫が「どうなっているのだ」と言うのを受けて、行長は使節をなだめ、あらかじめ考えていたことを彼らに伝えた。

　気もそぞろな謝用梓と徐一貫に、秀吉の出した条件はなかったことにして、それとは別に明の皇帝に向けた日本国王からの国書を行長が作成するから安心するよう伝えた。日本側の条件は勘合貿易を承認して欲しいというだけにする。勘合貿易が認められれば、なんとか秀吉を説得できると考えたからで、明国への使者を送り、彼らに持たせる国書は柵封を受ける国のように明皇帝にへりくだった文面にすると説明した。

秀吉の出した条件とは関係なく、明が受け入れられる国書を作成すると聞いて、彼らは少しは胸をなで下ろした。だが、明国の皇帝の許可を取らずに日本と交渉したとなれば、北京に戻れば咎められる可能性がある。それを避けるためには停戦を希望する日本が国書を持参する使節を派遣し、明国の皇帝に面会を求めるようにしてほしいと要請した。それなら、日本の使節を皇帝に取り次ぐだけになるから、彼らは咎められなくて済むという。

行長は要請を受け入れた。秀吉の承認を得ることなく、それらしく見える家臣の内藤如安（ないとうじょあん）を選び、日本の使節として彼らと一緒に北京に行くよう手配した。

秀吉には偽の国書を持たせたことを伏せ、明側が検討して返事を寄こすことになったと報告し了承を得た。秀吉は明国の制覇は達成できなかったが、彼らが降伏したから面目を失わずに済むと思って自分を納得させようとした。

この後、小西行長と石田三成から朝鮮半島における日本軍の状況について報告を受けた秀吉は、臆病な振舞いがあった武将の処罰を下した。期待を裏切る戦いをした武将は許せない。戦線を放棄した大友吉統は真っ先に弾劾した。見せしめのために大友吉統の領国を召し上げ、本来なら死に値するが助命し、吉統は毛利輝元に預け、息子の義乗（よしのり）は加藤清正の配下にするという処罰をくだした。吉統から召し上げた豊後は秀吉の直轄地とした。

日本軍の士気を弱めた波多信時（はたのぶとき）と島津忠辰（しまづただとき）も罰せられた。鍋島直茂の与力として兵を率いて渡海した波多信時は、独断で戦線を離れたことを咎められた。また、島津氏の分家である忠辰は、指揮官の島津義弘に従わずに病気と称して戦いに参加しなかったので追放された。

明国の使者が来て、停戦が確実視され、前線基地である肥前の名護屋は緊張感が緩んだ。戦いが終息に向かうとなると一気に活気が失われる。だが、朝鮮国とは停戦協定が結ばれていない。緊張をなくすには早すぎるからと、秀吉は朝鮮半島の占領地域を確保するために小西行長と石田三成を朝鮮に戻し、先の戦いで奪うことができなかった城壁都市である普州（しんしゅう）市を占領するよう指示した。新たに派遣された伊達氏と上杉氏の部隊に加え、加藤清正、黒田長政、鍋島直茂、島津義弘、小西行長、宗義智、長谷川秀一、細川忠興、宇喜多秀家、小早川隆景、立花宗茂、さらに石田三成や大谷吉継の部隊が揃って普州の城壁を取り囲んだ。

朝鮮軍は前の戦いと同様に護りに徹し、明軍に救援を求めた。だが、漢城に入った明軍は坐視する態度を貫いた。

六月二十二日に普州の城壁を取り囲んだ日本軍は、城壁を破壊して城内に突入するための突破口をつくろうと攻撃を開始した。城壁を破壊する攻撃をくり返すが、朝鮮軍は城壁の上にある砦から火器や巨石、熱湯などを落として阻止する。日本軍は、城壁の東方に土手を築き櫓（やぐら）をたて、城壁の上部にいる兵士に鉄砲を撃ちかけ、彼らが怯んだ隙に城壁を突破しようとした。だが、朝鮮軍の抵抗は激しくなかなか突入できない。何とかしようと日本軍は他の地域にも土手をつくり、鉄砲を撃ちまくり、多くの兵士が隙を見て鉄槌で城壁の破壊を試みた。城壁の上からの攻撃に備えて、突入を企てる日本兵は分厚い鉄兜をかぶり櫃型（ひつがた）の四輪車を城壁に激突させた。これに対し朝鮮軍は、城壁の上から油を染み込ませた燃え盛る草を投下して、城壁に取り付く日本兵の侵入を阻止した。

犠牲を顧みずくり返して攻撃を仕かけた日本軍は、やっと城壁の一部を破壊するのに成功した。そこを突破口にして侵入を開始し、大量の日本兵があちこちにいた朝鮮の守備隊を撃破し、二十九日には普州城内を制圧した。護っていた朝鮮兵の大半は殺され、あたりには死体が累々と残された。

日本軍は釜山港と普州を拠点として、占領地域の維持に本腰を入れた。占領地域にいくつもの日本風の城を建設して、それぞれの部隊を駐屯させ、占領地域の維持に努めた。これら日本式の城は朝鮮軍から「倭城（わじょう）」と呼ばれた。

慶尚道南部を中心に建設された倭城は十八にのぼった。これらの城に兵糧を運び込み、在番を決め、残りの武将や兵士たちは帰国する。こうした手配を実施したのが石田三成、増田長盛、大谷吉継らである。日本の支配下にある範囲は限定されたとはいえ、これが朝鮮出兵の成果だった。母城となる釜山城には毛利輝元が入り、島津義弘、吉川広家、小早川隆景、立花宗茂、鍋島真茂、黒田長政、加藤清正、小西行長、宗義智、福島正則、長宗我部元親、戸田勝隆、蜂須賀家政らが、拠点ごとに在番の大名として朝鮮半島に残留し、そのほかの武将と兵士は八月には帰国することになった。朝鮮南部の一部だけの占領であれば、残留する日本軍で確保できる。

秀吉が描いた「唐入り」とは大きく違う結果になってしまった。それでも、明国が降伏して停戦に至ったうえに普州を確保したから、秀吉は帰国する部隊を凱旋（がいせん）軍として迎え、盛大な式典の計画を立て、その準備を始めた。だが、式典は実行されなかった。

大々的に凱旋式典をするのに疑問を感じたのは家康ばかりではない。秀吉は「唐入り」があくまでも成功したと言い張りたいようだが、目標の大きさにくらべれば成果はあまりにも小さい。それに、実際に戦った武将たちが勝利したという実感を抱いていないのは明らかだ。石田三成や小西行長の言動を見ても、それは確かである。そんななかで勝利を祝う式典は空々しくならないだろうか。そんな式典はしないほうが良いという空気が名護屋に漂っていた。さすがの秀吉も、それを感じないわけにはいかない。

家康と前田利家は、帰還する武将を迎えるにあたり、派手な式典はしないほうが良いのではと秀吉に進言した。秀吉は黙って聞いていた。いつもの饒舌な秀吉とは違い、反応がないような感じだった。しばらく黙っていた秀吉は「分かったが、よく考えてからにしよう」と小さな声で言った。いかにも不機嫌な様子だった。

数日後、秀吉は突然、大坂に帰ると言い出した。側室の茶々が男子を産んだという報告が来たからだ。徳川家康と前田利家を呼び出し、息子の顔を見たいから凱旋計画は中止すると告げた。予定では八月二十五日に名護屋を後にすることになっているはずだったが、すぐにも発つという。驚く家康や利家を前に「あとは頼む」としか言わず、すべてを投げ出すように秀吉は八月十五日に名護屋を後にした。家康は呆れたが、秀吉は心ここに在らずという感じだった。

凱旋式典を中止するのは仕方ないが、朝鮮で戦った武将たちを名護屋で迎えるくらいはしたほうが良いはずだ。それをしないのは、明が降伏したというのを、本当のところでは秀吉も信じていないからなのではないかと家康は疑った。明の首都、北京まで日本の領土にするという当初の計画は破綻している。その事実を認めたのでは天下人としての秀吉の面目が丸潰れになる。そんなときに「息子」が誕生したという知らせを受け、名護屋を去る理由として「息子」の誕生を利用したのではないか。

考えてみれば「息子」が生まれたという報に接しての行動としても不自然である。北政所からは茶々の懐妊の知らせはかなり前に届いており、事前に分かっているはずだ。そのときに秀吉は少しも喜んでいなかったから、名護屋を後にする口実に使ったに過ぎないだろう。秀吉にとって、明国制覇という生涯の目標が挫折した心の傷は小さくないはずだ。凱旋の式典をしないほうが良いという家康と利家の進言は、そうした秀吉の心の傷を大きくしたようだ。

改めて朝鮮での戦いを振り返ってみた家康は、失敗の原因は秀吉が入念な作戦を立てずに戦いに挑んだことにあると思い当たった。信長ならどうしたろうか。たぶん、漢城を占拠した時点で、朝鮮の南半分の占領体制を確立するように動いたに違いない。そして、占領地域の統治がうまく行ってから朝鮮北部に攻め入るという慎重な態度をとっただろう。一気に朝鮮半島を駆け抜けて明国に攻め入る作戦を立てるはずがない。それに、信長なら最初から自分も朝鮮半島に行き全体の指揮をとったことだろう。

家康と前田利家に後始末を託し、去り際に「二人も早く京に来るように」と秀吉は指示した。前線基地の名護屋の維持をどうするのかという家康の問いに対しても、秀吉は「後で考えれば良い」と言うのみだった。朝鮮征伐も「唐入り」も、秀吉はなかったことにしたいようだ。そうするには「息子」の誕生に拘（こだわ）るしかないのだろう。

秀吉がいなくなると、誰もが少しでも早く名護屋を後にしようとした。商人たちも停戦したと聞くと慌ただしく引き揚げ、さしもの賑わいを見せた名護屋も急速に寂れた。朝鮮への出兵が竜頭蛇尾に終わったという印象だけが強く残った。

秀吉が名護屋から上方に引き揚げたのは、まさに蕩児（とうじ）の帰還というべきで、政治の舞台は「唐入り」前と同じように京や大坂になる。そして、朝鮮での次の戦いとなる「慶長の役」は、このときから三年以上経ってからのことである。

第十一章　関白秀次事件と慶長の役、そして秀吉の死

1

一五九三年（文禄二年）八月二十五日に豊臣秀吉は肥前の名護屋から戻り、大坂で秀頼（幼名お拾い）に対面した。妊娠中の茶々は淀城から秀吉が来る前に大坂城二の丸に移っていた。秀吉は、朝鮮の戦いなど忘れたかのように「息子」を可愛がることに専念した。お気に入りの玩具を与えられた子供のようだったと噂された。誰も秀吉に面会することは許されず、一時的に雲隠れしたのではないかと思われた。

大坂城に入った秀吉に茶々が「あなたの子ですよ」と言って産着にくるまれた赤子を差し出した。「そうか、そうか」と受け取って抱きしめた秀吉は、頬ずりして相好を崩した。自分の本当の子が欲しいという強い潜在意識を持っていた秀吉は、茶々の言うことを信じたように見えた。

唐入りが当初の計画どおり順調に運んでいれば、このようなかたちで秀吉が大坂に戻るはずはなかった。秀吉の居城であり政庁でもあった聚楽第を甥の秀次に譲り、彼を関白にしたのも狭い日本に留まるつもりがなかったからだ。だが、その計画は破綻した。明国を制覇し、北京に天皇と関白を移し、自分も寧

波(ポー)に行くと宣言したのは大言壮語にすぎなかったことになる。結果的に、秀吉は一度も海の向こうへは行かなかった。

それでも、秀吉を非難する声は上がらず、権力を脅かす勢力が現れる兆しはなかった。秀吉は、秀頼を我が子として自分の後継者にしようと、権力の座を誰にも譲るまいとして自分を奮い立たせた。

巷(ちまた)では、かつての鶴松のときと同じように、誕生したのは秀吉の実子ではないという噂が広く伝わった。家康も大いに疑っていた。茶々が懐妊したという連絡を名護屋で受けたときの秀吉は、喜ぶそぶりを見せなかった。自分の本当の息子ではないという疑いがあったからだ。だが、誕生したと聞いてからの秀吉はがらりと変わった。朝廷へも自分の息子として秀頼の誕生を知らせている。

大坂城で秀頼との対面を終えた秀吉は、完成したばかりの伏見の屋敷に移動した。聚楽第とは違い周囲に大名屋敷はなく、大坂城や聚楽第のように豪勢な建物ではない。家康は、前田利家とともに秀吉が来るのを待っていた。二人は名護屋において秀吉の良き相談相手として連絡を取り合い、ともに秀吉を支えていく任務を背負わされていた。

秀吉との会見に臨んだ家康は、秀吉がかつてのように自信にあふれた表情を見せないのに気づいた。忸怩たる心情に駆られ、これからどうするか迷っているように見えた。それだけに、これまで以上に家康や利家を頼りにしている。家康は長らく留守にしている江戸のことが気になったが、しばらく伏見にいるように言われた。だが、秀吉が秀頼のことにも秀次のことにも触れなかったので、家康も自分から言いだすわけにはいかなかった。

家康は江戸に飛んで帰りたい気持ちを抑え、利家とともに秀吉を元気づけようと気を配った。

かつての秀吉は思いつけばすぐに側近たちに指示を出したが、伏見の館に入ってからは、なかなか指示が出ない。関白の秀次と二人三脚でまつりごとを進めるのが筋なのだろうが、二人はなんとなく互いに敬遠し合っているようで、相携えてまつりごとをする雰囲気ではない。

秀吉が名護屋に滞在しているあいだ、秀次は関白の任務を果たしたとは言えず、秀吉の目が届かないのをいいことに勝手な行動が目立った。京に戻った秀吉が秀次を叱責するのは、領地の尾張をうまく統治できないと分かったときだけだった。秀吉は、これから秀次をどう処遇するのか。

秀吉が関白に就任したときに智仁(としひと)親王に関白の地位を譲ると決めたにもかかわらず、鶴松が生まれると反故にした。その鶴松が死んだから秀次を後継者にしたのだが、ここにきてまた事情が変わった。大坂城に入った茶々は、鶴松のときのようにお寧に息子を預けずに自分で育てるという。正室の子でなくても後継者にする場合は、生母から切りはなして正室の子として育てられる。側室が自分の手で育てる場合は庶子扱いになるが、秀吉のいる大坂城で茶々は正室のように扱われ、秀頼も秀吉に可愛がられている。鶴松と同じように秀吉が秀頼を後継者として遇しているのは確かだ。こうした場合は、正室と側室のあいだに対立や諍(いさか)いが起きそうだが、正室のお寧が一歩退いているようで波風は立っていない。世間の関心は関白の秀次との関係はどうなるのかに集まった。

秀吉が秀次に会ったのは九月四日、大坂城で秀頼と対面を済ませ、伏見に来て早々である。

秀次を笑顔で迎えた秀吉は、秀次と「息子」の秀頼とをどう扱うか、とりあえずにしても結論を出していた。秀頼を後継者にするにしても、いきなり秀次から関白職を奪うのではなく、当分はそのままにして秀頼が成人したときに譲らせると決め、それを秀次に申しわたすことにした。

秀次は、秀頼が秀吉の実子ではないと思っていたから、秀吉がどのような話をするのか気にしていた。最初からぎごちない雰囲気の会見となった。それでも、秀吉は自分のほうから「日本を五つに区分し、そのうちの四分を秀次に与え、残りの一分を秀頼に与える」と話して秀次の処遇に配慮していることが分かるように伝えた。そして、将来は秀次の息子ではなく、関白の地位を秀頼に譲って欲しいと語った。

秀吉に逆らうわけにはいかないと秀次は思っている。自分の身分に当分は変化がないと言われたが、以前のような命令口調ではなく、秀吉自身も迷いながら話していると思えた。いかにも秀頼が秀吉の実子であるような話なので、秀次は不審に思ったが、それを口にするのはためらわれた。実子でないと自分から言い出せば、秀吉に逆らっていると受け取られるから口にはできない。だが、秀次は釈然としない。秀次を粗末に扱わないと言っているものの、つなぎに過ぎないと言っているに等しい。

秀吉は返答を迫っている。答えないわけにはいかないと思い、秀次は無表情のまま「殿下のご意志に従います」と答え、それ以上何も言わず沈黙を押し通した。話し合いになれば、実子でない秀頼に関白を譲るのはおかしいと、自分が思っていることを口にしそうだった。秀吉も困った様子のままで、二人の会話は弾まず、ぎごちないまま会見は終わった。

秀吉には子種がないと思われていたから、秀頼は秀吉の実子ではないという噂は消えない。その噂を裏付けるような出来ごとが起きていた。秀吉が大坂に戻ってから、茶々の周りにいた陰陽師と仏僧、それに侍女たちを含め数十人が密かに粛清された。秀吉が不在のあいだに乱脈行為があったから罰せられたといわれるが、処刑の理由は明らかにされなかった。茶々の周辺にいた怪しげな連中が闇から闇に葬られたようだ。

だが、秀頼は自分の息子であると秀吉が主張しているから、それを否定する言動は罰せられる。鶴松が生まれたときにも同じような噂があり、それを口にした者は密かに捕らえられ罰せられた。その事実は人々の記憶に残っている。家康にもそうした噂は耳に入ってきている。魑魅魍魎(ちみもうりょう)が徘徊するような状況だが、秀吉という権力者を支える役目を果たすことを求められている家康は、自分とは関係ないことと割り切らなくてはやっていけない。

京に戻ってきたからには朝廷に顔を出さないわけにはいかないのに、秀吉は禁中に行くのをためらっている。秀吉から指示が出ないから周囲も動きようがなく気を揉んでいた。

朝廷との連絡役をつとめる前田玄以も、いつ秀吉が参内すると言い出すか待っていた。朝廷との関係が悪化するのは避けたい。心配した玄以は家康に助言を求めた。明国を制覇すると言った手前、天皇に会いづらい気持ちがあるだろうが、秀吉が参内しなくては京におけるまつりごとは始まらない。家康は秀吉と会い、自分が段取りをつけるから参内するよう進言した。

ようやく秀吉の参内が実現するのは名護屋から戻って、二か月近く経った十月である。以前の秀吉なら参内に従う大名を選び、どのように演出するか率先して決めるのに、このときには家康に任せきりだった。秀吉に従うのは家康と宇喜多秀家のほか毛利輝元、前田利家、上杉景勝、さらに徳川秀忠、豊臣秀俊、織田秀信にしたのも家康が利家と相談して決めた。参内しても天皇とはよそよそしい面談になるのは避けられない。それをとりつくろうために、家康は禁中で連日にわたり能を演じるよう手配した。

参内した秀吉は後陽成天皇に挨拶し、朝鮮における日本軍の戦いについて説明した。聞いていた天皇は、北京に移すと宣言したことについて秀吉が口をつぐんでいたから、あえて触れなかった。このあと、天皇との食事に相伴したのは智仁(としひと)親王と菊亭晴季(きくていはるすえ)、それに秀吉とともに参内した武将たちだった。天皇は秀吉を丁重に扱ったものの、天皇と秀吉とのあいだにはよそよそしい空気が漂っていた。

そのままにならないように、家康は禁中で能を披露しようと選りすぐりの演者を集めておいた。会話が弾まなくても能が始まれば場は和(なご)む。さらに狂言が滑稽味たっぷりに演じられた。三日目になると秀吉と家康が、一緒に得意としている能を舞った。いずれも世阿弥(ぜあみ)の作を中心とした古典である。秀吉自身が舞えば座は盛り上がる。秀吉の誘いにのって家康も舞い、喝采を受け、ぎごちない空気がなくなった。このときの禁中の能は巷(ちまた)でも話題となり、禁裏に招かれて演じた能楽師たちは箔がつき、その後は一流の舞い方として各地の興行で人気を呼んだ。

秀吉のために、家康と利家が段取りをつけて家臣たちの館を秀吉が訪問するよう手配した。まずは前田玄以の屋敷に大勢の客を招き、能を演じた。秀吉が能を舞うと家康も舞った。そして、茶会を開き、多くの客を招いた。そうした催しが連日のようにおこなわれ、家康をはじめ周囲が秀吉に気を遣った。利家の館にも招き、同じように家康のところにも招待した。自分が催しの主役として扱われれば、秀吉の心は休まるようで、秀吉も次第に自信を取り戻してきた。朝鮮との戦いについては触れないようにした。

こうした一連の行事に関白の秀次の姿はない。会うのを避けるかのように、秀次は病気を理由に二か月ほど京から離れた熱海温泉へ療養に行った。伊豆半島の付け根にある熱海は有名な温泉場だが、湯治なら近くに有馬の湯があるというのに、わざわざ遠くに行くのは秀吉を避けるためとしか考えられない。鬱状態に陥った秀次は、体調が良いときのほうが珍しいくらいになっていた。秀吉と行動をともにしていない秀次の存在感が薄くなるのは避けられなかった。京の住民は、秀吉が秀次を遠ざけているのではないかと勘ぐっていた。

　一段落したところで、いったん江戸に戻りたいと、家康は秀吉の許可を求めた。長らく留守にしている江戸のことが気になっていた。秀吉も無理して京に留まれとは言えない。

　秀吉に暇乞(いとまご)いに行くと、秀吉は伏見の屋敷について意見を求め、伏見の屋敷を聚楽第のように豪華な城郭にしたいという。どう思うか聞きながら、家康の返事を待たずに、造営のための労役の提供を大名たちに命じたいという。聚楽第のような城郭を伏見につくるのは、秀吉の政庁を新しくすることである。家康をはじめ大名たちは造営のために労力を提供しなくてはならない。いっそのこと、秀次が聚楽第と関白の地位を秀吉に戻すと言えば万事が丸くおさまる。そう思ったが、家康のほうからは提案できない。家康は「殿下の仰せのとおりにいたします」と答えるしかない。聚楽第に代わる政庁を伏見につくれば、聚楽第が政治の場としてますます形骸化するのを避けられない。だが、それが秀吉の意向なら、それに沿って家康も秀吉を助けなくてはならない立場である。

　しばらくは江戸にいたいが、伏見の秀吉のための城のお手伝い普請をしなくてはならないから、年が明けてあまり経たないうちに伏見に戻らなくてはならない。かつての自信を失った秀吉は、そのぶん家康や利家を頼りにしているから、それに沿うようにしなくてはならなかった。

2

京を後にする前に徳川家康は、使いを出して学僧の藤原惺窩(ふじわらせいか)に江戸へ来るよう依頼した。唐時代につくられた書物『貞観政要(じょうがんせいよう)』について講義をしてもらうためである。為政者は教養が必要であるという思いを持つ家康ならではだが、家臣たちにも統治について考える機会をつくるためであり、知識人との交流の重要性をよく知っていた。

『貞観政要』を分かりやすく話すのは、惺窩にとってはむずかしいことではない。京から江戸に行く費用と江戸での滞在費は家康が保証してくれる。藤原惺窩はかねてから富士山を見たいと思っており、京から東の国へ行ったことがなかったから、二つ返事で引き受けた。

家康は九州の名護屋で藤原惺窩と知り合い、豊かな学識と思想を追求する高邁(こうまい)な姿に強い感銘を受けた。惺窩から学びたいと思い、江戸まで訪ねてくるよう話しておいた。

惺窩が名護屋に行ったのは、のちに小早川秀秋となる豊臣秀俊(とよとみひでとし)に従ってのことである。十二歳で丹波亀山城十万石の城主となった秀俊は、秀吉の正室であるお寧の甥である。一族のなかでは聡明で知られ、早くからお寧のもとで育てられた。秀俊は後ろ盾になっている秀吉に挨拶するために学問の師、惺窩を伴って名護屋に来た。惺窩はこのときに秀吉をはじめ有力大名と接触した。その折に明国の使節が来たので、彼らと漢詩をつくり披露しあっている。漢詩に長けている惺窩は、使節の接待に駆り出された。のちに惺窩は秀吉と会った印象を「度量も大きく意気も盛んであるものの、人の言うことに耳を傾けない自分勝手なところがあり、それほど優れた人とは思えなかった」と書き残している。名護屋で接した家康は、学識のある惺窩に江戸に来るように要請していたのだ。

惺窩は、東海道を下る途中の景色を眺め、尊敬する白楽天の漢詩を思い浮かべて作詩し、日本の歌人たちの詠んだ万葉集や古今和歌集の和歌のいくつかを思い浮かべ、歌を詠みながら旅を続けた。品川宿で徳川氏の使いに迎えられ、一五九三年（文禄二年）十二月に江戸に到着した。

武蔵国の豊島郡江戸郷は、小さな城下町だった。田んぼや沼地があるものの、東海道からつながる道路は、それなりに整備されている。江戸には大きな寺院があり、思ったより人は多かった。京や大坂にくらべると都会とは思えないものの、あちこちの高台からは富士山を遠望できる。いくつもの川が流れ、少し歩くと陸に入り込んだ海岸に行き着く。何かと変化に富んでいる地域だった。

城内の一室を与えられた惺窩は、さっそく旅の途中で詠んだ漢詩や和歌を清書し推敲した。そして、家康と家臣たちを前に講義を始めた。

『貞観政要』は唐の第二代皇帝、太宗（たいそう）（李世民）が家臣たちと交わした問答集である。戦乱を終結させて平和な社会を実現させた太宗の政治思想が語られた帝王学の教科書として、日本でも古くから知られていた。家康が尊敬する源頼朝もこの書に学んだという。太宗が活躍したのは、我が国では飛鳥京で天皇と大臣がまつりごとを司っていた時代、日本で律令制度が確立するよりもさらに一世紀近く前である。当時の唐には科挙の制度があり官僚制度が整っていて、組織的な統治体制になっていた。太宗は父である高宗（李淵）を助けて戦い、若くして優れた戦術で敵を圧倒して唐の建国に貢献した。六一八年に隋に代わり唐王朝が誕生し、八年後に太宗として即位した。年号を「貞観」と改めて、二十三年間統治し名君として評判を高めた。

帝王学の古典である『貞観政要』は、家康の時代から千年近く前につくられているにもかかわらず、古臭く感じさせない内容である。

惺窩は講義を始める前に、唐の太宗は武将として優れているだけでなく、統治に関しても抜きん出た能力を発揮した稀有な皇帝であると家康に話した。これからの時代は、支配者の統治能力が重要になる。それなのに、自分の力を過信して海外まで攻めるとはいかにも愚かな行為であると語った。京から離れているせいか、惺窩は歯に衣を着せず秀吉の政治のやり方を批判的に語ったあと『貞観政要』の講義を始めた。

即位して皇帝となったら、人民の生活が安定することを第一に考える必要があると語るところから始まる。皇帝が良い政治をおこなえば人々はついてくるが、自分の欲望を満たすために贅沢三昧に耽ければ、費用は莫大になり、人々の心が皇帝から離れてしまう。そう語る太宗に対し、諫議大夫（かんぎたいふ）の魏徴（ぎちょう）は「かつて楚の荘王が賢人の詹何（せんか）に政治に大切なことは何かとたずねたところ、詹何は君主が自分の姿勢を正すことである」と答えたという話をして、魏徴は「陛下のおっしゃることは、これと同じであると思う」と語ったという。

次に太宗は、名君と暗君との違いについて魏徴にたずねた。すると魏徴は、名君は臣下の言うことに耳を傾けると答えた。「中国古代の名君、堯（ぎょう）や舜（しゅん）は、広く多くの人たちの意見を聞き、そのなかから良いと思われる意見を採用した。これに対し、自分の耳に心地よく響くことだけを語る邪（よこしま）な家臣の言を採用するようでは世のなかは乱れ、国を滅ぼすもとになる。意見を幅広く聞かなくては名君とは言えない」と魏徴が言うと、太宗は深くうなずいた。

次に天下を統一するのと、それを維持して良い政治をおこなうのと、どちらがむずかしいかという議論が交わされた。麻のごとく乱れた天下を統一するのは難事業であると主張する家臣がいる。天下を統一するために困難を乗り越えて旧来のよくない統治者を打ち破った後は、気持ちが緩み人民に無理を強いるようになる。そうなると国家は衰退してしまう。太宗は、天下が統一されてからは、良い政治をすることが大切であると語った。悪い例として隋の第二代皇帝、煬帝（ようだい）の行動を取りあげた。運河をつくるといった功績があるとはいえ、栄華をきわめ無理な高句麗攻めをして国は衰弱し、反乱も起こり隋は滅亡した。

隋を興した楊氏より唐を建国した李氏のほうが家柄としての格式は上である。だから、李氏は隋の時代には肩身が狭い思いをした。隋の衰退状況を見て、李氏が兵をあげたことに惺窩は触れた。家柄も大切であると言ったのだ。

このほかにも、上からの指令に従う家臣より、必要なときには諫言する家臣を大切にすべきであると説いている。また、国を治めるというのは病気を治療するのと同じである。過誤が小さいといって見過ごしたのでは大事に至りかねない。国を治めるのは木を育てて売るのにも似て、枝葉が繁茂し根がしっかりと張るようにするには、君主が身を慎む必要がある。そうした君主と家臣との良い関係が大切である。

惺窩は、漢文で書かれている『貞観政要』の内容を噛み砕いて解説し、そこで触れられている中国の過去の王朝に関しての逸話を紹介して、君子と家臣との関係について家康とその側近たちに講話した。

家康にとって、目下の関心事は秀吉との関係である。惺窩の話に出てくる良くない君主と秀吉が重なってくる。惺窩の話は、いかにも秀吉を皮肉っているように思える。惺窩自身は秀吉の朝鮮征伐に批判的である。徳川氏の身内だけの話とはいえ微妙な問題である。家康には秀吉と自分の関係を君主と家臣との関係として捉えるにしても、江戸では自分が君主の立場で家臣との関係が成立している。あるときは家臣の立場になり、またあるときは君主の立場に変わる。

家康は家臣たちにはかねてから言いたいことを自由に述べるよう勧めている。そのほうが望ましいと『貞観政要』にも記されているのだが、秀吉に対しては自分の思うように話しているわけではない。秀吉を諫めるというよりも、秀吉に都合の良いように合わせていることが多い。将来、この国が真っ当な方向に行くよう努めたいが、秀吉の気持ちを忖度するから限界がある。どこまで踏み込んで発言すべきかむずかしい。『貞観政要』の内容と違う場合のほうが多いのが実情である。といっても、惺窩の講義が無駄に終わったわけではない。家臣との関係について領国の統治を考えるうえで参考になる。

同席していた井伊直政は、惺窩に自分の家臣にも同じような講義をして欲しいと依頼した。家康の家臣ではあるが、自分の城にあれば直政は主人である。直政が自分の家臣たちにも聞かせたいと思ったように、榊原康政も同様の願いを惺窩に申し出た。ということで、惺窩は数か所で同じような話をしなくてはならなかった。家康も、惺窩が長く滞在するのを歓迎した。

惺窩としてもいろいろなことを体験できた。浅草や大川（隅田川）、さらに海岸に出かけたり、小高い丘をのぼり林のなかを散策し、富士を遠望し、風景を眺め、詩をつくる試みに時間を費やした。惺窩が江戸を去ったのは母の訃報に接した三月になってからである。

家康が江戸に滞在するのは久しぶりである。名護屋や上方にいるときには江戸がどうなっているか心配していたが、とくに大きな問題は起きていなかった。かつての武田領、甲斐や信濃を統治したときと同じように、前の領主が安定した支配をしていたから、その方法を踏襲し効果を上げていた。

北条氏の関東支配は、予想以上に行き届いていた。周辺の大名と領地争いをしていた地域を除くと、百年以上にわたる支配で安定した状態が続き、税の徴収も円滑に実施されていた。労役や兵士の動員のもとになる検地は信長の時代以前から実行されており、北条氏の当主や家臣から地域ごとに通達された文書が残されていた。秀吉の支配地では収穫高を石高で計っていたが、北条氏は銭高（貫高）制を敷いていた。田畑の収穫量を銭に換算して算出し、それをもとに知行高を決めていた。それが兵士を動員する基準になっている。信長から秀吉に引き継がれた兵士の動員方式の採用前から定着していたのだ。正規の税のほかに臨時の税を課すことがあるのは同じだが、税率は家康が実施している領地より低い。それだけ住民の生活を考慮していた証拠だろう。支配する地域の知行地の一覧は検地に基づき台帳を作成し、各地域の実態が分かるようになっていた。北条氏は秀吉に臣従せよと迫られても抵抗する意識が強かったが、それは独立した国家として成立していたからでもあった。

北条氏の本拠地は箱根に近い小田原城だったが、北条氏も江戸開発に力を入れていた形跡があった。外海につながる良港がある江戸は、物流にとって重要な拠点として認識していたようで、北条氏の支配が続いていていたら、江戸は大規模な開発が進められていたに違いない。道路や港湾整備に手がつけられ、内陸部とのつながりが円滑になる作業が始まっていた。いくつもある川は関東北部と江戸とを結びつける交通路として役立つ。それだけ可能性のある地域という認識を持っていたのだろう。

家康は江戸のあちこちを見てまわった。広大な平野だが、起伏に富んでおり、湿地帯があり、手を入れなくては広大な地域を町場とすることはできない。そのうえ、江戸湾に流れるいくつもある川は、洪水があると流れが変わってしまうから安定した土地柄とはいえない。洪水はしばしば起きているようだ。徳川氏の本拠地にするからには、広大な地域を整備する必要がある。高台を削り、湿地帯に土砂を入れ、入り組んだ海の一部を埋め立てて平らな土地の面積を増やすには膨大な作業を必要とする。治水対策を含めて計画をしっかり立て手をつけていかなくてはならなかった。

徳川氏の支配地は、それまでの徳川氏の支配地域より広い。安定的に運営するようにと関東平野の北や東西にある城に有力な家臣を配したが、そうした地域と江戸との連絡網を整備し、住民たちとの関係を良くし、物流を円滑にするのも疎かにできない。支配体制を確立するには課題が山積していた。

北条氏は信長や秀吉が採用した兵農分離政策は採用せず、統治の仕方も違う。だが、秀吉が進めた農民は農村に、商工業者は町場にという体制を家康も採用することにして、各地で検地を実施した。三河や遠江から商人や職人たちを呼び寄せ、江戸の開発を加速させたかったが、まずは江戸城の整備や船着場を整備し、物流を円滑にする作業から始めた。

3

一五九四年（文禄三年）の正月を江戸で過ごした家康は、二月にふたたび上洛した。伏見城の普請に協力しなくてはならず、江戸には三か月半ほどしか滞在できなかった。そして、この後は一年以上、伏見や大坂で過ごすことになる。

秀吉の伏見の屋敷に政庁としての機能を持たせるため、聚楽第以上の城郭にする計画を実行に移す工事が始まる。九州から四国や中国にいたる西日本の大名は朝鮮征伐に駆り出されたので、伏見城の普請は東日本の大名に割り当てられた。関東の領主には一万石につき二百人を動員する指示が出た。家康も江戸から多くの者を連れて伏見に入り、工事の監督をしなくてはならない。

造営する伏見城の外濠に宇治川から水を引き、大坂に通じる運河をつくり、船で効率よく資材を運搬する。城郭用の石材は小豆島から運び、木材も近隣だけでは調達できず、土佐や出羽からも運ばれる。天守や櫓（やぐら）などは使用しなくなった淀城を解体して移築する。伏見城の周囲には大名たちの館を建てる。そうなると聚楽第の周囲にある大名の館は使用されなくなり、秀次はますます孤立感を深めていった。

これ以降、伏見がまつりごとの中心になる。伏見から大坂までは船で移動できるから、伏見が都市として繁栄すると、大坂港を経由して太平洋沿岸の港への船の往来が以前より盛んになる傾向を見せていく。日本海を経由して敦賀から琵琶湖を通じて京に至る往来は昔から盛んだったが、太平洋沿岸の海上運輸がこれを契機に活況を呈するようになる。

家康は甥の秀次との関係について秀吉から聞かされたが、そのたびに話す内容が微妙に違う。あるときは大坂城に呼んで茶会を開き、秀次と一緒に能を舞い和やかに過ごしたと、秀次との関係が良好であることを強調する。聚楽第にも秀吉は何度も滞在し、秀吉が主宰する能の鑑賞会も開かれている。秀頼の誕生を祝い、無事に成長するように秀次が祈ってくれたと嬉しそうに語り、秀次に対して秀吉がなんら含むところがないと信じさせたい口ぶりである。だが、次に会ったときには一転して、関白にしたというのに何の役にも立たないと非難する。他人行儀な関係なのか、心を許しあっている関係なのか伺い知れない。

秀吉は依然として家康を頼りにしている。伏見につくった家康の新しい館は、他の大名の館より立派にするよう秀吉が手配し、家康の家臣の館をつくろうとまで言う。家康が京や大坂にいる時間が長くなるからと、伊勢にある秀吉の直轄地のなかから家康に三千五百石の知行を与えた。そのうえ、豊臣家と徳川家の親戚関係を改めて強固にするために、信長の妹のお市の方の娘、お江（ごう）（茶々の妹）を秀吉の養女とし、家康の嫡男である秀忠との婚姻の準備をととのえた。秀忠は先に秀吉の養女となった小姫君と婚姻していたが、彼女はすでに亡くなっていた。秀忠の正室となるお江は、最初は佐治和成（さじかずなり）に嫁ぎ、次いで秀次の弟である豊臣秀勝に嫁いだが、秀勝が朝鮮の巨済島で若くして病死して未亡人になっていた。従う大名の婚姻を取り持つのは、忠誠を誓わせる手段としてこの時代には広く実行されていた。家康も文句を言わずに従わなくてはならない。

　秀吉は、伏見城の普請に加え、大坂城の修復も手がけると言い出した。大坂城を秀頼に与えるにあたり、濠を広くめぐらせるなど防御をこれまで以上にかためることにするという。天下普請を多くの大名に課すのも権力誇示のためである。朝鮮南部の倭城に在番を命じられた大名を除く、西日本の大名たちに作業の労役を受け持たせた。

　石田三成や増田長盛、大谷吉継など秀吉の側近たちは、朝鮮戦争の後始末を終えると、休む間もなく各地の検地に駆り出され、さらに伏見城と大坂城の普請作業の手配や材料の確保に飛びまわった。秀吉の名義で大名たちに書状を発給するのも彼らの仕事である。木材や石材の供給は遠隔地からとなるから、大名たちに細かく指示を出して運び込ませた。

　自信を取り戻した秀吉は、以前のように自己顕示欲を満足させる行事として吉野の花見を計画した。生母の大政所が眠る高野山の清巖寺へ参詣する前に盛大に花見をすることになり、家康は上洛早々に付き合わされた。

吉野に宿泊所や花見の宴を催す施設を秀吉の側近たちが準備し、出席者も秀吉の意向で決められ、京から奈良を経由して南下、吉野までの結構な距離を行く。関白の秀次の行列は、関白の威信をかけて見栄えのする行列にせよと秀吉から言われ、三千人に及ぶ豪華なものにした。家臣たちも身分によってそれと分かるよう着飾り、馬や駕籠、それに徒士たちが延々と続く。秀次は派手な衣装に身を包み、人目を引くよう工夫を凝らした。きらびやかな行列を一目見ようと沿道に人だかりができた。

しかしこれには、たぶんに関白の秀次を牽制する意味合いがあった。秀吉は秀次以上に着飾り、ひげやまつ毛までつけて顔に化粧をほどこした。家臣たちも豪華絢爛をきわめ、秀次の行列の倍以上の人数が従っている。秀次の行列はそれなりに豪勢であるものの、少し時間をおいて現れた秀吉の行列は、それをはるかに上まわる豪華さで人々を驚かせ、さすがは太閤と思わせた。秀吉のあとには徳川家康、豊臣秀俊、豊臣秀保、前田利家、宇喜多秀家、伊達政宗という大名行列が続き、出家して権勢とは無縁になった織田信雄（この頃には常真と名乗っている）も加わっていた。さらに公家の菊亭晴季、中山親綱、日野輝資、高倉永孝ら、それに聖護院道澄もいる。秀吉の行列を見れば秀次の行列は前座に過ぎない印象を与えた。沿道に詰めかけた見物人は、秀吉が以前のような天下人である姿を見せつけられたのだ。

特別に設えられた吉野の屋敷に到着すると、さっそく歌会や能が催された。誰がどの位置に座るかも秀吉が決める。秀吉一人だけ一段高い座が用意され、それに従うように家康や利家など有力大名が並ぶ。公家と武家の集団が両側に分かれて並んだ。武家のほうがはるかに人数が多く、公家衆のなかに組み入れられた秀次は、最初から最後まで秀吉の権力誇示に利用されたかたちになった。

花見が終わり、秀吉は高野山へ行き、清巌寺で生母、なかの菩提を弔った。秀次は体調が良くないという理由で吉野からそのまま聚楽第に戻っている。花見にかこつけて、秀吉が自分をないがしろにしようとしていたことにようやく気づいたのだ。

この直後に、秀吉は近衛家の当主の近衛信輔を配流する処罰を下した。取り立てて咎めるほどの問題には思えないが、秀吉がかつてのように天下人として権限を行使するのを見せつける意味合いのある処罰だった。

かつて自分を関白に推薦して欲しいと秀吉に要請したが適わなかった信輔は、秀次の関白就任後に豊臣家に対する批判的な言辞が目立つようになっていた。秀吉と秀次と二代にわたり豊臣家が関白に就任したから、藤原氏を先祖に持つ五摂家とは別に豊臣家も摂家の一つになったという認識が朝廷のなかに生じた。そのため、信輔は大切にされてきた血統が軽んじられると反発を強めた。近衛信輔に同調する公家衆が集まり、秀吉や秀次の悪口を言っても大事ないが、酒の入る席で気を許して反対派の公家がいるところで話せば、秀吉や秀次の耳に入る。秀次は屈辱を感じても黙っていたが、秀吉はそのまま許すわけにはいかないと処罰することにした。関白という地位は天下をおさめるためにあり、豊臣家がふさわしいから引き受けていると秀吉は主張した。

近衛信輔は公家なのに武家のような格好をしたことも咎められた。父の前久が鷹狩りや乗馬に興味を示したように、信輔も武将に憧れを抱き、できれば自分も朝鮮で戦ってみたいと思うことがあった。そのためか、許可していないのに肥前の名護屋まで来て朝鮮に渡海すると言い出した。さらに、許可なく「内覧」をしていることも咎められた。「内覧」というのは天皇に関わる書類を見ることが許される権限で、関白の許可を得なくては叶わないのに勝手に見たことも弾劾する理由としてあげられた。これらは一年以上前の話である。

切腹させるべきであるが、我が一族であるから罪一等を減じて遠国への配流に留めたという。一族というのは、関白に就任するとき秀吉が信輔の父の前久の猶子になっていたからだ。信輔の配流先が薩摩の島津家であるというのがせめてもの救いだった。というのは、近衛家と島津家は親しい関係にあり、かつては父の近衛前久も島津家で厄介になっており、島津家なら信輔を粗末に扱うはずがないからだ。

この年七月に豊臣姓を名乗る俊秀が小早川隆景の養子に出されたのも、秀頼の誕生と無縁ではない。俊秀は秀吉の妻、お寧の兄の子である。秀次同様に秀吉の後継者候補の一人として扱われ、秀頼が誕生する前に十三歳で権中納言・従三位という高い地位につき、丹波亀山城主となっている。俊秀を秀吉の後継者候補から外すに際して、秀吉の一族として処遇しようと、目をつけたのが小早川隆景に息子がいないことである。毛利本宗家を支える小早川隆景は、秀吉に目をかけられ有力大名として遇されている。そこで、俊秀を隆景の養子にして小早川家を継がせることにした。毛利氏の支流の家柄となっている小早川家は公家の格付けとしては高くなかったから、この機に格式を上げて豊臣氏の出である俊秀が養子に入るのにふさわしいよう隆景の官位を上げている。毛利輝元の養女との結婚が決まり、俊秀は小早川家に入り、小早川秀秋（こばやかわひであき）と名乗った。これにともない秀秋は小早川氏の領地である筑前に移っている。それまでの丹波亀山の城と領地は京都所司代の前田玄以が引き継いだ。

隆景にしてみれば、養子を迎えるとすれば毛利一族からのほうが好ましかったが、せっかく築いてきた秀吉との良好な関係を維持したほうが良いから秀吉の申し出に従った。もともと父の遺訓である毛利氏の安泰を第一に考える小早川隆景は、自分が大名であることにこだわるつもりはなかった。俊秀を養子に迎えた機会に引退して、これまで以上に毛利氏を支える任務を遂行するつもりだった。

領地を秀秋に譲るにあたり、隆景はもとから仕えていた家臣たちだけを従えて筑前を後にした。小早川秀秋には隆景が筑前に来てから仕えた家臣や国衆が従う組織になった。秀吉の親族である秀秋が領主になった筑前は、その後に起きる朝鮮との戦いの費用を供出する役目を果たす地域となる。若い領主の秀秋には広大な領地の経営に不安があるからと、能吏として活躍していた秀吉の家臣の山口宗永（やまぐちむねなが）が付家老となっている。筑前に入った宗永が秀秋に代わり統治を取り仕切った。

秀吉の甥で美濃の領主である羽柴秀勝は朝鮮に派遣されていたが、巨済島で病死したときには二十四歳だった。跡継ぎがいないので、信長の孫で、かつては三法師といわれた信忠の息子の織田秀信（おだひでのぶ）が、秀勝の養子として十三万石を継いだ。かつての主筋だった織田秀信を配下にするのは、秀吉にとっては織田氏を完全に押さええ込んだという思いがある。当の秀信にしても、秀吉が信長に仕えた事実は知っていても、もの心ついたときには秀吉が権力者になっており、臣従することに抵抗はなかった。なお、秀吉の養子になっていた信長の四男の秀勝は一五八五年（天正十三年）に十八歳で病死しており、同じ名の秀次の弟である秀勝を秀吉の養子として育てていたのだ。

九州の大名のなかで朝鮮への派遣で協力度が足りなかった島津氏の処遇についても懸案となっていた。

秀吉の要請に対する島津氏の反応は期待を下まわっており、挙げ句の果てに派兵に反対した国衆が一揆を起こした。島津本家の統率力が足りなかったからと、島津氏の取次の石田三成が問題解決に奔走した。朝鮮での停戦後の検地に際しては三成の家臣が立ち合い、島津氏の支配の仕方について監視した。

島津氏には後継者問題があった。当主の島津義久には男子がいなかったので、早くから義弘の長男の久保が義久の養子になり跡を継ぐことになっていたが、義弘とともに朝鮮にわたり二十一歳で病死してしまった。当主の義久は自らの影響力を維持しようと一族の一人を後継者にしようとした。それに三成が干渉し、久保の弟である忠恒を後継者に推薦した。必ずしも三成の意向に島津氏が従ったわけではないが、それで決着する見通しになった。

これにより朝鮮で在番していた島津義弘を帰国させ忠恒と交代させた。これで島津氏の問題が片付いたわけではない。島津氏の支配は一元的ではないところがあり、島津義弘と忠恒も秀吉にすっかり臣従しているわけではない。義久よりは良いという程度である。

三成から報告を受けた秀吉は、秀吉に従う勢力を島津氏の領内につくり出すことにした。毛利氏を牽制するために小早川隆景を大名に取り立てたのと同じ手法で、島津氏の領内に楔を打ち込むために目をつけたのが国衆として島津氏の家老になっていた伊集院忠棟である。島津氏に仕えながら秀吉に従う姿勢を見せていたからだ。秀吉が島津氏を成敗する兵を出したときにも、秀吉に降伏すべきであると率先して主張したのが忠棟である。秀吉に従うことになった島津氏からの人質として秀吉のもとに送られた忠棟は、島津氏との連絡役として秀吉のために働いた。

伊集院忠棟に対し、島津氏の領内にある日向の庄内に八万石を与え、大名に抜擢したのは翌一五九五年

（文禄四年）になってからだが、島津氏の分家である北郷氏に代わり、忠棟に庄内八万石を与えることを、秀吉が島津氏に指令した。内政干渉であるが、先の朝鮮での戦いに消極的だった島津氏に対する罰則という意味合いがある。それが分かっていたから、不満があっても島津氏は表だって反発するのは憚られた。

当の伊集院忠棟は秀吉に忠誠を誓い、大名として扱われるようになるのはまんざらではない。島津氏に対する強烈な牽制球だが、秀吉が独裁者として君臨しているからできることである。秀吉との対立が決定的になるのは避けたい島津氏が異議を唱えなかったのを良いことに、忠棟は城主として着々と城の整備を進めた。

4

秀吉の新しい居城となる伏見城の造営は、秀吉が自信を取り戻したのを象徴するように天下人に相応しい城となっていく。隠居するための屋敷とはほど遠く、秀吉が政務を執る城として規模を拡大した。宇治川の流れを引き込んだ外濠と運河で鴨川とつなげて京とも船で往来可能にした。これで運河を利用して伏見は京とも大坂とも往復できるようになった。

秀吉が伏見城に入ったのは一五九四年（文禄三年）十月、肥前の名護屋を離れて一年二か月後である。茶々と秀頼も大坂城から移ってきた。この後も伏見城の造営と周辺の整備が続けられた。大名たちの屋敷は、この年の暮れから翌年の正月に相次いで完成し、城下町の体裁を整えた。秀次はますます孤立の度合いを強め、秀吉と秀次の関係は剣呑（けんのん）にならざるを得ない。家康の屋敷も伏見に完成し、この後の家康は伏見に滞在することが多くなる。

秀吉は依然として聚楽第をときどき訪れ、秀次との関係は従来どおりのように見えたが、秀次は頻（しき）りに体調不良を訴え、言動にもいささか奇妙なところがあらわれ始めており、家康もその事実をつかんでいた。

情報源は山科言経（やましなときつね）だった。家康が徳川姓を名乗るときに世話になって以来、山科家とは深い関係にあった。この少し前に言経は天皇の怒りを買い、公家の身分を取り上げられてしまったので、それを知った家康は、財政的に困窮している言経に援助の手を差しのべた。その後、秀次が家臣として言経を迎えたいと要請してきた。山科家の当主だった言経は公家が儀式に使う衣服の手配をする家柄で、朝廷のしきたりや儀式について蘊蓄（うんちく）がある。そうした知識を伝授してほしいという。家康は秀次の様子を知るためにも言経が家臣になるのに賛成した。もっとも家臣といっても秀次の求めに応じて話し相手になるだけの関係である。

言経は秀次に呼び出されて聚楽第へ行き、そのつど秀次の要望に応えた。ときには食事をともにすることもあった。あるとき、聚楽第で秀次から生の鶴を無理やり食べさせられたという。また、雨のなかで鵜飼いを強行したり、続けざまに殺生に及んだりと周囲を唖然とさせる振舞いがあったそうだ。家康は言経を自宅に呼んで将棋や囲碁の相手をさせながら四方山話（よもやまばなし）をする。そうした折りに秀次の様子を聞いた。秀次には躁鬱（そううつ）の気があるようで、このままでは問題が起きないほうがおかしいと思われた。秀次自身が、自分が不安定な状況に置かれているという思いに囚われていたからだろう。

武将たちは秀吉を盛り立てようと、伏見に屋敷が完成した際に競って秀吉を自分の屋敷に招待した。前田利家や上杉景勝が御成りを要請して秀吉をもてなし機嫌をとり結んだ。大名たちにちやほやされて秀吉はご満悦だった。家康も、自分の館が完成した機会に秀吉を招いて宴を張った。

この年の十二月に、秀吉は家康の次女である督姫（とくひめ）を池田輝政と婚姻させるよう指示した。輝政は池田恒興の次男で三河吉田城の城主になっていたが、正室の糸姫が体調を崩して実家に帰っていたのに秀吉が目をつけた。北条氏政に嫁ぎ、その後に未亡人となった三十歳の督姫の再婚相手として、輝政を選んだ。結果として、督姫はその後に輝政の息子を何人も産み、家康と輝政の関係は秀吉亡き後も緊密さを増していくことになる。

家康の娘の振姫（ふりひめ）との婚姻は翌年二月に蒲生氏郷の嫡男とのあいだにも成立した。

氏郷は肥後の名護屋にいたときに体調を崩し、それ以来病床にあったが、四十歳のときに伏見の館でみまかった。嫡男が成人に達していないので、秀吉が蒲生家の相続に関して前田利家と家康に相談した。その結果、嫡男の秀行（ひでゆき）（幼名は鶴千代）が蒲生家を継ぐことで決着した。家康は名護屋にいるときから氏郷の人間としての懐の深さと趣味、教養の深さに感服し親しく付き合っていた。家康と利家が後見して蒲生家を秀行が相続し、秀吉の差配で蒲生氏と徳川氏との関係強化が図られた。家康にとっても良い話だった。

秀長の養子となって大和地方の領地を引き継いだ豊臣秀保が、十七歳の若さで急死したのは、家康が江戸に帰ろうとしていたときだった。突然だったので変死と疑われたが、実際には病死だった。秀次にとっては次弟の秀勝に次ぐ弟の死であり、孤立感をさらに深める出来ごととなった。後継者がいなくなって秀吉の弟の秀長を祖とする大和郡山の豊臣家は断絶となった。秀吉は、盛大な葬儀にしないように告げ、大和の所領は側近の増田長盛に与えた。秀長の時代から家老をしていた藤堂高虎は、これを機に高野山に入り、浮世から離れるつもりでいた。増田長盛が家臣にしたいと要請したが、それを断った。

藤堂高虎をこのまま埋もれさせるには忍びないと思った家康は、高虎を大名にすべきであると秀吉に進言した。秀吉も二つ返事で賛成した。この直前に、戸田勝隆が在番する巨済島にある倭城で病死していたので、高虎には戸田勝隆の領地である四国の伊予にある宇和山城を与え、七万石の大名に抜擢した。これにより瀬戸内で活動する伊予水軍は高虎が統率することになる。高虎は家康に恩義を感じ、両者の関係は緊密になっていく。

家康は一五九五年（文禄四年）五月、江戸に戻った。江戸を長く離れていたので気になっていたが、早々に穏やかならざる情報に接した。二月に亡くなった会津の蒲生氏郷の後継者問題が再燃し、蒲生氏の領地を秀吉が没収するという知らせである。

蒲生氏の領地を没収する理由は会津地方の検地の結果、申告に偽りがあったからだという。家督を継いだ蒲生秀行には堪忍料として二万石を与えると秀吉が裁定し、会津には越後の上杉景勝が国替えで入るという。詳細は不明だが、石田三成が画策した結果らしい。蒲生氏の領地を上杉氏に与え、関東の家康を牽制したかったのだろう。家康の影響力が秀吉政権内で大きくなっているのを警戒する三成が、家康が江戸に帰った隙を狙い秀吉に進言したのではないか。

江戸にいる家康は、京の情報がつかめずに苛立った。

蒲生氏の領地の検地は浅野長政が主導した。秀吉の側近のうち長政と三成は、考え方に違いがあるせいか仲が良くない。秀吉の信任を求める競争相手でもある。蒲生氏を弾劾する理由は、浅野長政まで陥れようとする策動でもあるようだ。長政は秀吉の正室、お寧の親類でもあり、秀吉に重く用いられている。三成も秀吉の信頼が厚く、もともとは長政のほうが重用されていたが、このところの三成の働きで両者の関係は逆転しつつあった。

石田三成の主導による常陸の佐竹氏の検地で弾き出された石高は五十万石を超えた。以前の検地より倍近く増えている。それなのに会津における検地の結果が前回とあまり変わらないのは不審であると、三成が異議を申し立てた。氏郷の跡を継いだ蒲生秀行も伏見にある館に滞在しており、問題の解決はここではかられている。

家康はすぐにでも伏見へ行くべきであると思ったが、江戸に戻ってまだ日が浅い。蒲生氏の家老に落度があったかもしれないが、この程度のことで領地の没収という苛酷な処分は行き過ぎではないかと考え、家康は自分の存念を述べ、なおも蒲生氏が秀吉を支え貢献してきたことを考慮して欲しいと付け加えた手紙を持たせて使者を派遣した。さらに、家康は前田利家にも使者を送り、自分の意見を支持してくれるよう依頼した。それでも不安が残るので、これからも秀吉を支えていくつもりであり、大名たちを不安にさせるような処罰をするのは良くないという手紙を重ねて秀吉に送った。それが効を奏したのか、家康の主張が受け入れられ、蒲生氏への処罰は撤回された。

5

ところが、家康が安堵したのも束の間、七月に京で驚愕すべき出来ごとが起きて、家康は急ぎ上洛しなくてはならなくなった。江戸の滞在はわずか二か月にすぎない。七月十五日に、関白の豊臣秀次が高野山の青巌寺で切腹して果てたという。

少し前に秀吉の意向で秀次を肥前の名護屋に行かせる案が検討されていた。明の使節が来日する見通しが立たないから、和議は不成立になりそうだとして、秀次には場合によっては朝鮮に渡り、占領地域の支配をさせようと秀吉が考えたのである。その準備を始めたところで、明国の使節が朝鮮まで来たという報が伝えられた。これで秀次が名護屋に行くのは沙汰止みになっていた。それからは秀吉と秀次のあいだに動きはないように見えたが何があったのか。

秀次が切腹に至る一か月ほど前に、秀吉が秀次と秀頼との関係をはっきりさせようとし、秀次を伏見城に来るよう促した。しかし、秀次は体調が良くないと言って素直に応じなかった。再三の督促に、心配した秀次の家老が秀次を無理に送り出し、秀次は伏見城に秀吉をたずねた。

体調不良なのに呼び出したと気を遣った秀吉は、主治医の曲直瀬玄朔(まなせげんさく)に秀次の脈をとるよう指示した。その後は二人きりになった。秀吉は、以前話したように関白の地位を成人したときに秀頼に譲るという約束を確実に履行させたいと思い、それを覚書として秀次に書かせようと思って呼び出したのだ。秀頼が成人するのは先のことであり、それまで自分が生きている保証はない。秀頼が成人しても、秀次が約束を守らずに自分の息子に関白を譲ろうとしないようにさせるには口約束だけで済ませられない。

「今後のことは悪いようにしないから」と言いながら秀吉は、さまざまな恩恵を施し、聚楽第まで譲ったことをくどくどと語り、秀頼が成人したときに関白の地位を譲る覚書を作成するよう迫った。さすがの秀吉も言いづらいのか要領よく話せなかったが、誤解がないように伝えた。

黙って聞いていた秀次は「仰せのとおりにいたします」と表情を変えずに答えた。秀次は、秀頼が叔父の秀吉の子でないのを知りながら関白にしようとしているのが不思議でならなかった。どうして自分の実子であると言い張るのか。だが、それを口にするのは避けなくてはならないと思うから秀次は釈然としない。

　息をつめるように秀次を見ていた秀吉は、それを聞いて緊張を解いたが、秀次が心から言っているのではないと思えた。少し間があり、秀吉は念を押そうと同じ要請をくり返した。それでも、秀次は表情を変えない。きちんと聞いているのか。

　秀次はためらいながら、もぞもぞと何か言った。秀吉には聞き取れない。「何が言いたいのだ」と秀吉が苛立って咎めるように言った。すると、ようやく聞き取れるような低い声で、秀次が「書類に印を押すのは後日にしてほしい」と言った。秀吉が「そうはいかない」と言おうとして秀次を見た。すると、そこに秀吉がいないかのように、秀次は秀吉の許可をとらずに席を立った。驚いた秀吉は口を開けたままだった。だが、この場は下手に騒がないほうが良いと考え、後日にしようと思い直し黙って見送った。

　日を置かないほうが良いと、秀吉は七月三日に聚楽第に行くので覚書に署名するようにあらかじめ秀次に伝えた。そしてその日、石田三成と増田長盛を従え、秀次のいる聚楽第に来た。こちらから出向いたのだから、素直に覚書を作成するだろうと秀吉は考えていた。覚書の作成は三成と長盛に任せるとしても、その前に秀次と二人だけで話し合い、労（ねぎら）いの言葉をかけるつもりだった。だが、結果として問題が起きた。

　秀次は伏見で会ったときより元気そうに見えたが、秀吉の顔を見るなり露骨に嫌な顔をした。秀吉のほうもむっとして、二人は一瞬、睨み合った。「覚書を受けとりに来た」と秀吉は言い、三成と長盛を待たせていると付け加えた。それでも秀次は無言のままだった。「どうしたのだ」と秀吉はたずねた。やや間をおいてから秀次は、秀吉の目を見て言った。

「叔父上は、ご自分の子でないお拾い（秀頼の幼名）を関白にするおつもりなのですか」少し苛立つような声だった。そのせいか相手を責める口調に聞こえた。言い終わると秀次は下を向いた。秀吉の様子を伺う様子はない。先日の秀吉との会見以来、秀次は悶々としていた。誰にも話すわけにはいかないし、叔父の秀吉が言うことに逆らうという選択もとれない。ストレスが溜まったが、発散する方法は思いつかなかった。それが、秀吉の顔を見ると風船が弾けるように、抑えるつもりでいた言葉が口から出るのを自分でも止められなかった。

秀吉には秀次が何を言っているのか初めは分からなかった。反芻するように時間をかけて意味が分かると、怒りで顔を真っ赤にした。依然として秀次は秀吉を見ようとしない。「自分が何を言っているのか、分かっておるのか」と秀吉は、怒りを抑える努力をしながら言った。その声はかすれていた。秀次は顔を上げて秀吉を見たが、その目はどこか虚ろで相手が誰なのかさえ分からない様子だった。

怒りを抑えていた秀吉の顔がふたたび赤くなった。「秀次よ、言っていいことと悪いことがある。お前の顔など二度と見たくないわ」と叫ぶように言い、秀吉は立ち上がった。

秀次は相変わらず無表情でその場を動かず、秀吉を見送りさえしなかった。

控えの間で待っていた石田三成と増田長盛は、秀吉の剣幕に戸惑った。だが「帰るぞ」と聚楽第を後にするので二人は慌てて秀吉に従った。なぜ秀吉が猛烈に腹を立てているのか知りようもない。ただ、このままで済むはずがないのは明らかだった。

秀次は、秀吉が聚楽第を退去したとたん、二人の関係が終わったことを自覚した。秀頼が秀吉の実子でないと誰もが知りながら口にしない。口にしてはならない言葉だったが、つい我慢できなかった。悪意があって言ったという自覚はない。秀吉が怒るのは予測がついたが、生殺しのような状態より、こんなかたちでも決着をつけたほうが良いという思いが強い。どこか他人ごとであるような思いを抱きながらも、本人は秀吉の目を覚まさせようという意識があったのだ。今後、自分がどうなるのかと思いながらも、秀次はしばし呆然としていた。

秀吉の怒りを買ったと知った秀次の家老たちは狼狽し、側室たちも不安に襲われ心穏やかでない。奇妙な行動が目立つようになっていた秀次は、耳の痛いことを言う家臣を遠ざけていたので、なぜ秀吉とのあいだに亀裂が生じたのか、秀次が口にしないから誰も分からない。秀吉を激怒させたのは確かであり、家臣たちは右往左往するだけで、事態を解決する対策の講じようもなかった。

三日後に秀吉の使いが聚楽第に派遣され、七月八日に伏見城に来るよう秀次に伝えた。処分を秀次に言いわたすためである。秀次は、逆らう意思を見せず、小姓とわずかな家臣をともない聚楽第を後にした。

秀吉は伏見に到着した秀次に会おうとしなかった。秀吉が下した裁定を三成が申しわたした。「不届き至極につき、関白職を剥奪し高野山に追放する」という裁定だった。聚楽第に戻ることは許されなかった。秀次を高野山に運ぶ籠が用意されていた。処罰の内容が告げられるまで、秀吉による叱責だけで済むのではないかという淡い期待を抱いていた秀次は、それほど甘くないことを思い知った。秀吉に取り成してくれる人物もいなかった。親しくしている大名もいない。公家のなかでは菊亭晴季が頼りになりそうだが、実際には秀吉の指令で秀次の面倒を見ているだけだった。

その日のうちに高野山に向けて出発し、到着したのは十日である。すぐに祖母の大政所の菩提寺、青巌寺のなかの一室に閉じ込められた。高野山で青巌寺を守る僧の木食応其に秀吉から連絡がきて、秀次一行を待っていた。

秀次が高野山に入った十日に、秀吉は大名たちに秀次を処罰したことを通達した。「造反を企て不届き至極につき追放する」とそっけない記述だった。それゆえ何があったのかは謎だった。秀吉が朝廷や大名に発する文書で誰かを弾劾する場合は、弾劾に至る経過を詳しく記すことが多いのに、なぜ造反を企てたのか、どのように造反したのか記述が一切なく、関白の地位を剥奪し領地を没収し、秀次を追放したこと以外には何も分からない内容だった。


この一件は秀吉にとっても思わぬ展開を見せる。秀吉の思惑どおりに進むと思われたが、結果は違った。青巌寺に蟄居させられた秀次は、それまで感じたことのない閉塞感に襲われた。聚楽第とは異なり、狭い空間に押し込められ自由を奪われた。周囲にはわずかな家臣と小姓しかおらず、女人を近づけることもできない。食事が供され、庭の散策も許されたが、秀吉に監視されているようで落ち着かない。無為に過ごさなくてはならない一日がとても長く、時が止まってしまったように感じられた。

秀次のところに書物や衣類などを届けに聚楽第から家臣がやってきた。そのときに造反して処罰されたという通達が大名たちに出されたと秀次は聞かされた。秀吉の怒りを買ったのは確かだが、造反の疑いと聞いて秀次は耳を疑った。言ってはならぬことを口走ったにしても造反したわけではない。これまでも秀吉の命令に背いたことはない。言われたとおりにしなかったのは、それができなかっただけである。秀吉に弓を引くなど考えたこともない。「造反」を疑われるのは納得できない。

秀次は身の潔白を証明するにはどうしたら良いのか、そればかりを考えるようになった。考えあぐねると頭に血がのぼり、大声で叫びたくなる。小姓たちが慰めてくれるが気は晴れない。静かに正座し真正面を見て深く考えている様子を見せることが多くなった。

青巌寺に入って四日目の七月十四日に秀吉の使いが高野山を訪れ、翌日に彼らが秀吉の伝言を持ってくると告げられた。いよいよ秀吉の処罰が下される。何としてでも身の潔白をはかりたい。かけられた嫌疑を晴らすにはどうすれば良いのか。造反を企てた悪人として処罰されるのは耐えがたかった。

沈思黙考（ちんしもっこう）した秀次は、ひとつの決断をした。そして、他に方法がないと結論を下し、小姓を呼び、考えを述べた。十五日の夜が明けようとしているときだった。

「身の潔白を示すために我は切腹することにした。叔父上も、それで我が造反していなかったと悟るであろう。叔父上の使いが訪れる前でなくてはならぬ。今すぐ切腹するので用意せよ」

一同は驚いて声を飲んだ。そして「お待ちください。殿下から派遣されたお使者の方々と会ってからでも良いのではありませんか」と小姓の一人が言った。秀次は怒りをあらわにして「何を言うか。それでは遅いのだ。すぐに切腹しなくては間に合わぬ。我は叔父上に反抗したことはない。それを分かってもらうには他に方法がない。汝に介錯（かいしゃく）を頼みたい」と年長者である雀部重政（ささべしげまさ）を見て言った。言われた重政は戸惑い、無言で秀忠を見上げていた。

「我もおともいたします」と言ったのは小姓の山本主殿（やまもとしゅでん）である。すると山田三十郎（やまださんじゅうろう）も「我もおともいたします」と声をあげた。

「よくぞ申した。我の決意は誰も覆すことはできぬ。誰も来ないうちにせねばならぬ」

秀次が容赦ない態度で命令することはあまりない。それだけに小姓たちも逆らえなかった。異常な雰囲気のなかで彼らは大きな音を立てないようにしながら支度を始めた。

殉死を申し出た山本主殿と山田三十郎、それに同じく小姓の不破万作（ふわばんさく）らの介錯をしたうえで、秀次は自らの切腹の準備をした。見苦しくないようにという願いだけを頭において、小太刀を脇腹に突き刺した。間髪を入れずに雀部重政が秀次の首を刎（は）ねた。小姓たちすべてが殉死した。数時間が経っていたが、誰にも気づかれなかった。

前日に秀吉から派遣され高野山に到着したのは福島正則、福原長堯（ふくはらながたか）、池田秀雄（いけだひでかつ）の三名である。福原長堯は石田三成の娘婿である。彼らは秀次とは別棟に宿泊し、翌日に秀次と会見する手はずだった。彼らの任務は秀吉の伝言を伝えることで、秀次を処分するためではなかった。寺側で秀次の世話をしていた木食応其が、秀次が聚楽第から家臣を呼び寄せる様子を見て、秀次に自由を許していいのか秀吉に問い合わせたのである。秀吉は世話をするわずかな家臣と小姓だけにして秀次をしっかりと幽閉し、家臣や親族との会見を禁止し、見舞も不可とするよう下知した。

十五日の午前、それを知らせようと三人が秀次の部屋に入り、秀次と家臣たちが切腹して果てているのを発見した。部屋のなかは血の海だった。伝言を伝えに来た彼らは、一転して秀次たちの検死の役目を果たすことになってしまった。

6

秀次の思いは秀吉に届かなかった。「秀次切腹」という知らせは、秀吉に大きな衝撃を与えた。思ってもみないことで秀吉はやり場のない怒りに包まれた。秀次の切腹は、自分への反抗としか受けとれない。これほどの衝撃と怒りを与えた秀次を秀吉は許せなかった。秀頼に関する発言は、秀次にしてみれば正直な気持ちを吐露したに過ぎなかったのだが、言われた秀吉には造反としか思えなかった。

「我が間違っていました。お許しください。今後は二度とあのようなことは口走りません」と言って欲しかった。ところが、自分の命と引き換えに我をとおした。そう思うとがまんできない。言ってはならないことを口にしたが、しばらく謹慎して赦しを請えば、命までとるつもりはなかった。聚楽第を与え、関白職につけてやったのになんたることだ。怒りはときを追うごとに大きくなる。だが、家康や利家に自分の気持ちを打ち明けるわけにもいかず、三成や家臣の前で嘆くわけにもいかない。秀吉は不機嫌になり、誰とも口をききたくない気分だった。

心配した石田三成や増田長盛らが、改めて大名たちから秀吉に忠誠を誓う起請文を提出させる提案をし、秀吉への絶対的な忠誠に揺るぎないことを示そうと試みた。

急ぎ上洛せよという連絡を受けた家康は七月二十四日に伏見に着いた。すぐに伏見城で秀吉に会ったが、秀吉の様子が以前と変わっているのに驚いた。戦いの現場で見せる神経質で思い詰めたときのような表情をしながら家康の顔を見る。武将が戦闘に挑むときにかいま見せる表情だが、どちらかといえば不利な戦いをしているときの顔である。自分でもそれに気がついたのか、秀吉は平静な表情に戻そうとした。だが、またすぐに落ち着かない表情になる。秀吉が受けた衝撃の大きさが分かる気がした。

それでも家康はさりげなく挨拶した。しばらく秀吉は無言のままだった。家康が待っていると、秀吉は伊達政宗が秀次とともに造反している疑いはないかたずねた。その証拠があるのかと聞くと、そうではないが心配になったという。それまでの秀吉なら、信頼する家臣に調査をさせて証拠をつかもうとするのに、そこまではしていないようだ。家康は即座に否定した。すると安心したようにうなずき、大名たちに自分に臣従するよう起請文を提出させることにしたが、それに応じない者がいるだろうかと、家康の顔を覗き込むように見た。家康に否定してほしいようだ。

家康は安心するように言い、秀吉を力づけた。すると少しくつろいだ顔になった。だが、一歩間違えば狂気になりかねない危うさがある。話は盛り上がることはなく、家康も秀吉の不安が感染したような気分になり退出した。秀吉と秀次の関係は破綻するしかないと家康も思っていたが、これほどの波乱を呼ぶ事態になるのは予想できなかった。

秀次の造反に連座した者たちの探索が始められた。秀次の側近ともいうべき家老は調査が及ぶ前に自刃した。哀れをとどめたのが秀次の妻妾たちである。彼女たちは丹波亀山城主である前田玄以のもとにいったん預けられたが、全員三条河原で死罪に処せられた。彼女たちが産んだ秀次の子供も同罪とされた。そこまでしなくても良いのではと家康をはじめ多くが思っていた。だが、秀吉の様子を見れば、とても取り成しなどできるものではない。

秀吉の怒りの矛先が秀次の身近な人たちに向けられたのは、もはや秀次を処罰したくてもできないからだ。秀次の側室として娘を差し出した公家や大名は、さまざまに助命嘆願を講じたものの、秀吉の裁定を覆すことはできなかった。

彼女らとその子らは七両の車に乗せられて引きまわされたうえ、三条河原の刑場に引き立てられた。検死役は石田三成、増田長盛、長束正家、前田玄以の四人である。刑場には高野山から運ばれた秀次の首が三方に乗せられて置かれていた。彼女らはその首を拝んだのち次々と処刑された。全部で三十九人である。もっとも若い最上家から来た姫は十五歳だった。秀次のところへ来てあまり日にちが経っていなかったのに許されなかった。

多くの見物人がいる前で処刑され、秀吉の残酷な仕打ちに人々は震え上がった。

秀次の造反に加担したのではないかと嫌疑をかけられた伊達政宗や最上義光は証拠がないとして許され、秀次の健在だった両親も助命された。秀次付きとなり家臣として仕えていた山内一豊や中村一氏、堀尾吉晴たちも咎められなかった。そして、秀次の筆頭家老の田中吉政は、咎められないどころか知行の加増まで受けている。吉政が秀次に関白職を辞するよう働きかけたと証言した者がいたからだ。かつて秀次が三好家の養子となった関係で、三好氏に仕えた後に秀次の家臣となっていた者の多くは、その後、三成の家臣に組み入れられた。

秀次の領地だった尾張の領主には福島正則が抜擢され、四国の伊予から移った。秀吉の小姓をして以来、秀吉の数々の戦いに参加して手柄を立て、朝鮮にも派遣された正則は、秀吉の叔母を母に持つ親類の一人である。

聚楽第は破却された。そして、解体され伏見城内の屋敷造営のための材料に利用された。

秀次の妻妾たちが処刑された翌日、秀吉による新しい「掟」が発せられた。諸大名間の私的な婚姻や同盟を禁止し、婚姻する場合は秀吉の許可を得なくてはならないという決まりである。秀吉の知らないところで大名たちが婚姻により親しい関係になるのは許されない。大名や領主間の契約や誓詞のやり取りも禁止された。家康は秀吉を安心させるために進んで「掟」に署名し、毛利輝元、上杉景勝、宇喜多秀家、前田利家ら有力大名と連署して、他の大名や領主、さらに公家や寺社に送りつけた。問題が起きた際には秀吉に相談して解決を図るようにすると周知徹底された。

秀吉名義で出されているが、この「掟」は秀吉の発案ではない。秀次事件を契機に秀吉はふたたび自信をなくしてしまい、それを心配した三成が中心になり秀吉の権威を保つために作成したものだ。

秀吉は以前にも増して感情の起伏が大きくなった。傲慢になり、気弱になり、わがままになり、考え込むようになり、それが打ち寄せる波のようにくり返された。秀吉から指示が出なくなり、石田三成をはじめ側近たちが秀吉の意向を忖度して活動するようになった。三成には秀吉に進言する家康の影響をできるだけ少なくして、自分たちの思うような方向にもっていきたいという思惑があった。

九月に三成は正式に近江に十万石の領地を与えられ、佐和山城主になった。各地にある秀吉が所有する直轄地の一部も三成の領地になった。

秀吉は朝廷にも関白時代の秀次が寄進した金銀を返却するよう命じた。さらに、娘を秀次の側室にしていた菊亭晴季は、秀吉の怒りに触れ越後に配流された。秀吉の意志であるから天皇も拒むことはできない。秀次の死により関白が空位になり、左大臣も内大臣も空位だったというのに、菊亭晴季が右大臣の職から外され、公家の大臣は一人もいなくなった。

朝廷の儀式は大臣が取り仕切るから大臣不在というのは異常事態である。急いで大臣を誕生させる必要がある。だが、それには秀吉の承認がいる。前田玄以を通して秀吉に大臣の叙任について相談したいと天皇や公家が申し入れたが、秀吉は何の反応も示さない。勝手に大臣を指名するわけにはいかず、大臣不在が続くことになる。それを補うために以前関白だった二条昭実や九条兼高が中心になり朝廷の各種儀式が挙行された。秀吉の態度が頑なな感じなので、後陽成天皇も何も言えない。北京に移れと言われるよりはましではあるものの、秀吉とは腫れものに触るように付き合うしかない。秀吉は自分の都合を優先して朝廷にも公家にも気を遣わなくなった。そして、従来の秀吉とは違う異常な行動が見られるようになる。

宇喜多秀家に嫁いだ養女、豪姫が病気を患ったときのことだ。豪姫が産後の肥立ちが悪くなったのは、物の怪や憑きもののせいであるからと、三成と長盛に祓いをするよう秀吉が命じた。狐憑きであると信じた秀吉は、狐をなだめる必要があるとして京にある稲荷神社で平癒祈願をするよう指示した。それでも願いが聞き入れられない場合は、すべての稲荷神社を破壊し、野狐をすべて殺戮するつもりであるという通達を、三成と長盛の連名で各地の稲荷神社に出している。幸い豪姫は回復してことなきを得た。

十一月になると秀吉は、腹痛と咳とで苦しむようになった。自信を喪失し、病気を引き寄せたかのようだった。家康は、もっと早くから病気の症状が出ても不思議ではないと思っていた。もはや、かつての秀吉でないのは明らかだ。

病気平癒の祈願をするよう要請された朝廷は、後陽成天皇の命で、天台宗の名刹である青蓮院にいる尊朝法親王を導師として清涼殿に招いて平癒のために祈祷を実施し、祇園、北野、愛宕、上賀茂、下賀茂といった神社に勅使を派遣して、秀吉の病気平癒の祈願をさせている。伏見にいる秀吉のもとに観修寺晴豊と中山親綱を勅使として派遣し、こうした祈願の様子が報告された。その後、病状は一時的に回復したが、もとの元気を取り戻しはしなかった。六十歳を過ぎているから無理もないが、ちょっと良くなるとり返しが続いた。

無理して元気をよそおう。だが、それも痛々しい自己顕示欲にすぎず、ふたたび具合が悪くなる。そのく

翌一五九六年（文禄五年）一月、石田三成が増田長盛、長束正家、前田玄以に呼びかけ、改めて四人が秀吉に忠誠を誓う起請文を提出した。秀吉の恩情に報いるために、大名や諸将に対して依怙贔屓なく揉めごとを解決する努力をし、意見を言うべきときにはきちんと言い、遺恨や言われのない言いがかりをつけたり、法度に背く人間がいれば、相談して秀吉の許可を得たうえで処罰し、四人の意見が一致しないときには話し合い多数決で決める。また、秀吉から隠密裏に命じられた使命に関しては他言しないと誓っている。

秀吉の体調が優れなくなったから、家臣は将来への不安を共有している。起請文は、自分たちがしっかりと秀吉を支えるという意思表示であると同時に、秀吉が家康や利家を重用しているのを牽制する狙いがあった。このころになると大谷吉継は病に陥り、以前のように活動することができなくなっていた。もう一人の従来からの秀吉の側近である浅野長政は三成との関係が良くないせいで除外された。

秀吉は石田三成らを頼りにしたが、彼らと家康や利家らの有力大名とを天秤にかけ、三成たち奉行衆だけを頼りにするわけではない。どんな無理でも聞くという彼らの心意気は頼もしく感じ、彼らに施策を委ねるようになったものの、彼らが絶対的な忠誠を示すのは、秀吉にとっては計算済みである。彼らは秀吉を支えて働き、家康や利家は秀吉の政務を進んで補う働きをする。家康や利家という有力大名と、側近として仕える三成たちとは、秀吉には頼り方に違いがある。だから、家康や利家を重用するのだが、石田三成から見れば、家康は自身の保全のために秀吉に臣従しているに過ぎず、自分たちの忠誠度とはくらべようがないと思っている。それなのに秀吉は分かってくれない。しかし、絶対的な忠誠を誓う家臣は、秀吉

には家康や利家より軽い存在でしかないことを三成は最後まで理解できなかった。

7

明国の使節が釜山に到着したのは、一五九五年（文禄四年）十一月である。秀吉が肥前名護屋を後にしてから二年三か月後のことだ。その後も彼らは朝鮮にいる日本軍との交渉に時間がかかり、釜山での滞在が長引き、なかなか日本には来なかった。小西行長が策した辻褄合わせに綻(ほころ)びが生じ、さまざまな問題が噴き出したからである。

明の皇帝が日本へ使節を派遣することに決めたのは、日本を従属国として豊臣秀吉を国王に封じるためである。秀吉が出した明国に対する厚かましい条件の代わりに行長が作成した偽りの国書は、日本が明国に臣従するという内容になっていたから、明の皇帝は疑問をいだかずに求めに応じて使節を派遣した。

もっとも、日本の使節が北京に到着したときに明側は、日本の国書に日本軍が降伏したという文言がないのは遺憾であるとして、それを入れた国書を持参するよう指示した。日本の使節は、これを受けて小西行長の指示を受けるために北京から釜山に戻って打ち合わせ、明皇帝の意向に沿う新しい国書を作成し、ふたたび北京に向かった。そして、ようやく明の使節が派遣されたのだ。

李宗城(りそうじょう)を正使に、楊方亨(ようほうこう)を副使とする明の使節一行は、日本軍が滞在する釜山で日本側の窓口となっている小西行長と会い、彼が日本まで案内することになっていた。だが、正使の李宗城が朝鮮から日本軍が撤退しなくては日本に行かないと主張し、話し合いは最初から難航した。

日本軍の撤退を秀吉が認めるはずがないから譲るわけにはいかない。

まずは日本に行き秀吉と会見して、日本軍の撤退に関しては朝鮮も交えて話し合うようにするという提案を行長がして、先に日本に行くよう勧めても、李宗城は耳を傾けようとしない。副使の楊方亨は、必ずしも日本軍の撤退にこだわっていなかった。日本側の面子も考慮する楊方亨に、行長は正使の李宗城を説得するよう頼んだ。そうでなくとも、講和の条件として出した勘合貿易は認められず、明の使節は秀吉を日本の国王に任命するためだけに派遣されている。

話し合いを続けるうちに、明の使節はこの交渉に朝鮮も加えるべきであると言い出した。それはそれとして、明の使節が要請して朝鮮政府にも働きかけた。停戦となれば朝鮮政府の意志も尊重すべきで、朝鮮も日本に使節を派遣すべきだと言う明使節の主張に朝鮮国王は、最初のうちは日本への派遣に難色を示した。だが、日本軍を撤退させる交渉に朝鮮を参加させないのはおかしいという明国使節の主張に、朝鮮側も次第に耳を傾けるようになった。そして、明の使節と一緒に朝鮮使節を日本に派遣する運びになった。朝鮮は正使を黄慎（こうしん）、副使を朴弘長（ぼくこうちょう）とする使節団を結成した。

蔚山（うるさん）市の南にある海に面した西生浦倭城の在番をしていた加藤清正が、こうした動きとは別に独自に朝鮮側と交渉を始めた。小西行長が以前から策略を用いて交渉を進めているのを不審の目で見ていた清正は、秀吉の意向を無視し商人らしく小賢しい行長の交渉の仕方に腹を立てていた。二人は前から肌が合わなかった。埒のあかない交渉を続ける行長を牽制する意味もあり、明の王女を日本に差し出し、明が勘合貿易を認め、朝鮮の王子を日本に人質として差し出せという秀吉の和平のために出した条件を、加藤清正は明と朝鮮に明らかにした。

明の使節の驚きは大きかった。秀吉が出した日本の講和条件が別にあっただけでも問題だが、それが現実ばなれした内容だったからだ。日本側が皇帝に示した上奏文が偽物である事実が暴露されたのだ。これでは使節の役目を果たせないと正使の李宗城が言い出し、これまで以上に態度を硬化させた。

慌てたのは行長である。加藤清正の動きが秀吉の耳に入れば、自分が秀吉に隠して勝手な条件を出して交渉していたことが露見してしまう。秀吉の言うとおりにしなかったのは、秀吉に逆らうつもりではなく、秀吉や日本にとって良い解決法であると信じたからである。行長は清正の勝手な行動で迷惑していると日本にいる石田三成に報告した。かねてから三成とは朝鮮で一緒に策を練った仲であるから、三成は行長のおかれている状況が理解できた。

行長の訴えに即座に反応した三成は「清正が勝手に朝鮮と交渉して、明と行長の話し合いの邪魔をしている」と秀吉に訴えた。秀吉は行長が自分の言うとおりに明国と交渉していると信じており、交渉の得意な行長を信頼していた。三成も行長を支持しているから悪いのは加藤清正ということになった。

かつての秀吉なら、清正に弁明する機会を与えるか、自分で確かめるはずなのに、三成に対する信頼が大きかったからそのまま信じた。三成の提案が受け入れられ、秀吉の命で加藤清正を帰国させ謹慎する処置がとられた。帰国した清正は、聚楽第の近くにあった屋敷に幽閉された。弁明する機会を与えられず、秀吉に会うことも許されなかった。

石田三成からの報告を受けて小西行長は胸をなで下ろした。同時に、秀吉は朝鮮との関係について以前とは違い、あまり関心を示さないと知らされ、行長は気持ちが楽になった。明国との交渉で秀吉が出した条件から後退しても受け入れそうであり、朝鮮との戦いで日本側が勝利したという演出さえできれば、秀吉を納得させられるというから、策略を弄した交渉が実る可能性が出てきたと思えた。だが、日本軍が朝鮮から撤退することにこだわる正使の李宗城を説得しなくては解決しない。

それが思わぬかたちで決着する。一五九六年三月に正使の李宗城が失踪したのである。日本軍が朝鮮からの撤退に応じないだけでなく、策を弄する日本側に不信感を抱いていた李宗城は、正使として任務を果たせないと思いつめた。使節として責任を負う立場にあるから、任務をまっとうできなければ帰国した後で処罰されかねない。悩んだ末に正使の李宗城は任務を放棄する道を選んだ。

小西行長にしてみれば、明の正使の失踪を隠さなくてはならないが、これにより困難な状況の打開につながると一計を案じた。副使の楊方亨を正使にして、明との交渉に最初から関わっていた沈惟敬に副使になってもらえば良い。朝鮮から日本軍が撤退するのは秀吉との会見のあとで良いと考えている楊方亨は、先に日本に行くのを承知している。日本にいる石田三成と連携して行動すれば、丸くおさめられる可能性が大きい。

ようやく明の使節が日本に向かう準備がととのった。

並行して行長は、朝鮮とも交渉を続けていた。捕虜にした王子を人質として日本に連れてくるよう秀吉から指示されていたが、朝鮮側はこの提案を受け入れない。日本の占領地を認めるわけにはいかないからだ。話し合いがつかず、朝鮮からの使節の派遣は中止になる恐れがある。なんとか朝鮮の使節も日本に行って欲しい。そこで、行長は朝鮮の王子を日本に連れていくという秀吉の提案を自分の判断で引っ込めた。そのうえで、朝鮮には日本軍の朝鮮からの撤退は日本に行ってから検討するという妥協を取り付けた。

ようやく朝鮮の使節が明の使節とともに来日する運びとなった。ちなみに、加藤清正が謹慎させられたのはこの年の六月であり、使節の一行が日本に来たのは八月になってからである。

8

かつての秀吉なら、明の使節が釜山からいつまでも来日しないことに苛立っただろうが、いまの秀吉は秀頼が後継者として無事に育ち、周囲から認められることにしか関心がなくなっている。

五月に実行された参内も、朝廷に秀頼の存在を認めさせるためだった。上級貴族だけに許されるきらびやかな牛車に秀頼と乗る秀吉は、徳川家康と前田利家を従え禁裏に入った。参内にあわせ、秀吉の上奏により家康は内大臣正二位に叙任された。秀吉の太政大臣従一位に次ぐ地位である。秀頼を守って欲しいという秀吉の家康に対する願いであり、気弱になったぶんだけ家康を取り込もうと気を遣った。これ以降、家康は唐風の内大臣の名称である「内府（だいふ）」という肩書きで呼ばれるようになる。前田利家は大納言に昇任し、家康とともに秀吉を支えるよう期待された。

家康が内大臣になっても、依然として公家の大臣は空位のままである。朝廷の儀式に家康は関係しない。公家の大臣を誕生させせようとしない秀吉に、天皇や公家衆は不満だが、言い出すのを遠慮していた。

参内した秀吉から天皇や公家に豪華な品々が贈られ、幼い秀頼からも天皇や摂家、公家たちに祝儀が配られている。翌日には秀吉が禁裏で能を舞い、公家たちに秀吉が自ら酒を注いでまわった。禁中であるにもかかわらず、秀吉は自宅でくつろぐように気ままに振舞っていた。

翌日には公家たちを伏見城に招待した。秀頼の参内が無事に終わった祝いだった。隠居していた近衛前久も呼ばれ、智仁親王とともに上級公家たちが顔を揃えた。天皇の勅使も派遣され、家康や利家のほかに織田秀信や上杉景勝、小早川隆景など京にいる大名たちが姿を見せた。秀吉の権威を見せつける儀式であるが、誰の目にも年老いた秀吉が無理をしているのが分かった。

家康は、先に追放された近衛信輔と菊亭晴季の赦免を発表すれば、宴に華を添える効果があると進言した。彼らは秀吉の怒りを買ったゆえに追放されたが、実際に追放されるほどの罪を犯したわけではない。この件について家康と利家が朝廷との交渉を任された。通常なら所司代の前田玄以が動くところだが、高い官位を持つ二人の大名が関わることにより、この処置が特別なものであるという印象を与えた。

続いて、秀吉は京に一流の能楽師を集め大規模な能の鑑賞会を開催した。京や堺の商人、大寺院の門跡など有力者を連日にわたり招待し、興がおもむけば秀吉も舞った。病魔に負けていないところを見せたかったのだ。

明と朝鮮の使節が近く来日するからと、伏見城で彼らを迎え入れる準備が始まった。そんななかの七月十二日の深夜、京は大地震に見舞われた。地震の規模を示すマグニチュード八クラスの激震だったようで、伏見城天守が崩壊し、城の敷地内にあった多くの建物も倒壊した。建物の下敷きになった数百人が圧死し、多大な被害が出た。

秀吉は危ういところで難を逃れることができた。激しい揺れに目を覚ました秀吉は、とっさに隣で寝ている秀頼を抱きかかえて建物の外に飛び出した。ほとんど裸に近い秀吉は、避難してきた侍女にかけられた女ものの着物を羽織った状態で、庭のむしろの上で誰かが駆けつけてくるのを待った。明の使節が来るのに備えて伏見城に美女たちを集めていたが、彼女たちがいた長屋状の建物が倒壊し、多くの女性が犠牲になった。伏見城内にある建物は豪勢さを演出するために多くが瓦葺きになっていて屋根の部分が重く、板葺きの建物より倒壊が激しかった。

夜が明ける前に伏見城に駆けつけてきたのが細川忠興と加藤清正である。自分の館が倒壊したにもかかわらず、真っ先に秀吉のもとに駆けつけた。忠興に先を越されたものの、清正が秀吉から感謝されたのは二百人ほどの手勢をともない救助する態勢で駆けつけたからだ。女性たちに囲まれていた秀吉が庭で待機しているあいだも余震が続いて、誰しもが不安に駆られていた。伏見城の倒壊で秀吉も犠牲になったという噂が流れたほどである。

倒壊した建物を清正の指揮で点検し、倒壊を免れた建物を急ぎ修復し、畳や障子を用意し、布団を運び込んで秀吉がくつろげるようにした。調理場として使用していた板葺きの建物である。長屋状ではなく一戸建で耐震性がある建物になっていた。清正は、秀吉からその忠義ぶりを褒められた。朝鮮で勝手に和議を進めたとして弾劾されて謹慎の身だったから、地震がなければ秀吉に目どおりは叶わないのだが、このときの働きで謹慎は解かれた。

明るくなると石田三成をはじめ多くの家臣や大名が駆けつけてきた。秀吉が無事であることを確かめた石田三成は伏見城の警護に当たり、見舞いに駆けつけてきた大名たちに対応した。瓦礫（がれき）の下敷きになっている人たちの救援が試みられたが、救い出された人はわずかだった。

秀吉が熱心に取り組み完成させた京の方広寺にある大仏も被害にあった。大仏殿も倒壊し、奈良の大仏より大きい高さ六丈の大仏本体も砕けるように倒れた。大仏まで破壊したと聞いて「丹精込めてつくったのに砕け散るとは何ごとだ。仏の力も、これしきのことなのか」と秀吉が罵倒したというが、東大寺の大仏のように鋳造でなかったせいである。木材による骨組みに漆喰で塗り固めて漆をかけ金箔を施したつくりの大仏だった。費用の安いつくり方を選んでいたせいで、地震の揺れで砕け散った。

秀吉は、すぐに伏見城の再建を指示した。大地震でも壊れないようにと、豪勢さを誇るべき建物は瓦葺きにするが、実用的な建物は板葺きにするよう指示した。

新しい伏見城は、それまでの伏見城近くの木幡(こはた)山につくられた。同じ規模の城になるから、大名たちには造営のための動員がかけられた。たび重なる動員で大名たちは、大きな負担を背負うことになるが、三成たち側近は、これに容赦なく対処した。伊達政宗や最上義光らは動員の過酷さに愚痴をこぼしたものの、家康はそれに従うしかないと彼らをなだめ慰めた。

工事の手配は石田三成たち奉行衆が中心となり、倒壊した伏見城は火災に見舞われなかったので、使用できる部材は再利用された。早くも十月には本丸が完成した。翌年五月には天守ができ、十月には茶室もつくられた。

なお、このときの地震により、一五九六年十月に改元が実施され、文禄五年は慶長元年になった。

明と朝鮮の使節は地震の後の八月に来日したが、地震により会見は延期され、九月一日に大坂城に変更しておこなわれた。

話し合いが決裂するのを恐れた石田三成や小西行長によって事前に工作がなされた。講和が成立しなければ、ふたたび朝鮮半島で明軍と朝鮮軍とを敵にまわして戦うことになる。それは避けなくてはならない。

講和を成立させるには秀吉の面子を立てることが第一である。明の使節とのあいだに問題が起きないように、秀吉との会見は儀式だけに限定し、細部にわたる話は、秀吉を抜きにして進める段取りにした。自分たちが後で話を詰めるから日本国の国王として挨拶してほしいと三成は秀吉に頼んでおいた。朝鮮との戦いに関心を示さない秀吉は、この提案を受け入れて文句ひとつ言わなかった。

明の使節を迎えた秀吉は、かつての自分の不遜な態度を思い出したかのように威厳を示そうとした。日本国王に柵封するという皇帝の国書を使節が読み上げるのを秀吉は黙って聞いていた。戦いを終結するための交渉で、そのために明の皇帝の国書を伝える儀式であると、あらかじめ説明を受けていた。使節が読み上げる国書の内容は、秀吉には理解できない。使節が読み終えて一礼すると、すかさず行長がこれを通訳する。といっても、それらしく辻褄を合わせているので秀吉は疑問を感じない。秀吉が強い関心を持っていれば違ったのだろうが、行長と三成が仕組んだとおりに、問題が起こらずに会見は終了した。

明の使節は秀吉に皇帝の国書を渡せば任務を果たしたことになる。堺に戻って帰国の準備を始めた。くれぐれも日本軍が朝鮮から撤退するようにと、正使となった楊方亭が三成と行長に念を押した。彼も帰国して皇帝に報告したとき、任務を果たしたと認められないと咎められる可能性がある。そこで、改めて日本軍が朝鮮から撤退するという目に見えるかたちで誠意を示すように要求した。日本側は「了解しました」と返事をしたが、そうすると言ったつもりではなく、相手が言うのを理解しただけという見解だった。撤退を約束したわけではないと、その場を取り繕い曖昧なままに済ませたのである。

明の使節が日本を後にしてから、石田三成と小西行長は堺にいる朝鮮の使節と交渉を始めた。

朝鮮使節の一行は、明の使節らと随伴して来たが堺に足止めされていた。朝鮮の王子を連れてくるようにと言う秀吉の要請が無視されたことに秀吉が腹を立て、伏見や大坂に来るのを禁止したからだ。朝鮮の使節とは会う必要がないと秀吉は言っていたが、行長は秀吉の機嫌の良いときを見計らって、自分たちに交渉を任せて欲しいと要請した。三成の口添えもあり、秀吉は「こちらの言うとおりにしないなら兵を派遣するだけだと脅せば良い」と言いながら、交渉に関して任せることに異を唱えなかった。会う必要がないと言ったことを忘れたようだった。

交渉が始まると、彼らは朝鮮南部にいる日本軍の撤退を執拗に求めた。しかし、日本側は認めるわけにはいかない。明の使節も日本軍の撤退を要求したはずであると彼らは主張して譲らない。これに対し、日本側は講和の条件として王子の来日を求めたが、これも断固として拒否された。交渉はなんども実施されたが解決の方向は見えない。朝鮮からの日本軍撤退は、秀吉だけでなく三成も行長も賛成していない。ここで撤退したのでは何のために朝鮮で戦ったか分からないと思っていたからだ。

朝鮮使節との交渉が長引いて、秀吉も交渉が暗礁に乗り上げていることに気づいた。説明を求められた石田三成は、小西行長をかばい、懸命に努力していると力説した。交渉を続けているのでもう少し待ってほしいと弁明した。その後、秀吉は朝鮮との交渉がどうなったか三成に問い合わせなかった。強い関心がなかったからである。

9

使節との交渉が続いているときに、秀吉を不安にさせる出来ごとが起きた。サン・フェリペ号の遭難事件である。

スペイン船が元号が慶長に改まる道前の一五九六年十月十九日に、土佐の沖合で遭難したという長宗我部氏からの報告を受けて、秀吉は奉行の増田長盛を派遣した。サン・フェリペ号は太平洋を航海する大型船であり、積載されていた荷物も多く、乗組員の数も多い。救助の際、没収した品々には生糸など布製品のほか武器も含まれていた。当時、アメリカ大陸に植民地を獲得したスペインは、太平洋を横断する航路を開拓し、フィリピンのマニラをアジアの拠点とし、メキシコのアカプルコとを結んで活動していた。太平洋の表面の海流は時計まわりに楕円形をした流れになっている。この潮流に乗れば太平洋を横断できる。メキシコから来るときには赤道付近を行き、メキシコに向かうときには北側を通っていく。

マニラからメキシコに向かうスペイン船が、嵐に遭遇し航行不能になってしまった。

スペインとの交流は、秀吉が交流を要請する使節をマニラ総督のところに派遣し、それに応じるかたちで三年前から始まっていた。朝鮮に兵を送り込む直前である。例によって秀吉からの書簡は高飛車な内容だったが、スペイン総督は日本の様子を探るために宣教師を派遣した。会見は秀吉が滞在した名護屋でおこなわれ、スペイン宣教師は布教を許可してほしいと要請した。だが、秀吉は布教に関しては色よい返事をせず、貿易することだけを要求した。

日本との糸口ができたスペインは、国王に忠誠を誓っているフランシスコ会の宣教師を送り、布教する方針を打ち出した。伴天連追放令が出ていることは承知していたが、宣教師のペドロ・バウチスタが肥前の名護屋に来たのは、改めて秀吉に布教の許可を求めるためである。和議の成立を期して明国の使節が来日する直前だった。

秀吉は布教を許可しなかったが、それで諦めるようでは未知の国に来て布教などできないと彼らは考えている。殉教は名誉なのである。バウチスタは、布教を許可しなくても良いから京に滞在するのを許して欲しいと願い出た。逃げも隠れもしないと熱心に言うので、秀吉は彼らの願いを聞き入れた。秀吉が彼らの要求の半ばを飲んだのは、彼らが持つ大型船を譲り受けたいという思惑があったからである。得るものがあれば布教するのを厳しく咎めるつもりもなかったのだ。

京に来たバウチスタをはじめフランシスコ会士たちは、関白の秀次が協力的であると見て、教会堂を設立し、突破口となる病院を開き布教活動を始めた。イエズス会士が目立たないように活動していたのとは対照的だった。

そんなななかでスペイン船の遭難事件が起きた。

通訳を介して乗組員たちを尋問した増田長盛は、彼らがアメリカやアジア地域を植民地にする目的で活動していることを聞き出した。キリスト教の布教のために宣教師を派遣し住民に信仰を広めたうえで、武力を用いて服従させる計画を立てているという。通訳を介したやり取りだから多少の誤解があるものの、貿易が目的ではなく、他国を侵略するのが真の狙いであると思われる。長盛は「とうてい捨てておけることではない」と伏見の秀吉に報告した。

報告を受けた秀吉は頭に血がのぼった。そうでなくとも不安定な精神状態にあったから、こんなところにも敵が潜んでいたのかと思った秀吉は「すぐに宣教師と信者を捕らえよ」と命じた。スペイン人を中心とする布教活動の弾圧に踏み切ったのだ。キリシタンが敵というのではなく、キリシタンの姿をした敵がいるから、彼らが牙を剥き出す前に撃退するのが秀吉の意向である。

秀吉の関心は、自分が生きているあいだに秀頼が豊臣家の当主になり、混乱なく政務を引き継ぐことである。スペイン人による布教は、秀吉のそうした思いを邪魔する行為に思えた。体調の衰えを意識せざるを得なくなった秀吉は、ちょっとのことで不安が大きくなる。それが厳しい処置につながった。

十二月にフランシスコ会の宣教師と日本人信者が京と大坂で捕獲された。そのなかにはイエズス会に属する信者もいた。彼らは京、伏見、大坂、堺と引きまわされて長崎に送られ処刑された。処刑されたのは二十六名だった。この処置は以前から布教していたイエズス会の宣教師や信者たちにも警戒心を抱かせた。

10

朝鮮の使節との交渉が打ち切られたのは翌一五九七年（慶長二年）二月である。

交渉の余地がないまま交渉を続けても意味がないと石田三成が考えたからである。朝鮮側が折れない以上、和議は成立しない。そうなると戦うことになるから困ると思っていたが、戦うのも悪くはないのではと三成は考えるようになったのだ。

戦いを避けたいと思うから袋小路に入っていた。むしろ、戦うことにすれば、秀吉の指示のもとに自分たちが大きな権限を行使できる。六十歳を超えて病気がちの秀吉は、かつてのように絶対的な支配者ではなく、三成らの進言に耳を傾けるようになっている。これを続けて、秀吉を後ろ盾にして権力の掌握を確かなものにしたい。秀吉が生きているあいだに秀吉の権限をしっかりと受け継がないと、家康に豊臣氏の権力を簒奪されてしまう恐れがある。悠長に構えているわけにはいかない。

戦時体制を取れば、武将たちに動員令を出すなど秀吉の権限をもとにして国内を一つにまとめあげられるうえに、秀吉に従う自分たちがまつりごとの主導権をとれる機会となる。徳川家康や前田利家と秀吉の関係を弱めるチャンスである。朝鮮で戦うといっても、半島南部を日本の領土にする目標に絞れば困難は大きくない。そして、朝鮮の占領地域に九州の大名たちを転封させ、九州に毛利氏や長宗我部氏を移せば、西日本の広大な地域は秀吉の直轄地になる。それが後継者の秀頼のためになると言えば、秀吉が反対するはずがない。

秀吉の許可を得るには、積極的な施策であると思わせる提案のほうが受け入れられやすい。

明の使節も朝鮮の使節も、秀吉の言うとおりにしないと報告し、彼らと戦うしかないと主張する。それでも、辛抱強く交渉しろと秀吉が言い張るはずがない。しかも、朝鮮の占領地域に九州の大名を移し、秀吉の直轄地を大幅に増やす計画を示せば、秀吉は喜ぶはずである。

三成は信頼する小西行長にこの計画を話し意見を聞いた。

ふたたび戦いたくない行長は賛成しない。だからといって朝鮮と和議が成立する見通しは立たないからと、三成は、自分の提案を受け入れるよう行長を説得した。交渉は決裂せざるを得ない。となると戦いは避けられない。三成の提案どおりにしたほうが、行長が策略を弄したことも咎められずに済む。行長は消極的ながら賛成した。

三成は明の使節や朝鮮の使節が策略を弄していたと秀吉に報告し、非は彼らにあると説明した。すると、思ったとおり秀吉は「戦う以外に道はない」と怒りを露わにした。すかさず三成は「戦いに関しては自分たちが采配を振るから、大船に乗った気で大坂や伏見にいて秀頼さまのことを考えていてください」と話した。

三成が周到に準備した戦闘再開計画は、そのまま秀吉の方針になった。増田長盛や長束正家たちには、朝鮮使節との交渉が決裂し、秀吉の怒りは激しく、戦う決意をしたと報告した。

決定を聞いた家康も、交渉の決裂による戦闘再開はやむを得ないと思った。戦わないとなれば朝鮮から完全に撤退するしかない。それでは何のために戦ったのか分からない。秀吉が決断したとなれば従わざるを得ない。前田利家も同じ考えだった。だが、戦いの指揮をとる元気が秀吉にあるのか家康も利家も不安だった。

この決定は、奉行衆の連名で大名たちにも伝えられた。誰もが秀吉の指示であると思う。

小西行長はすぐに朝鮮に戻り、謹慎を解かれた加藤清正も勇躍朝鮮に向かった。陣立ては、先の「唐入り」の際に発した動員と同じになり、九州の大名が率いる部隊が中心になる。

石田三成や増田長盛は朝鮮半島に行く予定はない。戦いを支える任務を果たすものの、軍目付には太田一吉、毛利重政、竹中重利、恒見一直、早川長政、熊谷直盛、福原長尭を任命し朝鮮に派遣した。臆病ゆえに領地を取り上げられた大友吉統の支配地を分割して与えられた秀吉の家臣や陪臣たちである。このうち熊谷直盛、福原長尭は石田三成の親戚であり、三成の意を体して行動する。

秀吉の関心は以前より衰えているから、それを悟られないように秀吉がかける動員令は、前回にも増して遵守するように激しい口調で通達された。

朝鮮南部に築いた倭城を拠点に、占領地域には二万人ほどの日本の兵士が駐屯していた。そこに日本から新たな兵士が派遣され、十二万という兵力になる。限定した戦いで敵を圧倒して和議に持ち込み、日本の領土を確保する計画である。文禄の役のような困難な状況にはならないはずだ。拠点の城に滞在していた各部隊は、日本から来た部隊と連携して、のちに「慶長の役」と呼ばれる戦いが始まろうとしていた。

日本軍の動きを知った朝鮮国王は、明軍に支援を要請し日本軍の新たな展開に備えた。

先の戦いで秀吉の期待に応えられなかった島津氏は、しっかりと戦うように要請された。それに応え、当主の義久の弟の義弘が、島津氏の後継者に決まった息子の忠恒（のちの家久）とともに部隊を率いて戦う。島津氏は気を引き締めて戦う姿勢を示した。

宇喜多秀家、小西行長、加藤清正、黒田長政といった面々が中心になって活動するのは前回と同じである。違いとしては、小早川隆景の姿がないことだ。養子になった秀秋に家督を譲った隆景は直前に急死しており、十六歳の小早川秀秋が朝鮮に入った。実際には、経験不足のせいで早い段階で帰国命令が出され、秀秋は戦線をはなれ、代わって付家老となっていた山口宗永が小早川氏の兵力をまとめた。毛利輝元は体調を崩し、養子となった秀元が毛利軍の指揮をとる。

戦いは一五九七年（慶長二年）八月に始まった。日本軍は半島南部の慶尚道と、その西側にある全羅道で占領地域を広げた。全羅道では総大将の宇喜多秀家に島津軍、小西軍、宗軍、蜂須賀軍が連合し、明と朝鮮との連合軍に対峙する。慶尚道では総大将の毛利秀元に加藤軍、黒田軍、鍋島軍、長宗我部軍が結束して敵にあたる。

黒田軍を主体とする部隊は北進を開始した。全羅道から忠清道に入り、あわよくば漢城まで進軍する作戦だった。明軍の支援を受けた朝鮮軍が阻止しようと兵力を展開し、忠清道の稷山（しょくさん）で激戦となった。黒田軍は果敢に戦ったが敵を圧倒できず、敵も退くことなく対峙する状況が続いた。だが、ここで敵を突破して進軍しても、その先の展望が開けない。黒田軍が北進しても後続部隊が来る計画はないからだ。

九月十七日に隙をついて李舜臣の朝鮮水軍が、全羅道にある港を攻撃してきた。後手をとった日本水軍は大きな被害を受けた。警戒を強めた日本軍は、陸地で戦う部隊と連携して、慶尚道と全羅道に面した港周辺の制海権を手放さなかった。朝鮮水軍は各地の港を護る日本軍を脅かそうと攻撃を仕かけ、日本水軍と海上で戦いが展開した。二十三日には藤堂高虎率いる水軍が全羅道の西の海上で朝鮮水軍と戦い、敵を圧倒して朝鮮兵を多く捕虜にした。このなかに姜沆（きょうこう）という朱子学をおさめた人物がいた。

秋も深まり冬を迎える時期になると、明軍と対峙していた黒田軍は撤退を決めた。すでに占領した地域の維持を優先したからだ。日本軍の士気は、文禄の役のときにくらべると低く、戦線の拡大は思いもよらない。九州の大名は戦いに勝利しても朝鮮に転封されるだけであるという風評がたてられ意欲を削がれていた。

新たに占領した地域を護り切るために拠点となる城をつくることにした。選ばれたのは海に面した地域で、朝鮮半島南部の制海権を考慮してのことである。

加藤清正が在番する蔚山（うるさん）倭城は、それまで加藤清正が居城としていた西生浦（さいせいほ）倭城から五十キロほど北にあり、倭城のなかでは半島東部の最北端に位置する。城の普請を担当したのは秀吉の側近として活躍した浅野長政の長男の幸長（ゆきなが）、それに毛利家の家臣の宍戸元続（ししどもとすけ）である。本丸のほかに二の丸と三の丸があり、石垣が積まれた本格的な城郭だった。兵器や食料などを備蓄するための設備も充実させた。

小西行長が入る順天（じゅんてん）倭城は、全羅道の南部にあり、宇喜多秀家と藤堂高虎が担当して築城した。島津氏の拠点となる泗川（しせん）倭城は慶尚道の南西にあり、長宗我部元親と毛利吉茂が築城した。さらに、宗義智が在番する南海倭城は慶尚道の南部の中央付近にあり、脇坂安治が築城した。立花宗茂が在番する固城倭城は南海倭城の近くで、鍋島直茂・勝茂父子が築城した。いずれも突貫工事だが、日本式に防御と攻撃ができる戦いのための城であり、小高い丘の上に築き周囲に堀をめぐらせた。

十二月に加藤清正の新しい居城となる蔚山倭城が完成した。清正が、それまでの拠点の西生浦倭城にいて移る準備をしているときに明と朝鮮の連合軍が蔚山倭城を攻撃してきた。十二月二十二日早朝、堀に水を入れる直前である。予想より早い敵の攻撃で、食料を倉庫に運び込む前だった。城内の兵士も数が多くない。清正は急ぎ各地の倭城にいる大名たちに援軍の派遣を要請した。そして、自らも少数の兵を引き連れ、夜陰に乗じて海路で蔚山倭城に入ることに成功した。何としても新しい城を護らなくてはならない。だが、食料や兵器を運び込む前に攻撃されたから、味方が来るまで籠城するにしても不安は大きい。痛手となったのは飲み水を確保できないことだった。

蔚山倭城は海と反対の西側に長く伸びた地域に出丸をつくり、ここに城にいる兵たちの水を賄う井戸を掘った。敵はこの地域を集中的に攻め、出丸を占拠した。水源を断ち切られ、籠城する兵士たちは途中で雨が降って一時的に喉の渇きを癒したものの、食料の備蓄もないから喉の渇きと空腹に耐えなくてはならなかった。籠城するのは浅野幸長と宍戸元続、それに加藤清正の家臣を合わせて計二千人ほどである。

四万を超える敵は鉄砲で攻撃してくる。防御施設ができているので簡単には攻め落とされないが、尿を飲み、壁土を口にするという悲惨な籠城になり、ひたすら援軍が到着するのを待った。

援軍は年が明けた一五九八年（慶長三年）一月三日に来た。籠城している兵たちを元気づけようと、駆けつけた日本軍は蔚山郊外の高台に多数の幟を高く揚げて知らせた。毛利秀元、鍋島直茂、黒田長政、蜂須賀家政、加藤嘉明、長宗我部元親、生駒一正、それに、秀秋の帰国後に小早川軍を率いた山口宗永、および加藤清正の主力部隊を加えて約二万の兵である。支援軍は敵の背後から果敢に攻撃を仕かけた。退路を断たれる恐れが生じた明と朝鮮の連合軍は撤退を開始し、籠城組はようやく愁眉を開いた。

このときに敗走する明・朝鮮連合軍を追撃しなかったという報告を受けた石田三成は、これを問題にした。逃げる敵に襲いかかれば容易に討ちとれる。敵に打撃を与える絶好の機会を逃したとして不満を示した。城を護り切るのが目的ではなく、敵の勢力を削ぐことが急務なのだ。だが、当事者たちにしてみれば城を護って安心し、そこまで考えなかった。

蔚山倭城には敵がふたたび攻撃を仕かけてくるはずだ。敵の攻撃から城を護りきるには多くの兵力が必要だ。蔚山倭城は占領地域では北に突出しているから、敵が攻めてきてから支援に駆けつけたのでは間に合わない。しかも、他の占領地域にも敵は攻撃してくるだろうから、占領地域を安定して確保するために蔚山倭城の支援に来ることができない可能性が大きい。支援した武将たちも、この城を放棄して安定して護りきれる地域に引き揚げるべきであるという主張が多かった。それでも城を護りたいと清正は主張したが、支援が期待できなければ籠城して戦うわけにはいかない。清正もしぶしぶ蔚山倭城から撤退するという意見に従わざるを得なかった。

総大将の宇喜多秀家を中心に武将たちが、今後の展開について話し合っても積極的な意見は出てこない。誰もが口にしないが、戦意の衰えは覆い隠せない。結論としては、石田三成たち奉行あてに戦線の縮小を提案することにした。

護りに徹して敵が攻撃してこないかぎり戦わないという方針が確認された。当初は勇ましい指令が出されたものの、次第に日本からの指示も朝鮮に滞在する部隊を鼓舞する内容ではなくなった。それを敏感に感じ取り、戦闘意欲の衰えを回復させるどころか、衰える傾向に歯止めがかからなくなった。

近隣の村を襲って住人たちを連行し、奴隷として日本の商人に売り利益を上げる兵士もいた。奴隷となった朝鮮の住民は、日本各地や貿易をしている明国やポルトガル商人に売られた。士気があがらないなかで、彼らの行為は咎められることはなかった。

戦いの成果として、以前の戦いでは敵兵の首を日本に送ったが、船で運ぶのが大変なので、今回は首の代わりに鼻や耳を送るようになった。だが、鼻や耳となると兵士と一般住民との区別がつかない。日本軍が有利に戦っていると偽るために、殺された住民の鼻や耳が集められ日本に送られたこともあった。

11

朝鮮で戦いが本格化しても、秀吉の関心事は秀頼のことだけだった。

戦いが始まって一か月後の九月に後継者の秀頼の元服の儀式のために、秀吉は参内した。伏見から京に来るので、秀吉が宿泊するための、禁裏に隣接した城が新しくつくられた。

秀吉の強い意志により五歳の秀頼は従四位下左近衛少将に叙任される運びとなった。この歳で元服するのは異例だが、執念としかいいようのない秀吉のこだわりに、周囲は辟易としながらも従った。元服をして秀頼と名乗らせた。参内を済ませた秀吉は、健康を取り戻そうと有馬の湯に出かけた。朝鮮での戦いのために九州に行くという計画も立てていたが、病気を理由に取りやめている。

参内には家康も付き合っている。しばしば京に滞在することになる家康は、京では呉服商の亀屋栄任(かめやえいにん)の屋敷に宿泊するようになっていた。もとから付き合いがあったが、本能寺の変後に家康が堺から三河に帰るときに世話になって以来、家康の側近の一人として付き合いを深めていた。秀吉が京をおろそかにするなかで、家康は京に自分の屋敷をつくることにして二条に敷地を確保していた。これがのちに二条城に発展する。

参内を終えた家康は、秀吉に江戸に戻る許可を得た。秀次の切腹事件のために上方に来て以来、二年四か月経つが、そのあいだに江戸に帰ったのは一度きりで、その滞在も二か月と短かった。

一五九七年（慶長二年）十一月に伏見を発ち、家康は久しぶりに江戸で正月を迎えた。祝いの最中に、大名の国替えが実施されたという報告が伏見から寄せられた。石田三成の発案で秀吉の承認を得て、朝鮮における戦費に充てるための国替えであるという。

検地による不正が発覚したという理由で下野の大名の宇都宮国綱が改易され、その後には会津の蒲生氏が入る。蒲生氏は十八万石に減封されるが、以前の検地の際に石高の申告が正しくなかったことが、ふたたび問題にされ処罰的な意味がある。蒲生氏の後に会津に入るのは越後の上杉景勝、越後には堀秀政の嫡男の堀秀治が入る。さらに、筑前の小早川秀秋が堀秀次の領地だった越前に移り、小早川家の領地の筑前は秀吉の直轄地になる。蒲生氏の処遇と上杉氏の転封は以前に実行されようとしたが沙汰止みになっていたもので、たぶんに徳川家康を牽制する狙いが隠されている。

家康には秀吉がまつりごとに関心を示さなくなっているのを良いことに、石田三成が自分たちの権限を大きくしようと画策しているとしか思えない。国替えは家康が江戸に行っている隙を狙って実行に移された。だが、朝鮮での戦いの最中で軍資金の確保は優先しなくてはならないという大義名分を掲げられれば、異議の申し立てをするのにためらいがある。

国割りが実行されると、石田三成は上杉氏が円滑に会津に入れるよう会津に下向した。会津の統治に専念するために上杉景勝は、三年間は上洛せずに国許にいることが秀吉から許された。

小早川秀秋を馴染みのない越前の北ノ庄に移らせたのは、筑前を秀秋の統治に任せていたのでは戦費の調達が円滑にいかないからという理由だった。戦いが始まってすぐに帰国した秀秋は、筑前で統治に専念したものの、秀吉や石田三成が期待するような効果は上がらなかった。経験不足の秀秋では無理があるからと、筑前を直轄地にして石田三成が代官になった。三成は、上杉氏の転封を見届けると筑前に入った。秀秋が引き継いだ小早川氏は越前に移ることにより、毛利氏との関係が以前よりさらに薄くなった。筑前に下向した三成は筑前で検地を実施し、この地で収穫した穀類を朝鮮に送る手配をした。

この年（一五九八年・慶長三年）二月に家康はふたたび上洛した。近く秀吉が参内するというので家康も伴をしなくてはならないからだ。

家康が到着するのを待っていたように、秀吉は醍醐の三宝院で盛大な花見を催した。正室のお寧や茶々をはじめ、秀頼や御伽衆など心を許した者をともない、秀吉ははしゃいで元気であることを見せつけた。家康は、朝鮮での戦いの経過が気になっていたが、秀吉は、そのことについては一切言及しない。日本軍が戦っているのを秀吉は忘れているようだった。家康には秀吉が無理して元気を装っているように見えた。機嫌よくしているのが、逆に痛々しい感じなのである。それだけ秀吉の意志の強さが失われたように見える。

花見が終わると秀吉は有馬温泉に湯治に行った。参内に備えて生気を養うためだったが、逆に秀吉の体調は悪くなり、自分の足で湯船まで歩くことができず、湯に浸かるにも家臣の背中を借りなくてはならなかった。三月二十三日に禁裏に行く計画になっていたが延期された。

参内したのは四月十八日である。秀頼は従二位中納言に叙任された。何が何でも幼い秀頼を高い地位につけたいというのが秀吉の願いである。だが、それが強引であると人々に思われたくない。そうした秀吉の意向を受けて前田玄以が画策して覚書が作成された。

天皇との会見は、秀吉が謙譲の美徳を発揮したように記録される。三献の儀の途中で相伴していた武家伝奏の観修寺晴豊と中山親綱(なかやまちかつな)が天皇の意向で秀頼を中納言にすると申し出る。それが良いと天皇が言う。すると秀吉は恐れ多いと言って辞退する。天皇の意志は変わらないから叙任するよう勧める。そこまで言われれば断るわけにはいかずに受ける。事前の打ち合わせどおりに進行し、秀吉が無理押しした事実は記録上では残されない。

秀頼は、内大臣の徳川家康、大納言の前田利家に次ぐ官位となり、同じ中納言の小早川秀秋、徳川秀忠、織田秀信、宇喜多秀家、毛利輝元、上杉景勝の従三位より六歳の秀頼が上になる。

儀式が終わると、禁裏内で幼い秀頼のために女官たちが鼓をたたいたり、珍しい菓子を用意したりして機嫌をとった。その側で秀吉はくつろぎ、菓子を食べ散らかしている。禁中では誰もそんなことをしないが、秀吉は我が家にいるように振舞った。結果として、これが秀吉の最後の参内となった。

五月二日に、秀吉は朝鮮から戻って報告に来た軍目付の恒見一直、熊谷直盛、福原長堯と伏見城で会見した。寝たり起きたりの日々が続き、この日まで待たされて会見が実現した。石田三成は筑前にいたが、秀吉と会見する三人の軍目付には、どのように秀吉に報告すべきか指示を出していた。彼らのほかに軍奉行には毛利重政（もうりしげまさ）、竹中重利（たけなかしげとし）、早川長政（はやかわながまさ）がいたが、彼らは戦線の縮小を主張したので、帰国させなかった。秀吉が不快に思うような情報は伝えないほうがよいという配慮である。上座で鷹揚に構える秀吉と対面して、三人の軍目付は秀吉の体調を気にする余裕などなく、秀吉と直接話ができるだけで感激していた。

彼らは、秀吉に気に入られる報告をするつもりでいた。朝鮮で戦う武将たちの士気はあがらず厭戦気分が支配的になりつつあることを伝えれば秀吉が不機嫌になると、三成から事前に注意されていた。このときに蔚山倭城の戦いで明・朝鮮連合軍を撃退した際に追撃しなくてはならないのに撤退を強く主張したとして、黒田長政と蜂須賀家政を批判的に報告した。さらに、残りの軍目付の三人は秀吉の命に背いて戦線縮小を主張して士気を衰えさせていると非難した。

彼らの報告を聞き、秀吉はそれまで忘れていた朝鮮の戦いに突如として関心を示し、久しぶりに朝鮮征伐を指揮する立場にあるという自覚が蘇った。報告を聞いているうちに血が滾（たぎ）り、臆病な武将は許せないという思いで興奮した。処罰する前に確かめる必要があるとは思わず、その場で追撃しなかった黒田長政と蜂須賀家政を謹慎させるよう命じ、黒田長政と蜂須賀家政の領地の一部を没収して秀吉の直轄地とした。そして、この場にいない毛利重政、竹中重利、早川長政ら三人の軍目付の所領を没収し、福原長堯らに分け与えると通達した。

この席で、秀吉は来年になったら朝鮮へ大軍を送り攻撃するつもりであると語った。福島正則、増田長盛、石田三成を派遣して戦い、日本の領土を大々的に増やすと大言壮語した。だが、その場の雰囲気で興奮したにすぎず、彼らが退去した後は、朝鮮半島の戦いを思い浮かべることはなかった。

12

五月五日の端午の節句には、大坂城の秀吉のところにご機嫌伺いを兼ねて諸大名が挨拶に来た。秀頼とともに彼らと接見して間もなく、秀吉は卒倒した。この翌日に有馬の湯に行く計画は中止となった。これを境にして秀吉は起きていられなくなり、次第に食欲もなくした。

秀吉の診療は名医たちが交代で実施する体制である。彼らを統率するのは前田玄以で、医者を束ねるのは施薬院全宗（せやくいんぜんそう）、治療の中心になるのは曲直瀬道三（まなせどうさん）の甥の曲直瀬玄朔（げんさく）である。玄朔は道三の薫陶を得て後継者となり、名医としての評判が高く、秀吉からも信頼されていた。ほかには半井明英（なからいあきふさ）らが担当し、秀吉につききりで二人ずつ交代しながら治療に当たった。病名は痢病（りびょう）といわれ、胃や腸の病気と診断されたが、実際には癌の末期症状と考えられる。投薬する以外には病状の経過を見守るしかない。六月を過ぎると病はさらに重篤となった。

家康が寝たきりになった秀吉を見舞ったときのことだった。

豪華な布団に包まれて秀吉は眠っていた。枕辺に座った家康は、秀吉が目を覚ますのを待つことにした。二人の医師が側にいたが、いまのところ安定した状況が続いていると聞き、席を外させた。

秀吉の寝顔を見ていると、呼吸は苦しそうではない。もともと小柄だったが、身体が以前より小さくなったように見える。それでも、小柄な秀吉が、朝鮮を征伐せよと言えば十何万もの兵士たちが渡航して戦わなくてはならない。秀吉の指令には誰もが右往左往して従っている。

家康は漠然と元気なころの秀吉のことを思い浮かべながら寝顔を見ていた。すると、秀吉が突然、布団をはね除け、がばっと起き上がった。目を覚ましたかと思い、家康は声をかけようとしたが、家康のほうを見ていない。秀吉は立ち上がり、布団から畳に移動して、そのままよろよろ進んだ。立ち上がることもできないはずの秀吉の様子がおかしい。

秀吉は畳の上をつまずきながら数歩進み止まった。そして、膝を折り座り込むと頭を下げ、両手をついて平伏する姿勢になった。「申し訳ありませんでした。上さま、どうかお許しください。悪うございました。どうか、どうか」と言葉を途切らせ、頭をさらに下げた。頭を畳に擦り付け、ひたすら謝り続けている。

秀吉が夢遊状態であることに家康は気づいた。自覚がないままに誰かに許しを請う夢を見ているようだ。「上さま」と言う言葉が聞こえたから、信長の怒りを買った夢のなかにいるのだろう。信長の家臣時代に戻った秀吉が、仕えていた信長に必死に謝っていると思われる。信長が死んで十六年経ったが、そのあいだ秀吉から信長のことをあまり聞いた覚えがない。それなのに、信長に謝る姿を見せるとは、いまだに主人だった信長を恐れる気持ちが心の底から消えていないのだろう。家康は、傲慢さのなかに潜む秀吉の卑小さを見た気がした。

障子の向こうに控えていた侍女が急いで秀吉のところに飛んできた。秀吉は失禁していた。侍女も、秀吉の異様な姿を目にするとかたまった。そして、「どうしたものか」と家康に尋ねる表情をして見上げた。

「いいか。殿下の姿を我は見なかったことにする。汝もそうすると良い。このことについては他言無用。いいな」と言って家康は部屋を出た。下がらせた医師たちが駆けつけてきた。彼らに「出直してくる」と言って家康は退出した。

「上さま、どうかお許しください」と言う言葉と秀吉の平伏する姿は、家康の脳裏に強く焼き付いた。このことを家康は誰にも言わなかったが、この後、家康は自分が弱気になったときに秀吉の夢遊状態の姿を何度も思い浮かべた。

正室のお寧が、改めて秀吉の病気平癒のために御神楽催行を願い出た。これを受けて天皇の指示で禁裏の内侍所で秀吉の平癒を祈願する神楽が演じられた。さらに、秀頼名義で御神楽催行願いが提出され実行に移された。伊勢神宮をはじめ主要な神社に秀吉の病気平癒のために立願するよう朝廷から要請が出された。神社に勅使が派遣され、受け取ったお札が伏見の秀吉のところに届けられた。

秀吉の病気が予断を許さなくなったという報告を受け、筑前にいた石田三成は急ぎ京に戻った。そして、秀吉を見舞うと、すぐに徳川家康をはじめ前田利家と毛利輝元という三人の大名に、秀吉と秀頼に忠誠を誓う起請文を提出するよう要請した。これに加えて上杉景勝と宇喜多秀家とで秀吉の死後の秀吉政権を支える働きをするようにという秀吉の意向が示された。

家康が以前に秀吉を見舞ったときには、家康と前田利家に今後を任せたいと秀吉は言っていた。家康がまつりごとを取り仕切り、利家は秀頼の傅役（もりやく）とするというのが秀吉の意向だった。これに他の三人の大名が加えられたのは三成の差し金であると家康は確信した。だが、三成は秀吉の意志であると主張した。家康はあえて異論を唱えなかった。

浅野長政、石田三成、前田玄以、増田長盛、長束正家という側近の五人も、秀頼に忠誠を誓う起請文を提出した。これにより、五人の有力大名と五人の秀吉の側近たちが、秀吉の遺志を継いでまつりごとを取り仕切る体制がつくられた。

八月五日に作成された遺言状は、家康と五人の大名に宛てて秀頼をくれぐれも頼むという内容だった。五人はお互いに婚姻により関係を深めること、家康は三年間在京して伏見城の留守居をすること、側近たちは伏見と大坂で交代して留守居をすること、秀頼が大坂城に入ったときには従う家臣の妻子も大坂城に入ることという内容だった。

家康が特別扱いされていて、三成にとっては好ましくなかった。多くの大名を束ねていくには家康を頼りにするしかないという秀吉の意志表明だったが、三成は秀吉に出した起請文を盾にとって有力大名は同列であると言い張った。

八月十八日に豊臣秀吉が、その生涯を終えた。享年六十二、このとき秀頼は六歳だった。

第十二章　関ヶ原の戦いに至る二年間

1

秀吉の死はしばらく公表されなかった。混乱が起きないか心配したからで、その死が公表されるのは五か月後の翌一五九九年（慶長四年）一月五日である。

秀吉の統治体制は組織的とはいえず、常にいくつかのプロジェクトが進行するかたちをとり、秀吉の意志や思いつきで全体が動いていただけに、秀吉の死は船長を失った船のような状況を生んだ。後継者不在で集団指導制をとることになるが、結果として家康と三成との主導権争いを呈す状況になる。二人は秀吉が生きているときから立場の違いだけでなく、主張や考え方に違いがあった。

三成には、もう少し秀吉が長生きしてくれれば家康の影響力を抑えることができたという思いがある。いっぽうの家康にしてみれば、秀吉は自分を頼りにしていたのに、病床の秀吉をそそのかすようにして、五人の有力大名に起請文を出させ、他の大名を家康と同等の権限を持つかのように三成が画策したと思っている。

家康と三成の対立が陰に陽にみられ、紆余曲折があって秀吉の死の八か月後の四月に家康と三成の対立は三成の失脚で一応の決着がついた。それを機に秀吉の葬儀が執りおこなわれ、家康が主導権を持つようになった。

秀吉には、朝廷から正一位という最高官位とともに豊国大明神という神号を授けられ、神として扱われた葬儀となる。遺体は東山の阿弥陀ヶ峰（あみだがみね）の廟所に運ばれた後に、新しくつくられた豊国社という神社に祀られた。葬儀は、徳川家康をはじめ多くの大名や公家が参列して実施されたが、まずは葬儀に至るまでの秀吉の死からの経過を振り返ってみよう。

秀吉の死を知った翌日に、家康は伏見にいた息子の秀忠を江戸に帰した。天下の仕置きに関与するために自分は伏見にいなくてはならないが、どのような混乱が生じるか予測がつかないから、せめて秀忠は混乱に巻き込まれないようにするためである。

秀吉亡きいま、多くの息子たちがいるのが徳川氏の強みである。長男の信康を失ったものの、次男で結城氏を継いでいる秀康は二十五歳、三男で家康の後継者である秀忠は二十歳、四男の忠吉は十九歳になっている。十六歳の五男の信吉は、甲州の穴山氏の娘婿になり武田性を名乗らせている。六男の忠輝は江戸城で生まれ七歳、まだ元服していない。七男の松千代と八男の仙千代は幼くして亡くなったが、九男の義直以下はまだ生まれていない。家康は、少し前に若い側室を迎えており、これからも子供をつくるつもりでいる。自分の子供は多ければ多いほど良いと考えている。

秀吉に取り立てられて大名になった武将たちの多くは、家康の息子たちの世代である。石田三成は三十九歳で年長のほうだが、加藤清正や黒田長政や福島正則なども三十代である。有力大名の毛利輝元は四十六歳、上杉景勝は四十三歳で、五十七歳の家康と家康より四歳上の前田利家は特別な存在感を与えている。ちなみに、宇喜多秀家はもっとも若く二十七歳である。

　このとき上杉景勝は京にいなかったが、建前としては五人が同格である。とはいえ会議を主導するとなれば家康をおいてほかにいない。石田三成は家康に権限が集中しないように警戒するが、秀吉の側近だった奉行衆だけで政権を運営できる力量を備えているわけではない。

　緊急に対処しなくてはならないのは朝鮮での戦いを継続するかどうかという問題である。秀吉が生きていれば、計画どおり占領地域を確保し、強引に九州の大名を朝鮮南部に転封させたかもしれないが、いまとなっては戦いを継続するのはむずかしいという点では有力大名と三成たち奉行との意見は一致した。秀吉の死を秘したのも明や朝鮮に知られたくないからだ。

　朝鮮における戦いに主体的にかかわった石田三成をはじめとする奉行衆も、朝鮮での日本軍の士気も高くないのを知っており、朝鮮からの撤退に異論はなかった。撤退に関する采配は石田三成と浅野長政が中心になり、相談された家康や前田利家も、彼らに任せることに賛成した。

　撤退を伝える使節には、秀吉に仕えていた徳永寿昌（とくながひさまさ）と宮城豊盛（みやぎとよもり）が指名された。秀吉の死を知らせ、朝鮮からの全面撤退を急ぐ。三成と長政が博多へ行き、引き揚げてくる日本軍を受け入れる。そのために三百隻の船を用意する。

　会津にいる上杉景勝を除き、家康、利家、それに輝元、秀家の四人の大名が連署して、奉行からの書状とは別に朝鮮各地の武将たちへ撤退を知らせる書状を作成し、朝鮮へ派遣する使者に持たせた。

石田三成は伏見を後にするに際して、自分がいないあいだに家康がまつりごとを勝手に取り仕切るのではないかと不安を感じ、毛利輝元を抱き込む動きを見せた。秀吉の遺志を継ぎ、三成たちと連携して秀頼に奉公するという内容の起請文をとったのだ。輝元を抱き込めば家康や前田利家を牽制できるという思惑が働いていた。

若くして当主になった毛利輝元は、毛利元就の三男である小早川隆景が後見役となり、自分の意志を前面に出す機会は多くなかったが、後見役だった隆景が前年に亡くなっており、三成には扱いやすい人物であると思えたのだ。

ところが、毛利氏の外交を担当する安国寺恵瓊（あんこくじえけい）が、輝元だけを家康と切り離して特別扱いする三成の行為は、大名間の対立を煽ることになりかねないと案じ、一丸となって朝鮮から撤退すべきときなのに、輝元だけ三成と結びつくのは賢明ではないと輝元に訴えた。言われれば、恵瓊の言うことが正しいと分かり、輝元は三成に抗議した。慌てた三成は輝元の起請文を反故にし、改めて五人の有力大名から起請文をとることにした。徳川家康、前田利家、毛利輝元、宇喜多秀家、さらに急ぎ上京した上杉景勝を加えて五人が連署した起請文は、秀頼に忠誠を誓い、意見の違いがあれば多数決で決めるという内容になっている。対立を露わにすべきでないという空気に三成が屈したかたちで、それ以上に波紋を広げることなく決着した。家康は黙って見守るだけにしたものの、三成に対する警戒感を強めた。

占領地域の維持に汲々としていた朝鮮半島の日本軍も、撤退に反対しなかった。撤退するなら早いほうが良いと誰もが思っていた。だが、敵が攻撃を仕かけてくるから、すんなりと帰国できるか予断は許されない。

明国は十万に達する陸軍および一万を超える水軍を朝鮮に派遣し、日本軍の殲滅を図ろうとしていた。漢城に集結した明の陸軍は東路軍、中路軍、西路軍に分かれて日本軍への攻撃体制を整えた。明の水軍と朝鮮水軍が連携して、陸軍の攻撃に呼応して海上から攻撃する計画である。

劉綎（りゅうてい）将軍が率いる西路軍が、占領地の西にある小西行長の部隊が護る順天（じゅんてん）倭城を包囲したのは、日本からの撤退を通知する使節が到着する直前だった。海と陸から攻撃する構えを見せた劉綎将軍は、使者を送って行長に和議を申し入れた。行長は話し合いに応じるべきであると思ったものの、もしかすると城から出てきたところを捕らえようという敵の策略ではないかと警戒した。ためらっていると案のじょう海から攻撃を仕かけてきた。武器や食料を備蓄していたから籠城して様子をうかがった。敵は容易に攻めてこない。

島津義弘・忠恒の父子が護る泗川（しせん）倭城は、慶尚道の南部の中央にある。明の董一元（とういつげん）将軍が率いる中路軍の攻撃を受けたものの敵を寄せ付けず、ときには島津軍が城を出て攻撃を仕かけた。その勇猛な戦い振りに明軍もたじたじとなった。

日本からの使者である徳永寿昌と宮城豊盛が、島津氏のいる泗川倭城に到着したのは、この直後の十月八日である。秀吉の死とともに撤退する方針を伝えた。明軍の攻勢を退けた島津軍も、将来の展望を切り開けないところだったから撤退指令を歓迎した。隙をみて城から脱出し、釜山に集結するために巨済島に移動した。

撤退の知らせを受けた慶尚南道の東部にいた加藤清正は、攻撃を受けていないから抵抗なく撤退できる状況だった。清正が撤退した蔚山倭城に明の東路軍が入り、攻撃に移る準備をしているところだったから で、清正と彼の率いる部隊は無事に釜山に到着した。

西部にある順天倭城の小西行長軍は、日本軍の撤退方針が伝えられても、包囲されたままで動くわけにはいかなかった。何とか損害なく撤退したい。そこで、明軍も攻撃を控えているから交渉の余地があると考えた。行長は多額の賄賂を用意して、撤退するから攻撃は差し控えて欲しいと申し入れた。攻めあぐねていた劉綎将軍は、二つ返事で行長の提案を了承したので、撤退できる目処がついた。

十一月十日に小西行長軍は城を出て船で釜山に向かおうとした。ところが、撤退の準備中に港の様子を探ると明国と朝鮮の水軍が戦闘態勢で待ち構えており、港から船を出せる状況ではない。行長は城から出るのを中止して、約束が違うと明の将軍に抗議した。だが、水軍のことまでは関知していないと言われた。仕方なく行長は、泗川倭城から巨済島に引き揚げた島津義弘と宗義智に連絡して救援を要請した。

島津氏の率いる水軍が、ただちに南海島沖に向かった。その情報をつかんだ明の水軍は、李舜臣将軍率いる朝鮮水軍と連合して、日本軍の引き揚げを阻止しようと南海島沖の露梁(ろりょう)で薩摩水軍を待ち伏せした。そこに日本水軍が現れ、海上で両者は激突した。

明と朝鮮の水軍は二手に分かれ、火炎兵器を主要な武器として日本の軍船を攻撃した。日本軍は鉄砲で応戦し、一歩も引かなかった。この戦いで、島津氏の水軍は朝鮮の李舜臣の旗艦船を取り囲み、朝鮮の名将を鉄砲で仕留めて戦死させた。溺死も含めて双方にかなりな犠牲者が出た。優劣がつかないまま、その日の戦闘は日没とともに終了した。

順天倭城にいた小西行長一行は、敵の軍船が決戦のために出払った隙に船を出し、日本軍が集結している巨済島に到着した。海上で戦った島津氏も合流し釜山に向かった。撤退を決めてからの戦いはこのときだけだったから、当初の計画に近い日程で日本軍は退去することができた。

撤退する兵士の運搬のために日本からの船が次々と釜山港に到着した。港の周辺は日本軍が制圧しており、捕虜にした朝鮮兵に協力させた。加藤清正や黒田長政が真っ先に引き上げた。小西行長は撤退するのに苦労したのに彼らが支援しようとしないのは冷たい仕打ちに思え、先の戦役から続いているお互いの不信感は増幅した。

朝鮮からの撤収は十二月のうちに終了した。兵士たちは国元に引き揚げ、武将たちは報告のために京にやってきた。博多で日本軍の引き揚げを担当した奉行の浅野長政と石田三成も十二月には任務を果たして伏見に戻った。

2

秀吉の死後あまり経たないうちから天皇の譲位問題が発生していた。病にかかった後陽成（ごようぜい）天皇が譲位したいと言い出したのは十月十八日で、浅野長政と石田三成たちが九州に行っているときだ。

八月十三日に突然、天皇は目眩がして気分が悪くなり、その後も体調不良が続いた。前田玄以に医者を派遣するよう求め、祥寿院瑞久（しょうじゅいんずいきゅう）が脈をとり、薬を処方した。見舞いの人たちが訪れ、お祓いや平癒祈願を実施したがなかなか回復しなかった

譲位というのは軽々しく決められないが、天皇の意志を武家に知らせなくてはならない。奉行である前

田玄以のところに朝廷の使者が派遣された。朝鮮からの撤兵が重要な局面に入っているときだが、ただちに家康以下の有力大名に伝えた。

朝廷内部でも譲位は慎重であるべきだという意見が強かったが、病気という理由ならやむを得ないという空気になってきた。ところが、その流れは弟の智仁（としひと）親王を後継者にしたいと天皇が言い出したところで止まってしまった。以前から第一皇子で十二歳になる良仁（ながひと）親王が儲君（ちょくん）と称され後継者に決まっていた。それなのに、天皇の弟である智仁親王に帝位を譲るという意志が示され、周囲を戸惑わせた。秀吉が生きているときに良仁親王が次期天皇になると決められていたはずだ。いまさら後継者を変更するというのは天皇のわがままである。それに従うべきでないと有力公家の九条兼良（くじょうかねよし）が主張し、天皇に考え直すよう進言した。

天皇は良仁親王の弟である三宮（さんのみや）の政仁（ことひと）親王を後継者にしたかったから、それを言い出さず、つなぎの天皇として智仁親王を即位させようと考えたのである。まだ三歳の政仁親王は近衛前久の娘を母に持ち、良仁親王は中山親綱（なかやまちかつな）の娘を母に持っていた。

増田長盛と長束正家の二人の奉行が、徳川家康、前田利家、毛利輝元、上杉景勝、小早川秀秋を呼んで、公家衆とともに、かつての関白である二条昭実（にじょうあきざね）の屋敷で話し合いがおこなわれた。

以前から決まっている良仁親王を後継の天皇にすべきであるという意見が多数を占めた。いっぽう、天皇の意志を尊重すべしという考えを示したのは家康である。会合に出席していなかった先の左大臣、近衛（このえ）信尹（のぶただ）（信輔から改名）も家康と同じように天皇の意向に従うべきであると主張した。二人は少数意見であるが、それを押し切ってまで決めるわけにはいかない。浅野長政や石田三成が留守中に決めればしこりが残る。

強く主張するのがためらわれた家康は、天皇の脈をとった医師に病状を聞いてみると、回復しつつあると答えた。朝廷や大名間に対立が生じるのは好ましくないが、天皇の意志を無視するのも良くない。譲位しないことにすれば朝廷内の対立も武家の意見の違いも表面化しない。それがもっとも良い解決法である。幸いにして病は回復傾向にあり、天皇にはまつりごとに関しては負担をかけないように配慮すると言えば納得してくれるはずだ。

家康が「譲位は無用」と言い出すと、天皇以外のほとんどが賛成した。天皇も、譲位問題で騒がしくなり、対立が表面化して頭を痛めていたから、先送りという解決法に同意した。これを機に、天皇は名を和仁から周仁と改めた。秀吉が禁裏に出入りするようになってから積もった埃を払うような感じのする改名だった。

鷹狩りを頻繁に実施する家康は、天皇を慰めようと、獲った鶴をことあるごとに献上した。鶴が高級食材として珍重されていたからで、朝廷との関係に家康は気を遣った。

このときの話し合いで、公家の大臣を誕生させる必要があるとして菊亭晴季を右大臣に任命した。ようやく公家の大臣がいない状況が解消した。また、家康は公家の身分を剥奪されていた山科言継を、同じ境遇にある公家の冷泉為満とともに公家に復帰させたいと申し出た。秀吉の死で公家衆が遠慮せずに決められるようになっていたから、二つ返事で承認された。山科言継と冷泉為満は朝廷を離れているあいだは家康が後ろ盾になったから、二人が復帰してからは、朝廷内の情報は彼らを通じて家康のもとにもたらされた。

一五九九年（慶長四年）の正月を迎えた。朝鮮からの撤退も無事に終了し、伏見城の豊臣秀頼は、秀吉の後継者として大名から年賀の礼を受けた。このときに秀吉の死が公表され、本格的にポスト秀吉の時代が始まろうとしていた。

家康が祝いを述べようと伏見城を訪れると、秀頼は前田利家の膝の上にいて挨拶を受けた。秀頼の後ろ盾になるよう秀吉から頼まれた利家が、任務を忠実に果たしていた。だが、その姿は、かつての利家ではなかった。六十歳を過ぎた利家は、体調を悪くして少し前まで病床にあった。衰えた表情を隠しきれず、老いが目立つようになっていた。胃腸の悪化による痛みをともなう「虫の気」といわれる消化器系の持病に苦しむ利家は、家康を愛想よく迎えたものの、秀頼の後見役を果たす姿は痛々しかった。

正月の行事が終わり、一月十日に秀頼が前田利家とともに大坂城に移った。家康も請われて秀頼とともに大坂まで同行し、すぐに伏見に戻った。利家が大坂城で秀頼を守り、家康が伏見でまつりごとを取り仕切るというのは、秀吉の遺言でもある。それに従うにしても、利家は秀頼が成長するのを見守るだけで良いのか、家康は伏見でまつりごとを独断で推進して良いのか、実際には曖昧なままである。有力大名たち五人と石田三成をはじめとする奉行衆との関係も明確ではない。身分は大名たちのほうが上であるにしても、秀吉の命令で動いていた奉行に、秀吉がいなくなったからといって、家康が指示を出しても、彼らが同意するかどうか勘案する必要がある。重要な案件は話し合いで決めるといっても、重要かどうか誰が判定するのか決まっていない。

六歳の豊臣秀頼に忠誠を誓うといっても、幼い秀頼の養育は母である茶々が任されている。母子は一体とみなされ、秀頼の意志は茶々を通じて伝えられる。正室のお寧が一歩退いているから茶々の存在感が増している。いっぽうで、秀吉に仕えて大名になった福島正則や加藤清正らは、茶々より正室であるお寧を慕う気持ちが強い。人質として秀吉のもとで幼少時代を過ごした黒田長政も同様に、お寧に養育され敬愛している。秀頼に対する忠誠心は人後に落ちないにしても、彼らは大坂城で大きな顔をする茶々とは距離をおきたいところがあった。

大坂城に入った秀頼には石川頼明（いしかわよりあき）、石田正澄（いしだまさずみ）、石川光吉（いしかわみつよし）、片桐且元（かたぎりかつもと）という四人が家老として付けられた。茶々の意向を尊重しながら決められた。石川頼明は秀吉の小姓をつとめ、以前から茶々に気に入られていた。石田正澄は三成の長兄であり、石川光吉も三成と姻戚関係にある。片桐且元は秀吉が柴田勝家を破った賤ヶ岳の七本鎗といわれて武勲をあげた一人である。かつて茶々の父浅井長政に仕えた経験があり、茶々に信頼されていた。この四人が城内で秀頼を支え、茶々の相談役になる。そして、秀頼に直接目どおりできるのは五人の大名と五人の奉行たち、それと家康の嫡男の秀忠と、利家の嫡男の利長に限られた。

朝鮮から撤退して戦時体制からの脱却が求められ、戦後処理は石田三成の主導で進められる。奉行のなかでは三成が積極的に提案するから、結局はそれに沿った方向になっていく。

戦いに参加した武将に、働きに応じた論功行賞を与えるのは戦後処理のうちでもっとも重要である。だが、このたびの戦いでは領地を確保できなかったから、恩賞として領地をひねり出すわけにはいかない。そこで、秀吉の直轄地として接収した領地を、それぞれの武将の領地に戻す措置がとられた。派兵した大名の地域には秀吉の直轄地が設定されていたからだが、それを戻されただけでは犠牲の大きさを考えれば割に合わない。だが、それ以上の恩賞を出せる状況ではない。

豊臣氏の直轄地の維持・運営は秀吉の家臣が代官として当たっていたが、直轄地がなくなれば奉行の仕事も少なくなる。各地の大名と揉めごとを起こすのは得策でないから問題の少ない解決法である。しかし、これにより豊臣氏の財源の一部は減少するが、茶々から異議は出なかった。秀吉が溜め込んだ金銀財宝があるから欲張る姿勢を見せなかったのだ。

越前北ノ庄に配置された小早川秀秋が、ふたたび小早川氏の領地だった筑前に国替えとなったのも戦後処理の一環である。朝鮮戦役のために秀吉の直轄地にされていた筑前は、小早川氏に戻すのが筋だった。これは家康が後押ししたこともあり、秀秋は小早川氏の当主として筑前領主に返り咲いた。隆景の時代の小早川家は、毛利氏との関係が強かったにしても、秀吉の親類筋にあたる秀秋が当主になってからの小早川家は、毛利氏との関係が薄くなり、秀秋に仕える家臣たちも、毛利氏のために働くという意識ではない。小早川氏を名乗っても、隆景の時代とは異なる大名家になっていたと言っていい。豊臣氏の親類である秀秋は、だからといって石田三成のように秀頼を盛り立てていく忠誠心を持っていたわけではない。秀吉により任命された付家老の山口宗永が領内の統治を勝手に取り仕切るのに秀秋は腹を立て、二人の関係は最悪となっていた。秀秋は子供のころから家臣にかしずかれて育ち、自負心も旺盛だった。成人に達した秀秋は、領地の統治に意欲を燃やし山口宗永を排除する動きを見せた。そこで、宗永には北陸に領地を与え小大名にして秀秋と袂を分かつようにさせた。

毛利氏の領地に関しての裁定が下されたのも、この前後である。輝元には息子がいないから従兄弟の秀元を養子にして毛利宗家を継がせることになっていた。ところが、輝元に息子ができて後継者は変更された。これは秀吉が生きていたときの話で、秀吉の采配で一応の決着が図られた。家督を継ぐはずだった秀元は輝元の息子の秀就（幼名は松寿丸）に家督を譲り、毛利氏の領地である出雲と石見（銀山を除く）を所有する与力大名になると決められた。裁定が実行に移される前に秀吉が死亡したため、改めて奉行の石田三成らが双方から事情を聞き、裁定をしなおした。毛利秀元の領地は出雲の他に伯耆の一部に変更され、秀元の領地が減少した。毛利氏の当主である輝元との関係を良好にしようという三成の思惑が働いた裁定である。毛利氏の一族である秀元は輝元に従う関係であるから受け入れるしかなかった。

薩摩の島津氏に関しても秀吉の直轄地となっていた地域が元に戻されている。家督を継ぐのは当主の島津義久の弟、義弘の三男の忠恒に決まっていたが、当の忠恒は伊集院忠棟の扱いに不満を募らせていた。島津氏を牽制する意味もあって家老だった伊集院氏を秀吉は大名に取り立てた。島津氏からみれば内政干渉であり、秀吉の横車で決められたままである。

朝鮮での戦いでは主筋である島津氏に協力する立場の伊集院氏は兵站の補給を担当したが、協力の度合いが足りなかった。秀吉が亡くなって戦時体制からの脱却を図る機会に、伊集院忠棟と島津氏との関係を旧に復して主人と家臣の関係にするのを認めて欲しいと島津氏は家康や三成に訴えた。しかし、伊集院忠棟は島津氏の要求に屈しない姿勢を見せていた。三成は秀吉の意志に従って伊集院氏の後ろ盾になり、島津氏の要請を受け入れなかった。

当主となる島津忠恒は三成に反発を強め、島津氏の領内には不協和音が鳴り響いた。

3

肥前の名護屋にいるときから、家康は前田利家とともに秀吉を支えてきていたから、二人が話し合っていけば、奉行たちを差しおいて、まつりごとの主導権を取れると考えていた。ところが、利家が病んでいて無理な状況である。石田三成が奉行衆を先導し、毛利輝元や上杉景勝などを味方につけて、家康の発言を封じようとするに違いない。それを黙って見守るわけにはいかないと思う家康は、味方を増やす努力を続けた。

中央の政治には関与していないが、加藤清正、黒田長政、福島正則らは石田三成に批判的である。朝鮮での戦いの際に生じた三成との対立は根深いものがある。彼らはそれぞれに一定の兵力をもっているから、いざとなれば頼りになる。家康は朝鮮にいたときから黒田長政には手紙を頻繁に出して交流を深めており、長政を通じて彼らと接近した。さらに、味方になる大名との関係強化をはかることが重要である。そこで、家康は伊達氏、福島氏、蜂須賀氏との縁組を推し進めた。

こうした家康の動きを石田三成は警戒した。朝鮮からの撤退を取り仕切っているあいだに家康が勝手な行動をしていなかったか、三成は家臣に監視を怠らないように指示しておいた。伏見に戻り、家康の動向を報告させた三成は、案のじょう家康が弾劾に値する振舞いをしていると思った。秀頼が大坂城に入ってから、入念に調べた。弾劾するとなれば、家康が大名との縁組を勝手に進めたことが理由になる。秀頼を支える有力大名五人の衆のあいだで絆を強めるために婚姻を奨励したものの、秀吉は自分が承認した以外の大名家の縁組を禁止していた。秀吉が亡くなってからも遵守すべきであると考える三成は、前田利家や上杉景勝に相談した。家康が秀吉の遺訓に逆らっているとして同調を求めると、確かに秀吉の遺訓に背いていると判断し二人は賛同した。それで力を得た三成は、毛利輝元、宇喜多秀家にも同調を求めた。いずれも家康の行為は問題であるという見解を示した。これで強気になった三成は、家康を謹慎させるべきであると主張し、他の奉行たちも反対しなかった。

伏見城の近くにある家康の屋敷に三成が派遣した糾問使がやってきたのは一月十九日である。家康が考えているより早い反応だったが、三成が問題視する可能性があると思っていた家康は、どのように対処するかあらかじめ考えていたから慌てなかった。

秀吉の遺訓に背くと言われた家康は「いまとなっては殿下の承認を得られなくなっているから、この程度のことで糾問されるのは理不尽である」と答えた。秀吉から政務を委任されているのに、自分をまつりごとの中枢からはずそうとすることこそ秀吉の遺訓に背くと自分の正当性を主張し、糾問使を追い返した。

家康はただちに榊原康政と本多正信に兵士を集めるよう指示した。そして、伏見にいる大名たちに糾問使が来た次第を通達した。加藤清正や黒田長政、福島正則といった武将たちは、必要ならいつでも兵士を引き連れて駆けつけるという返事をした。家康はそれには及ばないとして、前田利家に対して不快感を示し、石田三成の糾問は筋違いであるから考え直して欲しいと伝えた。そのうえで、親しくしている細川忠興に利家のところに行かせて、家康と利家が仲違いするのは秀吉がもっとも避けたいと思っていることではないのかと説得させた。

忠興と話し合った前田利家は、家康と協調していかなくてはならないのに三成の主導した家康の糾問に賛成していたことを反省した。家康の行動を質(ただ)すにしても敵対する気は毛頭ない。このままでは二人のあいだのわだかまりが大きくなってしまう。利家は、信長に仕えていたときから敵の首をいくつも獲るほどの猛者(もさ)ぶりを発揮したが、このころには穏健で虫も殺さぬ印象を与える好々爺(こうこうや)に見えるようになっていた。

細川忠興が、家康に詫びを入れたほうが良いと利家に進言すると、利家はこれに応じただけでなく、三成にも家康へ詫びを入れさせるように説得するという。

石田三成の予想しない成り行きになってきた。多くが三成の主張に同調したといっても、家康を敵にまわす覚悟までしていない。このまま糾問を続ければ孤立しかねない。三成は心ならずも糾問を取り下げ、家康に詫びを入れた。

家康と協力しなくては豊臣家の将来は安泰ではないと考えた利家は、体調が優れないものの、二月二十九日にわだかまり解消のために、大坂から伏見にある家康の館を訪れた。そして、自分の考えが足りなかったと率直に詫びた。これからは豊臣氏のためにともに働こうと家康に語りかけた。家康は、謝られるほどではないと恐縮して見せた。わざわざ伏見まで来てくれたので、今度は自分が大坂へ行くと約束した。それにしても、このときの利家のやつれた姿に家康は驚いていた。

家康は三月十一日に大坂の利家のもとを訪れた。利家の病気を見舞うためでもあった。

巷では家康が大坂に来るのを待って三成が家康を暗殺する計画を立てていると噂した。まともに武力で対抗できない三成が、警護が手薄になる機会に家康を襲撃するのではとささやきあった。家康と三成の対立は京や大坂の住人の関心事だったのだ。

家康が大坂の利家の館を訪れたときには、利家の衰えは、さらに目立ってきていた。病床から離れられなくなり、利家自身も、自らの死が近いと悟っている様子で「お会いするのは、これが最後になるでしょう」と言い、三成たちとの対立を避けて、ことを荒立てないようにしてほしいと家康に要望した。それはむずかしいと思ったが、家康は「そのように努力しましょう。どうか心配しないでください」と答えた。

利家は体力も気力も衰えていたが、意識はしっかりしていた。秀頼の今後を思うと心残りのようだった。また、自分の後継者である息子の利長も未熟であるので、家康に後ろ盾になるよう頼んだ。

この年は閏年で、利家がみまかったのは翌月の閏三月三日だった。これにより有力大名のなかでは家康が最年長になった。

利家が亡くなる一か月ほど前の三月九日に伏見で事件が起きた。島津忠恒（のちの家久）が、伏見にある島津氏の居館に伊集院忠棟を呼び出して殺害したのだ。

秀吉により大名に取り立てられた忠棟と、主筋に当たる島津氏とのあいだは前から剣呑になっていた。島津氏の取次をしていた三成は、伊集院氏の後ろ盾になっていたが、島津氏にしてみれば秀吉が亡くなったのだから、伊集院氏が島津氏の領内で大名のままなのは好ましくないという主張を続けていた。だが、伊集院忠棟は領地を返上する意志はなかった。それに立腹した忠恒が殺害に及んだのだが、ことを起こす前に、忠棟の殺害を計画した島津忠恒は、密かに家康に対して伊集院氏を成敗するつもりであると報告した。許可を求めたわけではないが、事前に知らせたのは暗黙の了解を得るためだ。家康は「他家の問題なのであずかり知らぬ」と返答をした。殺害を黙認したのと同じだった。

忠棟殺害の報を知った石田三成は激怒した。三成は伏見での事件の詳細を薩摩にいる当主の島津義久に書き送り、このままで済まさないように迫った。島津忠恒は島津氏の当主になると決まっているが、忠恒を弾劾すべきであると考えていた。三成は、自分が前面に出ずに島津義久に裁定を託すつもりだった。どんな返事が来るか注目していた三成のところに、家督を継ぐべき忠恒の行為は許しがたいだろうが、なんとか不問に付して欲しいという内容の書簡が届けられた。

三成は何らかの処罰を下すべきであると主張したが、家康は、主人である忠恒が家臣である忠棟を成敗した事件で、島津氏の内政問題であるから、処置は島津氏に任せるべきであると主張した。少し前に、家康に詫びを入れている三成は強気に対処できない。了承しがたかったが、ことを荒立てないほうが良いと大勢に従った。

伊集院忠棟の暗殺は、島津忠恒の短慮によるものとしながらも処罰しないと決められた。

だが、それだけで済まなかった。忠恒が罪に問われないと決まったので、島津氏は忠棟の息子である伊集院忠真(いじゅういんただざね)に、日向の都之城を明けわたすよう命じた。だが、忠真はこれを拒否して籠城し、島津氏に抵抗した。この城の周辺には庄内十二城といわれる支城がある。伊集院氏の一族が結束して徹底抗戦することになった。戦いは島津氏が優勢ではあるが、簡単には終息しなかった。秀吉の介入から始まった島津氏と伊集院氏の確執は武力闘争に発展し、三成の島津氏への影響力は低下した。

4

依然として京や伏見では、三成が家康の暗殺の機会を狙っているという噂が消えなかった。三成の独断的な動きに腹を立てている加藤清正や黒田長政、浅野幸長、蜂須賀家政、藤堂高虎、細川忠興は、利家が死亡したのを契機に三成を排除しようという談合を始めた。彼ら豊臣恩顧の大名たちは、三成を切腹させるよう家康に訴えることにした。

彼らの動きは事前に三成の知るところとなった。警戒していた三成が、彼らの動きを探っていたからだ。三成は常陸の領主、佐竹義宣(さたけよしのぶ)に連絡した。大坂の館にいた義宣は、彼らが三成を襲う恐れがあるとして伏見のほうが安全であると、密かに三成を大坂から脱出させた。三成の乗る輿には佐竹氏の兵士が付き添い、伏見にある三成の館に避難させた。

伏見に移動した三成は、上杉景勝と毛利輝元に連絡して、自分を排除しようとする動きを見せる諸将をなだめるよう説得してほしいと要請した。清正や長政の背後にいる家康と、三成を支援する上杉氏や毛利氏との対決という構図になる。三成と反三成勢力との対立が決定的になれば、有力大名の対立に発展しかねない。だが、上杉景勝や毛利輝元は、家康との対立を避けたいという気持ちがある。三成が清正らを弾劾すると主張しても、そのために武力行使する決心までしていないから、三成に同調しているといっても、本音では腰が引けている。

三成の張り詰めていた気持ちが途切れた。三成以外の奉行たちのなかでは増田長盛が、三成を排除しようとした武将たちを処罰すべきであると主張した。他の奉行は対立が深刻になるのを避けたいと思っている。それを知った加藤清正は、長盛も許せないと主張し、黒田長政や藤堂高虎らとともに長盛をも弾劾するよう家康に要請した。

ことを収めるには有力大名が乗り出すしかない。前田氏は利家が亡くなった直後で、家督を継いだ若い利長は、口を出さない。同じく宇喜多秀家も存在感は薄く頼りにできない。上杉景勝と毛利輝元が動こうとしても、最終的には家康に相談しないと何も決められない。

家康は鳴りを潜めている。だが、家康抜きに解決を図るわけにいかないと、景勝と輝元は相談に乗って欲しいと要請した。すると家康は、景勝と輝元とともに三人で話し合って決めたことに誰もが従うと言うなら、解決に乗り出してもよいと返事した。三成にとっては好ましくない成り行きであるが、三人に任せる以外に解決の方法はないというのが三成を除く奉行の意見だった。三成も従わざるを得ない。

家康は、景勝と輝元との話し合いになれば、自分が考える方向に結論を誘導できる自信があった。景勝と輝元は積極的な解決策を持っているわけではないと思っていたからだ。

まずは景勝と輝元の意見を聞き、家康は自分の意見をなかなか言わなかった。二人は、決起した清正や長政らを処罰するわけにはいかないにしても、三成や長盛をまつりごとから外すわけにもいかないと考えていた。穏便に済ませたいようだ。それでは決起前の状態に戻るだけで解決しないと家康が指摘した。ではどうするか。

実際には清正や長政たちが仕かけたのだが、喧嘩両成敗という立場をとるなら、双方を処罰することになる。だが、三成は逃げただけだから喧嘩というわけではない。輝元は、朝鮮での戦いに参加した経験があるだけに、彼の地でともに苦労した清正や長政が三成に含むところがあるのは、それなりに理解できた。対して景勝は三成とは特別な関係であるから、三成が不利にならないようにしたいと思っている。

家康は、輝元と景勝の心情の違いを見てとり、問題を解決するためには三成を蟄居（ちっきょ）させてはどうかと提案した。清正や長政らを納得させなくては問題の解決にはならないという理屈である。だが、三成を蟄居させるだけで、攻撃を仕かけたほうを咎めないというのは不公平であると、上杉景勝が異議を唱えた。話し合いは結論が出なかった。

奉行のなかで中立的な立場の長束正家が、三人による話し合いの経過を三成に伝えた。かつて丹羽長秀に仕えていた正家は財務に詳しく、秀吉のたっての望みで秀吉に仕えるようになってから、計算能力の高さを発揮し奉行の任務をこなし、秀吉や家康から高く評価された。奉行のなかでは能吏として派閥的な動きを見せない。

長束正家が三成のもとを訪れると、思いのほか三成は落ち込んでいた。家康が加わっている話し合いで、自分を切腹させるという結論が出るかもしれないと三成は恐れていた。結論は持ち越されたが、どうなるかは分からないと正家は説明した。

「どうしたら良いか」と真剣な表情で正家は尋ねられた。血気に逸る清正や長政たち若い武将を抑えることができるのは家康しかいない。これまでの家康との確執を考慮すれば、家康が三成の切腹を強く主張すると思えた。上杉景勝は庇ってくれるだろうが、家康の弁舌に翻弄され、切腹させると決まる可能性がある。そうならないようにするにはどうするか問われた正家は、打開するには三成のほうから家康に謝罪するのが良いのではと進言した。すると、三成は正家の進言に従うと述べた。

長束正家は「三成は謹慎して家康に対して含むところがない」と報告をした。ほどなく家康のところにも三成からの使者が訪れ、これまでの自分の行動に良くないところがあったと反省していると伝えてきた。

ふたたび三人の大名による話し合いがおこなわれた。三成がどう考えているか判明したから、それほど時間がかからずに、前回、家康が提案した解決法で良いという結論に達した。三成を天下の仕置きからはずして佐和山城に隠居させる。上杉景勝も家康が三成を切腹させよと言い出さないことに安堵した。そして、蹶起した加藤清正や黒田長政らから要望が出ていた増田長盛は咎めないと決まった。

家康はこの機会に、秀吉により糾弾された黒田長政と蜂須賀家政の嫌疑を晴らし、朝鮮における撤退を指示したことを臆病であると処罰された二人の名誉を回復すべきであると主張した。戦いの現場にいれば、黒田長政と蜂須賀家政を糾弾するのは疑問を感じるはずであるという家康の主張に輝元も積極的に賛成した。景勝も反対しなかった。

この決定が伝えられた長政と家政は率直に喜んだ。同時に朝鮮での状況を秀吉に恣意的に報告した軍目付だった福原長堯に対し、秀吉から加増された領地を取り上げることを決めた。秀吉の権力を笠に着て実行した三成の施策に批判の目が向けられたといえよう。

毛利輝元に仕える安国寺恵瓊が三成への処分を伝えた。三成の館を訪れた恵瓊が、輝元が三成の身を案じていると伝えると、三成は感動して涙を流した。切腹という裁定が下されるかもしれないと恐れていた三成は、心の底から安堵した。蟄居といっても自分の領地で従来どおり支配することは許され、大名という身分に変わりはない。中央のまつりごとからはずされた三成に代わり、嫡男の重家が秀頼に仕える措置がとられた。

三成が近江の佐和山城に移るに際して家康は、息子の結城秀康に警護を命じた。秀吉のもとに預けられていた秀康は、その後は家康の息子としての自覚を持ち、徳川氏を支える武将として活動するようになり、家康との関係もうまくいっていた。このときも家康の指示に喜んで従った。三成の身を心配した佐竹義宣も、三成一行の通る道に兵士を配置し、三成が無事に帰還できるよう支援した。

佐和山城に到着した三成は、警護してくれた結城秀康にお礼として家宝の太刀を贈った。三成のために家康が配慮してくれたことを感謝していると伝えてくれるよう秀康に頼んだ。もし自分が家康の立場なら切腹させなくてはならぬと強く主張したはずで、三成は家康との確執を水に流しても良いという心境になっていた。この後、三成は領国の統治に力を入れ、中央政界からは距離をおいた生活を続けた。そして、石田家の家督を譲られた息子の重家が、家康の後ろ盾を受けて大坂で活動することになる。

石田三成の蟄居は、家康の権限の拡大を意味した。それを示すかのように家康は手勢の兵を引き連れて伏見城に入った。三成が佐和山城に向かった三日後の閏三月十日のことである。伏見城と宇治川を挟んで対岸の向島にある家康の館では警護に不安があるからという理由だった。これまでの家康の館では、大勢で押し寄せて攻撃されれば防ぎようがない。伏見城であれば多勢の兵士を滞在させて護ることができる。「天下の仕置きを果たすよう言われており、そのための行動である」と家康は有力大名と奉行に使者を派遣して伝えた。誰も文句を言わなかった。京にいる公家や僧侶たちは「これで家康が天下人になった」とささやいた。

このときに家康と毛利輝元とのあいだで起請文を取り交わしている。「天下の仕置きを混乱なくするために秀頼を粗略にせず、今後も徳川氏と毛利氏とはお互いに心を開いて兄弟のように関係を強める」という内容である。家康が伏見城に入ることを輝元が承認する意味がある。

家康は、さっそく秀吉の葬儀の準備を始めた。前田玄以に朝廷と交渉させ、どのような葬儀にするか相談した。秀吉自らが神として祀られることを望んでいたから、それに沿って朝廷との話し合いが持たれた。秀吉は「八幡神」として祀るよう望んだが、朝廷からは「豊国大明神」という神号が示された。天皇は秀吉の希望を叶えようとしなかった。いわば最後の抵抗ともいえる決定であり、家康がこれを受けると表明した。奉行衆も反対しなかった。八幡神は武家の守護神であり、応神天皇に発する神として信仰の対象になっていた。これに対し大明神は尊いにしても一般的な神号である。

神となる秀吉の葬儀は、現代風に言えば国葬に当たる。家康をはじめ有力大名が参列して実施された。葬儀が済んで秀吉亡き後の政権は、家康が主導する組織としてリセットされた。

家康がまず取り組んだのが朝鮮との関係改善だった。朝鮮からの撤退は完了したものの、朝鮮王朝とのあいだに話し合いは成立していない。公的に戦争が終結したわけではないのに、三成はじめ奉行連中は、朝鮮からの撤退が完了すれば、それで済んだと考えていたようだ。海外の国との関係はそんな単純なものではない。講和の成立をめざす必要がある。

講和は対馬の宗氏に託す。朝鮮と交渉するよう指示するとともに、朝鮮出兵で宗氏が被った損害を補うために家康は米一万石を贈った。

さっそく対馬の宗氏は講和の話し合いをしたいという使者を朝鮮に派遣した。しかし、朝鮮側は日本が一方的に侵略したというのに謝罪せずに講和の話を持ちかけるのは許しがたいと拒否し、使者と話し合おうとしない。交渉が簡単でないのは承知していたものの、困惑した宗義智は家康に相談した。粘り強く交渉するしかないが、まずは朝鮮側に誠意を見せなくてはならない。それには、日本にいる捕虜を帰還させ、朝鮮側の心証を改善するところから始めることにした。

日本に連れてこられた捕虜のなかに朱子学者である姜沆(きょうこう)がいた。朝鮮王朝に仕えた姜沆は、明の将軍から要請されて全羅道に展開する水軍の食料調達の役目をしていたときに攻撃された。船で逃げようとしたところを藤堂高虎が率いる伊豫水軍に捕らえられ、捕虜として伏見に一緒に連れてこられた。姜沆は秀吉をはじめ日本の支配者に激しい怒りの感情を抱いていたものの、一部の知識人には友情を感じ交流があった。その一人に藤原惺窩（ふじわらせいか）がいる。

以前、惺窩は憧れていた明国に密かに渡ろうと試みている。儒学への関心が高まり明で学びたいという思いを強くした。九州にわたり、大隅半島の南にある内之浦から船で明国へ行く機会を狙っていた。内之浦は海外からの貿易船が行き来する港である。ここから乗船した船が嵐に遭い、惺窩は鬼界ヶ島に漂着してしまい、明国に行くのを諦めなくてはならなかった。京に戻った惺窩は、朝鮮の有名な朱子学者が藤堂氏の屋敷にいると聞き、訪ねたところから二人の交流が始まった。

姜沆は惺窩が持っている反骨精神に共鳴し、二人の関係は強まった。日本に滞在しているあいだに、日本の支配のあり方や思想を調査して、帰国後に朝鮮政府に日本の本当の姿を伝えようとした姜沆にとり、惺窩との交流は意味があった。かつて惺窩は朝鮮の使節と大徳寺で接触した経験があり、姜沆とのコミュニケーションは円滑におこなわれた。

「四書五経」に関して新しい解釈の仕方を惺窩は姜沆から学んだ。明国で学んだ朝鮮の学者による新しい解釈は、惺窩にとっては知的な驚きだった。姜沆の「四書五経」の講義は、惺窩には目から鱗が落ちる思いだった。

やがて帰国を希望する捕虜が集められ朝鮮に送り返されることになり、姜沆もそのなかに含まれた。帰国した後には政府に出仕しなかったものの、姜沆は日本の現状を政府に報告した。武人による支配の過酷さ・残忍さを強調する内容だった。それでも、日本側が自主的に捕虜の帰還を果たしたから、少しは日本に対する朝鮮側の心証を良くする効果があった。

伏見城に家康が入ってからは、比較的平穏な状況が続いた。

六月になると、島津忠恒が反乱を起こした伊集院忠真を討つために九州に帰るのを許して欲しいと家康に申し出た。秀吉の時代から、領主が国元に戻るときに秀吉の許可を得ていた。それに従って家康に許可を求めたのは、とりもなおさず、家康がまつりごとの中心にいるという認識を持っていたからである。家康は許可を与えた。

島津氏が伊集院氏を征伐する日向での戦いは決着がついていなかった。伊集院氏は抵抗を続けているが、主家に逆らう伊集院氏に非があると判断した家康は、立花宗茂や小西行長たち九州の大名に島津氏を支援するよう指示した。だが、島津氏の最高権力者の義久は、加勢は不要と断っている。九州の雄である島津氏の誇りである。ところが、肥後の加藤清正は伊集院氏を支援する姿勢を見せた。それを知ると家康は清正を叱責している。家康は停戦させようと家臣の山口直友（やまぐちなおとも）を九州に派遣した。

七月に入ると、上杉景勝が会津に帰国する許可を求め、家康は即座に許可した。そして、宇喜多秀家、蜂須賀家政など朝鮮で戦った大名たちに、長らく留守にした領国に戻るよう指示した。家康が天下のまつりごとを取り仕切っていることに大名たちは疑問を抱かなかったが、寺領や社領に対する安堵状を出す必要が生じた際に家康は、他の有力大名と連署して出している。家康が宛行状（あてがいじょう）を単独で出したのは一六〇〇年（慶長五年）二月、信濃の川中島へ移った森忠政（もりただまさ）に対してで、丹後の細川忠興に豊後の杵築に加増を指示した際には、増田長盛ら三奉行に宛行状を出させている。
朝廷も八月十四日に参内した際に家康を三献の儀で遇している。かつて天皇に拝謁して宴が開かれたときの家康のもてなしは二献の儀だった。室町将軍や秀吉と同じ待遇にしたのは、家康を武家の頭領とみなしたからだ。家康は秀吉の葬儀が終わると天皇や主要な公家たちに贈りものをしたが、その後も朝廷には贈りものを届け、関係が途切れないよう気を配っていた。

伏見城に入った家康は、家臣や大名に読ませたいと思う書物の出版を手がけた。その事業は三要元佶(さんようげんきつ)に仕切らせた。かつて羽柴秀次と奥州仕置に遠征した際に、秀次が下野にある足利学校から貴重な書物を持ち出し、その後、学校を運営していた校主、元佶を京に呼んでいた。足利学校は関東を支配する北条氏が財政的な援助をしていたが、秀吉に北条氏が滅ぼされた直後で存続に不安があったので、やむを得ず元佶は求めに応じていた。そして、秀次の死後は不安定な状況になり、元佶は家康に仕えるようにという誘いに喜んで応えた。

イエズス会の宣教師が活版印刷の技術を日本にもたらし、木版による活字印刷の技術も朝鮮半島から伝わってきて、印刷した本が生まれたところだった。いちいち文字を写し取り一度に一冊ずつしかできない写本が主流のなかで、何冊もの本を同時につくることができる印刷技術に家康は興味を示した。同じ大きさの木版で一字一字ずつ文字を逆向きに彫り、板木をつくってページごとに並べて墨をつけて刷っていくのが木版印刷である。
家康が選んだ書物は古代中国の『孔子家語(こうしけご)』、兵法書の『六韜(りくとう)』と『三略(さんりゃく)』の三冊である。

『六韜』と『三略』は戦いに関してだけでなく『貞観政要』と同じように統治や帝王学が記されている。人の上に立つものの心得、家臣との関わり、将軍と兵士の関係、対立する相手との対応など、戦いと国の統治に通じる教訓が収められている。『六韜』は周の文王と宰相であり師である太公望との対話形式で君主のあるべき姿が語られている。君主は天下の心を己の心として当たれば広く知ることができるが、すべてを知ることは不可能だから、臣下からの知恵を動員すべきであり、臣下の意見をよく聞くのは名君になるための重要な条件である。惺窩から受けた講義でも、くり返して語られている内容だが、秀吉の死後は、同じような言葉でも家康の胸への響き方に違いがあった。秀吉という枷（かせ）がはずれて、自身に引きつけて率直に考えられるようになったからであろう。『三略』は兵法に重きがおかれているが、君主のあり方についても記されている。

家康は完成した書物を有力な家臣のほかに黒田長政や加藤清正、福島正則、池田輝政、藤堂高虎、細川忠興たちに贈った。彼らは家康が予想した以上に関心を示し、心なしか家康を眩しい目で見るように思えた。公家たちが『源氏物語』『伊勢物語』『古今和歌集』などを写本して武将に献上するのは資金稼ぎの面もあるが、武将たちがこうした書物に関心を示したのは、教養を身につけるのが大切であるという雰囲気があったからだ。

5

家康が伏見城から大坂城へ入ることにしたのは秀吉の正室、お寧が秀吉の菩提を弔うために髪を下ろしたいと言い出したのがきっかけだった。

四月に秀吉の盛大な葬儀が挙行された直後から、お寧は出家する意向を示した。本丸を茶々と秀頼に譲り、お寧は西の丸にいて表向きのことには一切かかわらなかった。お寧が出家するとなると、そのための寺院を建てて移る必要がある。

この情報は、池田輝政や黒田長政から家康に伝えられた。福島正則や加藤清正も、秀頼には忠誠を誓っているものの、生母の茶々が秀吉の正室であるかのように大きな顔をしていることが内心では面白くない。お寧を実母のごとく慕っていた彼らは、家康を支持する大名たちでもあった。

伏見にいる家康は、この機会をとらえて大坂に移ることにした。秀頼の代わりにまつりごとを取り仕切っているという姿勢をとるにも、秀頼のいる大坂城で采配を振るほうが良いと思ったからだ。

自分を支持する豊臣恩顧の大名たちとは、これからも友好関係を続けていかなくてはならない。とはいえ、秀頼が秀吉の実子ではないという疑念を持つ家康は、秀頼が成人しても政権を豊臣氏に返すつもりはない。だが、その本音を彼らに悟られると、彼らを敵にまわしかねない。そう思われないように、大坂で秀頼の代わりにまつりごとを実施する。いまは彼らの信頼をつなぎとめることが大切であり先決である。いきなり家康がお寧のあとに西の丸に入るより、大坂に移って一段落してから西の丸に入るという段階を踏んだほうが抵抗は少ないと思われる。

家康が大坂へ移るつもりであると聞き、協力したのが石田三成の息子の重家である。大坂の石田家の館は城外にあるが、三成の兄、正澄の館は秀頼の家老なので大坂城の敷地内にある。その館を提供するように、重家が伯父の正澄に話をつけた。城の敷地内にあるから安全性が高い。

大坂行きは九月九日とした。重陽の節句に合わせ、秀頼に挨拶するのにちょうど良い。道中で襲われないか心配した家康の家臣たちが兵士を動員して警護した。

到着した家康は、さっそく本丸にいる秀頼のところに顔を出し、節句を祝う挨拶をした。茶々は家康を頼りにしていると言い、大坂に来たのを歓迎した。家老の石田正澄と片桐且元が茶々と秀頼に付き添い、食事が供され、家康は数時間にわたり本丸に留まった。控えの間で待たされている井伊直政をはじめとする家臣は、家康を襲う気配がないか神経をとがらせていた。さいわい何も起きなかった。

城内の石田正澄の館に戻り、家康がくつろいでいるところに奉行の増田長盛が訪ねてきた。三成を蟄居させたときに長盛も失脚させる動きがあったが、家康が咎めない裁定を下したことに長盛は恩義を感じている。長盛には家康が大坂に来たことで何か変化があるか知らせて欲しいと、前もって要請しておいた。それに応えて報告に来た長盛は、とくに目立った動きは見られないと話した。ただし、茶飲み話として家康を亡きものにしたらどうなるかという話で盛り上がった連中がいたことを話した。単に仮定の話で大して問題ではないと長盛は思って、念のため報告した。

だが、家康は見逃すわけにはいかないと、誰がどのような席で話題にしたのか執拗に長盛に問いただした。長盛は家康が改めて問題にするのに驚いた。実際に細部について知っているわけではない。家康は、詳しく事実を探索するよう命じた。

話し合いの中心にいたのは前田利長だった。父の利家の跡を継いだ利長は、家康が有力大名として遇してくれない不満をぶちまけた。心を許した発言だが「いっそのこと、家康を亡きものにしては」と言ったという。もとより本気で考えてではない。その場には浅野長政のほかに土方雄久と大野治長が同席していた。秀吉の近くで活動していた長政は家督を息子の浅野幸長に譲っていた。利長の父の利家とは幼なじみであり、利長は父が亡くなってから長政に何かと相談していたようだ。土方雄久は織田信雄の家臣だったが、その後は秀吉に仕えている。大野治長は秀吉の馬廻り衆だったが、いまは秀頼に仕えている。母は茶々に仕えて秀頼の乳母となっている大蔵卿局である。

　家康暗殺未遂事件として人々の知るところとなり、実際以上に大きな事件として扱われた。家康が厳しく対処したからである。浅野長政の奉行職を解き、領地の甲斐に蟄居を命じ、土方雄久と大野治長は配流と決め、治長は結城秀康に、雄久は佐竹氏に預ける処分を課した。肝心の前田利長は加賀に戻っていたから、家康は兵を率いて加賀に向かうと告げ、処罰するという書面を持たせた使者を派遣した。

　前田利長は、家康に弾劾されるほどの言辞を弄したと思っていなかったが、家康を怒らせたと知り、すぐに恭順の意を表した。このときに利長の母と妻は伏見にいたので家康に人質にとられたのと同様だった。家臣の横山長知を家康のもとに派遣し、家康に反意など抱いていない旨、申し開きをした。

　利長を厳しく罰するつもりはない家康は、自分に従わせれば良いから、利長の母である利家の正室、まつ（出家して芳春院と称していた）を人質として江戸に差し出すよう指令した。帰国した家臣の横山長知の報告を受けて利長は、前田家の存続のために家康の言うとおりにするほうが良いと思い、母のまつに相談すると、彼女は波風を立てるのは好ましくないと江戸に行くのを了承した。

　浅野長政の失脚により奉行衆は増田長盛、長束正家、前田玄以の三人になった。石田三成の兄の正澄は三成の蟄居以来家康に協力的であり、片桐且元や、新しく家老になった小出秀政も、家康には丁重に対応した。

京にお寧のための寺院である高台院が完成し、彼女が西の丸を出ると、家康がそのあとに入った。九月二十七日のことで、正澄の館には家老の平岩親吉を住まわせ、家康の警護のために兵士を駐屯させた。秀頼が本丸に、家康が西の丸にいることで、大坂城は我が国の政治の中心地として機能した。

本丸は城の当主の住まいであり、西の丸はそれを補佐する家臣の館になるのが一般的である。必ずしもそうでないという主張をするかのように、家康は西の丸にも天守を造営させた。指示を受けた藤堂高虎は、本丸には及ばないにしても立派な天守を完成させた。

外交も家康が担当する。海外の国との関係は家康の専権事項だった。

秀吉が亡くなる直前にイエズス会のアジア担当の宣教師、ヴァリニァーノが三年ぶりに長崎を訪れていた。長崎奉行の寺沢広高（てらさわひろたか）は秀吉の禁止令を忠実に守ろうとしており、長崎では日本人信者が教会へ行くのを咎めていた。宣教師が隠れて布教している状況に危機感を抱いたヴァリニァーノは、彼らを保護するために宣教師たちを長崎から天草に移動させた。さらに、ヴァリニァーノは熱心な信者である肥後の大名の小西行長に寺沢広高の態度を改めるように働きかけ、それが一定の効果をあげた。そして、秀吉亡き後、宣教師のロドリゲスを京に派遣し、布教の許可を得るために家康に面会を求めた。布教の禁止を解いてほしいというロドリゲスの要請に、家康は慎重に対応した。秀吉が打ち出した伴天連追放令をなくすわけにはいかない。

とはいえ、家康が布教の禁止を改めて打ち出さなかったのは、外国人の持つ技術の導入を図りたかったからである。造船技術やそのほかの先進的な技術を導入するのは魅力的だった。銀や銅の採掘でも露天掘りでは限界があり、地下にある資源を効率的に採掘するためにも彼らの持つ進んだ鉱山技術を導入したかった。

フランシスコ会は、秀吉により宣教師や信者が処刑されたにもかかわらず、改めてヘスースとゴメスという二人の宣教師を布教のために日本に派遣した。ゴメスはすぐに捕らえられたが、ヘスースは伊勢に潜伏して布教の機会を伺っていた。それを知った家康はヘスースを呼び出し、布教を許可する代わりに、スペイン船を徳川氏の支配する浦賀に寄港させること、スペイン人技師を派遣して鉱山の採掘や精製技術の指導に当たらせることという条件を提示した。ヘスースはフィリピンにいる提督に伝え、叶えるように斡旋すると答えた。

家康は江戸にヘスースが居住する許可を与え、教会の建設を認めた。それまでより活発な布教活動になり、キリスト教の信者は二年近くのあいだに四万人ほど増えたと言われている。

なお、関ヶ原の戦いのきっかけになる上杉征伐に家康が出陣する数か月前に、オランダの商船が豊後臼杵の黒島に漂着しており、乗っていたイギリス人のウイリアム・アダムスとオランダ人のヤン・ヨーステンを大坂に呼んで家康は話を聞いている。このときの会見で、家康に新しい知識と未知の世界を知らせるきっかけとなった。ただし、これについては次の章（次巻）で触れることにしたい。

6

一六〇〇年（慶長五年）正月になった。各地の大名やその名代が大坂城を訪れ、本丸にいる豊臣秀頼に、次いで西の丸にいる徳川家康に新年の挨拶をした。訪れた大名やその家臣の多くは、本丸で過ごす時間より西の丸で過ごす時間のほうが長かった。秀頼と茶々には挨拶だけで済むが、西の丸では家康の指示を仰ぎ、あるいは国許の様子を報告した。

加賀の前田利長の家臣は、かねて約束したとおり芳春院（利長の母まつ）を人質として江戸に送る準備が整ったことを知らせた。家康は芳春院を大切に扱うから心配しないように利長に伝えて欲しいと告げて下がらせた。

続いてやってきたのは上杉景勝の家臣の藤田信吉（ふじたのぶよし）である。景勝が会津の仕置きに忙しくて代理として来たと家康に告げた。上杉氏が不穏な動きをしているという報告が寄せられており、事実かどうか確かめなくてはならないと家康は思っていた。生前の秀吉が実施した国替えで、上杉氏は九十万石から百二十万石に加増されて会津に移っている。新しい城をつくり、その周辺の整備を急いでいるが、それが上杉氏のあとに越後に入った若い堀秀治（ほりひではる）と、家老で叔父の堀秀直（ひでなお）に警戒心を抱かせていた。

新しい領主の堀氏に従おうとしない国衆がいるのは、裏で上杉氏が糸を引いているからではないか。また、若松城からそれほど離れていない地域に上杉氏は新しい城をつくり、阿賀野川（あがの）とつながる運河の工事を実施している。この運河を利用すれば、阿賀野川を利用して日本海まで船で行くことが可能になる。堀氏にしてみれば、越後に攻め寄せる計画ではないかという不安があった。

そもそも堀氏が越後へ入ったときから上杉氏とのあいだに悶着が起きていた。国替えの際に、集めた年貢の半分を移転する大名の取り分にする決まりがあるのに、上杉氏は越後で集めた年貢米のすべてを持ち去った。半分を戻すよう要求したが応じない。秀吉に仕えていた堀秀政は小田原城を攻めている最中に病死し、息子の秀治が跡を継いでいた。若い秀治を家老の堀秀直が支え、家康のもとに上杉氏の動きに不安を抱いていることを報告し、取り成しを依頼した。

家康は正月の挨拶に来た上杉氏家臣の藤田信吉に、こうした状況について問いただした。そのうえで不信感を払拭するために景勝本人が大坂に来るよう伝えた。家康に丁重にもてなされた信吉は、家康の意向を伝えるつもりであると話したので、家康は上杉氏の問題は早晩片付くと思った。

ところが、上杉氏の家老の直江兼続（なおえかねつぐ）は家康には懐疑的で、その要請に応じるつもりはなかった。当主の景勝の上洛に関しては、転封にあたり秀吉から向こう三年間は地元で政務に専念して良いと言われたとして拒否した。死んだ秀吉の指示を優先し、家康の要請は無視している。家康と接した藤田信吉は、家康が上杉氏に悪意を抱いていないと報告したが、兼続は信じようとしなかった。

上杉氏が越後に侵攻する意図があると堀氏が心配しているのだから、当主が上洛して弁明するのが筋であり、家康の要請を拒否するのは問題であるとして、景勝の上洛を強く求めた。だが、応じようとしない。そのうえ、運河の開発は内陸にある会津で生きるための施策であり、会津から新潟港まで船で行ける手段を確保する工事をしているのは流通のためであると説明した。会津から大坂や京へ行くには、東北道から江戸に入り東海道を進む陸路があるが、船を利用して日本海に出て若狭まで行き、そこから陸路を通り琵琶湖を船で大津まで来るルートのほうがはるかに便利であるというわけだ。

家康は承諾するわけにはいかなかった。かつて北条氏も秀吉の要求に素直に応じて上洛していれば征伐されなかったはずである。事情が違うとはいえ、上杉氏が要求に応じないとなれば、軍事的な出動を考えていると分からせなくてはならない。

どう対処するか家康が思案している最中に、上杉氏の家臣、藤田信吉が江戸の秀頼のところに身を寄せたという知らせが届いた。正月に家康に接し、主君の景勝に大坂へ行くよう促した信吉だが、直江兼続がその意見を退けただけでなく、家康と内通しているのではと疑った。身の危険を感じた藤田信吉は、出奔して江戸の徳川氏に救いを求めた。そして、上杉氏が新しい城をつくっているのは兵士の駐屯地を確保するためであり、武器を集め、結城秀康の領地である下野との国境周辺に砦を築き、戦いの準備を進めていると訴えた。

秀忠はすぐに大坂の家康に連絡した。主君を裏切った信吉は、少し大げさに報告した可能性はあるが、報告を受けた家康は放置するわけにはいかないと、家臣の伊奈昭綱（いなあきつな）と増田長盛の家臣を使者として四月一日に会津に派遣した。景勝の上洛を促すだけでなく、疑念を晴らすよう人質を要求した。

直江兼続も一存で拒否するわけにはいかず、使者を待たせて首脳会議を開いた。上杉景勝も動揺していた。景勝が大坂に行くべきであるという意見が大勢を占めた。だが、人質を出せという要求まで認めて良いのか。どこまで譲歩するかで議論が交わされた。その結果、家康に全面的に屈服するわけにはいかないという意見が優勢になり、上洛はするが人質は出せないという結論になった。

家康には承服しがたい決定である。大した罪でもないのに前田利長は大切な母を人質に差し出した。拒否するのはもってのほかであると、家康は改めて上杉氏に使者を派遣した。だが、人質を出すようにという要求はふたたび拒否された。

家康は上杉氏を討伐すると宣告し、ただちに長束正家、増田長盛、前田玄以の三人の奉行にその意志を伝え、了承を求めた。戦いとなれば、軍事指揮権を掌握するのは家康しかいない。

秀吉が、臣従しない勢力の討伐のために大名たちに動員令をかけて従わせたのは、天下人として軍事指揮権を掌握していたからである。それが秀吉の権力の源泉になっていた。上杉氏を成敗するために、家康が同様に軍事指揮権を掌握しなくてはならない。

以前にも家康が軍事指揮権を発動したことがある。伊集院忠棟が殺害されて、息子の忠真が島津氏に抵抗して日向の都城に立て籠もったときである。九州の大名たちに島津氏を支援するよう促した。このときは島津氏が支援を断っている。

上杉氏の討伐となると、全国の大名に動員指令を発する必要がある。秀吉の時代にも奉行衆が連署した「出陣指令」を出していたから、家康は、増田長盛、長束正家、前田玄以の三人を個別に呼び、上杉氏を討伐する正当性を訴え、家康のもとに大名たちを結集させる指令書を三人で連署して提出するよう促した。奉行たちは理解を示した。ただし、米の収穫に影響が出ないよう刈り入れが終わってから戦うという条件をつけ、家康が了承した。

有力大名の了承もとる必要があるが、問題は毛利輝元の出方である。家臣を通して毛利氏に打診した。輝元の家老、福原広俊（ふくはらひろとし）から上杉氏を弾劾するのを了承するという返事がきて、家康を安心させた。前田利長は黙っていても従うだろうし、残る宇喜多秀家に関しても心配していなかった。この年の正月に起きたお家騒動で、秀家は中央のまつりごとどころではなくなっていたのだ。しかも、家康がその収拾に力を貸していたから、秀家が家康に反発するとは思えない。

宇喜多氏は秀吉の知遇を受けて所帯を大きくしたから、もとからいる家臣団と新しい家臣団とのあいだに摩擦を生じていた。前田利家の娘で秀吉の養女となった豪姫を秀家が娶る際に、前田家から従（つ）いてきた中村次郎兵衛が旧家臣たちに殺害される事件が起きた。次郎兵衛が要職につき改革を進めたことへの反発が大きくなった結果だが、当主の秀家には事件をおさめられなかった。そこで、奉行の大谷吉継と西笑承兌が加わり後始末をした。次郎兵衛を殺害した首謀者は家康に預けられ、混乱が収拾したばかりだった。

家康は七月の終わりごろに上杉氏討伐を決行すると決め、六月になると家臣を江戸に行かせて準備させた。次いで、大坂城の西の丸に諸大名を集めて軍議を開いた。会津攻めにあたり攻撃する部署を決め、奥州の大名にも連絡して体制を整えるよう指示した。三人の奉行により出された出陣指令書では、出陣の日時は家康に任せるとし、家康の出す指令に大名たちは従うようにと付け加えられていた。

家康は六月十五日に大坂城の本丸にいる秀頼に出陣の挨拶をし、翌日に大坂を発った。留守は羽柴秀次に仕えたのち家康の家臣となった佐野綱政（さのつなまさ）に託し城内にいる家康の側室たちを守る。家康は伏見城にも立ち寄り、留守を鳥居元忠（とりいもとただ）に頼んだ。若き家康が岡崎城に入ったときから支えていた鳥居忠吉の嫡男である元忠は、家康に対する忠誠心が人一倍強かった。

翌十八日に家康は江戸へ向かった。江戸到着は七月二日である。そして七日には軍法を定め諸将に通知した。喧嘩口論の禁止や味方の地での乱暴狼藉の禁止、上司の指令に従うこと、途中で兵士を引き返させることの禁止などである。

戦いに関しては、出羽山形の最上義光（もがみよしあき）、仙台の伊達政宗、常陸の佐竹義宣の三者は上杉氏の領地と隣接しているので会津に攻め入る準備をさせる。関東より西の大名は兵を率いて江戸または宇都宮に集結して攻撃に加わると決めた。江戸に集結した大名は宇都宮に来た大名と合流して会津に向かう。攻撃開始は二十一日とした。これとは別に前田利長には北陸周辺で部隊を展開する全権を与え、越後の堀秀治には前田氏に協力するよう指示した。

家康が江戸に入って半月ほどして上杉征伐に関する流れが変わった。突如として家康の軍事指揮権が奪われかねない事態が生じたのだ。

敦賀城の城主で五万石の大名になっている大谷吉継が、上杉征伐のために会津に向かう途中、石田三成のいる近江の佐和山城を訪れた。三成と久しぶりで再会し、息子の石田重家を上杉征伐に参加させるべきであると進言するつもりだった。ところが、石田三成は吉継が思ってもみなかったことを口にした。このたびの上杉征伐は公儀が認めた戦いといえるのか。家康が自分に都合が良いように上杉氏を滅ぼそうとする私戦であるから、やめさせなくてはならないと強い口調で三成が主張したのだ。

三人の奉行が出陣指令書を発行しており、大坂城の秀頼も公認している戦いであり、家康に逆らうわけにはいかないと大谷吉継が言うと、三成は「みんな家康の口車に乗せられている」と反論した。確かに加藤清正や黒田長政たちに襲われそうになったときに家康に助けられたが、その後の家康の行動を見ると、三成には必ずしも秀頼を大切にしているようには思えなかった。家康が上杉氏を滅ぼすというのは豊臣氏に代わり天下を狙うためだから阻止しなくてはならないと三成は主張した。

蟄居していた三成の情熱は衰えていなかった。佐和山城に蟄居させられた当初は、命が助かってほっとしていたが、やがて大坂のことが気になり、自分を抜きにしてまつりごとが実施されていることに不満が募り、我慢するのが辛くなってきた。そんななかで、家康が上杉氏を征伐するという知らせで、三成は何もしないわけにはいかないと強く思った。上杉氏からも何とかしてほしいと言ってきた。

自分が起たなければ奉行たちも、家康に都合の良いように働かされてしまう。秀吉に臣従しているときから本心を隠していた家康が、その牙をむき出してきたと三成は言い「目を覚ましてほしい」と大谷吉継に訴えた。大谷吉継は考え込んでしまった。日本の歴史に詳しく教養人である家康は、並の武将以上に優れた人物であると思っており、今回の出陣指令に率先して応じるつもりになっていた。だが、三成は自分とは違う見解だった。

大谷吉継は、当時は癩（らい）病と呼ばれていたハンセン氏病がしばらく前からひどくなっていた。顔にも病変が現れ、あまり人前には出なくなっていた。このときも顔を白い布で隠し、手には包帯を巻いていた。そんな吉継に、三成は昔と少しも変わらずに接した。三成とは小姓として秀吉に仕えた青年時代から手に手をとり合い歩んできた仲である。

大谷吉継には、三成が言うほど家康が悪者には思えなかったが、上杉氏を討伐するのは許せないという三成の気持ちは理解できた。それに、残りの三人の奉行たちが家康の術中にはまっているというのも、言われてみればそう思える。各地の大名に動員をかけてまで討伐する必要があるのかと問われれば、確かに疑問がある。それに、三成が蟄居させられているのはいかにも気の毒である。

「決起して勝ち目はあると思うか」と吉継はたずねた。

「勝つかどうかより秀頼さまのために起たねばならぬ。家康の態度に反感を抱いている人たちは少なくないはず。上杉氏と連絡をとり、ともに起てば挟み撃ちにできる。増田長盛や長束正家に話をすれば彼らも分かってくれる」と三成は力強く言った。そして「一人ではことを起こせない。協力してほしい」と言うと、三成は深々と頭を下げた。真剣な表情だった。それほどまでに自分を頼りにしているのかと吉継は胸が詰まった。若い頃、秀吉に命令されて三成と一緒に行動したときの高揚した記憶が蘇ってきた。あの頃は、自分も元気に動いていた。

大谷吉継は大いに悩んだが、三成をとうてい袖にできないと分かっていた。その場での決断をためらう気持ちもあったが、結局は三成と行動をともにするという選択しかない。自分の余命はもはや幾ばくもない。死に花を咲かせることになるか分からないが、苦楽をともにした三成のために死のうと決意した。

吉継がそう告げると、三成は吉継の白い包帯をした手をとり握りしめた。

病に陥ったという理由で大谷吉継は東上中の部隊を引き返し、江戸に向かえないと家康に知らせた。

三成も行動を開始した。家康の言いなりになっている三人の奉行たちの説得から始めた。大谷吉継に話したのと同じように家康の私心ある行動に非を唱え、考えなおして欲しいと訴えた。

家康は不埒にも、前田利長を恫喝して母まで人質にとり、浅野長政と石田三成の二人の奉行を罷免させ、罪もない上杉景勝を成敗しようとしている。家康に味方する細川忠興や森忠政には勝手に加増するという専横な態度をとり、伏見城では自分の城であるかのように兵士を入れ、兵糧を蓄え、さらに北政所がおられた大坂城の西の丸に入って天守までつくり、勢力を広げようと勝手に大名との婚姻を進めている。

三成は、家康が秀頼をないがしろにしていると、三人の奉行を説得した。

確かに三成が蟄居してからは家康の采配でものごとが進んでおり、奉行たちの権限は小さくなっている。そう言われれば、家康が正しいのかどうか判断せずに言うままに行動してしまったと三人の奉行は三成の説得を聞いて思った。それでは秀頼のためにならないと強い口調でまくし立てる三成の意見に彼らは耳を傾けた。家康に軍事指揮権を掌握させたのが間違いであると三成は主張した。自分をとるか家康をとるか、三成は彼らに選択を迫った。中立的な立場をとることの多い長束正家が、家康より三成を信頼すべきであると語ったので、増田長盛も同調した。そして、前田玄以も二人がそう言うなら従うと言った。

三人の奉行を説得するのに成功した石田三成は、さっそく多数派工作に動いた。まず安国寺恵瓊に働きかけ、毛利輝元に家康討伐の総大将になってもらうよう要請した。恵瓊ならこの話に乗ってくれるはずだ。

毛利輝元の指令で江戸へ向かっていた安国寺恵瓊は、三成から連絡を受けると、積極的に協力すると申し出た。恵瓊は以前から家康に恨みがあった。かつて三成は家康の独断専行を糾問した。恵瓊も奉行たちの使者とともに同行したが、家康から「何の権限があってここにいる。奉行たちが来るべきところで、なんじがうろちょろするところではない」と面と向かって罵倒されたことを根に持っていた。

恵瓊は三成に毛利輝元を説得して味方につけると約束した。輝元は、恵瓊を知恵袋として重用しているから、輝元の説得には自信を持っていた。取り急ぎ主君の輝元に会いに行った。いよいよ家康に代わって天下の仕置きをする機会がおとずれたと恵瓊が言うと、輝元はその気になった。すべてお膳立ては恵瓊が奉行たちと協力して実行するから、腰をあげるように促した。

次いで三成は茶々を説得するために大坂城に乗り込んできた。家康が秀頼をないがしろにしていると茶々に訴えた。毛利輝元や宇喜多秀家の支持を取り付け、奉行たちも家康の弾劾に賛成していると説得し、家康の非を訴えて自分たちを支持するよう説得した。

それまでの茶々は、上杉征伐で家康が留守にしている隙に三成や吉継が不穏な動きを見せていると聞いて落ち着かなかった。家康が上杉征伐をするのを承認した茶々は、それに逆らう行為をするのは許せないと思い、三成の行動に不審を抱いていた。茶々は大坂がただならぬ状況になりそうだから急いで戻るようにという手紙を家康のもとに出した。家康を頼りにしているから、家康が西の丸にいると安心していられる。だから、三成が来て家康は秀頼のためにならないという主張を展開するのに茶々は驚いた。

三成の言うことが正しいのか判断できない。とはいえ、秀頼に対する忠義心では、三成は家康以上であることだけは確かのように思えた。茶々は、三成を待たせて家老や側近の大蔵卿局の意見を聞いた。茶々は三成の言うとおりにするのは家康を裏切るようでためらいがある。だが、秀吉が信頼していた三成の言うことを簡単に退けることはできない気持ちもある。

片桐且元は、土足で入り込むような三成の態度に疑問を感じ、慎重に行動すべきであるという意見だった。信頼している大蔵卿局は三成の言うことも分かると言い、二人の意見は分かれた。いずれにしても三成の言うことをもっと聞いてから判断したほうがいいということになった。

待たされているあいだも、三成はいかに茶々を説得したら良いか考えた。これまでのように家康の非を訴えるだけでなく、自分が秀頼を大切にしていることを、感情を込めて訴えるのが効果的であると気づいた。

三成と中座ののちに面会した茶々に、三成はまさに声涙ともに下るように訴えた。これが茶々の心を動かした。秀頼に忠誠を誓うことに関して人後に落ちない三成を信頼すべきであると茶々に思わせることに成功した。家康以上に自分たちを気にかけていると信じた茶々は、この後に片桐且元が異を唱えても耳を貸さなかった。

茶々の決意を確認した三成は、西の丸にいる家康の家臣、佐野綱政に退去を迫った。突然のことで綱政は抗議したものの、茶々が三成を支持するようになったのを知り、家康の側室たちを安全な場所に避難させてから味方のいる伏見城に移ることにし、ことの次第を急いで家康に報告した。

毛利輝元は七月十五日に広島を発ち、十七日に大坂に着いた。三人の奉行と会い、十九日には大坂城の西の丸に入った。輝元は宇喜多秀家を味方にするために使者を立て、ともに起つよう促した。中央から遠ざけられて寂しい思いをしていた秀家も二つ返事で味方につくと約束した。有力大名五人のうち、家康に従う姿勢をみせる前田利長を除けば、上杉景勝を含め、三人が反家康の立場を鮮明にした。

家康に対する弾劾状を作成し、天下に訴える必要があるとして、三成は三人の奉行と話し合った。そこで、家康を糾問するために列挙した「内府ちがひの条々」という書状を作成し、諸将に送りつけることにした。その書状に最初から三成も署名したのでは反発を招くとして、当面は増田長盛、長束正家、前田玄以の三人の奉行が連署し、輝元がそれを承認して、諸大名に家康の弾劾のために立ち上がるよう促した。

少し前には、上杉氏征伐の書状を三人の奉行名で出しており、それとは正反対の内容の書状である。これとは別に毛利輝元と宇喜多秀家が連署して、同じような内容の書状を諸大名へ送り、味方につくよう働きかけた。家康の指令に従って行動していた大名連中が混乱するのは当然である。上杉征伐に出陣した武将たちは右往左往し、態度を決めかねるなかで、やがて家康陣営と三成陣営が多数派工作を始める。

家康を討てという秀頼のお墨付きが三成に与えられた。秀頼名義で三成を奉行に復帰させる許可を記した書状が作成された。これで、三成は公然と活動を開始するようになる。秀頼への忠誠心が結束をかため、秀頼をないがしろにしている家康は逆臣であると訴えて支持を拡大していく作戦を展開した。決着は武力でつけられるしかない方向に進んでいく。

7

石田三成と大谷吉継が奇妙な動きをしているという知らせが江戸の家康に届いた。大坂城にいた佐野綱政からの最初の手紙であるが、半ば噂の段階であり、不審な動きと思われるので家康に知らせたものだ。だが、どのような状況なのか不明な点が多いから、手紙を受け取った家康も様子を見るほかない。追いかけるように大坂城の茶々から、三成たちに不穏な動きがあって気になるので大坂に戻って欲しいという手紙がきた。蟄居の身である三成が動き出し混乱になりそうであるが、家康を頼りにしている内容だった。

この時点では、家康は大きな問題に発展するように思えなかった。計画を変更する必要はないと、家康は七月二十一日に江戸を発ち、宇都宮に向かった。宇都宮の手前の城下町である小山に着いたのが二十四日である。そこに伏見城の留守居役の鳥居元忠からの使者が来て、家康はことの重大性を認識した。留守居役の佐野綱政が大坂城の西の丸を退去させられ、三成が決起して奉行を味方につけ上杉征伐を阻止しようとしているという報告だった。使者は十八日に伏見を出発しているから、十七日までの状況を知らせていた。留守を守っていた鳥居元忠は伏見城を明けわたすように要求されたが、それを拒否したので、敵が城に攻撃を仕かけてくる恐れが大きいという。元忠は城に留まり戦うつもりであるという決意を述べていた。敵の勢力が思っているより大きいとすれば、城にいる兵力だけでは持ちこたえられないかもしれない。家康は頭を金槌で殴られたような衝撃を受けた。奉行たちを説得して軍事指揮権を獲得したというのに何たることか。家康は天を仰いで嘆息した。使者の話では、鳥居元忠は討ち死に覚悟で城を護るつもりでいるという。遠くはなれている家康には支援する手立てはない。

大坂城を退去させられた佐野綱政の使者も家康のもとに到着した。十七日に三成配下の兵士たちが来て退去するように迫られ、西の丸に毛利輝元が入る準備が進んでいるという。輝元の陣営が三成と結託して大坂と京の支配を目論んでいる。佐野綱政はこれから伏見城へ行き、鳥居元忠とともに城を護る覚悟を伝えている。

三成が動いたとなれば、親しくしている上杉氏と連絡をとり連携するに違いない。家康が会津の上杉氏と戦い始めれば、それに呼応して石田三成らが後方から攻撃を仕かけてくるだろう。上杉氏を成敗するとなれば、三成が黙っていないと考えなかったのは迂闊(うかつ)だった。切腹させずに蟄居だけで済ませたから、三成が家康に感謝していると思い安心していた。それが間違いだったと後悔しても手遅れだ。

このまま会津へ進軍するわけにはいかない。小山城にいる家康は、これからどうするか思案した。そうこうしているうちに、家康に味方している上方の領主から、石田三成の動きや大坂の様子を知らせる手紙が届く。大坂では石田三成に呼応する勢力が多くなっているようだ。三成を除く三人の奉行からの手紙も来た。家康に上洛を求めており、家康を弾劾する内容にはなっていない。

最上義光らには、とりあえず上杉氏の攻撃を差し控えるよう連絡した。この時点では、石田三成と大谷吉継が造反して回状をまわしているようなので、家康は上洛したほうが良いかもしれないと思った。

とりあえず情報を集めて今後の見通しを立てるのが先決だ。日ごろから筆まめだった家康のところには、各方面から連絡が寄せられた。混乱した情報もあるが、三成が豊臣秀頼を巻き込んで、毛利輝元を味方につけ家康を倒そうという動きになっているのは明らかになった。

家康は小山城から江戸に引き返すことにした。その準備をしているところに、三成の決起を知った黒田長政が慌ただしくやってきた。興奮を抑えられない長政は、家康の顔を見たとたんに「三成め、三成め」としきりに罵った。「許してはなりません。すぐにでも三成の息の根を止めないと」と家康に強い口調で言った。九州の大名のなかでは黒田長政は率先して上杉征伐に加わっていたのだ。

三成を罵倒する長政は、家康には頼もしく見えた。家康は冷静にならなくてはと思い、長政を宥め、今後について話し合った。三成に呼応して決起した敵を叩き潰すために味方を結集しなくてはならない。

黒田長政は、味方を確保するには、秀頼をないがしろにしているという石田三成の誹謗が真実でないと武将たちに分からせることが重要であると語った。上杉征伐に率先して参加した大名のうち、秀吉に取り立てられ秀頼を大切に思っている者が多いから、家康が秀頼に忠誠を誓う姿勢を見せないと家康から離れてしまいかねない。もっとも味方につけたい福島正則も三成を嫌悪しているが、秀吉と秀頼に対する忠誠心は黒田長政以上である。

長政の懸念を知った家康は、すでに秀頼に忠誠を誓う起請文を提出してあり、これからも大切にしていくつもりである。現に上杉征伐の前に秀頼に挨拶し、母の茶々を通して了解をとっていると説明した。

家康が秀頼をないがしろにしないと保証したのを受けて、長政は「福島どのを説得して必ず味方にします」と請け負った。家康と長政は、誰が味方につくか、あるいは敵にまわるのか話し合った。旗色がはっきりしない連中に積極的に働きかける必要がある。上杉征伐の通達が奉行衆から出されたというのに、同じ奉行衆から、今度は家康を討つので味方せよという通達を受け取ったのだから、どうするか迷う大名が多いに違いない。いずれにしても、上杉氏の討伐軍をこのまま会津に進める作戦は中止せざるを得ない。

数日後に宇都宮に向かう途中だった福島正則と会った黒田長政は、そのときの模様を家康に知らせてきた。家康から秀頼を大切にするという言質を得たと強調すると、正則はそれなら三成と戦うのは望むところであると語り、どうすれば良いか長政と話し合った。石田三成に呼応した武将と戦うとなれば、福島正則の領地である尾張で食い止める必要がある。急いで尾張に戻ると正則が言うので、長政も賛同したという。そして、家康の考えを知らせて欲しいと言っているという。

三成たちが東進するのを防ぐ必要があるという点では、黒田長政も福島正則も家康と一致している。福島正則が尾張に戻るというのを家康は承認した。そして、進軍の途中にある大名たちに上杉攻撃を中止したので兵を引き揚げるよう指示した。

家康の指示に従っていた大名が、これからも協力してくれる保証はない。どの程度の数が敵対するのか気になるところだ。頼りにしている大名とは手紙で密に連絡をとる必要がある。池田輝政には、黒田長政とよく相談するようにいい、藤堂高虎には諸将の動きで知り得た情報を知らせるよう要請し、多くの大名を味方につけるよう依頼した。こうしたときには、日ごろから多くの大名に手紙を出し連絡を取り合うようにしていた家康の情報網が生きる。正確な情報を得るためには江戸にいたほうが良いと考えた家康は、息子の秀忠に上杉氏が関東に攻め入ることを想定して宇都宮に留まるよう指示し、当分、上洛しないことにした。

家康が江戸に戻ったのは八月四日、すぐに上杉征伐に参加した大名たちに向け、会津征伐を中止するという通達を出した。そのうえで、各地の大名に家康を支援するよう促す手紙を書いた。三成側につくと思われる大名にも、ためらわずに同様の趣旨の手紙を送った。黒田長政、池田輝政、藤堂高虎たちとは絶えず連絡をとり、情勢の推移を把握するようつとめた。そして、家康は名代として井伊直政を、味方となる大名たちのところを巡回させるために派遣した。

家康からの連絡を受けて、諸将からの反応が寄せられてきた。なかでも家康を喜ばせたのは秀次付きの家老から独立し大名になった山内一豊からの手紙だった。単に味方につくというだけでなく、居城である遠江の掛川城を自由に使用してほしいと申し出たのだ。石田勢と対決するとなれば、多くの兵士を移動させる途中に拠点が必要になる。それを提供するというのは、通常の味方以上の味方になるという意思表示である。次いで駿河の中村一氏、三河の田中吉政などからも同様の申し出が寄せられた。

福島正則がいる尾張より東側の地域にいる大名たちは徳川勢に味方する者が多い。京や大坂を拠点にする三成勢は、主として西国の大名たちを押さえている。家康側につきたいと思っている西日本にいる大名は、その旗色を鮮明にしたのでは三成たちに攻撃される恐れが生じる。そうした心配をする家康には、黒田長政から、三成に従う姿勢を見せる大名のなかでも、戦いが始まれば徳川方につく武将がいるはずで、そうした連中をこれからも口説き続けるという連絡があった。長政が念頭においているのは、筑前の小早川秀秋や近江の京極高次らである。

その後、黒田長政が伝えてきたのは、毛利氏の与力、吉川広家（きっかわひろいえ）の動向だった。それまでも誼みを通じていた長政に毛利輝元について家康に取り成しを頼んできたという。

毛利元就の次男・吉川元春の嫡男である広家は、輝元が三成方の総大将として活動するのは好ましくないと考えていた。毛利氏の後見役をしていた小早川隆景が亡くなってからは、小早川隆景の遺志を継いで毛利氏の存続を第一に考えていた。それなのに、毛利輝元が石田三成に担がれるのを知り、毛利氏の将来に不安を感じて黒田長政に接触してきたのだ。

出雲十万石の領主となっている吉川広家は上杉討伐のために安国寺恵瓊とともに東進していたが、広家が知らないあいだに恵瓊が主導して毛利輝元を三成方の総大将に祭り上げた。間違っても中央に進出して天下をとろうなどと考えてはならないと祖父の毛利元就が言い残していた話を、父の元春から聞かされていた広家は、三成と恵瓊の誘いに乗って輝元が大坂城の西の丸に入り、その気になっているのが信じられなかった。家康に敗れれば毛利氏滅亡という事態になりかねない。

何とかしなくてはと考えた広家は、輝元の家老である福原広俊に相談した。広俊も同調したので、輝元が大坂城から出ないようにすると約束するから、戦いに敗れた場合も毛利氏の存続を保証してほしいと、家康に伝えて了解をとって欲しいと黒田長政に訴えたのだ。

黒田長政からの連絡で、吉川広家の思いを理解した家康は、その申し出を了解すると約束をした。これを知らされた広家は、身を捨てても毛利勢は決戦となれば中立を保つよう行動すると誓った。

これまで輝元と接してきた家康は、輝元が自分から率先して意見を言うことが少ないのを知っており、周囲の主張になびきやすいから、広家の思うように輝元が行動する可能性は大きいと思えた。これからも広家とは接触を続け、毛利氏が中立を保つよう黒田長政から広家に働きかけ続けるよう指示した。

上杉氏への対策も疎かにできない。場合によっては上杉軍が関東に攻め寄せることも考慮する必要がある。それに備えて宇都宮の蒲生秀行、結城氏を継いで下野十万石の大名になっている家康の次男である結城秀康を中心に護りをかためる。小笠原秀政や岡部長盛（おかべながもり）など家康に従う武将もこれに充てる。上杉氏が攻撃を仕かけてくるのを想定して、上杉氏との国境近くに防御施設の工事を急がなくてはならない。奥州に通じる道路を封鎖し、国境近くに兵士を駐屯させる。さらに、伊達氏や最上氏を中心にして上杉氏に対抗させる。その準備におこたりがないように連絡した。

北陸での戦いは前田利長に任せている。家康側につく大名と三成側につく大名の色分けがはっきりしていて、すでに各地で戦いが始まっている。その報告が家康のところに寄せられた。大きな戦いにはなっていないが、勝利したと聞けば、家康は戦功を称える手紙を送り、戦っている武将を勇気づけた。

九州でも両派に分かれた大名のあいだで戦いが展開されるようだ。上杉征伐に参加を見送らせた加藤清正に、中心になって戦うよう指令を出した。上杉征伐に加わりたいと清正が言ってきたときに、薩摩の島津氏を支援せずに反抗した伊集院氏に味方する姿勢を見せた清正に、家康はそれを許さなかった。だが、加藤清正の持つ軍事力は島津氏が敵対すれば重要になる。加増することを条件に清正に兵をあげるよう促した。九州では三成側につく大名が少なからずいると思われるから、黒田長政の父、黒田如水にも対抗するように要請し承諾を得ていた。

残る懸念は信濃の真田昌幸（さなだまさゆき）である。家康と真田昌幸との関係は複雑なところがある。真田氏は国衆として生き残るために武田氏に仕えたのちに、家康の配下におさまり、今度は秀吉側に転じ、一筋縄ではいかない動きをする。当主の真田昌幸の妻と石田三成の妻は姉妹で二人は義兄弟である。これに対し、長男の信之（のぶゆき）の妻は徳川氏の家臣、本田忠勝の娘であり、徳川方につく意志を明確にしている。次男の信繁（のぶしげ）の妻は大谷吉継の娘であり、父昌幸と行動をともにする。真田氏は敵と味方に分かれた。生き残りのための政略結婚がこうした分裂を呼んだといえよう。大した勢力ではないと侮っては痛い目に遭う。

家康は真田征伐を秀忠に命じた。宇都宮にいる秀忠には徳川氏の主力部隊を預けている。兄の結城秀康らとともに、上杉氏が関東に攻め寄せたときに対抗できるように、関東北部に味方の拠点となる陣地の構築の目処が立ったところで秀忠を信州に向かわせた。真田氏を従わせたうえで、秀忠の率いる徳川軍は家康と合流して戦う計画である。

8

毛利輝元を大坂城に迎え、態勢が整うと、石田三成は先頭に立って戦う構えを示した。

七月二十七日にいったん居城の佐和山城に戻り、兵を率いて二十九日には徳川氏の家臣、鳥居元忠の籠る伏見城を攻撃するために宇喜多氏、島津氏、小早川氏、毛利氏の部隊と合流した。

伏見城を取り囲んだ三成方の部隊は、鳥居元忠にただちに城から退去するよう勧告した。それを拒否し、大坂城から退去した佐野綱政が加わり、元忠は千八百人の兵士とともに抵抗した。多勢に無勢で容赦ない攻撃にさらされ、全員が討ち取られ、八月一日に伏見城は落ちた。

その後、毛利輝元と宇喜多秀家は、石田三成を加えた奉行たち四人と大坂城で会した。連署した書状を作成し、多数派工作をしようと各地の大名に呼びかけた。伏見城の敵を一人残らず討ち取ったと誇らしげに報告し、自分たちの正当性を強調している。

大坂と京を中心にした地域は三成たちの支配地域になり、彼らの部隊はのちに西軍といわれる。この地域で家康方（東軍）に与すると表明するのは危険になった。

　三成は家康が上杉氏との戦いを中止して、江戸に戻ったという報告を受け、決戦の場は美濃か尾張になると予想した。準備のために八月十日に三成は美濃の大垣城に入り、東にある岐阜城には味方になると表明した織田秀信がいるので、連携して江戸から西上してくる徳川軍を迎え撃つ計画である。

　その前に、近畿地方で東軍についた武将の城を攻撃するよう指令を出した。

伊勢安濃津（あのつ）城主の富田信高（とみたのぶたか）、松坂城主の吉田重勝（よしだしげかつ）、伊賀上野城主の分部三嘉（わけべみつよし）らは家康とともに奥州に向かう途中で引き返した。彼らは西軍につくよう促されたが、拒否したので攻撃を受けた。分部三嘉の上野城は護りが堅固でないとして、安濃津城に入り富田信高とともに戦った。安濃津城を攻撃する西軍には吉川広家も加わっており、籠城した富田氏らは苦戦を強いられた。そして、八月二十四日に高野山の木食上人の斡旋で降伏し、城を明けわたすことにした。関東と関西を結ぶ交通の要衝である伊勢を支配して西軍の士気が上がった。また、西軍に攻められた松坂城主の吉田重勝も和睦を求めて交渉したが、話し合いが長引き、関ヶ原の戦いまで持ちこたえている。

　細川忠興の父、細川藤孝（幽斎）がいる丹波の田辺城も、家康に与する大名として西軍の攻撃を受けた。隠居して家督を嫡男の忠興に譲り、わずか五百の兵しかいない田辺城主の六十八歳になる幽斎は、いまさら命を惜しみ信念を曲げるわけにはいかないと覚悟を決めた。城を囲まれ、西軍につくよう勧告されたが拒否した。そのために小野木公郷（おのぎきみさと）を主力とする西軍の攻撃により落城は必至となった。

　細川幽斎は朝廷とは特別な関係にある。田辺城が攻撃されていると知った朝廷は勅使を派遣し、討ち死にさせるわけにはいかないと幽斎に城を明けわたすよう勧めた。武将でありながら並外れた教養人である幽斎は、かつて三条西実澄から古今和歌集の相伝を受け、それを智仁親王に伝えていた。学問の師である幽斎が危機的な状況になっているのを智仁親王が心配し、天皇を動かし、勅使が奉行の前田玄以の家臣とともに幽斎を説得した。だが、幽斎は城を出るのを肯んじようとしなかった。朝廷の配慮を感謝した幽斎は、城にあった古今和歌集の証明書と和歌を智仁親王に、そして『源氏物語抄』を天皇に献上するよう勅使に託した。

幽斎が籠城を続けていることに心を痛めた天皇は、大納言の烏丸光広を改めて派遣し、幽斎に城を出るよう説得させた。攻撃するほうも、朝廷が熱心に動いているのを知り、攻撃を控えざるを得なかった。幽斎も説得に応じて城を出て、前田玄以がいる丹波の八上城に入った。

幽斎の息子である細川忠興の夫人、お玉（ガラシャ夫人）の死も大きな話題となった。石田三成の提案により、大名たちの妻子を人質として大坂城に集めることにしたが、お玉はそれを拒否した。キリシタンであるから自ら喉を突くことができず、家臣に殺されるかたちで自ら命を絶った。人質を大坂城に入れる任務についていた奉行の増田長盛は、この事件の後は妻子を大坂城に人質としてとるのを諦めて、大坂にある大名たちの館に留まるままにして、兵を派遣して館から出ないようにする体制に切り替えた。

家康は、中立を保つと言っていたはずの吉川広家が、西軍として伊勢の富田氏の攻撃に加わっていると聞き不安になった。家康は、広家が黒田長政と交わした「毛利輝元が三成側で戦わないという約束」が確実に実行されるのか確かめるよう改めて指示している。

長政は吉川広家に問い合わせると「いまは仕方なく三成側で戦っているが、決戦のときは約束どおり毛利氏は戦わない」と伝えてきた。毛利輝元の家老、福原広俊が決戦の場に兵を率いて布陣し、二人で協力して兵を動かさないようにするという。福原広俊からも、それを裏付ける内容の書状が長政のところに届けられた。この報告を受け、家康は納得したものの全面的に信用するわけにはいかない。希望的観測をいだいて戦うのは危険であると、あくまでも慎重に対処する考えだった。

小早川秀秋も西軍として伏見城の攻撃に加わっていた。黒田長政は秀秋を味方につけることに成功したと家康に伝えてきていたから、こちらも不安はないのか長政に確認を求めた。長政は念のため味方につくように説得を続けるが、秀秋は東軍につくはずであると家康に伝えた。秀秋も以前から、三成より長政や正則に親しみを感じているのを知っていたから、長政はそれほどの不安を感じていなかった。

9

福島正則の居城、尾張の清洲城に東軍の武将たち、黒田長政、池田輝政、細川忠興、藤堂高虎らが兵士を引き連れて入った。西軍の主要な拠点である大垣城はこの西南にある。同じく西軍の岐阜城は清洲城の南にあり、ここには西軍に属す織田秀信がいる。大垣城と岐阜城に加え、近くにある犬山城も西軍に属している。大垣城の城主は伊東氏だが、戦略的に重要な地域なので三成が接収するかたちになっていた。

福島正則は家康が江戸から動こうとしないのに苛立ちを見せた。出馬がいつになるのか使者を送っても明確な返事がこない。

家康は急いで出馬するつもりはなかった。江戸で各地から寄せられる情報を受け取り、全体の状況をつかむことが先決である。各地の大名と連絡を取り合った井伊直政が江戸に戻り、その結果を報告し、徳川方に味方する大名のおおよそがつかめた。

いつまでも曖昧な態度でいては味方が不安になるだろうからと、家康は八月十三日に福島正則のいる清洲城に使者の村越直吉(むらこしなおよし)を派遣した。

八月十九日に村越直吉が清洲城に到着すると、福島正則は「内府には戦う気があるのか」と詰め寄った。慌てずに直吉は「徳川氏に与するなら指示を待つことなく敵と戦うべきであると、我が殿が申しております」と家康の言葉を伝えた。家康は出馬の準備を進めており、間もなく本多忠勝と井伊直政が来るから、二人が到着し次第、どのように戦うか相談してほしいと告げた。

すぐにも戦いたい正則は、本多忠勝と井伊直政が来る前に、まずは犬山城を攻めるか岐阜城を攻めるか、池田輝政や細川忠興と話し合った。敵に圧力を与えるには清洲城に近い岐阜城の攻撃が有効なのは明らかだ。岐阜城主の織田秀信は石田三成と親しいから戦いに備えているだろうが、大垣城からの支援が来る前に城攻めをすべきであるという点で意見の一致を見た。

本多忠勝と井伊直政が清洲城に到着したときには岐阜城の攻撃準備が進んでいた。

清洲城主の福島正則と元岐阜城主だった池田輝政のどちらが先陣になるか議論の真っ最中で、互いに譲らなかった。清洲城からの出陣であるから城主である自分が先陣をつとめると福島正則が主張するのに対し、岐阜城はもとの居城であるから自分が先陣をつとめたいと池田輝政は訴えた。輝政は、かつて小牧・長久手の戦いで家康軍に討ちとられた池田恒興の次男である。秀吉から美濃の岐阜城を与えられ、いまは三河の吉田城主になっている。家康のもとに戻った北条氏直の正室だった家康の次女の督姫が、秀吉の斡旋で輝政に嫁いでおり、親家康の急先鋒となっていた。

清洲城に到着した井伊直政と本多忠勝は、先陣を譲らない二人のあいだに立ち調整役を果たした。対立したまま戦わせるわけにはいかないから、二人が別々に岐阜城へ向かい、狼煙（のろし）による合図で同時に攻撃することにし、どちらも先陣とするという妥協が成立した。岐阜城を攻撃するには木曽川を渡らなくてはならない。渡れるのは北側の上流地域と南側の下流と二か所になり、北側の渡河のほうが岐阜城に近い。川幅のある下流からでは渡河に時間がかかるうえに岐阜城から遠くなる。二手に分かれて攻撃するが、池田輝政が上流側から、福島正則が下流側からと決めた。それでも正則が遅れをとることがないように、渡河後の狼煙による合図で攻撃を開始すると申し合わせた。攻撃は八月二十三日に決まった。

敵が押し寄せてくるという情報を得た織田秀信は、一部の部隊を城の外に出させた。木曽川を渡ってくる東軍を三千の兵力で待ち構えた。渡河した池田輝政は合図の狼煙が上がるのを待つつもりだったが、目の前に出張ってきた秀信軍がいたから、合図を待っているわけにはいかず戦闘が始まった。敵はすぐに逃げていった。追っていくと秀信軍は城に逃げ込んだ。輝政は岐阜城への攻撃を仕かけた。

そうとは知らず下流で渡河した福島正則は、進軍しながら狼煙が上がるのを待った。ところが、城に近づくと輝政はすでに城を攻撃している最中だった。正則は約束が違うと激怒した。ことと次第によっては池田輝政と一戦交える決意をかためた。正則にとって先陣という名誉は何よりも大切だった。

岐阜城に到着した池田輝政は、急斜面を駆け上って攻撃した。信長が建てた岐阜城は、その後に改築されていたものの、急峻な金華山の山頂に建つ山城である。到着した福島正則も攻撃したから戦いは一方的になり、岐阜城は陥落した。

大垣城にいた三成は織田秀信からの支援要請に応えて兵士を派遣したが、一歩遅かった。兵士を揃えるのに時間がかかり出陣した時点で岐阜城は陥落していた。岐阜城に向かう途中で、西軍の支援軍は東軍の兵と遭遇し戦闘となった。だが、岐阜城が落ちたという報に接し、このまま戦うのは得策でないと判断し、支援部隊は退散する道を選んだ。ここでの戦いは小競り合いに終わった。

岐阜城が陥落し、織田秀信は自害しようとしたが、家臣たちに止められた。城に入った東軍の武将も、織田信長の直系である秀信の命までとる気はなく高野山に蟄居させた。それにしても、岐阜城と大垣城は距離的にそれほど遠くなく、支援部隊が遅れなければ簡単に陥落しなかったはずである。組織的な戦いで西軍に抜かりがあった。

岐阜城を落とした東軍では、先を越された正則が勝利を祝う気持ちになれず輝政を罵倒した。仲間割れしそうなところで諸将があいだに入り、正則を懸命になだめた。ともに先陣を果たしたことにし、味方のなかに対立の根が生じないよう配慮された。それにしても、岐阜城が思ったほど苦労せずに陥落し、東軍の意気が上がった。この勢いですぐにでも大垣城を攻撃すべきという意見まで出た。

この後、犬山城を攻めたのは中村一氏（かずうじ）の息子である中村一忠（かずただ）と一栄（かずさか）兄弟である。攻撃を受けた犬山城主の石川貞清（いしかわさだきよ）は動揺し、城に入っていた西軍の稲葉貞通（いなばさだみち）が東軍に寝返ると動揺がさらに広がり、戦う態勢がとれずに城を明けわたした。犬山城に駆けつけた井伊直政が城を受け取ったのは九月七日である。

いつ決戦が始まってもおかしくない。三成はいったん近江に戻り、佐和山城に兄の石田正純に入ってもらう手配をした。東軍が、西軍の拠点である大垣城を迂回して、近江佐和山城を攻撃したうえで、京や大坂を占拠する作戦をとる可能性もあると考え、兄の石田正純に佐和山城の護りを任せ大垣城に戻った。

西軍が大垣城に集結したと聞くと、家康は彼らが移動しないように大垣城に通じる道路を封鎖するよう指示し、江戸を後にした。そして、移動の最中も各地の大名との連絡を怠たらず状況の把握に努めた。大津城主の京極高次が西軍と決別したという知らせがあり、尾張水軍の九鬼守隆（くきもりたか）が東軍について周辺の西軍勢力を駆逐したという知らせを受けた。自分が到着するまで戦いを控えるように岐阜の清洲城にいる武将たちに指示した。

10

家康の懸念は、決戦の場に総大将として秀頼が出馬し、それに付き添うかたちで毛利輝元が出陣することだ。三成は決戦となれば、まだ幼いにしても秀頼に出馬を要請するかもしれない。もし秀頼が戦場に顔を見せれば、東軍は秀頼を敵にして戦うことになる。そうなると豊臣恩顧の大名たちは家康と一緒に戦うのをためらうかもしれない。何としても避けなくてはならない。

秀頼が大坂城を出ないように手を打つにはどうするか。家康は本多正信に相談した。考えた末に正信が目をつけたのが大野治長（おおのはるなが）である。本多正信は、配流されていた大野治長を家康のもとに送り届けた。前年に家康を亡きものにしようとした企みに関与し結城秀康のところに蟄居させられていた治長に、ひと役買わせるためである。

秀頼に仕えていた大野治長の母は茶々の側近で相談相手になっている大蔵卿局（おおくらきょうのつぼね）である。そこで、家康は治長を大坂に派遣し、三成から要請があっても秀頼の出馬は見送るようにすべきであると大蔵卿局を通して茶々に伝えるよう指示した。悪いようにしないと約束すると、治長は家康の狙いを理解し、任務を引き受けた。それを果たせば謹慎を解かれるのはいうまでもない。

大野治長は大坂城で母の大蔵卿局と家老の片桐且元に相次いで会い、石田三成から秀頼の出馬を要請してきても断るよう伝えた。茶々としては秀頼を大坂城から外に出すつもりがない。元服しているとはいえ、秀頼はまだ八歳である。

治長は、家康が秀頼に敵対するつもりがないことを伝えたうえで、秀頼は大坂城に留まるよう、大蔵卿から秀頼の母の茶々に伝えて欲しいと念を押した。だからといって、家康側に味方するのではない。秀頼が中立を保てば良いのだ。そうすれば、どちらが勝っても秀頼の身は安泰である。三成の要請に応じて西軍として出馬して負けてしまえば、敗軍の将となり豊臣氏の誇りに傷がつく。

こうした治長の説得は、茶々には効き目があった。大蔵卿の局から話を聞いた茶々には、確かにどちらが勝つか分からないのに危ない橋を渡るべきではないという話は受け入れやすかった。

治長は、毛利輝元も大坂城に留まるよう茶々から働きかけるように要請した。輝元は秀頼のそばにいて支えるのが任務であると伝えれば、輝元は従うはずである。輝元だけでも出陣すれば、秀頼の意向を受けて戦う毛利軍は東軍には圧力となる。そうならないように茶々に進言してほしいという要請に大蔵卿局が応じて茶々に話し、輝元に伝えられた。

大坂から戻った治長は、思惑どおりに話が運んだと報告し、家康を安心させた。

大坂城にいる毛利輝元も、これで迷いが吹っ切れた。秀頼に忠誠を誓い、奉行たちとともに戦えば家康に代わり大名たちの頂点に立てるという安国寺恵瓊の提言に従い大坂城に入った。ところが、今度は吉川広家が家康に敵対するのは良くないと言ってきた。少し前に家康とは兄弟のように共同して秀頼を支えると誓ったではないかと言われた。確かにその誓いを破るのは好ましくない。広家の意見にも一理あると輝元には思えたから迷っていた。

そこに三成から出陣の準備をするようにと言ってきた。敵が大垣城を攻撃するのに合わせ、大坂城を出て背後から攻撃してほしいという。戦いが始まったら出馬するという約束は、大坂城に入る際に三成と交わしていた。ところが、吉川広家と家老の福原広俊から使いが来て、家康とは戦わないように念押しされた。出陣して負けてしまえば、毛利家の存続が脅かされかねないと言われた。三成と恵瓊の誘いにのって大坂城に入って以来、西軍のために多数派工作に手を染めていたものの、これから先、どうしたら良いのか。

迷っている輝元のところに、茶々の側近である大蔵卿局から使いが来て、三成から秀頼に出馬するように要請されても断ることにしたという。どちらの味方をするのも好ましくないから、秀頼は大坂城に留まるので、城から出るなどと考えずに秀頼を守ることを優先してほしいと輝元は要請された。大坂城に留まるというのは何もしないことだから、輝元にとってはもっとも楽な解決法だった。その後も三成からの出陣要請が寄せられたが、輝元は無視した。

11

決戦が近づくなか、東軍に計算違いがあった。徳川秀忠が率いる徳川の主力部隊の移動が予想以上に遅れた。秀忠一行は宇都宮を出発したのは八月二十四日だが、小諸に来て真田対策で時間を費やしてしまった。

徳川軍は、東軍全体の指揮をとる家康に従う部隊と、秀忠が指揮をとる徳川軍の主力部隊とに分かれた。秀忠に大将として貴重な経験を積ませようと考えた家康が、榊原康政はじめ実績のある家臣たちを従わせ、家康が信頼している本多正信をも同行させた。

家康より先に出発した秀忠軍は、信濃の真田昌幸を従わせてから尾張に向かうことになっていた。

小諸に到着した秀忠は、使者を立てて上田城の真田昌幸に徳川軍につくよう改めて勧告した。昌幸の長男の真田信之は東軍として戦うことになっているから、西軍に与する父を味方につくよう説得させた。それに成功すれば戦わずに済むから、説得に多少時間がかかっても良いとして小諸で待機を続けた。だが、父の昌幸は信之の説得に応じなかった。秀忠は、真田氏を攻略してから合流するようにという指令を受けていた。さて、どのように攻撃するか手立てを考えている九月六日に、秀忠軍と敵対する真田軍とが移動中にたまたま出会って戦闘になった。

真田軍はこうした戦いを想定しており、地の利を生かし、寡兵にもかかわらず巧みな戦術を用いて秀忠軍にかなりな犠牲を出した。上田城を攻撃して真田氏に勝利するまでには、ある程度時間がかかりそうだ。真田氏の攻略を後にして合流を急ぐべきではという少数意見もあったが、急いだほうが良ければ、家康または藤堂高虎から連絡があるはずだ。ここでの犠牲をこれ以上出さずに勝利するにはどうするか、その準備をしている九月十一日に、はたして一刻も早く尾張に来るようにという使者が来た。

決戦が、いつ始まってもおかしくなかったから、秀忠軍を急がせるつもりだったが、使者は途中で増水により川留めに遭い到着が遅れた。急ぐ必要があると分かっても、兵器や食料を荷駄で運ぶ中山道は山の中の狭い道が続くから、移動には日数がかかる。毎日、進み具合を藤堂高虎宛に知らせるようにした。

三成率いる西軍にも計算違いが生じていた。

琵琶湖畔の要衝の地にある大津城主、京極高次（きょうごくたかつぐ）は西軍として行動しながらも途中で東軍に寝返った。京極氏は朝倉氏の主筋に当たる室町時代からの名門の守護である。高次は本能寺の変後に、かつての若狭守護だった武田元明とともに光秀軍として行動したが、捕獲されても命を助けられた。妹の龍子が秀吉の側室となり、秀吉のお気に入りとなったからである。その後は、秀吉のために戦って信頼を獲得し、大名に取り立てられたうえに、茶々の妹、お初を正室に迎えていた。高次は三成を信用していなかったから西軍にはつきたくなかった。家康による上杉氏討伐軍には弟の京極高知（たかとも）が加わっていたが、石田三成が決起すると京や大坂を押さえた西軍は美濃の岐阜城周辺まで勢力圏にした。周囲を西軍に取り囲まれた高次は、心ならずも西軍に属して越前の前田利長を討伐する計画の大谷吉継軍とともに北進した。だが、大谷吉継が三成とともに家康軍に対峙するために引き返したので、九月三日に城に戻った京極高次は東軍に属す意志を鮮明にした。

裏切りを知った三成は、輝元の叔父の毛利元康（もうりもとやす）を総大将にして大津城を攻撃するよう要請した。九州から駆けつけ、大坂から大垣城に向かう立花宗茂（たちばなむねしげ）にも、大津城の攻撃に加わるよう指示した。

大津城が西軍の部隊に包囲されたと知った大坂城の茶々は、使者を京極高次のもとに送り、西軍に下るように説得した。高次の妻となっている妹の命を救いたかったからだ。だが、高次はこれに応じず籠城を続けた。家臣のなかにも降伏すべきという意見が出るなか、大砲が城に発射され、城郭を形成している二の丸や三の丸に届いて建物が崩壊し犠牲者が出た。城内に侵入する敵を食い止めようと奮戦したが、十三日になると西軍の総攻撃で二の丸と三の丸が落ちた。ここで戦闘はいったん停止し、翌日には降伏を勧告する使者が訪れた。最初は拒否したものの、高次は夜になって降伏する決断をした。

翌十五日朝、京極高次は城を出て高野山に入った。関ヶ原の決戦の日であり、大津城を攻撃した毛利元康と立花宗茂の部隊は、大津城周辺に留まっていた。朝鮮半島で勇猛果敢に戦った立花宗茂は、西軍にとっては頼りになる戦力だったはずであり、毛利元康の部隊と合わせると二万といわれる兵力は関ヶ原の戦いに間に合わなかった。

家康は九月十一日に尾張の清洲城に到着した。作戦会議が開かれ、東軍は、石田三成ら西軍の主力が立て籠もる大垣城に近い赤坂に陣を張ることにした。大垣城の攻略を想定し、武将たちの配置を決めた。家康の本陣は、もっとも見晴らしの良い高台の岡山に設けられた。こうした計画は主として福島正則らが事前に立てたもので、家康はとくに注文を出さずに受け入れた。

このときに高虎から、秀忠一行はまだ信濃にいると告げられた。秀忠軍と連絡を取っている高虎のところに、本多正信から逐一報告が来ていた。三万という大軍の移動は到着するまで、これからも五日ほどかかるようだが、いつ戦いが始まってもおかしくない。秀忠軍が遅れているのを計算に入れなくてはならない。

家康はこの期に及んで計算違いがいくつも生じるようでは困ると思った。秀頼も輝元も、本当に大坂城から動かないか心配になり、大野治長に大坂城に行き念を押して来いと命じた。念のために井伊直政の家臣をつけて送り出した。そして、翌日の夕刻には、秀頼も輝元も大坂城から動かないという報告を受けた。これで、吉川広家が南宮山に陣を張る毛利勢が東軍を攻撃するのを阻止すれば、戦いは思惑どおり運ぶ。

家康は福島正則に決戦では先陣を引き受けて欲しいと要請した。むろん、正則がそれを望んでいるのを承知のうえだ。正則は大きくうなずいて胸を叩いた。正則が存分に戦ってくれれば文句はない。

もうひとつの家康の懸念は小早川秀秋の動向だった。この件は黒田長政に任せており、長政は秀秋の説得に自信を持ち、秀秋が裏切る気配はないと保証した。それでも心配な家康は、小早川秀秋のところに少数の兵をつけて家臣を送り込もうとすると、黒田長政は自分の家臣も同行させた。秀秋には西軍の石田三成も味方につけようと説得しているだろうから、心変わりしないように見張ることにしたのだ。

家康を安心させようと、黒田長政は吉川広家とも連絡を取り続けていると語った。毛利勢は毛利秀元を大将にして南宮山に布陣している。秀元には東軍に内通していることは伏せてあるが、吉川広家と輝元の家老である福原広俊の部隊が秀元の部隊の前に陣取り、決戦になっても前に立ちふさがり進軍を阻止すると約束していた。秀忠一行の遅参は計算違いだが、そのほかは順調に推移している。

十三日の夜のうちに、家康は赤坂の岡山にある陣に入った。途中の長良川に船を並べ橋として渡り、敵に悟られないよう間道(かんどう)を進んだ。家康は念のために大坂城から戻った大野治長をそばにおくことにした。

岡山の陣所に入った家康は、朝になるのを待って各陣所の武将に狼煙をあげると、合図を受けた武将が一斉に幟や旗を高く掲げた。そうするように事前に打ち合わせしておいたのだ。西軍の立て籠もる大垣城に、高台に陣取った東軍がどこにいるか知らせるためである。

この作戦はまんまと成功した。大垣城から遠くないところに東軍が姿を現したのだ。西軍の面々が驚くのも無理はない。それが狙いである。これに西軍がどう反応するか。

石田三成は、決戦が迫っているというのに輝元が大坂城から動く気配を示さないことに苛立っていた。大坂城にいる茶々に、家康がいかに秀頼をないがしろにしているかを説いたとき、彼女は納得してくれた。本当は秀頼にも出陣してほしかったが茶々が秀頼を戦いの場に行かせたくないようなので、せめて毛利輝元は大坂城から出て戦う構えを見せてほしい。それさえ叶わないのだろうか。家康が出陣した場合は、輝元も総大将として出馬すると約束していたのだ。

　大垣城を攻撃しようと赤坂の地に陣を張った東軍が、突然、幟や旗を高く掲げて気勢をあげている。すぐにも大垣城を攻撃するぞという勢いである。戦いが始まるのは時間の問題だ。三成は焦る気持ちを抑えかねた。東軍についている武将のうち、何人かはこちらの味方につくと思っていたが、そうした気配はなかった。それに、南宮山にいる長塚正家や安国寺恵瓊の部隊は、山の頂上近くに陣取り、山を駆け下りるのが容易ではない。戦う意志があるのか疑わしい。全体に味方の士気が高くないように思えるが、それを言い出せば味方の結束を損ないかねない。

　そんななかで小早川秀秋が一万を超える兵を率いて松尾山に陣取ったという知らせが届いた。松尾山には大垣城主の伊藤盛正（いとうもりまさ）が布陣しているはずだった。山の頂上には堅固な城郭がつくられ、関ヶ原を眼下に見下ろせる絶好の地である。伊藤盛正を追い出して小早川秀秋が布陣したのは、とりもなおさず彼が東軍に寝返ったことを意味している。西軍として行動していた秀秋が東軍に寝返らないように三成は、何度も連絡をとっていたが、ここに至るまでの秀秋の行動は奇妙なものだった。迷わず西軍につくなら大垣城に入るか、三成に自分のほうから連絡してくるはずである。三成の懸念が現実のものになった。

　寝返った小早川秀秋が松尾山に布陣したとなると、敵が大垣城に攻撃を仕かけてきたとき、南宮山に陣取る味方は、その後方から攻撃されてしまう。組み立てていた作戦とは異なる状況になった。こうなると、主力部隊は大垣城に留まって戦うのが賢明なのかどうか。城から出て攻撃したほうが良いのではないか。

東軍は大垣城を攻撃しようと東側を向いている。となれば、城を出て東軍の後方にまわり込んで戦うほうが良いかもしれない。盆地となっている関ヶ原の地の西側は、北に笹尾山があり、その南に天満山があり、これらの麓には北西に北国（ほっこく）街道が走っており、東西に中山道が走っている。この二つの街道を塞ぐように布陣すればよい。

三成は、宇喜多秀家、小西行長、大谷吉継など味方となる諸将に戦いの場を関ヶ原にするという提案を図った。このままでは敵の思惑どおりの展開になりそうだから、大垣城を出て戦うほうが有利になるという三成の意見に賛同する武将が多かった。

敵は西軍が大垣城に留まっていると信じているだろうから、悟られないように主力部隊を移動させ、赤坂に布陣する東軍の西側にまわり込むことにした。城を出て戦うほうが味方の士気も上がるに違いない。

九月十四日、日が沈むのを待って、三成は大垣城にいた諸将とともに笹尾山に布陣するため城を出た。激しい雨が降っていたので濡れ鼠になるが、敵に悟られないように移動するには都合が良い。中山道を進むわけにはいかないから南宮山の南側の麓にある間道を抜け、そこからまわり込んで松尾山の北側にある麓の道を進んだ。

西軍の主力が笹尾山や天満山の麓に到着した。石田三成の本陣は盆地を見下ろす高台に位置し、三成の家老の島左近（しまさこん）が率いる石田三成隊、大谷吉継の部隊、宇喜多秀家の部隊が最前線に位置した。このなかで南側にいる大谷隊は、小早川秀秋のいる松尾山に近く、大谷隊の近くに脇坂安治（わきさかやすはる）、朽木元綱（くつきもとつな）、小川祐忠（おがわすけただ）、赤座直保（あかざなおやす）の部隊が陣取った。南宮山には毛利勢のほかに長束正家に加えて長宗我部盛親の部隊が布陣し、これらを含めた八万といわれる西軍の陣容が十五日の未明までに整った。

大垣城には三成の親戚筋にあたる熊谷直盛や福島長堯といった武将がわずかな兵とともに留まった。

12

関ヶ原は、四方を山に囲まれた盆地である。関東と京を結ぶ幹線道路の中山道が通っていて、これに越前からの北国街道と、南にある伊勢に行く南東に伸びる道が交わる交通の要衝である。小高い山々の麓を抜ける道が古くから通っていて、この合戦の千年近く前、壬申（じんしん）の乱でも戦いの場になっている。家康は『日本書紀』に記されている壬申の乱について熟知している。

東軍は、西軍の主力が大垣城を出て移動するのを察知した。西軍は悟られないように行動したつもりだったが、西軍が城を出る確率が高いと予想して偵察部隊を出しておいたのだ。西軍が布陣するのは天満山と笹尾山の麓であると確信できた。東軍は、ただちに赤坂から西にある笹尾山と天満山の麓に近い平地に移動し、西軍と対峙する布陣にした。

西軍と違い、移動にあたり松明を照らし堂々と中山道を進んだ。ただし、赤坂と関ヶ原の中間には毛利勢が陣をかまえる南宮山の麓の道を通るから、夜陰に乗じて毛利勢が攻撃を仕かけてくる恐れは皆無とはいえない。それに備えて池田輝元、浅野幸長、山内一豊、有馬豊親（ありまよりちか）の部隊を中山道沿いのこの地域に配置し万一に備えた。

しかし、南宮山には何の動きも見られず、東軍は何ごともなくこの地点を通過できた。それでも慎重な家康は、決戦になっても池田輝政をはじめとする部隊を、そのままここに留めさせることにした。

家康は、本陣を桃配山にした。東軍の各部隊が布陣する位置から後方の小高い地域である。この地名は、壬申の乱のときに敵との戦いに備えて天武帝が兵士たちに桃を配ったという伝説に由来している。『日本書紀』にはそうした記述はないので後からつくられたものだろうが、桃は神聖な霊気を養う果物として珍重されていた。壬申の乱に勝利した天武帝は、神のご加護があったと言われており、そんな伝説的な場所に本陣を置くのは、いにしえの天武帝から力をもらうようで幸先がよい。本陣には「厭離穢土・欣求浄土」と白布に大書した幟を立てさせ、その前に置かれた床几に鎧兜をつけた家康がどっかりと腰をおろした。戦いに突入する気配が一気に濃厚になった。

東軍は黒田長政、福島正則、藤堂高虎、井伊直政が最前線に並び、その後方に金森長近、生駒一正らが控える布陣である。

夜のあいだ激しく降っていた雨は朝方には止んだ。だが、太陽が顔を出して周囲の気温が上がり始めると、山から麓にかけて霧が深く立ち込め、盆地にも達し視界は悪くなった。あちこちから「ざわざわ」「しゃかしゃか」「びゅうびゅう」「どどぉっ」という音が聞こえ「おうおう」という声が混じって響いた。ときに鉄砲の音まで聞こえる。雨で湿った鉄砲が機能するかどうか確かめているのだろう。「ごおー」という低く伸びた音が混じり、戦いの機運が高まっていった。

家康の本陣は後方にあるとはいえ、味方が総崩れになると、家康が陣取る桃配山からは簡単に逃げきれない。秀忠の一行が間に合わないのは確実になった。息子の秀忠に稀にしかない大部隊どうしの戦いを体験させられないのは残念だった。いっぽうでは、もし想定外の事態が起きて自分が討ち死にしても、秀忠は徳川の主力部隊とともに生き残るだろうから、それはそれとして神の思し召しかもしれないという思いが家康の頭をかすめた。

西軍のなかで九州の島津隊は独自の動きをしていた。戦いの経験豊富な島津義弘は、西軍に勝ち目がないと思わざるを得なかったからだ。在京の千五百の兵士しか連れてきていなかったから、発言権があるとは思えず、義広は作戦会議に出るのを遠慮していた。当主の島津義久は西軍のために地元の兵を送るつもりはなかった。九州でどのような戦いになるか分からないからだ。義弘が西軍に属すことにしたのは「公儀」としての体制に従わざるを得ないと考えたからで、立場としては中立を保つところがあった。

だから、島津義弘も、大垣城に入ってからも積極的に作戦に口を挟まなかった。だが、大垣城を出て関ヶ原に向かう作戦をとると決まったと聞くと、それなら関ヶ原に陣を構えるのではなく、赤坂にいる敵を夜陰にまぎれて急襲すべきであると甥の豊久に進言させた。小早川秀秋が敵にまわったとすれば、西軍が戦力的に劣勢になったと考えるべきであり、それを挽回するには急襲により敵を混乱に陥れないと勝利がむずかしいと判断したからだ。

石田三成はその進言を退けた。戦いはあくまで正攻法で臨むべきであるというのが三成の信条だった。義弘はそれ以上主張しなかった。

義弘は率先して戦って犠牲になりたくなかった。どうしたらこの苦境から逃れることができるかが最大の課題である。西軍として戦うより、島津氏が存続するためには、自分が生きて薩摩まで帰りつくことを優先するという決断を下した。そのために、目を見開いて戦いの推移を見守り、敵も味方も関係なく、配下の兵士には自分の下知がない限り一歩たりとも前に進んではならないと指示した。

　太陽が昇り、明るさを増してきたが霧は容易に晴れない。やがて地面は暖まり霧が渦巻くように激しく動き出した。すると晴れ間が覗くようになり、少しずつ視界が開けてきた。家康の陣取る桃配山から西軍の陣までは四キロほどはなれているが、眼を凝らせば霧の晴れ間に笹尾山の西軍の幟や旗が覗けた。

　家康は毛利勢の陣取る南宮山の様子はどうか気にしていた。彼らが動くとすれば、西軍が攻撃を仕かけてくるのを合図に山を下ってくるはずだ。事前に斥候を出し、四半時(しはんとき)ごとに報告するよう命じた。霧が晴れ出したときに来た使者は、まだなんの動きもないという。霧は間もなく晴れる。そのときが戦いの始まりである。

　決戦が始まるのを意識した家康は、最前線で戦う井伊直政と、直政につけた息子の松平忠吉が気になった。息子のなかで四男の忠吉だけが戦いに参加している。直政が張り切りすぎているようなのは、秀忠軍が間に合わず、徳川勢の主力となるからだ。そのために果敢な戦いぶりを敵と味方の双方に見せようと先頭を切って攻め込むつもりであるという。松平忠吉は二十一歳、忠吉は直政の娘を妻としている。戦いの経験は豊富とはいえず、舅の直政の足手まといにならないか家康は心配だった。

　辰の刻（午前八時）を過ぎると、少しずつ視界が開けてきた。やがて敵の姿がはっきり見えるようになった。あちこちで狼煙が上がり、立てられていた幟や旗が忙しなく動いた。周囲の音は霧が晴れる前よりも大きくなっているというのに、逆に雑音が聞こえてこなくなったように思えるなかで、ひときわ高く両軍の兵士による喚声が起き、戦いが始まった。

　西軍も東軍も鉄砲隊を先頭に互いの距離を縮めた。突出した兵士の集団が激突する様子を見ようと、家康は立ち上がり身を乗り出した。本当の戦闘はこれからだ。と見る間に、集団どうしが近づき鉄砲の撃ち合いとなった。鉄砲に当たった兵士が前に屈むように倒れるかと思えば、のけぞるように仰向けに倒れる兵士もいる。集団がほどけるように広がるかと思えば、集まって塊のようになる。動きは目まぐるしい流れのように変化し続ける。桃配山にいる家康からはじゃれ合っているようにしか見えない。戦う兵士の集団が動きを止めると、相手も止まり草むらが見える。が、次の瞬間に両軍が激突して草むらは隠れてしまう。いくつもの集団がぶつかったり離れたり、全体の動きが大きく広がる。動きは止まらず、敵と味方が混じり合っているように見える。鉄砲の撃ち合いに続いて槍を持った兵士たちが前に出て、両軍が波打つように衝突して白兵戦が展開される。衝突を避けようと最前線にいる兵士が後ずさり、わずかな空間ができるが、後方から押されて混乱が大きくなる。

高いところから見ていると、兵士が塊となって動き、敵と味方の接触しているところでは、うねるように緩い放物線を描いて広がったり縮んだりと変化する。波打つように押しているところがあれば押されているところもある。さながら地面に横たわる巨大な生物が大きく呼吸しているかのようにダイナミックな動きが地面を揺さぶる。押しているところでも、次の瞬間には押し返され、一方的に押しているところばかりではなく、うねるような動きが続く。

戦いの現場を遠望していた家康は、よく見ようと我知らず前に進んだ。さて、井伊直政と松平忠吉の部隊はどこにいるのか。赤揃えなので他の兵士の集団とは区別がつくはずなのに、その姿を捉えられない。少し遠すぎるようなのだ。さらに前に行く。それを何度もくり返していると、家康がいる本陣を前方で警護していた本多忠勝の使いが来て、そのあたりに留まっていてくださいと言われた。家康が振り返ると「厭離穢土・欣求浄土」という旗印が小さく見えるほど前進していた。

うねるような動きは乱れ、せわしない動きと緩慢な動きを見せる。そして、東軍が少しずつ押している気配になった。戦う前の布陣は家康の頭に入っていたから、前方の北側は、黒田長政や細川忠興、加藤嘉明、田中吉政らの部隊が石田勢を取り囲むようにしていると分かり、真正面の福島正則の部隊は宇喜多秀家軍を圧倒する勢いであり、その南側では松尾山から駆け下りた小早川秀秋の部隊が大谷吉継軍に襲いかかっていた。戦いが続くにつれて、ますます調和を失い、混沌として乱れ、激しく渦巻いた。

南宮山の偵察に出ていた家臣が家康のところに戻ってきて毛利勢に動きはないと伝えた。戦いが始まっても動かないのは、吉川広家が約束を守っているからだろう。家康は一定の間隔をおいて報告するように言って戻した。その後も動きはない。何度目かの報告のときに、家康は南宮山の毛利勢が動かないと判断した。そこで中山道沿いに陣取る毛利勢の動きを牽制している部隊のうち浅野幸長、山内一豊、そして有馬則頼の部隊を西に移動させて西軍との戦闘に加わるよう指示した。押し気味とはいえ、もうひと押しするには新たな兵力の投入が効果的である。念のために池田輝政隊だけは南宮山の麓にある陣から動かないよう待機させた。毛利勢の後方にいる長宗我部氏と長束氏の部隊も動く機会を失ったままだった。

南宮山に布陣した毛利秀元と安国寺恵瓊の部隊は、戦いに参加しようと山を下ろうとした。そこに、吉川広家と福原広俊の部隊が盾のように立ちはだかった。小競り合いとなったが広家の指示で留まった兵士たちは一歩も動こうとしない。前にいる部隊が動かなくてはどうしようもない。

家康は戦いが有利に展開する様子を高台から見下ろし、近くで待機していた本多忠勝を、手薄になったところの加勢に赴かせた。それに呼応するように毛利勢を牽制していた山内隊や浅野隊が戦いに加わり、勢いを増して、戦いは一方的になった。一部の地域では蜘蛛の子を散らすように西軍の退却が始まった。

それを追撃する部隊の進み方が速くなり、戦いというより追いかけっこをしているように見えた。

午前中に勝負がつき、東軍は圧勝した。

家康は腰を下ろしていた床几から立ち上がり、激戦となった地域まで移動した。周辺に散乱している兵士の死体や武器が片付けられ、急いで陣幕が張られた。天満山の麓を流れる藤川を渡った南側にある高台で、山中といわれる地域である。ここで次々に入る報告を受け、家康は武将たちを迎えた。

主要な武将の家臣たちが、自軍の戦いと成果を報告するために姿を現した。さらに敵の有力者の首を持参した兵士が姿を見せた。そのあいだに武将たちも集結してきた。黒田長政や福島正則、細川忠興や藤堂高虎の姿を見て家康は安堵した。いずれも意気軒昂であり、味方で討ち取られた武将はいないようだ。

少し遅れて井伊直政が到着した。腕の付け根のところに被弾していた。弾丸は身体に残っていないが、傷口は決して小さくない。だが「これしきのこと」と直政は元気に振舞った。退散する島津隊を追撃したときに直政は怪我をしたという。

西軍に属し北国街道に沿うように布陣していた島津隊は、戦いが始まっても動かなかった。前進する各部隊の戦いを見守り、戦闘体制を維持しながらも、ここだけが特別な空間となっていた。劣勢になった小西隊や宇喜多隊の兵士が、島津隊のいる陣地に逃げ込もうとしても激しく拒絶された。敵なのか味方なのか分からない。小西隊の兵士は、島津隊に罵倒の言葉を投げつけ、北の伊吹山方面に逃げ込んでいった。

西軍の敗戦が濃厚になり、兵士たちが退却を始めるまで島津隊は動かなかった。戦う前と何の変化もない姿である。島津義弘隊と、与力として一隊の指揮をとる義弘の甥である島津豊久隊と合わせて千五百である。負け戦となった西軍の兵を東軍の部隊が追撃し始めた。その頃合いを見て「いざ」と義弘が大声をあげた。いよいよ島津隊が動いた。

豊久は伯父の義弘を薩摩に生還させるため、自分が盾になる決意をかためた。島津氏の当主、義久を支えている義弘は、島津氏の存続を確実にするために必要な人物である。何が何でも無事に薩摩まで戻さなくてはならない。

関ヶ原における島津氏の戦いは、西軍の敗北と同時に始まった。島津隊は敵に周囲を取り囲まれている状況だ。北へ逃げる西軍の敗残兵を東軍の部隊が追撃しており、南に進む伊勢街道には敵の主力部隊がいる。どちらに進んでも敵のなかである。どのように脱出を果たすか。

彼らは南の伊勢街道に進むという選択をした。西軍の兵が多く逃れている北国街道より東軍の兵士が多くいると思われる方向である。陣を払って動き出した島津隊の兵士たちは、整然と隊伍を組み困難な退却を始めた。前に立ちはだかる敵を勢いで払いのけ、後方から追撃してくる敵には、最後尾にいる兵士たちが停止して迎え撃ち、島津義弘を逃がす作戦である。犠牲者が出ても怯まず敵を引きつけて戦うから、戦いに疲れている東軍の兵士たちとは迫力に差があった。

朝早くから戦った井伊直政は、伊勢街道沿いで兵士らとともに休憩しているところに島津隊がやってきた。敵の逃走を見逃すわけにはいかないから、直政はただちに追撃命令を出し、自らも馬を進めた。そして、追いつきそうになったところで、敵の数十名が歩みを止めて待機し、鉄砲を撃ちかけてきた。勢いあまって直政は、避ける間もなく弾丸を受けた。松平忠吉が敵の兵士と一騎打ちを演じ、槍による手傷を負ったのもそのときである。なお、逃散の途中で島津豊久は討ち死に、義弘は百人にも満たなくなった兵士たちとともに逃げ切り、薩摩に生還した。

関ヶ原合の戦いで島津隊だけは他と異なる戦い方をした。

家康の前に出た井伊直政は、戦いで自分の任務を果たせたと元気を装っていた。家康は付き添っている医師の板坂卜斎（いたさかぼくさい）に命じて膏薬を持ってこさせた。そして、家康自ら直政の傷口に塗り込み、その上を乾いた布で覆ってやった。ついでのように松平忠吉の傷の手当てもした。そばに控えていた武将たちや家臣たちは黙って家康を見守っていた。

大谷吉継や三成の家老、島左近（しまさこん）が討ち死にし、宇喜多秀家、石田三成、小西行長は兵士たちと伊吹山に逃げ込んだ模様で、田中吉政たちの部隊が捜索を開始していると報告があった。黒田長政が吉川広家からの伝言を家康に伝えた。約束どおりに毛利勢が西軍として戦わないようにしたから、輝元の処置は寛大にしてほしいと家康への伝言を託して陣を払ったという。

翌日に石田三成の居城、佐和山城を攻撃すると決め、小早川秀秋を中心に西軍から寝返った脇坂安治、朽木元綱、小川祐忠、赤座直保の部隊を当てると指示した。石田三成が逃げ込み、再起を図る余裕を与えないためにも、佐和山城を攻略しなくてはならなかったからだ。その後、首実検が続けられ、関ヶ原の地主たちに土地を荒らしたことを謝り、持参した金銀を与えた。

日が陰る前に雨が降り出した。初めは小降りだったが、少し経つと雨粒が大きくなり、やがて本降りとなった。この夜、家康が移した本陣の近くに仮小屋がつくられ、ここで家康はようやく大の字になって寝ることができた。兵士たちも近くにあった農家などに分散して休みをとった。

戦いに勝利したとはいえ、これからやらなくてはならないことが山ほどある。時間をかけて、一つ一つ実行していく過程で、勝利が確実なものになるかどうかが決まる。戦いに勝利した安堵感があったものの、これでけりがついたという意識はなく、これから次の戦いが始まるのだと決意を新たにした。まだまだ身を引き締めて行動しなくてはならないと覚悟し、家康は大きく伸びをした。

著者略歴

尾﨑桂治（おざき・けいじ）

東京生まれ。一九六〇年代から月刊誌の編集者として活動。その間、イギリス、フランス、イタリア、ケニアなどに取材で訪れる。その後、出版社を設立。二〇年以上にわたって経営する。主として書籍の企画、編集、取材、執筆などを手がける。かたわら日本の歴史研究、執筆を行う。著書に飛鳥時代の歴史を綴った三部作『飛鳥京物語』（三樹書房）がある。

秀吉の栄華と臣従する家康

戦国時代の終焉と天下人への道程

著　者　尾﨑桂治
発行者　小林謙一
発行所　三樹書房
〒101-0051東京都千代田区神田神保町一-三〇
電　話　〇三（三二九五）五三九八
ＦＡＸ　〇三（三二九一）四四一八
印刷・製本　モリモト印刷株式会社